Nuit, néon

De la même autrice

Aux éditions Philippe Rey

Respire…
Un (autre) toi
Cardiff, près de la mer
Beaux Jours
La Nuit. Le sommeil. La mort. Les étoiles.
Poursuite
Ma vie de cafard
Femme à la fenêtre
Dé mem brer
Un livre de martyrs américains
Le Maître des poupées
Le Petit Paradis
L'Homme sans ombre
Trahison
Amours mortelles
Paysage perdu
La Princesse-Maïs
Valet de pique
Sacrifice
Dahlia noir & Rose blanche
Daddy Love
Carthage
Premier Amour
Maudits
Mudwoman
Cher époux
Le Mystérieux Mr Kidder
Étouffements
Petit Oiseau du ciel
Le Musée du Dr Moses
J'ai réussi à rester en vie
Petite Sœur, mon amour
Vallée de la mort
Fille noire, fille blanche
Journal 1973-1982
La Fille du fossoyeur
Mère disparue
Les Femelles
Vous ne me connaissez pas
Viol, une histoire d'amour
Les Chutes (prix Femina étranger)

Suite en fin de volume

Joyce Carol Oates

Nuit, néon

Récits mystérieux à suspense

TRADUIT DE L'ANGLAIS (ÉTATS-UNIS)
PAR CHRISTINE AUCHÉ

Philippe Rey

Titre original : *Night, Neon*

7, rue Rougemont – 75009 Paris
www.philippe-rey.fr

À Kay Simon

Déviation

Trop tôt pour que ce soit le printemps, impossible de se fier à ce soleil si aveuglant à la mi-mars. Et cette odeur de terre humide qui dégèle, revit – trop tôt.

Le résultat, c'était qu'Abigail avait la tête qui tournait. Un sentiment d'irréalité.

Une sensation sismique, comme si la terre elle-même bougeait sous les roues de sa voiture pendant le trajet familier vers la maison.

Regardant devant elle, désemparée – en travers de la route, une barricade surmontée d'une pancarte jaune : DÉVIATION.

« Merde. »

À part sa voiture, rares étaient les endroits où Abigail parlait toute seule, généralement d'un ton exclamatif/exaspéré. Si quelqu'un avait entendu, elle aurait été mortifiée.

« Saloperie. »

Elle avait parcouru les trois quarts du chemin, et maintenant elle allait être obligée de faire un détour de plusieurs kilomètres. Parce qu'elle roulait sur des routes de campagne aux croisements peu fréquents, à la différence des rues urbaines organisées selon un quadrillage raisonnable. Elle allait arriver à la maison plus tard que prévu et disposerait de moins de temps pour elle avant que son mari ne rentre du travail.

Cet interlude rêveur où elle préparait un repas avec soin, juste pour elle et son mari. Un dîner au coin du feu, aux chandelles.

Et elle avait de bonnes nouvelles à partager avec Allan, qu'elle n'annoncerait qu'au moment opportun.

Chéri, tu sais quoi !

Les résultats du labo… ?

Oui ! Négatifs.

Pas une nouvelle totalement inattendue. Pas après des mois de traitement. Mais qui n'en était pas moins enthousiasmante, car, durant une année où les nouvelles médicales n'ont pas été invariablement *bonnes*, même les *assez bonnes nouvelles* sont les bienvenues.

Un par un, avec une précision robotique, les conducteurs devant Abigail bifurquaient sur une plus petite route. Elle s'étonna de leur docilité – de son côté, *elle* était tentée de contourner cette fichue barricade.

Sa maison se trouvait à moins d'un kilomètre et demi. Devait-elle prendre un risque et essayer de l'atteindre directement ? Aucun obstacle, aucun chantier n'était visible sur la route.

On ne pouvait qu'accueillir avec ressentiment le caractère non négociable de la DÉVIATION : sans poser de questions, personne à qui les poser, et se contenter de suivre la « déviation » en espérant qu'elle vous conduirait à destination.

Était-ce illégal d'ignorer une déviation ? Était-ce dangereux ?

Comme c'est étrange que Maman fasse une chose pareille ! Avoir une contravention, une citation à comparaître, la première de sa vie…

Elle n'était pas quelqu'un d'impulsif. Non.

Il y avait trente ans qu'elle vivait dans la même maison de cette campagne suburbaine, à huit kilomètres à l'ouest de Stone Ridge, New Jersey, avec son mari et, quand ils étaient jeunes, leurs enfants ; trente ans qu'elle empruntait toujours cet itinéraire sur North Ridge Road. Pendant toutes ces années, elle n'avait que rarement traversé en voiture la campagne avoisinante et connaissait peu son réseau de routes rurales. Elle ne se souvenait pas d'avoir déjà rencontré de déviation et, si c'était le cas, du degré de gêne occasionnée par cette déviation.

Elle avait espéré disposer de davantage de temps pour elle à la maison, dans la cuisine, sa pièce préférée, avant que son mari ne rentre du bureau. Bien qu'Allan soit peut-être déjà là, car il était en préretraite depuis l'année précédente et son agenda variait d'une semaine à l'autre en fonction du volume de services (juridiques) demandés par sa société.

Son mari avait coutume de lui relater sa journée en détail : ce qu'il avait fait au bureau, la quantité de travail (importante ou réduite) qu'il avait abattue, les gens avec qui il avait eu des réunions, ou déjeuné, ou parlé au téléphone. C'étaient des histoires récurrentes – des noms qui lui étaient devenus familiers au fil des ans, même si elle n'avait rencontré que quelques-uns des collègues de son mari ; des thèmes récurrents de rivalités, d'alliances, de désaccords soudains, de conflits, de développements tragiques, de conséquences surprenantes. Dans ces comptes rendus, Allan était toujours l'un des protagonistes : le centre de l'histoire.

Même si Abigail ne les écoutait pas toujours avec attention, elle trouvait du réconfort à les entendre. Impossible de ne pas ressentir une vague de tendresse pour l'homme qui, bon an mal an, depuis le tout début de leur mariage, récitait solennellement à sa femme les banalités de sa vie, comme un enfant pourrait réciter à sa mère les événements de la sienne, conforté par la certitude que, sous prétexte que cela venait de *lui*, tout ce qu'il disait, tout ce qu'il faisait, serait apprécié par sa mère, sinon par d'autres.

En échange, Abigail racontait sa journée à son mari, plus brièvement. Car en tant qu'épouse elle redoutait de l'ennuyer, *lui*.

Plus jeune, dès l'enfance, Abigail avait appris à modeler son comportement en fonction des attentes des autres. S'il devait y avoir une seule histoire de sa vie, elle revêtait les contours d'un serpent, souple et sinueux, se délectant sans cesse de ses contorsions et de la peau iridescente et scintillante qui l'enveloppait tel un camouflage.

Même en tant que mère ! Peut-être surtout en tant que mère.

Crucial de ne pas le leur dévoiler. À quel point tu as peur, le peu que tu sais. À quel point tu es stupéfaite qu'ils aient survécu.

Car rien n'est en apparence aussi fragile qu'un nourrisson humain. Crâne tendre, regard tendre, poumons si minuscules qu'on craint qu'ils ne s'affaissent au moindre hurlement.

***

« Merde ! » – sa voiture cognait, cahotait. Un hiver féroce avait laissé la route de campagne en piteux état, criblée de nids-de-poule et d'ornières. Suivant une file d'autres véhicules, Abigail était forcée de rouler avec une lenteur anormale, agrippant le volant à deux mains. Une douleur lancinante commençait à monter derrière ses tempes, et la sensation d'irréalité s'accentua.

La déviation allait bien revenir en arrière. Il faut bien supposer qu'une déviation décrit un demi-rectangle pour contourner la route condamnée, son objectif étant de rejoindre cette route de l'autre côté de l'obstacle. Mais Cold Soil Road paraissait mener à la direction opposée de North Ridge.

Oh, mais où était son téléphone portable? – il faudrait qu'elle appelle Allan pour l'avertir de son retard. Sauf que son sac à main était hors d'atteinte sur le siège arrière, où elle l'avait jeté d'un geste négligent.

En cette fin d'après-midi, le soleil était inhabituellement vif. Le ciel ressemblait à un lavis à l'aquarelle d'oranges pâles et de rouges – trop « joli » pour être réel – d'une joliesse particulièrement banale, comme celle des calendriers illustrés. Les arbres à feuillage caduc qui, la semaine précédente encore, étaient squelettiques et nus, rayonnaient à présent de petits bourgeons verts serrés.

Trop tôt! – Abigail eut un frisson d'inquiétude, d'angoisse.

C'est cruel de réveiller les morts, au printemps. Plus charitable de nous laisser dormir.

De Cold Soil Road, sa voiture fut détournée sur une route de campagne plus étroite qui ne paraissait pas avoir de nom, ou au moins aucun nom qu'Abigail puisse découvrir. Pas d'autre choix que de suivre, avec un ressentiment mêlé d'un malaise croissant, les panneaux DÉVIATION, même si un virage à gauche devait être suivi d'un virage à droite pour commencer à finaliser la forme (rectangulaire) de la déviation, et non ce lent virage à gauche dans la campagne…

Où m'emmène-t-on? Ce n'est pas normal.

Il n'y avait pas beaucoup de circulation sur cette route sans nom. Apparemment, personne ne roulait face à Abigail, en sens inverse, et les voitures étaient éparpillées le long de la déviation, tels des Bédouins désabusés. Pire encore, avec tous ces cahots, la direction de son véhicule semblait se relâcher; chaque fois qu'elle tournait le volant, la voiture répondait de façon moins immédiate, comme si elle roulait sur de la glace.

Pour finir, à l'approche d'un virage, Abigail tourna le volant sans aucun résultat – la voiture continua tout droit, quittant la route en direction d'un fossé peu profond. Paniquée, Abigail appuya fiévreusement sur la pédale de frein, ce qui n'eut guère d'effet non plus.

Quelque chose lui heurta le front, comme pour la réprimander. Elle entendit un murmure de voix effrayées au loin, des témoins de sa folie.

Elle poussa un cri de protestation. *Non!* Ce n'était pas sa faute, il était arrivé quelque chose au volant.

Les roues avant étaient dans le fossé, l'arrière du véhicule restait sur la chaussée. Le pare-brise avait paru voler vers elle à reculons, lui cognant le front. Elle sanglotait de frustration, de désarroi. Qu'était-il arrivé au volant? Et aux freins – hors d'usage.

Au prix de gros efforts, Abigail s'extirpa de la voiture inclinée. Poussant la portière du passager pour l'ouvrir, descendant sur la route, hors d'haleine. Les battements de son cœur étaient erratiques, tout comme sa respiration. Quelle surprise! Son équilibre avait été affecté, elle marchait comme sur le pont d'un bateau qui gîte.

Un véhicule approcha, Abigail fit de grands signes désespérés pour lui demander de s'arrêter, mais son conducteur ne sembla pas la voir et la dépassa sans ralentir. Son pare-brise brillait, réfléchissant le soleil, elle ne distinguait pas les traits de la personne.

Criant sur son passage d'une voix suppliante: « Non, attendez! S'il vous plaît, ne me laissez pas… »

Son sac à main, qui contenait son téléphone portable, était resté dans la voiture. Elle ne pouvait pas se résoudre à remonter à l'intérieur. Par bonheur, le fossé était assez peu profond, les roues avant du véhicule baignant dans moins de trente centimètres d'eau, mais cette eau avait une odeur saumâtre, nauséabonde ; elle n'avait pas envie d'y patauger, et encore moins d'y chercher quoi que ce soit à tâtons, là où l'eau avait commencé à s'infiltrer dans l'habitacle avec un gargouillis rauque qui rappelait une respiration obstruée.

En regardant à travers les vitres latérales, elle ne vit pas son sac, devinant qu'il avait dû être projeté par terre. Non, elle ne pouvait pas le récupérer, pas plus que son portable et son portefeuille... La clé était encore sur le contact, et elle ne parvenait pas non plus à se résoudre à aller la récupérer.

Dans l'intervalle, un autre véhicule était passé. Si le conducteur l'avait vue, ainsi que sa voiture à moitié dans le fossé, il n'en donna aucun signe et continua imperturbablement son chemin.

Elle remonta sur la chaussée, s'efforçant de se tenir droite, sans tituber. Elle le comprenait : il était capital de ne pas donner l'impression d'être ivre ou blessée. (Son visage saignait-il ? Un inconnu n'aurait pas envie de mettre du sang à l'intérieur de sa voiture.)

Après avoir tâté à contrecœur son front palpitant de douleur, elle vit que ses doigts n'étaient pas ensanglantés, mais elle sentit que ses narines étaient élargies et dégoulinantes – saignait-elle du nez ? Elle espérait qu'il n'était pas cassé, n'osait pas le toucher de peur de se faire encore plus mal.

Mais qu'était-il arrivé à sa chaussure gauche ? Elle n'en avait plus qu'une ; son pied gauche n'était plus recouvert que d'une fine chaussette de laine trempée par l'eau du fossé.

D'un air misérable, elle regarda autour d'elle sur la route pour voir si la chaussure y était – mais non, bien sûr qu'elle était restée dans la voiture, sans nul doute par terre, à l'avant, là où l'eau saumâtre était en train de s'infiltrer.

Pas d'autre choix que d'avancer en boitant, sanglotant à moitié, le long de la route en direction d'une maison voisine ; elle demanderait à utiliser un téléphone. Ce n'était pas une requête déraisonnable, même si elle était échevelée et si son fichu nez pissait le sang.

Maintenant ! Il faut que tu fasses tes preuves !

Une curieuse sorte d'impatience l'envahit. Proche de l'euphorie.

Durant la majeure partie de sa vie, elle avait *attendu* – quoi, elle l'ignorait.

Fillette intelligente et curieuse, attendant que sa vraie vie commence. Adolescente impatiente mais timide, attendant que sa vraie vie commence. Avant sa rencontre avec l'homme qu'elle allait épouser, attendant que sa vraie vie commence. Et ensuite, au cours des mois qui précédaient son mariage avec cet homme, attendant que sa vraie vie commence.

Avant sa première grossesse et son premier bébé – attendant que sa vraie vie commence.

Et depuis que les enfants avaient grandi et qu'ils étaient partis – attendant que sa vraie vie commence.

Quelque chose qui n'était destiné qu'à moi. Rien… qu'à moi.

Qui m'a attendue pour se produire.

Parce que je n'étais pas au bon endroit jusqu'à maintenant.

Mais maintenant – suis-je au bon endroit ?

Constat réconfortant, la maison dont elle s'approchait n'était pas une ferme abandonnée comme les autres bâtiments du secteur, mais une demeure similaire à la sienne : un respectable édifice colonial en bois, brique et moellons ; pas neuf, datant en fait sans doute d'au moins une centaine d'années, mais magnifiquement restauré et rénové ; toit, volets et fenêtres remplacés, bardeaux fraîchement repeints d'un blanc crémeux suggérant que ses propriétaires étaient aisés, tout comme Abigail et son mari, qui vivaient, calcula-t-elle, à environ cinq kilomètres de là – pourvu qu'on ne prenne pas cette déviation sinueuse et qu'on aille en ligne droite.

Allée de graviers en fer à cheval, spacieuse pelouse à l'avant, agrémentée d'arbustes persistants, plusieurs hectares bordés de hauts chênes et, à l'arrière, une grange reconvertie en garage pour trois voitures.

Le cœur d'Abigail se fit plus léger ! Qui que puisse être l'occupant de cette maison, il ne se méfierait pas d'elle et la reconnaîtrait comme une voisine.

Peut-être l'occupant de cette maison la connaissait-elle, et, chose encore plus plausible, connaissait-il son mari ?

Peut-être ces propriétaires avaient-ils été invités chez les R_ et seraient-ils contents de pouvoir leur rendre la pareille ?

Avant d'appuyer sur la sonnette à côté de la porte d'entrée, Abigail se tamponna la figure avec un mouchoir en papier, qui en revint taché de sang ; elle utilisa un autre mouchoir pour essuyer ses yeux humides et se moucher, avec précaution. Dans un élan de culpabilité, elle se souvint d'avoir entendu la sonnette de sa propre maison retentir il n'y a pas si longtemps, et d'être restée debout, complètement silencieuse, en attendant que la sonnette s'arrête et que le visiteur s'éloigne de la porte ; car aucune de leurs connaissances, à Allan et elle, n'aurait sonné avant de s'être annoncée au préalable, et une personne qui sonnait sans s'être d'abord annoncée n'était pas quelqu'un qu'elle aurait souhaité voir.

Une seconde fois, elle appuya sur le bouton, poliment. Elle n'appuierait pas avec insistance, parce qu'un tel acte serait synonyme d'agression, d'une sorte de menace. Pas plus qu'elle ne frapperait bruyamment à la porte, effrayant ou indisposant celui ou celle qui pouvait être à l'intérieur, aux aguets quelque part dans la maison.

Répétant ce qu'elle pourrait dire, avec un sourire d'excuse – *Pardonnez-moi ! Je suis vraiment, vraiment désolée de vous déranger, mais je suivais la déviation, et j'ai eu un petit accident, ma voiture est dans un fossé ! Si je pouvais me servir de votre téléphone pour appeler mon mari…*

Elle aurait pu dire *appeler ma compagnie de dépannage* ou *appeler un garage*, mais elle avait préféré *appeler mon mari*, tournure qui indiquait non seulement un foyer proche, mais la stabilité d'un mariage au long cours.

Et elle donnerait son adresse, pour établir son statut d'individu également propriétaire d'un bien immobilier, avec tout ce que cela impliquait comme taxes foncières prohibitives du comté de Bergen, comté qui, de tous ceux de l'État, était l'un des plus aisés, et donc l'un de ceux où les taxes foncières fournissaient aux propriétaires un sujet immédiat de consensus – *Nous vivons par là-bas dans…*

L'espace d'un moment de confusion, ne sachant plus si c'était *Ridge Road* ? *North Ridge* ?

Sonnant de nouveau, guettant une réponse. Rien.

Son front palpitait toujours, du sang lui coulait du nez. Si seulement elle avait pensé à apporter son fichu téléphone portable !

En dépit de la douceur prématurée de l'air, elle frissonnait. La plante de son pied gauche la faisait souffrir ; elle avait marché sur des cailloux pointus.

Se souvenant alors : cette austère vieille maison coloniale bénéficiait sûrement d'une entrée latérale, une porte donnant sur un petit vestibule, puis dans la cuisine.

Boitant, s'appuyant le moins possible sur son pied déchaussé, elle suivit un sentier en dalles de pierre qui contournait la bâtisse et, en effet, il y avait une autre entrée, comme chez elle. Elle aussi pourvue d'une sonnette, sur laquelle Abigail appuya avec davantage de confiance : chez elle, elle savait que ceux qui sonnaient à la porte de sa cuisine seraient probablement des habitués de la maison, le livreur Fedex, le releveur du gaz, ou un ami ; ceux qui sonnaient à la porte d'entrée étant probablement des inconnus, dont le propriétaire se méfierait d'office.

Vous vous cachez, là-dedans ? S'il vous plaît – si vous vous cachez – il faut juste que je passe un coup de fil, vous n'êtes pas obligé de m'aider davantage…

Je ne suis pas blessée. Je ne saigne pas ! Je le promets.

Je suis votre voisine.

Mais là non plus, personne ne vint ouvrir. Abigail mit ses mains en visière pour regarder par la fenêtre ; il y avait un vestibule, avec des manteaux, des vestes et des pulls suspendus à des patères, des bottes par terre, exactement comme chez elle, et une porte ouvrant sur une cuisine. Des rayons de soleil tombaient à l'oblique sur un sol carrelé pas très différent du sien, d'un brun-roux profond. Et, accrochés à une étagère en hauteur, des ustensiles en cuivre brillant.

« Hou hou ? Hou hou ? – je… j'ai besoin d'… aide… »

Elle avait l'impression d'être observée. Par le viseur d'une caméra de surveillance, quelque part au-dessus de sa tête. Sur l'encadrement d'une porte, un rappel discret, semblable à celui qui était collé à côté de celle de sa propre cuisine : CE PÉRIMÈTRE EST PROTÉGÉ PAR ACHILLES HOME SECURITY, INC.

Et ensuite, elle comprit : la personne qui vivait là gardait certainement une clé de secours quelque part à l'extérieur, sous un paillasson, un pot de fleurs ou une urne, comme elle.

La clé de cette maison n'était pas, découvrit Abigail, sous un paillasson, choix prudent : garder une clé à l'extérieur dans un endroit aussi évident constituait une incitation au cambriolage, comme l'en avait avertie son mari. Mieux valait la mettre sous un pot de fleurs, une urne, une chaise ou une table en fer forgé dans la cour voisine, à faible distance de la porte et pas aussi facile à découvrir pour un intrus, même si, dans ce cas précis, Abigail, ravie, découvrit la clé en quelques minutes, sous une urne décorative à un ou deux mètres de la porte.

Réussissant alors à ouvrir la porte de la cuisine pour pénétrer dans un intérieur chaud à l'odeur de levure qui lui parut accueillant, sans craindre qu'une alarme se mette à sonner, et de fait, aucune alarme ne sonna. Bien qu'assurément, elle soit mal à l'aise, et ne prévoie de rester dans la maison que pour passer un coup de fil ; elle retournerait ensuite à sa voiture hors d'usage pour attendre l'aide de sa compagnie de dépannage, sans gêner qui que ce soit si elle pouvait l'éviter.

« Pardonnez-moi ? Hou hou ? Il y a quelqu'un ? Je… J'ai juste besoin de passer un coup de fil… »

Sa voix s'éteignit, hésitante. Elle resta complètement immobile, tendant l'oreille. (Le plancher craquait-il au-dessus de sa tête ? Y avait-il quelqu'un à l'étage, complètement immobile, lui aussi, qui tendait l'oreille ?) Au bout d'un moment, elle décida que non, ce n'était que le son lointain du vent dans les arbres, d'un avion qui passait là-haut.

Sa bouche était devenue sèche d'impatience, d'excitation. Sous le coup de l'accident de voiture, son cœur continuait à battre rapidement, avec une sorte d'exaltation.

Avoir *attendu* si longtemps – pour quoi ?

Mais où était le téléphone ? Abigail s'était attendue à voir un combiné mural dans la cuisine, à peu près à l'endroit où se trouvait celui de la sienne, mais cette cuisine-là n'était pas organisée tout à fait de la même façon. Et les comptoirs étaient vert olive, alors que les siens étaient, moins commodément, blancs ; le profond évier en aluminium n'était pas au même endroit que le sien, de même que le réfrigérateur américain et les fours encastrés dans un mur (comme dans sa cuisine, il y avait deux fours, l'un au-dessus de l'autre). Vu de près, le sol carrelé ne ressemblait pas autant au sien, mais avait une teinte plus sombre.

Sa recherche effrénée d'un téléphone avait provoqué le retour de ses étourdissements, doublés d'une curieuse fatigue mêlée d'anxiété, comme si, bien qu'Abigail comprenne (naturellement !) qu'elle pénétrait par effraction dans une résidence privée, qu'elle n'avait aucun droit d'être là, et qu'elle se comportait très bizarrement pour une personne qui attachait autant d'importance au respect de la vie privée, elle était malgré tout prise d'une envie irrépressible de s'allonger quelque part, dans un quelconque endroit calme où elle ne dérangerait personne et où personne ne la dérangerait, songeant qu'une fois reposée et les idées claires, elle accomplirait la tâche qui l'avait conduite à s'introduire dans cette maison d'inconnus… Même si, l'espace d'un instant, les concepts mêmes de *téléphone*, *appeler*, *mari* étaient sortis de sa conscience.

En revanche, elle connaissait son nom : *Abigail R_*. Et l'adresse de la maison où elle vivait depuis trente ans – elle était sûre de pouvoir s'en souvenir, si nécessaire.

Néanmoins, tant qu'elle était dans cette maison (peu familière), que personne ne paraissait être rentré et qu'elle ne dérangeait visiblement personne, elle s'avisa qu'elle ferait aussi bien d'utiliser la salle de bains, car elle en avait besoin depuis l'accident, et elle grimaça en entendant la chasse d'eau bruyante et le grondement des vieux tuyaux, très semblables à ceux de sa propre maison, qui nécessitaient d'être remplacés. Et ensuite, prenant le temps de se laver la figure à l'eau froide, de tamponner son front meurtri et son nez piqueté de sang avec des mouchoirs en papier humides. Une forte odeur de savon à la lavande monta jusqu'à ses narines, un parfum réconfortant.

Les enfants de cette famille avaient grandi eux aussi, et ils étaient partis, pensa-t-elle. Car on ne pouvait pas mettre un tel savon de luxe dans une salle de bains au rez-de-chaussée s'il y avait des enfants à la maison ; juste du savon utilitaire, et encore, ils le laisseraient incrusté de saleté après s'être lavé les mains. Impossible également d'utiliser d'aussi délicates serviettes d'invités en lin !

Et donc, l'odeur de ce savon avait quelque chose de triste, doux-amer.

Grimaçant aussi de voir son visage en gros plan dans le miroir de la salle de bains – souvent, elle était stupéfaite d'avoir si peu l'air d'être elle-même, de ressembler davantage à ses parentes plus âgées ; bien qu'aux yeux du monde, elle soit – encore – considérée, supposait-elle, comme une femme attirante, soignée, assurée, cultivée. Sa peau était relativement peu ridée, ses cheveux, épais et brillants. Elle n'avait pas l'audace, par exemple, de porter autre chose que des tenues coûteuses, tout comme elle n'aurait jamais osé apparaître en public sans un maquillage adéquat ; ses filles, qui, plus jeunes, méprisaient le maquillage, auraient été atterrées de voir leur mère sans, même chez elle, en privé.

S'essuyant aussi discrètement que possible les mains sur une serviette en lin et la remettant à sa place avec un pli aussi précis que lorsqu'elle l'avait trouvé.

Merci ! Je vous suis si reconnaissante. Je ne resterai pas longtemps, je le promets.

Continuant désormais à déambuler au rez-de-chaussée de la maison, à la recherche de – quoi exactement, elle ne s'en souvenait plus, mais elle le reconnaîtrait quand elle le verrait. Un petit objet. Un petit objet placé sur une table…

D'un pas incertain, d'autant qu'en effet, le plancher de la maison était inégal, une caractéristique des maisons plus anciennes, comme leurs sous-sols – leurs « caves » – aux plafonds si bas et oppressants, qu'on ne pouvait jamais rehausser.

Le vertige augmenta, à moins que ce ne fût une sensation de faiblesse. Le sentiment d'irréalité enfla, pareil à des vagues lui léchant les jambes. Elle hésitait à se pencher en avant et à poser son front contre ses genoux pour augmenter l'afflux sanguin vers son cerveau, craignant que ce mouvement n'aggrave les choses et de s'évanouir, pour être découverte par des inconnus et signalée aux autorités.

Obligée de s'appuyer aux murs. Au dos des chaises. Elle paraissait connaître le chemin – qui menait quelque part. Ressentant le besoin de monter à l'étage, d'abandonner sa fierté, et de ramper à quatre pattes pour gravir l'escalier (moquetté), hors d'haleine et grimaçante de douleur.

En haut de l'escalier, se reposant plusieurs minutes avant de se hisser sur ses pieds. Presque arrivée, se consola-t-elle. Là où elle avait besoin d'aller. Il allait falloir qu'elle conserve son énergie, qu'elle ne s'avise pas de la gaspiller inutilement ; une fois qu'elle aurait dormi une heure, elle était certaine qu'elle se sentirait bien mieux et saurait quoi faire ensuite.

Elle avait eu l'intention de contacter quelqu'un : un mari ? *Son* mari ?

Son nom s'était évaporé, ses traits étaient flous. Son nom – eh bien, elle connaissait forcément son nom, auquel le sien était accolé…

Avec l'instinct d'une créature aveugle, elle entra en titubant dans une pièce qui contenait un lit. En haut des escaliers, la première à droite. C'était une grande pièce – c'était un grand lit. Ses mains tremblantes réussirent à écarter un édredon en satin afin de pouvoir se laisser tomber dans le lit avec un soupir frémissant – chaque os de son corps se dissolvant, disparaissant dans le plus exquis des sommeils ; et quand elle rouvrit les yeux, elle se retrouva en train de fixer un plafond à moins de deux mètres cinquante au-dessus de sa tête, si toutefois ce n'était pas un cumulus bas. Elle sourit à ce spectacle ! Son cerveau était bien reposé, purifié par une sorte de baume.

Le lit était si grand qu'elle se sentait naine à l'intérieur. Les draps étaient d'une qualité exceptionnelle, mais humides de son sommeil moite, constat qui la chagrina ; elle se rassura en pensant que, si elle avait le temps, elle changerait les draps, et que personne n'en saurait rien.

Elle se redressa sur les coudes en examinant les alentours. Où était-elle donc ? Cette chambre ne lui était pas familière, et pourtant, elle lui donnait la « sensation » d'être familière – spacieuse, avec du papier peint rose pâle (en soie ?) et des meubles attrayants qui avaient l'air d'être un héritage familial. L'un d'entre eux était une commode massive en acajou, sur laquelle une rangée de photos encadrées avait été placée avec une attention particulière.

Parce que vous ne faites véritablement *partie du monde* que s'il existe de telles photographies de vos êtres chers pour témoigner de votre existence, et de votre valeur.

Toutefois, du lit, Abigail ne distinguait pas les visages sur les photos. Certains étaient sûrement des parents plus âgés, d'autres des enfants. Mais toutes étaient voilées par la lumière qui se reflétait dans les fenêtres, d'une intensité inhabituelle pour une fin d'après-midi de mars.

En voilà une surprise désagréable : on avait enlevé ses vêtements à Abigail !

C'était si étrange, elle semblait porter une chemise de nuit. Qui ne lui était ni familière ni pas familière ; une chemise de nuit en flanelle douce à l'imprimé fleuri rose, épousant librement les contours de son corps nu.

Elle s'empourpra en pensant que quelqu'un avait osé la déshabiller pendant son sommeil et lui avait enfilé la chemise de nuit, comme on pourrait préparer un enfant à aller au lit ou dévêtir un patient à l'hôpital ; elle n'avait pas consenti à être touchée par quiconque, et encore moins à ce qu'on lui enlève ses vêtements… Le fait qu'elle ait été déshabillée – et mise en chemise de nuit – sans être réveillée, suggérait qu'elle avait dormi très profondément, peut-être plus longtemps qu'elle ne l'avait imaginé.

« Hou hou ? Il y a quelqu'un ici ? » – sa voix parut résonner dans les airs tout près d'elle.

Debout, chancelante. Ses pieds nus sur un sol moquetté. Même ses fines chaussettes en laine lui avaient été enlevées par la personne qui avait osé la déshabiller.

Pendant son sommeil, ses battements de cœur avaient ralenti. À présent, ils étaient rapides, douloureux. Tous ses sens, en alerte.

Il fallait qu'elle s'échappe ! Qu'elle retrouve ses vêtements, qu'elle s'habille, et se faufile hors de la maison. La personne qui avait osé la toucher pouvait revenir à n'importe quel moment.

Frissonnant à l'idée que ce pourrait être un *lui*. Un inconnu, osant la mettre nue alors même qu'elle était allongée, plongée dans un sommeil aussi profond que la mort.

Elle chercha ses vêtements dans la pièce et ne parvint pas à les trouver, bien que son unique chaussure soit abandonnée sur la moquette à côté du lit comme si quelqu'un l'y avait jetée. Elle pensa – *Mais une seule chaussure, ça ne sert à rien, bon sang !*

Sauf que ce n'était pas vrai. N'avait-elle pas quitté sa voiture, marché sur la route, et pénétré dans cette maison avec une seule chaussure au pied ? – elle pourrait le refaire si nécessaire.

Autre surprise : lorsqu'elle tenta de tourner la poignée de la porte de la chambre, elle s'aperçut qu'elle ne fonctionnait pas.

Elle *tournait* et *tournait* entre ses doigts sans ouvrir.

Abigail tira dessus. Fort, de plus en plus fort.

Paniquée, elle cria : « Hou hou ? *Hou hou ?* »

Frappant contre le battant avec son poing. « Hou hou ? Il y a quelqu'un ? Je... Je suis à l'intérieur... Je suis à l'étage, je suis *là*... »

Elle appuya son oreille contre la porte. Au-delà des pulsations rapides du sang, elle entendait – quelque chose...

Des voix ? Des pas ? Une porte qui s'ouvrait, se refermait ? Les bruits ordinaires d'une maisonnée, à petite distance.

Désespérément, elle martela la porte avec ses poings. Criant, pleurant – « *Hou hou, hou hou, hou hou ! Laissez-moi sortir !* » – jusqu'à en avoir mal à la gorge, la voix cassée et rauque.

La gardait-on *captive* ? Était-elle une – *captive* ?

Bien sûr, il s'agissait sans doute d'une erreur quelconque. Un malentendu.

Une erreur sur la personne, non ? Elle, Abigail R_, ressemblait beaucoup à une autre femme, peut-être... Et cette autre femme était celle qui devait être retenue *captive*.

Désormais debout près de la commode en acajou, elle ne distinguait toujours pas les visages sur les photos. Elle avait beau plisser les yeux, à l'intérieur des cadres – adultes, enfants – ils restaient flous, voilés par la lumière.

Et la vue depuis les fenêtres du premier : hauts arbres, en grande partie dépourvus de feuilles, un paysage encore desséché et délavé par l'hiver, même s'il commençait à revivre ;

dans la mesure où la maison était entourée d'arbres, on ne distinguait pas l'horizon, tout était raccourci.

Cela dit, en l'étudiant plus attentivement, elle nota que la scène était sans relief et peu convaincante, comme un décor de théâtre ; les arbres, les herbes, le ciel, le soleil trop vif paraissaient tous être à peu près à la même distance qu'elle, manquer de profondeur.

La vague de vertige s'intensifia. Était-elle plate, *elle aussi*, dans ce paysage ?

Quand la « perspective » était-elle apparue dans la conscience humaine ? – essaya-t-elle de se souvenir.

L'art médiéval était étrangement plat ; sans illusion de profondeur. Les traits humains manquaient d'expression, comme si les artistes ne « voyaient » pas la plasticité d'un visage normal. Les enfants ne ressemblaient pas à des enfants, mais plutôt à des adultes rabougris.

Elle appuya son visage échauffé contre la vitre, tentant de regarder à l'oblique : un coin de la grange reconvertie en garage, un aperçu de la route de campagne où sa voiture était coincée quatre cents mètres plus loin, les roues avant dans un fossé.

Oh, pourquoi l'avait-elle abandonnée si vite ! Elle aurait dû tenter de la sortir de là. Si elle avait fait osciller le véhicule d'avant en arrière, d'avant en arrière, gagnant peu à peu de l'élan, comme une conductrice plus assurée aurait pu le faire, elle serait peut-être chez elle maintenant. À la place, elle avait abandonné sur-le-champ, vaincue.

À la place, elle était coincée dans la maison d'un inconnu. À quelques kilomètres à peine de sa propre maison, *captive*.

Sa vessie était très douloureuse, comme celle d'un enfant en proie à une panique animale.

Il y avait une salle de bains attenante à la chambre ; Abigail s'empressa de l'utiliser.

C'était une salle de bains spacieuse, carrelée de blanc, à l'évidence souvent fréquentée. D'épaisses serviettes étaient pendues aux porte-serviettes, un peu de travers. Il y avait deux lavabos, ni l'un ni l'autre tout à fait propres. Un miroir presque imperceptiblement taché. Des brosses à dents électriques (deux), un tube de dentifrice tordu, de la crème pour les mains, un miroir à main, une brosse à cheveux, des peignes (deux), une paire de ciseaux à cuticules, une pince à épiler... Deux personnes au moins se servaient de cette salle de bains. Abigail souleva le miroir à main et vit que oui – c'était un miroir en argent, qui pesait son poids, orné de riches gravures, quoique nécessitant d'être poli.

Des panneaux de miroirs couraient le long de la pièce. Dans chacune, une silhouette spectrale, en robe informe pareille à un suaire, contemplait Abigail, hagarde.

Et puis elle vit que la pièce disposait d'une seconde porte qui donnerait peut-être dans une autre chambre ou dans un couloir, mais quand elle saisit la poignée pour la tourner, elle découvrit que la porte était *verrouillée.*

Elle en aurait sangloté. La poignée de la porte avait tourné normalement, mais en vain, la porte était *verrouillée.*

Regagnant la chambre en titubant, Abigail constata avec stupéfaction qu'un inconnu y avait pénétré en son absence.

D'abord, elle ne distingua pas bien ses traits – il était flou, comme une empreinte digitale à moitié effacée. Il avait dû déverrouiller la porte – celle à la poignée cassée – car il n'y avait à l'évidence pas d'autre moyen d'y entrer. Et que portait-il ? – un lourd vase en verre taillé contenant des fleurs d'un blanc éclatant au parfum entêtant. Des gardénias.

Des fleurs pour l'invalide ! – pour *elle.*

« Allons, chérie ! Qu'est-ce que tu fais hors du lit ? »

Il était surpris, alarmé. Se souciant réellement d'elle, avec une consternation et une exaspération sous-jacentes.

« Et tes pieds… *nus.* »

Abigail était certaine de ne jamais avoir vu cet homme auparavant. Il avait d'épais cheveux blancs broussailleux, un front bas et une large face rougie ; il portait un costume sombre à fines rayures qui épousait d'un peu trop près sa silhouette trapue, une chemise blanche et une cravate, des chaussures de ville bien cirées. En effet, il avait apporté le bouquet de fleurs blanches pour Abigail, posé le vase sur une table de chevet.

L'odeur douceâtre des gardénias était si puissante ! Abigail se sentit étourdie, hébétée, comme si on avait diffusé de l'éther dans cette pièce confinée.

Abasourdie et sans voix quand elle s'aperçut que l'inconnu s'adressait à elle d'un ton inquiet : « S'il te plaît, va te recoucher, chérie. Tu ne veux pas rattraper une pneumonie, si ? La prochaine fois, ça pourrait être mortel. Et si tu étais tombée alors qu'il n'y avait personne !

– Mais je… je… je n'ai rien à faire ici…

– Pieds nus ! Pour l'amour du *ciel.* »

Il aurait reconduit de force Abigail au lit si celle-ci ne s'était pas dérobée, repoussant ses mains, se préparant à hurler au cas où il la toucherait – mais il ne la toucha pas, et haussa plutôt les épaules en lui tournant le dos de manière inattendue, comme si son comportement l'avait offensé.

« Ah, enfin. Ce n'est pas plus mal que je sois rentré. Je ne sais jamais ce que – quelle foutue catastrophe – je vais découvrir. »

Il eut un rire dur. Il était visiblement dégoûté. Mais aussi désemparé. Enlevant sa cravate d'un geste brusque, et la suspendant avec d'autres sur une tringle dans le placard. Abigail nota qu'il s'agissait de coûteuses cravates de créateurs.

Dos à elle, sans lui prêter attention, l'homme enleva d'un air détaché sa veste de costume, qu'il suspendit avec soin dans le placard ; enleva sa chemise blanche habillée, son pantalon et ses chaussures pour passer une tenue plus confortable : chemise en laine à carreaux, pantalon en toile, mocassins.

Un gros soupir. « Bon Dieu. Je *ne sais jamais.* »

Abigail resta debout à le fixer, stupéfaite. L'inconnu se changeait devant elle avec la désinvolture dédaigneuse d'un mari. Elle eut presque envie de s'excuser, car il y avait manifestement un profond malentendu entre eux.

Abigail fut encore plus stupéfaite quand l'homme aux cheveux blancs commença à lui réciter, dans les moindres détails, sa journée : une conférence téléphonique avec des clients de Tampa et Dallas en tout début de matinée ; un déjeuner au club avec _, _, et _ ; une grande partie de l'après-midi à son bureau, passée à vérifier les comptes avec _ ; et ensuite, un coup de téléphone avec _ ; puis une autre conférence téléphonique avec des clients de San Diego et Houston –

Abigail l'interrompit : « Excusez-moi !... Mais je veux rentrer à la maison… »

L'homme aux cheveux blancs cessa de parler. Une grosse plaque rouge s'étendit sur sa nuque. Tout cela alors qu'il restait debout, dos à elle, raide et inflexible, refusant de lui faire face. Elle sentit qu'il était très en colère ; il n'avait pas apprécié d'être interrompu au milieu de son récit, qui lui avait paru important et qui aurait dû impressionner son auditrice.

« Je… j'ai dit… que je voulais rentrer à la maison… Vous m'avez enfermée ici, ma place n'est pas ici, *je veux rentrer à la maison.* »

Abigail tremblait violemment. Sa sensation de faiblesse s'intensifia. Elle ajouta en balbutiant : « Vous… vous n'avez pas le droit de me garder ici ! C'est interdit par la loi… de me garder ici contre ma volonté ! Je n'ai jamais accepté. Je ne vous connais pas. J'ai eu un accident sur la route, mais je ne suis pas blessée… je n'ai pas besoin de soins médicaux… j'ai pu me reposer, et maintenant, je suis prête à partir… *je veux rentrer à la maison.*

– Chérie, tu es à la maison. S'il te plaît, mets-toi juste au lit. »

Doucement, tristement, l'homme raisonna Abigail. Il la dépassait de plusieurs centimètres et pesait au moins quinze kilos de plus qu'elle, il respirait fort. Il aurait pu faire impression à un observateur neutre : il se comportait comme le plus sensé des hommes.

Abigail protesta : « Je… je ne suis pas à la maison. Je ne sais pas qui vous êtes. Il y a quelque chose qui ne va pas… ce n'est pas ma maison…

– Bien sûr que c'est ta maison ! Tu es juste très fatiguée, mon trésor. C'est l'heure de tes médicaments.

– Non ! Pas de médicaments ! »

Effrayée, Abigail avait haussé le ton. L'homme aux cheveux blancs n'osa pas insister.

« C'est une erreur. Ma place n'est pas ici. Il y a eu une déviation. Au niveau de North Ridge Road… »

Ces mots lui étaient allègrement venus à la bouche, aussi précieux qu'un gilet de sauvetage pour quelqu'un qui se noie dans des eaux dangereuses – *North Ridge Road.*

Elle avait perdu certains autres mots, ne parvenait pas à les récupérer, mais on ne sait trop comment, ces mots cruciaux lui étaient revenus, et elle était sûre que son ravisseur en serait impressionné.

« Une déviation ?… Je n'ai remarqué aucune déviation, chérie. Tu n'es pas sortie… que saurais-tu des déviations et de l'état des routes ? *Moi,* je suis sorti. Je n'ai jamais entendu parler d'aucune route appelée North Ridge Road… je crois que tu veux sans doute parler de Northanger Road. Mais ce n'est pas du tout près d'ici, c'est plus loin, dans le comté de Hunterdon. » L'homme s'exprimait avec patience, d'un air triste. En dépit de ses cheveux blancs, il n'était pas âgé ; il avait sans doute une petite soixantaine. On voyait à quel point il était inconsolable. Proche du désespoir. À quel point il *la* blâmait amèrement.

Et Abigail se sentait si mal à l'aise dans cette chemise de nuit en flanelle qui lui arrivait aux chevilles et qui l'aurait fait trébucher si elle avait osé pousser son ravisseur et s'échapper par la porte…

Mais non : elle semblait se souvenir qu'il n'était pas possible de s'échapper par cette porte, en tout cas pas pour elle.

Pas possible de s'échapper ! – tandis que son ravisseur insistait pour qu'elle retourne se coucher, comme si elle était malade. Comme si, d'une manière ou d'une autre, c'était sa faute à elle si elle se trouvait dans cette situation et qu'il soit obligé d'être là, à la surveiller. Parce que, bien sûr, on ne pouvait pas la laisser seule. Parce que, bien sûr, elle l'avait prouvé par son comportement. Insistant que, bien sûr, elle *était* à la maison, c'était *sa maison*, et qu'il était bouleversé, tout comme leurs enfants, lorsqu'elle exigeait qu'on la laisse rentrer à la maison alors que *c'était* sa maison, parce qu'elle était simplement fatiguée, et simplement déboussolée, et qu'elle n'avait pas pris son médicament de l'après-midi ; mais à présent elle devait être rassurée de le savoir : *elle était à la maison, cette maison était la sienne depuis trente-deux ans.*

Abigail protesta : « Mais… vous n'êtes pas mon mari. C'est ridicule.

– *Oui*, c'est ridicule. *Bien sûr* que je suis ton mari, et que tu es ma femme. »

L'espace d'un long moment pénible, ils se dévisagèrent. Tremblant tous les deux, furieux.

Une pensée vint à Abigail – *Tu as terriblement blessé cet homme. Et si c'était ton mari… et si tu te trompais ?*

Sa sensation de faiblesse, de vertige dans le cerveau, s'intensifia.

Une erreur, une erreur quelconque, mais la faute à qui ? – Abigail ne saisissait pas.

Il était plus probable, songea-t-elle, que l'homme aux cheveux blancs broussailleux et à l'expression blessée et grincheuse soit censé être son mari, mais qu'il ait été mal choisi pour ce rôle ; tout comme elle, Abigail, l'épouse d'un autre homme, s'était vu attribuer ce rôle de façon aussi peu appropriée.

Tout comme la maison où elle se trouvait, cette chambre même, étaient censées reproduire, voire être, sa chambre, et sa maison – sans que ce soit pourtant le cas.

Abigail se souvint que les rêves sont irréalistes à cause de détails déconcertants. Pourquoi ? – pour l'appréhender, il faudrait appréhender le cerveau humain, qui échappe à toute compréhension.

Une petite erreur peut être une erreur cataclysmique. Une fois qu'une telle erreur a été faite, qui peut la défaire ?

Pourquoi n'avaient-ils pas envoyé de meilleurs acteurs ? – Abigail était obligée d'en rire.

Et en même temps : s'ils avaient envoyé de meilleurs acteurs, Abigail ne se serait jamais aperçue de rien. Une captive, dont le mari était le ravisseur, celui qui gardait la clé, et elle, la « femme », ne se serait jamais aperçue de rien.

« Tu es très fatiguée, mon trésor. Et tu sais, chérie… tu ne vas pas bien… »

En silence, elle hésita. Oui. Non. Mais oui – elle était très fatiguée.

À l'évidence, l'homme avait l'avantage. Il devait avoir la clé de la porte, car il régnait sur la maison. Dans la distribution des rôles, le rôle dominant était revenu au mâle, et il serait futile de la part d'Abigail de protester si tard dans sa vie. Si l'inconnu auquel elle était confrontée refusait de reconnaître cette imposture, s'il continuait à se comporter de manière aussi belliqueuse comme si Abigail était bel et bien *son épouse depuis trente-deux ans*, Abigail, sa captive, n'y pouvait pas grand-chose.

La lassitude l'avait enveloppée tel un filet à mailles fines.

Avec une affabilité forcée, comme pourrait le faire un mari rendu magnanime par le spectacle d'une femme maussade et déraisonnable, l'homme revint au sujet (familier, réconfortant) de sa *journée au bureau*: conférences téléphoniques, rendez-vous, déjeuner. Il évoqua ses projets pour le lendemain et le surlendemain, récitant d'autres noms, une litanie de noms, _, _, et _. Parce que si vous êtes un homme, un vrai, vous n'appartenez avec certitude *au monde* que s'il existe des témoins prêts à attester de votre existence, et de votre valeur.

S'acharnant ainsi sur Abigail comme on peut s'acharner sur une créature sans défense (avec un balai), sans blesser la créature, mais (juste) en s'acharnant sur elle, encore et encore, pour l'avoir à l'usure; la captive vacillait sur ses pieds (nus), désormais épuisée, au bord de l'évanouissement, de plus en plus affaiblie à mesure que le filet à mailles fines se resserrait autour d'elle. Quand avait-elle mangé pour la dernière fois, elle ne s'en souvenait pas. Quand avait-elle dormi pour la dernière fois, elle ne s'en souvenait pas. Quand avait-elle pris une profonde bouffée d'air frais, du genre de celles qui remplissent complètement les poumons et enchantent l'âme, elle ne s'en souvenait pas. Quand avait-elle entendu prononcer son nom, et quel était son nom, elle ne s'en souvenait pas bien. Peut-être était-elle anémique, peut-être aurait-elle besoin d'une transfusion sanguine. Peut-être son cerveau avait-il commencé à se dessécher, à s'effriter comme de l'argile. Peut-être ne pouvait-elle plus mâcher ni avaler de nourriture solide ; son ou ses ravisseurs allaient devoir lui fournir des aliments mous et mixés, sans quoi elle périrait.

La certitude exaspérante avec laquelle l'homme aux cheveux blancs parlait à Abigail lui fit comprendre qu'elle avait perdu une telle certitude. Au moment de l'accident, peut-être – quand son front avait violemment heurté le pare-brise.

C'était *ça* : là où tout avait commencé. Du bout des doigts, elle toucha la meurtrissure enflée et tendre entre ses sourcils, pareille à un troisième œil, pas encore ouvert.

Elle avait égaré des mots essentiels. Elle avait laissé derrière elle son sac à main, et le petit appareil électronique avec lequel (elle le savait ! elle en était intimement convaincue) elle aurait pu faire venir son vrai mari, qui aurait annihilé cet imposteur. Elle avait perdu la clé de – quelque chose. Quoi, elle n'en était pas sûre. Dans une zone obscure de son cerveau, ces mots essentiels subsistaient, mais elle ne parvenait pas à localiser cette zone et, si elle y parvenait, elle ne réussirait pas à ouvrir la porte, qui était verrouillée, ou dont la poignée avait été sabotée pour tourner en vain dans sa main. Maintenant, elle se souvenait qu'elle avait vu des signes ces derniers jours, ces dernières semaines : les visages qui reflètent le vôtre, des visages familiers qui se comportent de façon peu familière, des visages dont vous devez déchiffrer les expressions afin de pouvoir déchiffrer votre propre état : ces visages qui ont été souriants, alertes, admiratifs tout au long de votre existence, mais qui ont désormais (inexplicablement) cessé de sourire. Lorsqu'ils trahissent l'inquiétude, l'effroi, la pitié, vous évitez d'être vue par eux et vous n'avez plus envie de *les* voir.

Elle s'écria qu'elle le détestait! – pourquoi ne la laissait-il pas *mourir*?

Repoussa ses mains, lui hurla de ne pas la toucher alors même qu'il protestait: « Mais je t'aime! Ma femme chérie, s'il te plaît… »

Maintenant, il avançait vers elle. Maladroit, en pleurant. Comme pourrait pleurer un homme plus âgé, peu habitué aux larmes. Ses bras dans les manches de sa chemise en laine autour d'elle, Abigail dans sa chemise de nuit en flanelle qui sentait la transpiration. Elle n'était pas dépourvue de honte – la *honte* ne la lâcherait pas jusqu'à la fin.

La serrant fort. L'agrippant comme un homme qui sombre pourrait agripper quelqu'un d'autre, refusant à tout prix qu'elle s'échappe. Abigail ne pouvait pas respirer, cette personne lui comprimait les poumons et l'empêchait de respirer. Bras le long du corps, maintenus bien serré. Ensemble, ils titubèrent jusqu'au lit, tombèrent lourdement sur le lit. La réalité physique du corps d'un autre est toujours un choc: *taille, densité, chaleur.* Les larmes de l'homme lui mouillaient la figure. Elle n'avait pas la force de se dégager. Jusqu'à ce qu'en fin de compte, trop épuisée pour résister, elle reste allongée à côté de son ravisseur, pleurant avec lui, par égard pour lui, le cerveau vide, annihilé. Ses paupières étaient trop lourdes pour rester ouvertes, et ce fut une véritable félicité de succomber au sommeil; quelle félicité, l'odeur sucrée et douceâtre des gardénias d'un blanc éclatant qui planait dans la pièce et pénétrait dans ses narines, envahissant son cerveau tel de l'éther, précipitant le plus délicieux des sommeils dans les bras d'un inconnu.

Un bras passé par-dessus elle, lourd, réconfortant.

« Ma femme chérie! Je ne t'abandonnerai jamais. »

***

Quelque chose lui appuyait sur la poitrine. Une main ouverte, une paume moite. La terreur de la suffocation.

Se réveillant en sursaut dans une lumière aveuglante. Était-ce un autre jour, un matin, ou bien le même jour interminable ? Avait-elle enduré une *nuit* ?

Mais le sommeil avait apaisé son cerveau douloureux et à vif. Elle avait les idées plus claires à présent.

Elle eut un choc : à côté d'elle, dans le lit aux draps froissés, était allongé l'homme – l'homme aux cheveux blancs broussailleux, l'inconnu qui prétendait être *son mari*, sur le dos, bouche ouverte, endormi, respirant profondément, comme quelqu'un qui se noie pourrait aspirer l'air.

Stupéfiant pour Abigail de s'apercevoir qu'elle avait dormi auprès de son ravisseur. Des heures d'oubli, de honte…

Dans son sommeil, elle ne le savait pas. Et en même temps, elle avait dû le savoir. N'avait pas pu *ne pas* savoir.

De nouveau, elle fut frappée de voir : à quel point un corps (d'homme) peut être imposant, solide, volontaire, *réel*, à côté d'un corps (de femme), à l'horizontale sur un lit.

Pendant la nuit, l'homme avait dû enlever sa chemise à carreaux rouges – sa poitrine grassouillette en partie découverte par un fin maillot de corps taché. Sous l'édredon en satin, le bas de son corps était peut-être nu. (C'était au-dessus des forces d'Abigail de regarder. Elle *refusait* de regarder.) La chemise à carreaux de l'homme et son pantalon, qui semblait avoir été jeté par terre, gisaient sur la moquette, à côté du lit.

Ses cheveux blancs étaient en désordre. Son visage trahissait le stress, la fatigue. Des poils drus avaient commencé à surgir sur ses mâchoires. Ses paupières tremblotaient. Un bruit de sifflement dans les narines. Oh, elle avait entendu ce sifflement dans son sommeil, il s'était insinué dans son sommeil, dans ses rêves, un fil de mercure rouge vif, un poison coulant goutte à goutte dans son cerveau. Abigail recula pour s'éloigner de l'homme, révulsée par son corps moite et transpirant, et redoutant de le réveiller. Une pensée désespérée lui vint, telle une prière inversée – *Vais-je devoir le tuer pour être libre ?*

Une lumière artificielle brillait à travers les fenêtres qui donnaient sur un paysage aplati, un ciel bleu vif de papier mâché. Les rayons laser blancs et perçants du soleil de printemps, auxquels il était impossible d'échapper.

Et l'odeur douceâtre-empoisonnée des gardénias – elle aussi s'accrochait aux draps, à son oreiller, à ses cheveux, emmêlés et hirsutes au-dessus de sa tête, comme si elle était captive non depuis moins de vingt-quatre heures, mais depuis des jours.

Se remit sur ses pieds (nus, meurtris) ! – se glissant avec précaution hors du lit. Osant à peine respirer de peur que le mari-imposteur ne se réveille subitement.

Il fallait qu'elle échappe à son ravisseur.

Il fallait qu'elle agisse vite, immédiatement.

Il ne fallait pas qu'elle laisse son ravisseur reprendre l'avantage. Se réveiller, et la neutraliser.

Ses pensées fonçaient à toute allure sur une route menant à une destination inévitable : elle allait briser le vase sur la tête de l'homme pendant son sommeil, lui entailler le crâne et le réduire à l'impuissance ; le coup ne le tuerait peut-être pas, car Abigail n'avait jamais commis d'acte aussi désespéré, n'avait aucune notion de la force qu'il faudrait pour l'accomplir ; pas plus qu'elle ne souhaitait blesser quelqu'un d'autre, même un adversaire. Même un acteur mal choisi censé être son mari.

Et si elle s'arrangeait pour que son ravisseur soit inconscient et neutralisé, où trouverait-elle la clé ? Dans une poche de son pantalon ? Dans un tiroir quelque part dans la pièce ? Elle l'ignorait.

Absurde : elle ne pourrait jamais nuire à quelqu'un d'autre. Pas Abigail R_! Elle n'en avait ni la volonté ni la force.

Peut-être n'était-*il* pas à blâmer. Aussi innocent qu'elle. Aussi prisonnier.

Cependant, elle tremblait d'excitation, l'adrénaline coulait dans ses veines, telle une flamme liquide. Tant que l'homme dormait, elle avait une chance de s'échapper. Tant qu'il n'avait pas conscience d'elle, elle était libre de lui. Dans un placard, elle découvrit des vêtements de femme, attrapa une veste, un pantalon en jersey doux qui couvrirait chaudement ses jambes nues, une paire de chaussures solides pour courir.

Sur le lit, au milieu des draps froissés, l'homme aux cheveux blancs continuait à dormir d'un sommeil lourd. Sa respiration était irrégulière et rauque, pénible à entendre. Dans ses narines, ce léger son sifflant qui tapait sur les nerfs d'Abigail.

Pendant quelques minutes, en proie à une curieuse transe léthargique, elle considéra le *mari-imposteur* avec une rage croissante. Il ne faisait guère de doute que c'était lui qui l'avait déshabillée. En dehors d'elle, il était le seul acteur de ce drame grotesque et périlleux dont elle était prisonnière. Il avait contemplé son corps nu, il avait osé la toucher, la commander. Il avait osé l'enfermer dans cette chambre, et la contraindre du fait de son poids supérieur au sien, de sa détresse même, il avait osé la forcer à rester docilement allongée dans ses bras, trop faible pour résister. Tout ce qu'il avait fait, il le lui avait fait *à elle*.

Se réveillant de sa transe comme si quelqu'un avait claqué des doigts pour l'en sortir, Abigail souleva furtivement le lourd vase en verre taillé et l'emporta dans la salle de bains, en enleva les fleurs et, avec autant de discrétion que possible, en vida l'eau ; respirant calmement, pensant calmement, silencieuse sur ses pieds nus, elle retourna aussitôt jusqu'au lit où son ravisseur endormi était allongé et, sans se laisser l'occasion de réfléchir, brandit le vase haut au-dessus de sa tête et l'abattit bien fort sur le crâne de l'homme ensommeillé, qui se réveilla tout de suite, poussa un hurlement aigu, se débattant, saignant abondamment tandis que d'une main intrépide, Abigail levait le vase aussi haut qu'elle le pouvait et l'abattait une seconde fois sur son crâne...

Avec l'envie de crier d'un ton triomphant – *Ce n'est pas ma faute. Vous m'avez retenue captive. Je n'ai pas choisi cette situation. Vous survivrez.*

Ensuite, Abigail tira très vite l'édredon pour cacher le visage ravagé qui ruisselait de sang. Quant au corps, il s'était convulsé et avait cessé de tressauter.

Elle s'agenouilla à côté des vêtements abandonnés de l'homme. Fouillant ses poches, cherchant frénétiquement une clé.

À la hâte, elle enleva la chemise de nuit tachée de sang. À la hâte, elle se lava les mains dans la salle de bains, s'appliquant à ne pas laisser le moindre résidu de sang sur la serviette. Elle enfila très vite les habits qu'elle avait trouvés dans le placard, se souciant à peine de vérifier s'ils lui allaient ou non. Pas de temps à perdre, fourrant ses pieds (nus, meurtris) dans des chaussures qui avaient la bonne taille, ou presque. Dans l'autre placard, elle découvrit, au fond d'une poche de la veste du costume sombre à fines rayures, un porte-clés – des clés ; avec des sanglots de soulagement, elle vit que l'une d'elles entrait dans la serrure de la porte de la chambre et réussit à ouvrir celle-ci d'un seul tour de poignée résolu.

« Oui ! Comme ça. »

À présent, il fallait qu'elle retourne sur ses pas. Descendant à toute allure l'escalier, traversant la cuisine, et sortant par la porte de derrière dans l'air froid et lumineux, personne pour l'observer, personne pour la rappeler, alors qu'elle courait désormais franchement dans les chaussures malcommodes d'une inconnue, haletante, pour déboucher sur la route et continuer à la suivre pendant quatre cents mètres environ jusqu'à sa voiture, qui était exactement dans le même état que la veille – roues avant dans le fossé peu profond, roues arrière sur la chaussée.

L'esprit embrumé d'euphorie, courant dans l'air froid et lumineux. Elle courait si peu ces jours-ci, dans cette phase de sa vie ! Après l'emprisonnement de la chambre, après l'étreinte étouffante du mari-ravisseur, quelle joie d'inspirer profondément l'oxygène dans ses poumons.

Abigail fut si soulagée de voir sa voiture qu'elle en rit tout haut. Même si le véhicule était affreusement éclaboussé de boue. Son mari serait stupéfait, réprobateur. *Qu'est-ce que tu as fabriqué, Abby ! Je venais de faire laver la voiture.* Une voiture blanche, couleur peu pratique. Avec quelque difficulté, elle parvint à ouvrir la portière côté conducteur, parvint à grimper à l'intérieur. Là, la clé sur le contact ! – pile là où elle l'avait laissée.

« Oui, comme *ça*. »

Et maintenant, le moteur allait-il démarrer ? – Abigail ferma les yeux, tourna la clé. Après une légère hésitation, le bruit familier d'un moteur qui démarre. La chance continuait à lui sourire.

Maintenant, la tâche consistant à faire osciller la voiture d'avant en arrière, d'avant en arrière, déterminée à libérer les roues avant jusqu'à ce qu'elles commencent enfin à gagner du terrain, entraînées par leur élan. Un panache de fumée blanche tourbillonna derrière elle. Les roues luttèrent, mais finirent par adhérer. Abigail rit encore tout haut de soulagement pur.

Avec une ultime secousse, la voiture remonta sur la route. Ses quatre roues bien ancrées sur la route. Désormais, Abigail pouvait respirer. Sa vision était devenue plus nette, elle respirait mieux. Depuis qu'elle avait pris le vase de fleurs entre ses mains – qu'elle s'était rendue en silence dans la salle de bains – elle avait été électrisée par un afflux d'adrénaline qui n'avait pas encore diminué. Si seulement elle avait eu davantage confiance en elle la veille – si seulement elle s'était laissé guider par son instinct – elle serait à la maison à l'heure qu'il était, en sécurité.

Reprenant la direction de North Ridge Road. Ou du moins croyait-elle reprendre la direction de North Ridge Road.

Pendant plusieurs kilomètres, rencontrant peu de véhicules. Elle ne voyait aucun panneau de déviation. Néanmoins, le paysage semblait familier. Et là, tout à coup, North Ridge Road.

Et là, de nouveau – la barricade et le déroutant panneau jaune : DÉVIATION.

De nouveau, personne en vue. Aucune équipe d'ouvriers qui réparaient la route, aucun obstacle visible, à part la barricade elle-même.

Cette fois-ci, Abigail contourna l'obstacle avec sa voiture, avec audace, sans difficulté, par le bas-côté herbeux, avant de remonter sur la chaussée et de continuer le long de North Ridge Road jusqu'à sa maison, située d'après ses calculs à moins de trois kilomètres.

Le soleil était encore d'une acuité et d'une luminosité inhabituelles. Les feuilles qui bourgeonnaient étaient à peine perceptiblement plus vertes que la veille. Son cœur était rempli d'espoir, d'ici à quelques minutes, elle serait à la maison.

Curieux

1.

Q: Nombre d'entre nous, vos admirateurs, sont curieux depuis longtemps… Où trouvez-vous vos idées, Mr N_?

R: Ah! Il y a longtemps que cette question me rend perplexe, moi aussi. Nous sommes tous des mystères pour nous-mêmes, des énigmes…

***

La vérité, mon ami, c'est que je n'ai jamais eu la moindre curiosité sur l'endroit d'où viennent mes « idées » : les miennes, ou celles de qui que ce soit.

En fait, vous seriez surpris d'apprendre que malgré ma réputation de *plus érudit et cérébral des écrivains du XXIe siècle*, je ressens très peu de curiosité pour quoi que ce soit.

D'ailleurs, je ne suis même pas curieux de mon manque de curiosité. On pourrait dire que je ressemble à un individu affligé d'un déficit neurologique qui l'empêche de reconnaître les visages: la « prosopagnosie » ou « cécité des visages ». Dans les cas particulièrement extrêmes, le sujet affligé de cette condition est même incapable de reconnaître son propre visage sur une photo ou dans la glace, sans parler de ceux des membres de sa famille ou de ses amis.

Non. Je ne suis pas curieux de savoir *pourquoi*. Qui se soucie du *pourquoi*?

Cécité des visages, daltonisme, surdité musicale: ce ne sont pas des choix personnels, mais des déficits du cerveau. On dit que les psychopathes ne se soucient pas de moralité, que les psychopathes ne se soucient pas de la douleur de l'autre, que les autistes n'ont pas de « théorie de l'esprit » – pas de capacité à imaginer l'intérieur des vies des autres. Manquer de *curiosité* revient à être membre d'une catégorie aussi réduite que singulière.

Je ne suis même pas curieux de la curiosité des autres, comme pourrait l'être un scientifique. Pas plus que je ne serais curieux d'un chien qui renifle avec excitation une pile de feuilles pourries. Peu importe ce que le chien pourra bien déterrer dans les prochaines secondes, quelle excitation il pourra ressentir, on s'en fiche!

Mais maintenant que vous m'avez posé la question (inévitable), la question (à laquelle il est impossible de répondre), la question (stupide), je suis poussé à spéculer. Comme quand, sentant une soudaine démangeaison, je suis poussé à me gratter imprudemment jusqu'au sang.

D'où les idées qui alimentent les fictions saugrenues et apparemment inépuisables de N_ viennent-elles?

2.

Il est vrai que mes « idées » semblent venir, comme l'ont noté certains observateurs, d'un étrange royaume lointain et excentrique de l'être. Pas du quotidien ni des récits des journaux. Pas de mon expérience personnelle. (Pas en général !) Ni des travaux des autres – pas depuis l'adolescence. Les biographes (myopes) ont essayé d'établir des correspondances entre (ce qu'ils savent de) ma vie et (ce qu'ils peuvent glaner de) mon art, avec des résultats peu convaincants. N'importe quel idiot doté d'un vocabulaire impressionnant peut arguer d'une relation « occasionnelle » là où il n'y en a aucune.

Je réfute rarement les théories les plus invraisemblables. Je suis respectueux des excentricités des autres, tant qu'elles ne sont pas malveillantes ou qu'elles ne visent pas à me dénigrer. Bien que je ne « tire pas de fierté » de mes créations, pas plus que je n'en « ai honte », dans la mesure où je n'ai pas le sentiment qu'elles m'appartiennent vraiment, quelles qu'elles soient, tout en supposant malgré tout que je dois en assumer une part de responsabilité.

Ce qui est curieux, je suppose, c'est que les idées « ne viennent pas à moi » – en réalité. C'est plutôt *moi qui vais à elles.*

Tout dépend d'où je m'aventure. Si je pars en randonnée pour gravir la (bizarrement nommée) Wolf Pit Mountain[1] au bout de la ville industrielle désolée où il se trouve que je vis durant la sixième décennie de ma vie, du côté Pennsylvanie du fleuve Delaware ; si je me fraie un chemin à travers les hautes herbes raides le long de la falaise, si j'ose pousser la porte du

1. Wolf Pit Mountain : fosse aux loups. (*Toutes les notes sont de la Traductrice.*)

vieux « manoir Erikson » (une ruine néo-grecque envahie par des générations d'enfants impudents) ; si j'ose y pénétrer, avancer avec précaution sur le plancher (pourri, dangereux) ; si je me retrouve dans un salon délabré où le papier peint part en lambeaux comme de la peau écorchée, avec au-dessus de ma tête les restes d'un lustre en cristal brisé en mille morceaux par des balles de pistolet à air comprimé, mais qui « chante » pourtant dans le vent ; si je m'accroupis maladroitement par terre pour examiner de petits objets obscurs comme des pièces de puzzle attendant la main du maître ; si, en somme, une séquence d'éléments mystérieux est constatée, comme l'ADN – il est possible qu'une « idée » me vienne avec un sursaut palpable, tel un courant électrique.

Même si parfois c'est une expérience d'un genre tout à fait différent : une sensation aussi rapide et soudaine qu'une tique qui saute sur un morceau de peau chaude et s'y incruste aussitôt.

Je veux parler de la *tique du chevreuil*. La plus petite et la plus malveillante de toutes, pas plus grosse que le point à la fin de cette phrase.

Comment, pourquoi, dans quel but, cette pensée m'est venue dans cette ruine désolée – où je me suis *stricto sensu* « introduit par effraction » – je n'en sais rien du tout. Parce que les objets obscurs sur le sol peuvent être des éclats de verre, des morceaux de vaisselle, des lambeaux de papier peint fossilisé, un bouton en os, le fragment de la touche en ivoire jaunie d'un piano… Un jour, une carte postale d'un endroit surnaturel en Utah appelé Bryce Canyon, sévèrement abîmée par les intempéries, dont le message gribouillé était à peine lisible – « *Vous me manquez tous ! Je vous aime ! Je promets de rentrer bientôt. Janey.* »

Alors que cette « idée » commence à germer dans ma tête, je me dépêche de rentrer chez moi.

Dans ces moments-là, je dois être d'une prudence extrême, car en montagne la descente est presque aussi ardue que l'ascension, plus traître à certains égards, parce qu'il est plus facile de glisser et de tomber en descendant qu'en grimpant ; on peut gravir une colline en *rampant* (si besoin), mais on ne peut pas ramper durant la descente.

Dans le brownstone sur le fleuve, davantage un refuge qu'une résidence, et encore moins un « chez moi », je prends très vite des notes avec une inspiration fiévreuse. (Bien sûr, je ne pense pas *inspiration*. Pour moi, ce mot ne signifie rien, même si je crois que, pour vous, il a une sorte de signification sentimentale.) Trop excité pour m'arrêter le temps d'un repas, trop excité pour essayer de dormir, je « prends des notes » pendant des heures, jusqu'à ce que je découvre qu'il est plus de minuit, que mes paupières se ferment, que ma main me fait souffrir, et que l'épuisement monte en moi telle de l'eau boueuse.

En général, à terme, une « idée » qui a germé au manoir sera suffisamment solide pour donner lieu à une œuvre d'une longueur appréciable. Une longue nouvelle, un roman. (Cependant, la carte postale délavée de Janey est devenue un roman substantiel, l'une de mes intrigues les plus élaborées.)

Mais un tel effort nécessite du temps, de même que n'importe quelle chose qui grandit nécessite du temps pour s'enraciner, développer des pousses, prendre vie avec hésitation, « s'épanouir ».

En revanche, si je marche dans une autre direction, le long du fleuve, en passant devant les fabriques et les petites usines condamnées, devant les rangées de maisons en brique érodées, devant les tavernes dont les enseignes au néon brûlent en plein jour, tels des insomniaques qui ne se rendent pas compte que la nuit est terminée – mes « idées » seront sans doute d'un autre genre, dans l'ensemble moins ambitieuses.

En ville, je ne marche pas en mode « randonnée » – et encore moins en mode « ascension ». Je maintiens un rythme plutôt rapide, car je trouve la marche lente exaspérante, pleine de dangers, comme quand on roule trop lentement à vélo ou qu'on parle si lentement qu'on risque d'oublier le début de sa phrase avant d'en atteindre la fin.

De plus, en marchant lentement, on est susceptible d'être vu comme *un promeneur*, *un oisif*. On est susceptible d'être vu comme quelqu'un qui n'objecterait pas à ce qu'un inconnu se joigne à lui avec ce salut enjoué des plus déplaisants : *Comment ça va ?*

Ou, encore plus déplaisant : *Vous vivez dans le coin ?*

Herrontown, Pennsylvanie, est un lieu amical. C'est un lieu aussi amical que peut l'être une mare d'eau de mer remplie d'algues. Il ne s'y passe pas grand-chose, et on ne peut pas s'en échapper.

Toutefois, Herrontown a une importance « historique ». (Ce n'est pas la raison pour laquelle j'habite ici. L'« histoire » ne m'intéresse que si j'écris à son sujet.) Plusieurs escarmouches de la guerre d'Indépendance se sont déroulées dans cette partie de la vallée du Delaware, non loin de Trenton, New Jersey. Je me retrouve fréquemment dans l'ancien centre-ville – la place « historique » de Herrontown Square. Près de l'église épiscopale du XVIIIe siècle et de son cimetière. Près du canon de la guerre d'Indépendance et du monument aux soldats tombés au combat durant des guerres d'un autre âge. (La dernière ainsi honorée est la guerre du Golfe [1990-1991].) Des colombes en deuil s'envolent en ordre dispersé tandis que j'avance le long de la promenade.

Au petit bureau de poste qui jouxte la place, travaille un employé solitaire d'âge indéterminé – jeune? – plus très jeune? – auquel j'achète parfois des timbres; cet individu est corpulent, affligé d'un visage mélancolique/grincheux, de cheveux en désordre qui lui tombent sur les épaules, et vêtu de T-shirts aux logos obscurs (Iron Maiden, Black Sabbath) tendus sur son torse grassouillet-musclé. Je suis souvent le seul client du bureau de poste. Nos transactions sont civiles, mais laconiques, rigides (je prends soin d'éviter de regarder cet individu morose « dans les yeux » de peur qu'il se méprenne), aussi brèves que possible. Je suis inévitablement tiraillé par un sentiment proche de la sympathie, voire de la pitié, pour cet employé de la poste. Et malgré tout aussi: *Non. Ce ne sera pas vous.*

Quand je repars, serrant entre mes mains une petite planche de timbres (car pourquoi en achèterais-je davantage que six à la fois?… je ne vivrai peut-être pas assez longtemps pour tous les utiliser) l'employé morose soupire inconsciemment, comme soupirerait un tas de sable s'il le pouvait.

Un pâté de maisons plus loin, la bibliothèque municipale, qu'abrite une ancienne forteresse en pierre datant de la guerre d'Indépendance à laquelle ont été ajoutées, de manière quelque peu incongrue, des baies vitrées; à l'intérieur, des lumières fluorescentes peu flatteuses qui donnent aux usagers les plus robustes un aspect fantomatique. La bibliothécaire en chef, Ms Laporte, est une femme élégante d'à peine cinquante ans qui m'adresse toujours un sourire spécial de reconnaissance – « Bonjour, Mr N_! » car elle a tout de suite su qui j'étais, ou qui j'ai jadis été; à ma seconde visite, elle m'a conduit triomphalement jusqu'à une étagère de mes livres, arrangés par ses soins dans une section intitulée AUTEURS LOCAUX, et m'a invité à les dédicacer, ce que j'ai fait, un peu à contrecœur, non sans avoir arraché à cette femme sincère la promesse qu'à l'avenir elle protégerait mon intimité et s'abstiendrait de *me signaler* à qui que ce soit quand je reviendrais/si je revenais un jour. « Mais bien sûr, Mr N_! C'est juste un tel honneur pour nous ! » – déclaration proférée d'un air d'excuse sans aucune trace d'ironie. Grâce à un modeste don à la bibliothèque émanant d'un usager généreux/anonyme, Ms Laporte a pu abonner l'établissement à des publications littéraires telles que *Paris Review*, *Poetry*, *Conjunctions*, *Boulevard*, *McSweeney's*, le *Times Literary Supplement* et la *New York Review of Books*.

Parfois, les après-midi d'hiver, je passe à la bibliothèque consulter ces publications tandis que la grêle fouette ses fenêtres. Songeant à quel point c'est douillet ici, comme si nous étions les survivants d'un cataclysme (encore) incapables de mesurer les dimensions de ce cataclysme.

Partout ailleurs ici, les lycéens s'étalent avec grossièreté sur les tables, cliquant sur leurs ordinateurs portables, aussi oublieux de leur environnement tapissé de livres que des personnages de jeux vidéo en deux dimensions.

Bien que la bibliothèque soit l'un de mes refuges, je l'ai évitée ces derniers mois. Je ne suis pas sûr de savoir pourquoi. Il arrive que je sois saisi de ce genre d'impulsion : des instincts pour lesquels il n'existe pas de nom, même si en fait ils sont peut-être comme la plupart d'entre eux liés à l'instinct de conservation.

Néanmoins, aujourd'hui, je me retrouve en train de pénétrer dans ce lieu. Discrètement, en secouant les gouttelettes d'eau de mon manteau. Et Ms Laporte est là, à l'accueil, surprise à tamponner une date sur un livre pour un usager, jetant un regard étonné dans ma direction, avec un sourire confus, une expression – gratifiée ou mortifiée ? Il est inévitable que je passe devant le bureau de Ms Laporte, que je la salue d'un sourire courtois, quoique pas d'une poignée de main chaleureuse ni même énergique (car nous n'avons pas ce type de rapports là), d'ailleurs Ms Laporte ne me tendrait pas la main. Et il me vient une pensée, spontanément – *Pas vous. Désolé!*

Je le sais: il se peut que Ms Laporte soit amoureuse de Mr N_, cet *auteur* notoirement obscur et reclus de *fictions énigmatiques du* XXI*e* *siècle*.

Mais bien que je partage son nom avec N_, je ne suis en fait pas N_. C'est pourquoi je ne suis pas responsable des fantasmes que des femmes séduisantes, soignées et « élégantes », mariées ou non, projettent sur moi au cours de leurs heures d'oisiveté.

À titre de compensation (partielle) pour avoir évité la bibliothèque/évité Ms Laporte pendant des mois, je vais faire un don de cinq cents dollars aux amis de la bibliothèque de Herrontown.

3.

Après la poste et la bibliothèque, il y a l'épicerie locale. Où, comme les résidents de Herrontown qui n'ont ni l'envie ni l'énergie de parcourir cinq kilomètres jusqu'au Safeway violemment éclairé du centre commercial, je suis obligé de me ravitailler en denrées de première nécessité.

L'épicerie McGuire's, au coin de Humboldt et Depot. Dans un quartier de vieux bâtiments en brique rouge, de petites entreprises, de devantures de boutiques vacantes. Je prends une grande bouffée d'air, j'entre. Une sensation de malaise, d'impatience.

Trois caissières. Mais seule la troisième a de l'intérêt.

Le nom écrit à la main sur son badge en plastique est exotique : KEISHA. La femme elle-même n'a rien d'exotique – la fin de la trentaine, un teint cireux, une allure timide et gênée – « B'jour, m'sieur, comment allez-vous aujourd'hui ? » (Question agaçante que les caissières de chez McGuire sont à l'évidence obligées de poser aux clients.) De loin, Keisha paraît chauve, mais de plus près on s'aperçoit que son crâne délicat est couvert d'un fin duvet doux, de vrais cheveux de nouveau-né. Elle est d'une maigreur terrible – haut du corps, bras, poignets. Son visage est un visage de jeune fille, aux traits cruellement tirés de fatigue, aux yeux quelque peu injectés de sang.

(Cancer ? Chimiothérapie ? Et maintenant, ses cheveux commencent à repousser ?)

J'ai le vague souvenir que c'était la caissière qui portait des bonnets tricotés peu flatteurs à l'automne dernier. Et puis, pendant un temps, des mois, peut-être, elle avait complètement disparu de l'épicerie. Jusqu'à cet instant, je ne m'étais pas tout à fait aperçu de son absence.

Keisha a beau être la plus frêle des caissières de chez McGuire, elle est aussi la plus diligente et la plus efficace.

Déférente envers les clients, respectueuse et attentive à son travail. Souriant peu, jusqu'au moment où elle me tend mon reçu, et ensuite, un gentil sourire timide : « Merci, monsieur. »

Qui suscite la réponse suivante : « Merci à *vous*. »

Il semblerait que je sois devenu un client régulier de McGuire's (par défaut, car je préférerais ne pas fréquenter du tout cette épicerie minable, de même que je préférerais ne pas « fréquenter » un seul magasin d'une quelconque manière qui puisse être cataloguée comme routinière, prévisible). Je ne suis pas un client assez régulier pour saluer Keisha avec quelque chose qui s'apparente à de la surprise ou à du plaisir en la voyant de retour à la caisse. (Comme si revenir travailler chez McGuire était une vie digne de ce nom!) Et je ne serais *a fortiori* pas assez présomptueux pour demander à cette pauvre femme comment elle va, ainsi que j'ai entendu d'autres le faire, avec une gaieté exaspérante. *Alors, Keisha, comment ça va?... Vous avez bonne mine.*

Les salutations désinvoltes de ce genre me déplaisent, même si cela ne semble pas être le cas de Keisha, qui se borne à murmurer une réponse courtoise en souriant.

Pas vos affaires. Fichez-moi la paix. Allez-vous faire voir.

Mais non: pas cette jeune personne. Peu probable.

Aujourd'hui, les achats que j'ai effectués chez McGuire sont peu nombreux et banals. Je ne les énumérerai pas ici, car il y a une sorte de honte obscure à présenter au jugement sans vergogne du monde quelque chose d'aussi intime que des achats individuels solitaires, destinés à être mangés/bus par vous-même dans la solitude de votre résidence à peine meublée – *Pas vos affaires* est le commentaire approprié.

Moins d'une demi-douzaine d'articles que Keisha doit scanner, puis pousser sur le tapis de ses mains maigres et adroites. Au troisième doigt de la main gauche, elle porte une alliance toute simple qui flotte un peu. Ainsi, elle est mariée.

Guère surprenant. Très probable que cette femme soit aussi une mère.

Papier ou plastique? – demande invariablement Keisha, bien qu'on puisse penser (que je puisse penser) qu'elle est assez intelligente pour se souvenir qu'elle m'a déjà posé cette question auparavant et que j'appartiens à cette catégorie de clients conscients de leur environnement qui préféreraient le papier au plastique.

N'empêche que les caissières de chez McGuire le demandent toujours. Peu importe le nombre de fois qu'elles l'ont posée. Peu importe que je réponde toujours la même chose.

Pour aider Keisha, qui est d'une maigreur alarmante, je vais « emballer » mes courses moi-même. En effet, je ressens une sorte de tendresse involontaire – de faiblesse – quand je suis à proximité de cette caissière, et une impulsive envie étrange de tendre la main pour toucher son poignet (très maigre), comme pour la réconforter.

Et ces cheveux fins de bébé qui dissimulent à peine son crâne ! Mes doigts se languissent de caresser les cheveux de Keisha, qui paraissent avoir, à la violente lumière fluorescente au-dessus de nos têtes, la teinte douce du cuivre délavé.

Et je me surprends à me dire, avec un frisson émerveillé – *Vous. Ce sera vous.*

4.

Et donc, on dirait qu'une décision ait été prise.

Mais pas (pour autant que je puisse en juger) par *moi*.

Rentrant à pied le long du fleuve de mon habituel pas vif destiné à signaler à tous ceux qui pourraient m'observer – *Voilà un homme qui sait où il va.*

Portant le sac (unique, en papier) de l'épicerie, plus lourd que je ne l'avais anticipé.

Le Delaware est un grand fleuve venteux. Des bourrasques qui soulèvent les vagues de petites crêtes blanches.

Une sensation de malaise, d'agitation m'a envahi. C'est le vent. Qui me fait larmoyer. (Tous les soirs avant d'aller me coucher, je me mets une goutte d'un liquide piquant dans chaque œil, prétendument pour ralentir les ravages d'un glaucome prématuré; mes yeux sont devenus sensibles.) Une tension, une excitation croissante, comme si quelque chose était sur le point de prendre feu.

Ce moment où la flamme éclaire la page du journal par-dessous d'une exquise lumière frémissante. C'est ce que je ressens!

La décision a été prise. Le choix a été fait.

Employé de la poste, bibliothécaire, caissière: *caissière.*

(Il faut établir clairement: que je ne porte guère d'intérêt aux « personnages » du genre de ceux qui peuplent la fiction en prose. Les individus que j'ai décrits, résidents de la petite ville où je semble désormais vivre, ne sont pas des « personnages », mais de véritables personnes en chair et en os – c'est leur seule et unique identification. Ils ne sont ni *représentatifs* ni *significatifs*. Il est impossible d'imaginer qu'ils aient une quelconque valeur à part au sein de leur petit cercle de connaissances, et encore.)

C'est vrai (je le vois maintenant) que je suis sensible depuis un moment à la présence de cette caissière, *Keisha*. Pas tout à fait consciemment, mais – sensible.

En général, les caissières, les employés, les serveurs et les serveuses traversent mon esprit sans être définis ou identifiés. Si Keisha n'était pas revenue travailler, elle ne m'aurait pas manqué, et même à présent, je suis sûr que, si je ne la revoyais jamais, elle ne tarderait pas à s'effacer de ma mémoire.

Cette remarque semble-t-elle dure? Je ne la *trouve* pas dure.

Dans la mesure où il y a belle lurette que ma patience envers les autres, et même envers moi-même, s'est épuisée, il n'y a vraiment aucune occasion pour que les émotions s'épanouissent, comme les bactéries peuvent s'épanouir dans de l'air recyclé chaud et humide (tel que celui des sèche-mains soufflants dans les toilettes publiques, dont on vante le caractère « hygiénique »). Pour des raisons qui vont demeurer privées, dès l'âge (relativement jeune) de trente-quatre ans, j'ai eu ma dose d'émotions. J'ai eu ma dose d'*intérêt*, de *curiosité*. Tout à fait satisfait de ne pas engager de relation avec une autre personne pour le restant de mes jours.

Si tu aimes, tu le regretteras.

Aimer, c'est aimer inconsidérément.

Endurcis ton cœur ! Avant que quelqu'un d'autre ne l'endurcisse.

Et malgré tout, quand je rentre chez moi, mon cœur s'emballe. Je cligne rapidement des yeux, comme si on y braquait une lumière aveuglante.

« Mais si ! Je vais le faire. »

Il est rare que je m'exclame ainsi, même dans l'intimité de ma propre maison. Rare que je rie tout haut, comme à présent.

Ce que je vais faire : mettre en mouvement une intrigue et voir où elle se termine.

(*Si* elle se termine. Certaines intrigues n'ont pas de conclusions naturelles.)

Je vais envoyer à Keisha un billet de cinquante dollars sans explication. Avec une simple feuille de papier pliée dans une enveloppe, marquée d'un message laconique, en petites lettres capitales : POUR KEISHA.

J'adresserai l'enveloppe à Keisha, c/o Épicerie McGuire's, Humboldt & Depot Streets, Herrontown, PA.

Je timbrerai l'enveloppe. L'emporterai dehors, pour la poster dans une boîte aux lettres au coin de la rue.

(Cela signifie-t-il quelque chose que la boîte aux lettres à moins de cinquante mètres de ma résidence ait été couverte de graffiti de peinture blanche à la bombe ?)

(Dans de la fiction conventionnelle, assurément : ces graffiti seraient « symboliques ». Dans la prose moins classifiable pour laquelle N_ est connu, la signification même de cette observation peut fort bien être son absence [ontologique] de signification.)

Calculant quand cette enveloppe sera reçue par Keisha. Pas demain, mais sûrement le jour suivant. Lorsque Keisha arrivera à l'épicerie, Mr McGuire, le gérant, la lui tendra avec un sourire interrogateur – *Quelque chose pour vous, Keisha !*

Prise de court, embarrassée, ne se doutant de rien et n'ayant rien à cacher, Keisha va (sans doute) ouvrir l'enveloppe devant McGuire ; elle sera stupéfaite de découvrir le billet de cinquante dollars accompagné de la note qui n'explique pas grand-chose, *Pour Keisha.*

C'est presque comme si j'entendais le balbutiement perplexe de cette femme – *Oh. Oh mon Dieu. Qu'est-ce que ça peut bien…* C'est presque comme si je voyais le rouge monter à ses joues cireuses.

Par ailleurs, quelle réflexion inepte pourra faire McGuire, quels commentaires pourront émettre ses collègues, exprimant la surprise, la stupéfaction, un soupçon (sans nul doute) de jalousie – je ne suis pas le moins du monde curieux de le savoir.

Surgi du néant, un billet de cinquante dollars qui lui soit envoyé à *elle* – Keisha sera remplie d'émerveillement : qui est son bienfaiteur (anonyme) ? Et pourquoi *elle* ? L'un des plus grands mystères de la vie de cette femme, destiné à ne jamais être (totalement) expliqué.

5.

Monotones, ordinaires, prévisibles, sans rien d'exceptionnel – banales, communes, courantes. Les vies de la plupart, et peut-être de tous les habitants de Herrontown, Pennsylvanie, dont la population a décliné précipitamment dans les années cinquante avec la fermeture de plusieurs usines, et dont le plus célèbre exemple d'architecture est une ruine : le vieux manoir Erikson au sommet de Wolf Pit Mountain. (Absurde de décrire Wolf Pit Mountain comme autre chose qu'une haute colline pentue offrant sur plusieurs kilomètres une vue pittoresque du Delaware.)

À Herrontown, la seule chose nouvelle, ou assez nouvelle, c'est, au bord du fleuve, un bâtiment en briques rouges qui a jadis été la principale manufacture de chapeaux et de gants pour femmes, désormais en cours de transformation en ce que l'entrepreneur décrit comme un *village de copropriétés de prestige*.

(Ce village de copropriétés sera-t-il jamais terminé ? Peu probable.)

(De même que les réparations du brownstone autrefois élégant que j'habite au milieu d'un ameublement minimaliste, avec ses fenêtres sans rideaux qui laissent passer une lumière crue et sévère venant du fleuve, ses planchers nus, sa profusion de cartons de livres que je ne me suis jamais résolu à déballer, car il n'y a – littéralement ! – aucune bibliothèque dans la maison pour les accueillir, et je ne me suis pas résolu à en acheter, estimant que l'effort nécessaire sera peut-être disproportionné par rapport à l'utilisation réelle que je ferai des [plusieurs milliers de] livres qui me suivent partout depuis des décennies telles d'anciennes amours perdues et réprobatrices, dont j'ai pour la plupart oublié les noms.)

Un cadre monotone et ordinaire, au cours de la plus monotone et ordinaire des saisons : la fin de l'hiver, début avril.

Nuages d'un gris métallique enflés comme des tumeurs, plaques de neige subsistant à côté des murs, dans les endroits ombragés. Aujourd'hui, un jeudi, le plus monotone et ordinaire des jours de la semaine, et aussi celui où, selon mes calculs, Keisha devrait se voir remettre l'enveloppe par son employeur, qui a dû la recevoir au courrier de ce matin, si bien qu'en fin d'après-midi, je retourne à l'épicerie pour y faire quelques achats, même s'il est bien trop tôt pour cela.

(Quelqu'un le remarquera-t-il ? Me raidissant en prévision d'une réflexion ringarde de McGuire.)

Dès que je pénètre dans la boutique, je cherche Keisha des yeux. Elle est l'une des deux seules caissières en service à cette heure-ci, et paraît plus distraite qu'à l'ordinaire, parlant avec un client, souriant, jetant des coups d'œil autour d'elle. *Espérant voir – qui ?*

Je sens (je crois) une subtile altération de l'atmosphère chez McGuire. Si l'on en juge par les commentaires désinvoltes que ses collègues lancent à Keisha, il semblerait qu'ils soient au courant de son cadeau surprise.

M'attardant non loin de là dans l'une des allées sous prétexte d'examiner des étagères contenant les plus banales et prévisibles des soupes Campbell's, j'observe que Keisha est en réalité une femme séduisante, si l'on n'est pas rebuté par son extrême maigreur et le spectacle de son cuir chevelu, aussi visible sous son fin duvet qu'un organe intime. Ses traits sont délicats, sa peau est étrangement dépourvue de rides, quoique cireuse, d'une teinte olivâtre – elle est (juste peut-être) de sang mêlé, selon un cliché vulgaire, noire au teint clair, originaire d'Afrique du Nord, du Moyen-Orient, voire des Indes (orientales). Ses yeux sont très sombres, magnifiques (dirait-on, si *magnifiques* n'était pas un autre cliché que je n'utiliserais jamais professionnellement), et paraissent plus alertes, plus brillants que je ne les ai jamais vus. Bien que Keisha porte ses vêtements habituels qui ressemblent à un uniforme (blouse ample, pantalon), elle a enroulé autour de son cou mince un foulard imprimé de roses, qui ajoute une note festive.

Riant d'une plaisanterie ringarde qu'un client (mâle) vient de faire. Feignant de rire. La première fois (j'en suis sûr) que j'entends Keisha rire.

En suis-je responsable ? En ayant insufflé à cette pauvre femme un sentiment de valoir quelque chose, de dignité ? D'espoir ?

Au bout de dix, quinze minutes passées à pousser un Caddie à travers les allées étroites du magasin, je réapparais dans le secteur pile au bon moment : Keisha est celle des deux caissières qui n'a pas de clients.

Posant mes quelques articles sur le comptoir à côté de la caisse enregistreuse. Échangeant les habituelles salutations (d'usage, banales) avec la caissière dont le badge indique KEISHA. Comme s'il n'y avait pas de connexion (secrète) entre nous – comme si je n'en savais pas tellement plus que Keisha sur le contexte du cadeau surprise de ce matin.

Keisha est souriante, amicale. Pas tout à fait aussi timide-embarrassée que d'habitude. Il s'est définitivement passé quelque chose qui l'a mise de meilleure humeur.

Une sensation de vertige m'envahit. De savoir que cette femme, qui m'est étrangère, est pourtant liée à moi, sans le savoir.

Unique dans ma vie. Qu'une étrangère et moi partageons un secret, même si c'est plus complètement mon secret que le sien.

« Papier ou plastique, monsieur ? » – requête familière prononcée avec davantage de chaleur que d'habitude.

Mais je tends déjà la main vers un sac en papier pour emballer mes achats moi-même.

Et durant le jubilatoire trajet à pied du retour à la maison, je prévois le deuxième cadeau, qui sera envoyé à Keisha dans dix jours.

***

Cette fois, cent dollars.

Sous forme d'un billet de cent dollars neuf et tout droit sorti de l'imprimerie – comme je suis sûr que Keisha n'en a jamais vu ; jamais tenu dans sa main.

Est-ce que je me souviens au moins quel président américain figure sur les billets de cent dollars ? – je ne m'en souviens pas, parce que c'est Benjamin Franklin ; et qu'à la suite d'un grossier oubli de l'histoire américaine, le grand Franklin n'a jamais été élu président.

Contraint de me rendre à mon agence locale dans le seul but de me procurer ce billet. Pas un mot d'explication à l'employée, pas de banalités maladroites, de plaisanteries ringardes du genre de celles que les autres, employés ou clients, se sentent obligés de faire à la banque – poli, courtois et sans expression, ma façon d'affronter le monde.

« Voilà, monsieur. Pouvons-nous faire autre chose pour vous aujourd'hui ?

– Non. »

Une pause, puis, froidement : « Merci. »

Me dépêchant alors de rentrer afin de préparer l'enveloppe pour Keisha.

Cette fois-ci, j'ai décidé d'écrire un message un peu plus long – POUR KEISHA, QUI EST SI GENTILLE.

Hésitant entre *bonne* et *gentille*. Choisissant gentille, parce que c'est la gentillesse qui semble avoir le plus d'importance.

Une bonne personne pourrait ne pas être résolument gentille. Mais une personne gentille est résolument bonne.

Inscrivant l'adresse sur l'enveloppe et la postant, comme précédemment. Calculant quand il faudra que je retourne à l'épicerie – ni trop tôt ni trop tard...

Peut-être devrais-je expliquer. Même si vous n'avez rien demandé.

(Les questions stupides sont plus ou moins la règle dans les interviews comme la vôtre. Mais les questions stupides qui violent le protocole sont taboues, et notre plus grand tabou est la proscription de toute question relative à l'argent.)

L'argent m'importe très peu. En réalité, je n'ai pas la moindre idée de combien d'argent je possède sous forme d'investissements divers et de comptes en banque éparpillés dans divers États. (Vingt millions ? Trente ? Seul Gopnik, mon comptable, le sait, et il est tenu au secret professionnel.) Les droits d'auteur de mes livres, les droits issus des ventes et des reventes de publications à l'échelle d'une longue carrière (quoique peu spectaculaire) peuvent représenter des sommes importantes, si elles ne sont pas dépensées à tort et à travers ; bien sûr, N_ est notoirement célibataire, n'a personne à charge, et donc pas d'héritiers évidents. Les intervieweurs qui n'hésitent pas à me poser des questions idiotes sur mes sources d'inspiration ont au moins le bon sens de ne pas s'enquérir de mes finances.

C'est vrai, pendant plus de trente ans, mes livres se sont assez bien vendus, pour de la fiction littéraire d'un genre avant-gardiste. Par inadvertance, je suis devenu une sorte de personnage culte, qui a répudié son milieu (ouvrier) pour explorer des mondes d'une beauté surnaturelle et baroque, des fantasmagories cérébrales, tel un Borges obsédé par Éros ; comme j'ai décidé de garder privée ma vie privée – à cause d'une timidité si extrême qu'elle confine au morbide – on a pu confondre mon caractère solitaire avec une arrogance aristocratique, qui a attisé à son tour la curiosité des esprits faibles. Des films ont été tournés à partir de mes fictions les plus obscures comme à partir des plus populaires, par des réalisateurs aussi bien américains qu'européens, ainsi que le fantaisiste coréen Park Chan-wook. Et durant une brève période des années quatre-vingt, une série télévisée adaptée de mes fictions plus courtes, une sorte de *Twilight Zone*, en plus ésotérique et plus exigeant intellectuellement.

Pendant tout ce temps, j'ai eu peu de frais. Je ne voyage guère, j'épargne la plupart de mon argent, j'investis dans des obligations ultraconservatrices, je vis très confortablement/frugalement de mes intérêts dans la mesure où mon imagination et mes énergies ont commencé à se tarir, et où je me trouve incapable d'écrire des romans, même courts, me concentrant depuis peu sur d'énigmatiques textes en prose qui imitent la non-fiction, au service de ce que j'appellerais les « fictions de haut vol » (si cette formule n'était pas aussi prétentieuse). Ayant perdu le peu de curiosité que j'avais jadis pour les complexités de la création de personnages, socle du roman traditionnel, j'ai développé un intérêt plus vif pour les complexités du « concept » : comment un concept ou une idée peuvent être amenés à se développer, comme s'il s'agissait plus ou moins d'un personnage ; de même qu'une graine ou un bulbe peu prometteurs qui paraissent pourris, filandreux, poilus, peuvent toutefois être incités à force de cajoleries à envoyer leurs pousses dans la terre, prospérant dans un pot de fleurs fêlé, avant de finir par « éclore » – à l'image de ma fleur de printemps préférée, le narcisse, avec ses pâles pétales délicats, son parfum léger et sucré qui est le véritable emblème de la fragilité et de la finitude.

Explorant ainsi avec audace non seulement un simple « mystère », mais l'essence, la graine qui germe, du mystère lui-même.

Et donc : peut-être est-ce pour cette raison que je suis attiré par Keisha. Pas dégoûté par l'extrême fragilité de cette femme et son aura de (oserai-je le dire ?) ruine prématurée, mais plutôt attiré par elles.

6.

Attendant avec impatience mon retour à l'épicerie McGuire's.

Pour la première fois de mémoire d'homme, me réveillant tôt, avant l'aube, avec une sorte d'euphorie sauvage – d'impatience – (est-ce ce que les autres entendent par *curiosité*, ce battement ardent du pouls ?) à l'idée de voir quel effet mon deuxième cadeau aura sur la caissière.

Découvrant que je consulte souvent ma montre. Que je pense souvent à *elle*.

Certainement la première fois de ma vie que je pense avec une telle intensité à une étrangère dont j'ignore le nom de famille.

Et maintenant que j'y songe, il y a quelque chose de touchant, je suppose, dans cette curiosité. Car la curiosité est un cabinet de vulnérabilités. L'ignorance est le rempart contre les risques de la curiosité. *Je ne sais pas, donc je suis. Je désire ardemment savoir, donc je suis incomplet.*

La curiosité est une habitude de jeunesse. L'envie désespérée de connaître l'opinion que les autres ont de vous. Le fléau de l'adolescence, où l'on souhaite contrôler ce que pensent les autres. Alors qu'à mon âge je ne me soucie guère de ce que je pense de moi-même, sans parler de ce que les autres pensent de moi.

(Peut-être que perversement, comme l'ont affirmé les intervieweurs, il y a un « regain d'intérêt » pour les fictions de N_ des années quatre-vingt ; il est peu probable que je le sache jamais, puisque je n'ai pas la curiosité d'investiguer. Je possède bien un ordinateur, un très vieux Dell, mais la dernière fois que j'ai vérifié, cet appareil rudimentaire n'était pas connecté à Internet, et ses capacités de traitement de texte sont si basiques que je préfère ma machine à écrire électrique japonaise de 1986, devenue une sorte de trésor antique pour les aficionados de ce type d'appareils.)

Trois jours plus tard, je retourne à l'épicerie. En fin d'après-midi. Et Keisha est là, à sa place habituelle, scannant distraitement des articles, emballant des provisions – en blouse ample, pantalon –, pas d'écharpe festive enroulée autour de son cou aujourd'hui.

Consterné, je vois que Keisha ne sourit pas. Qu'elle a les épaules voûtées. Elle s'est maquillée avec un fond de teint rose pêche particulièrement peu convaincant, supposé déguiser ce qui a l'air d'être un bleu au-dessous de son œil droit. Sa lèvre supérieure est enflée. Son nez à l'ossature délicate est enflé. *Elle a été battue. Par –*

Un mari ? Un mari jaloux.

Rien que j'aurais pu prévoir. Après avoir reçu de l'argent liquide en cadeau d'un admirateur anonyme, cette pauvre femme a été soupçonnée – d'infidélité ?

Mes cadeaux, simplement censés égayer la vie de cette pauvre convalescente, se sont retournés contre elle.

Pour l'instant, personne dans l'épicerie ne m'a remarqué. Il y a une certaine activité, sans lien avec Keisha, à l'autre caisse.

Tentant de déguiser mon inquiétude, je pousse un Caddie vers l'intérieur du magasin comme si j'étais juste venu faire des courses. (Quelqu'un notera-t-il que je suis retourné si vite chez McGuire ? J'espère que N_ est aussi invisible aux autres qu'ils lui sont eux-mêmes généralement invisibles.)

Muni de quelques produits anodins à régler, je repars vers l'avant du magasin. Mon cœur bat vite, contrit. Même si deux clients font la queue à la caisse de Keisha, et aucun à l'autre, je me dirige vers la sienne, l'air de rien. Mon comportement est absurde, suspect. Je commence à transpirer, créature à la dérive.

Attendant mon tour. Observant (en cachette) Keisha. L'enveloppe de son crâne semble particulièrement fragile aujourd'hui. Visage meurtri, enflé. Œil à moitié au beurre noir. Et pourtant, elle a courageusement essayé de déguiser ses blessures. Elle a même appliqué du rouge à lèvres sur sa bouche en partie enflée, asymétrique. Toute la journée (d'après mes suppositions) la pauvre femme a été contrainte de supporter des regards appuyés, des questions maladroites, ou les murmures de commisération d'étrangers indiscrets.

Mon petit! Qu'est-ce qui vous est arrivé? – je ne chercherai pas à savoir.

Bien que mon cœur se serre de tristesse pour Keisha. À moins que ce ne soit de colère envers la personne qui l'a maltraitée.

À qui cette femme malheureuse est-elle mariée, à un homme incapable de se réjouir de la bonne fortune (mineure) de son épouse, mais qui se sent obligé de l'en punir ? Encore une fois, je note l'alliance à son doigt, avec une pointe de mépris.

Un symbole puéril des liens conjugaux. Si *ordinaire* que c'en est suffocant.

« Papier ou plastique, monsieur ? » – la voix de la caissière est basse, enrouée.

« Papier. Pourquoi me le demandez-vous chaque fois ? »

Keisha lève les yeux vers moi, surprise. J'ai répondu avec une sécheresse involontaire. Peut-être ai-je eu l'intention d'exprimer ma commisération, ma sympathie. Mais ma réponse est maladroite, parce que je suis quelqu'un de maladroit en dehors des limites de mon être, dans lequel je suis précisément calibré.

Keisha murmure : « Désolée ! » Bien qu'il soit trop tard pour que je murmure *désolé !* en retour, j'entreprends de mettre moi-même mes quelques achats dans le sac pour compenser la sécheresse de ma voix, qui n'était pas intentionnelle, je le jure.

***

Ma pauvre petite, je vais vous aider à vous échapper. Si vous me laissez faire.

7.

Et maintenant, je suis dans une impasse. Car si je continue à envoyer à Keisha de l'argent liquide en cadeau et que son mari le découvre, il la punira, peut-être plus sauvagement que les autres fois. J'ai l'impression que Keisha est trop honnête pour dissimuler quoi que ce soit, le genre de femme qui se sent coupable à tout bout de champ alors qu'elle est innocente.

Une pensée folle me vient et me tient éveillé tard dans la nuit – je pourrais m'arranger pour que Keisha reçoive une grosse somme, qui la libérerait de cette brute. (Des milliers de dollars ?) (Un million de dollars ?)

Durant une grande partie de la journée, cette possibilité me console. M'efforçant d'imaginer ce qu'un tel cadeau pourrait représenter pour quelqu'un comme Keisha, qui est non seulement forcée de travailler au salaire minimum à la supérette minable de McGuire, mais qui vient juste d'achever un éprouvant cycle de traitements médicaux.

Un fonds en fiducie, peut-être. Par versements mensuels. Un moyen (légal) d'offrir à cette femme l'indépendance financière, au moins.

Songeant – une personne comme Keisha, qui habite sans nul doute depuis longtemps Herrontown, Pennsylvanie, et probablement titulaire, au mieux, d'un diplôme du second degré, serait-elle capable de couper les ponts avec un mari abusif ? D'affirmer son autodépendance, à son âge ?

Un million de dollars, en cadeau à l'employée d'une épicerie ! Le secret serait impossible à garder, l'époux le saurait. Les parents le sauraient. Les voisins. Les médias fondraient avidement sur cette femme frêle. De parfaits inconnus chercheraient à la contacter, dans l'espoir de l'exploiter.

À mesure que je réfléchis à la manière de procéder, je dois concéder que je suis désormais mû par quelque chose qui s'apparente à de la *curiosité*. Tous les matins, au lieu de rester au lit dans un état comateux, à peine capable d'ouvrir les yeux, je me réveille sans délai en me demandant ce qui va se passer ensuite. Parce que la vie (ordinaire) de cette caissière est sous mon contrôle, si je le souhaite.

« La vie est si excitante ! Je ne m'en étais jamais aperçu » – cette étrange remarque est prononcée à l'intention de mon conseiller fiscal, Gopnik, qui me contemple comme si je m'étais subitement mis à parler une langue étrangère.

C'est rare que je dise quoi que ce soit à Gopnik à part le minimum requis. Relevés fiscaux, relevés bancaires, piles de chèques annulés et de reçus. En sa présence, je suis pris d'une efficacité robotique. Même les paroles que je murmure pour le saluer et prendre congé paraissent émaner d'un robot.

Mais à présent, Gopnik est déconcerté. Sourit bêtement, comme pour approuver mes propos, tout bizarres et improbables soient-ils : *La vie est si excitante*… à Herrontown, Pennsylvanie.

Gopnik n'habite pas Herrontown. Gopnik habite Doylestown, à quarante minutes d'ici.

Demandant au comptable comment on pourrait arranger – une « fiducie » établie par un bienfaiteur, dont les intérêts seraient payés en versements (mensuels ?) à un individu qui ne recevrait qu'un minimum d'informations sur cet arrangement.

« Eh bien. Ça pourrait se faire » – la réponse de Gopnik manque singulièrement d'enthousiasme.

Pourquoi cet arrangement se ferait-il, *qui* serait le bénéficiaire d'une telle transaction (désespérée ?), Gopnik est assez avisé pour ne pas interroger son client réticent là-dessus.

8.

Oui, c'est vrai : je trahis ma « neutralité » – mon « objectivité » – initiale, en tant que personne dont la relation avec sa vie est en substance celle d'un investigateur/expérimentateur.

Conduit par la curiosité à découvrir les horaires de l'employée de l'épicerie : cinq jours par semaine, en congé le lundi. Et où habite l'employée de l'épicerie : à deux virgule neuf kilomètres par les terres de ma propre maison sur le fleuve, dans un quartier résidentiel « ouvrier » de Herrontown.

C'est rare que je devienne aussi *concerné* par qui que ce soit – *quoi que ce soit.*

Rare que j'aie de tels *sentiments.*

Néanmoins, me voilà, de l'autre côté de la rue en face de l'épicerie par un après-midi d'avril d'une douceur inattendue. Attendant que Keisha parte avec une collègue à la fin de leur service, 18 heures. Suivant discrètement à distance le véhicule de la collègue avec le mien. Notant où il dépose Keisha.

Passant en voiture devant la petite maison en bardeaux de Mill Run Street, bordée d'autres petites maisons en bardeaux, interchangeables. Certaines en mauvais état, nécessitant un coup de peinture, des réparations. Une ou deux, abandonnées, condamnées. Flaques de neige et de glace fondues scintillant sur les trottoirs. Jardins creusés d'ornières boueuses. Dans le petit jardin devant la maison de la caissière, au 54, Mill Run Street, des jonquilles jaune vif, couchées sur le sol par la pluie.

D'instinct, je sais que c'est *elle* qui a planté ces jonquilles. Cassées par la pluie, constellées de boue, et malgré tout encore vivantes, d'un jaune éclatant.

Oh ! Cette certitude est un coup de poignard dans le cœur. *Elle recherche la beauté, même dans la laideur.*

Passant devant le bâtiment en voiture, faisant le tour du pâté de maisons. Lentement. Pas de précipitation. Où irais-je sinon ? Aucun autre endroit ne m'appelle. Repassant devant la petite maison en bardeaux sans signes distinctifs. Osant me garer non loin de là.

Allumant une cigarette. (Sept ans et cinq mois que je n'ai pas fumé.) Un coup de fouet dans les poumons, comme si la jeunesse elle-même revenait en force.

Restant assis là un moment, à fumer. Observant la maison dans le rétroviseur extérieur de la voiture, côté conducteur.

Observant la maison – sa maison ? Pourquoi ?

Aurais pu ressentir une gêne, un malaise – de la honte. Mais, bizarrement, ce n'est pas le cas. Vide de l'esprit : un évier taché dans lequel un léger filet d'eau goutte d'un robinet. Et qui, ce faisant, s'écoule.

De temps à autre, des véhicules dépassent ma voiture garée. Des véhicules qui roulent lentement, conduits par des formes sans visage.

Suis-je en train d'attendre qu'*il* rentre à la maison ? – le mari brutal.

(Il y a une version de l'histoire où N_ pourrait payer pour que le « mari brutal » soit expédié ailleurs, disparaisse. Ah, j'aurais les moyens de payer un assassin, deux assassins en fait, une très belle somme ! Sauf que nous ne sommes pas dans cette version-là.)

Sur le point de repartir quand un garçon insolent d'environ quatorze ans apparaît, pédalant sur un rutilant vélo rouge, avant de tourner dans l'allée creusée d'ornières à côté de la maison en bardeaux.

C'est *elle* qui a offert le vélo à ce garçon ! – je le sais.

Non que le vélo soit neuf. A peut-être été acheté d'occasion chez Mike's Bikes New & Used en ville, qui vend quelques bicyclettes italiennes chères au milieu de bicyclettes américaines moins chères et de vélos d'occasion. En tout cas, celui du garçon est un achat récent, j'en suis certain.

M'éloignant. Appuyant si fort sur l'accélérateur que la voiture fait une embardée. Bon Dieu ! Qu'*elle* aille au diable.

L'argent que j'avais donné à cette femme lui était destiné à elle, pas à sa famille. On ne peut pas lui faire confiance pour le dépenser pour elle-même. Que sont les familles, sinon des sangsues !

Pris d'une telle colère ! D'un sentiment de trahison.

Décidant alors de ne jamais retourner dans cette épicerie minable. De ne jamais plus risquer une telle ignominie.

***

Conduit par la curiosité à découvrir le nom de famille de Keisha : *Olen.*

9.

… ne tardant alors pas à conclure que je dois contacter Keisha pour lui parler directement. M'adresser à elle en personne. *J'ai vu dans votre visage une belle âme. Vous êtes gentille, généreuse, bonne. Vous devez être protégée de votre propre bonté. Mon souhait est de vous rendre heureuse…*

Tout cela est vrai. Cependant ces mots sont d'une banalité risible, vulgaire.

Des mots si ordinaires que je ne peux me résoudre à les prononcer. Ma crainte est qu'un jour j'aie envie de me suicider, décision des plus raisonnables, et que, vu mon incapacité à composer une lettre adéquate, j'en sois tout de même empêché et obligé de vivre à jamais.

Le silence n'est guère une option en ce qui concerne le suicide. Comme la nature abhorre le vide, le silence est une sorte de vide que d'autres ne manqueront pas de remplir bruyamment de théories idiotes qui vont dénaturer la dignité du suicide par leur simple suggestion.

Pas sûr (désormais) de comment procéder. Pas capable (semble-t-il) de renoncer.

Pareil à quelqu'un qui se lave compulsivement les mains, obligé d'accomplir un rituel identique des dizaines de fois par jour dans le seul but de pouvoir respirer normalement, je me trouve à présent incapable de ne pas penser à *Keisha Olen* presque sans arrêt. Pas à la femme elle-même, mais à l'énigme qu'elle représente.

Suis-je tombé amoureux ? D'… elle ?

Mais je suis immunisé contre l'amour – enfin, l'« amour ». Aucune émotion ne m'atteint à part des fossiles de sentiments vivants, métamorphosés en langage et, à travers le langage, en *textes*.

C'est vrai, il y a des décennies, ce genre d'émotion me parcourait à la manière de décharges électriques, tout comme (sans nul doute) elles vous parcourent, vous laissant épuisés et incertains quant à la personne que vous êtes – ses émotions, ou le canal à travers lequel elles circulent.

Rassurez-vous : en temps voulu, si vous appliquez la stratégie adéquate, ces émotions s'évacueront tel un abcès suturé.

Et donc, la stratégie élaborée à laquelle je me suis décidé est une sorte de triage : pour satisfaire l'attachement fallacieux que je semble ressentir vis-à-vis d'une femme que je connais à peine, du nom de Keisha Olen, je tape (sur ma machine à écrire électrique japonaise) une lettre pour elle, qui sera j'espère la dernière :

> Chère Ms Keisha Olen,
>
> Je vous écris en tant que directeur général de la Société des Américains méritants. Fondée à l'origine en 1889, la Société a suivi la tradition d'octroyer des cadeaux sous forme de numéraire à des individus qui sont désignés – de par leur gentillesse, leur grand cœur, et leur valeur intrinsèque – comme des citoyens exceptionnels au sein de leurs communautés – « méritant » la reconnaissance.

En décernant ces prix, la Société ne recherche pas de publicité et demande à tous ses bénéficiaires de garder le secret quant à ses dons.

Cette année, seuls deux individus ont été sélectionnés en tant qu'Américains méritants dans la vallée du Delaware : vous, Keisha Olen, en faites partie. Vous-même et l'autre Américain méritant avez déjà reçu nos Premier et Deuxième cadeaux. Votre Troisième cadeau sera une somme d'argent plus importante, qui vous sera décernée (1) si vous vous engagez à ne jamais en parler à quiconque, pas même à un membre de votre famille proche ; et (2) si vous vous engagez à utiliser cet argent exclusivement pour vous-même et non pour votre famille, votre église ou des organismes caritatifs, si louables soient-ils.

L'acceptation du Troisième cadeau doit se faire en personne. Il ne sera pas envoyé par la poste comme les précédents. Vous (et l'autre bénéficiaire) serez prié(s) de vous présenter au Delaware River Inn, à Herrontown, lundi 15 avril, à 17 heures. Soyez ponctuelle, s'il vous plaît. Une table sera réservée au restaurant pour vous et votre cobénéficiaire. Un léger repas vous sera servi, au cours duquel vous recevrez le Troisième cadeau. Vous devez venir seule, prévoir de repartir seule et garder ce rendez-vous, ainsi que tous les détails afférents, confidentiels.

G_ G_
Directeur général
Société des Américains méritants

Cette lettre (composée avec soin) est envoyée à Ms Keisha Olen au 54, Mill Run Street, prévue pour arriver le lundi précédant la date du rendez-vous. J'ai supposé que Keisha ramasse elle-même le courrier le lundi, son jour de congé, alors que les autres jours, elle ne sera peut-être pas chez elle quand le courrier sera déposé et ne le verra peut-être pas avant qu'il soit passé par d'autres mains.

Le risque est que Keisha ne soit pas libre à cette date ou à cette heure-là. Parce qu'elle n'aura aucun moyen de me joindre pour les modifier. C'est un risque que je dois prendre.

En revanche, le Delaware Inn est idéal pour notre rendez-vous. En tant que bâtiment « historique » local aux prix excessifs, il est bien connu des résidents locaux comme Keisha, qui le fréquentent rarement.

Oui, tout cela a été orchestré avec astuce. Mon scénario le plus ingénieux depuis des années, d'après moi !

Et donc, par le biais de cette invitation, que quiconque pourvu d'un minimum d'intelligence et de scepticisme identifierait comme une ruse, la naïve et confiante caissière est poussée à accepter un rendez-vous avec un inconnu – un rendez-vous clandestin avec un individu qu'elle croit être un autre Américain méritant. Dans la mesure où elle me reconnaîtra forcément comme un client de McGuire's, c'est la seule explication (plausible).

Et tout se déroule-t-il comme prévu au Delaware Inn ? Oui, mais non.

10.

L'après-midi du 15 avril, à 17 heures précises, Keisha est là, pénétrant d'un pas hésitant à l'intérieur du Delaware Inn : vêtue d'une blouse habillée, d'une veste, d'une jupe, et chaussée de talons hauts. À ma grande déception, sa tête fragile comme une coquille d'œuf est couverte de ce genre de chapeau à fleurs qu'une femme chrétienne aurait pu porter pour se rendre à l'église en 1957. Dans l'embrasure de la porte, elle marque une pause, battant des paupières et regardant autour d'elle avec insistance. Elle est très nerveuse, telle une créature sauvage qui soupçonne qu'elle s'est fourrée par mégarde dans un piège et qui s'apprête à prendre ses jambes à son cou.

« Keisha ! Bonjour ! Vous êtes là… aussi ? »

Keisha m'aperçoit, et me reconnaît. L'un des clients de l'épicerie ! Elle me dévisage en battant toujours des paupières, déconcertée et inquiète.

« Quelle coïncidence ! Vous êtes l'autre "bénéficiaire"… Félicitations ! » – ma voix est basse, discrète. Il va falloir quelques secondes à Keisha pour comprendre la situation : la coïncidence selon laquelle le second Américain méritant invité au Delaware Inn est l'une de ses connaissances.

Pour apaiser ses éventuels soupçons au sujet de cette extraordinaire coïncidence, je montre à Keisha ma lettre de la Société des Américains méritants, presque identique à la sienne, et elle la parcourt à la hâte ; mais Keisha n'a pas une once de suspicion dans le corps, et donc aucune raison de s'étonner de cette coïncidence, si on peut l'appeler ainsi. Mon attitude ne lui fournit aucune raison de deviner que j'en sais davantage qu'elle sur ce mystérieux prix que nous devons tous deux recevoir.

Une ruse parfaite ! Me présenter non pas comme grand ordonnateur de la Société des Américains méritants, mais comme l'un de ses Américains méritants.

Embarrassés, nous nous présentons. (Bien sûr, je donne un nom d'emprunt.) Et, encore plus embarrassés, nous nous serrons la main. (Il est clair que Keisha n'est pas habituée à serrer la main de quiconque.)

Pour cette occasion intimidante, qui doit aussi être une occasion secrète, Keisha s'est maquillée comme une adolescente allant au bal du lycée. Sa peau cireuse rayonne, ses lèvres minces sont rouge pompier. Les ombres et les crevasses sous ses yeux semblent avoir disparu. Si ses sourcils rares ont été redessinés en forme de fins croissants, elle n'a rien pu faire pour ses yeux eux-mêmes, sans cils et ravagés par la chimio, qui me fixent d'un air interrogateur.

Naturellement, je prends les choses en main. Keisha se tourne vers moi pour que je la guide. Alors que, en tant que client de McGuire's, je suis quelque peu rigide, formel, austère, maintenant, dans le hall du Delaware Inn, ce nouveau cadre saisissant, je suis courtois, affable, et je souris volontiers.

« Oui, nous allons tous les deux être félicités ! C'est un honneur incroyable…

– Est-ce que… vous en avez parlé à quelqu'un ? » La voix de Keisha est tendue, enrouée.

« Bien sûr que non. Il faut que ça reste secret. Et *vous*, vous n'en avez parlé à personne, n'est-ce pas, Keisha ?

– N… non. Pas du tout.

– Parce que, si c'était le cas, je crois qu'ils annuleraient le prix, lui dis-je avec sévérité. Ce serait – je crois – une violation de notre relation contractuelle avec la Société, que nous avons validée en venant ici aujourd'hui… »

Cette séquence de mots est si plausible, empreinte d'accents juridiques si authentiques, que Keisha acquiesce sombrement. Il est bon pour elle que ce soit moi qui lui *explique* ces notions-là, un monsieur plus âgé, en apparence un monsieur « instruit », afin de dissiper tous les doutes ou les ambivalences qu'elle pourrait avoir.

Me laissant alors la conduire dans la River View Room, qui surplombe le Delaware éblouissant. Au milieu de tant de choses banales et prévisibles, un fleuve est toujours en un certain sens plein de fraîcheur et inattendu.

La table réservée pour nous? – une hôtesse affable nous y escorte, celle-là même que j'avais demandée, dans un coin reculé. À cette heure de la journée, la River View Room est presque déserte, sépulcrale. Discrètement, je vais sortir d'une mallette deux enveloppes que je poserai sur un rebord à côté de la table, comme si elles nous y attendaient.

Un serveur apparaît: « Quelque chose à boire? »

Pas pour elle, murmure Keisha, puis, changeant d'avis: « Vous avez des sodas? Je prendrai un Coca. »

Un Coca! Je dois me mordre la langue pour m'empêcher de faire un commentaire sardonique sur les produits chimiques toxiques destinés à la consommation de masse.

Déterminé à rester sobre, je commande un verre de vin blanc sec.

Un seul et unique verre.

Et maintenant, la conversation! L'excitation m'envahit comme l'adrénaline envahit un pathologiste sur le point d'effectuer la première incision exquise sur le nouveau cadavre étalé devant lui.

« Quelle… occasion… spéciale! Nous allons fêter ça… »

Tout à mon rôle de gentleman, je bombarde ma compagne mal à l'aise de questions anodines: milieu, famille, depuis quand vit-elle à Herrontown, Pennsylvanie – (« Depuis une éternité »), depuis quand travaille-t-elle chez McGuire – (« J'ai l'impression que ça fait une éternité »).

Discret, je n'interroge pas Keisha sur sa santé. Et pas encore sur son mariage.

Est-elle malheureuse, son mari la maltraite-t-il ? – non. Pas encore.

Tandis qu'elle répond à mes questions d'une voix haletante et enrouée, comme si elle n'était pas habituée à converser, Keisha jette des coups d'œil nerveux à la salle de ce restaurant faussement élégant autour d'elle, comme si elle craignait d'être observée, écoutée. J'en viens à comprendre que c'est quelqu'un à qui on pose rarement de telles questions, ou peut-être jamais aucune question de nature générale. J'en viens à supposer que c'est quelqu'un que personne, et à coup sûr pas un étranger bien habillé, n'a vraiment *regardée*, avec intérêt, depuis longtemps.

En dépit de son malaise, Keisha est flattée. L'arrivée de ce « prix » a peut-être changé l'opinion qu'elle a d'elle-même – *Oui, tu es spéciale. As-tu jamais douté d'être spéciale ?*

Keisha porte une blouse en satin couleur citron ornée d'un nœud lavallière et de boutons en plastique blanc ; sa veste est taillée dans une matière plus épaisse, un mélange de laine et de synthétique, beige foncé. Je sais d'instinct que ces vêtements « habillés » ne sont pas des achats récents, mais qu'ils datent de plusieurs années – d'une époque où elle était beaucoup plus jeune. Ses oreilles sont inhabituellement petites, d'une pâleur de cire. Sa gorge aussi est pâle, en contraste avec son visage rosi de cosmétiques. À l'annulaire, elle porte son alliance, qui flotte toujours ; à son poignet droit, très mince, une montre de femme bon marché au bracelet lâche. Détail touchant, ses ongles courts et cassants ont été vernis en rouge pompier, assortis à ses lèvres.

Il y a plusieurs jours que je me tourmente au sujet de la somme d'argent liquide que je devrais donner à Keisha. Une augmentation spectaculaire semble plausible, mais pas trop spectaculaire non plus ; mieux vaut attiser son désir d'argent, et l'entretenir, pour faire en sorte qu'elle reste intéressée et impliquée – voire, jusqu'à un certain point, un peu anxieuse. De sorte que l'enveloppe de Keisha contient dix billets de cent dollars neufs.

Suis-je amoureux ? Ridicule !

Le serveur apporte nos boissons. Il se demande qui nous sommes, quelle est la nature de notre relation. Dans ce cas – grand bien lui fasse !

« Encore une fois, chère Keisha… félicitations ! »

Avec cérémonie, je lève mon verre pour trinquer avec Keisha. Du vin blanc sec pour trinquer avec un immonde breuvage chimique. Keisha rit à perdre haleine. Elle s'efforce vaillamment d'être gaie, festive – une femme pour qui les surprises ne sont (sans doute) pas souvent heureuses.

Cela dit, à quelle fréquence avons-nous d'« heureuses » surprises dans nos vies ? À quand remonte la dernière fois où quelqu'un s'est précipité vers toi en s'exclamant, *Bonne nouvelle ! Grande nouvelle ! Vous n'allez pas le croire !*

De fait, personne ne s'est jamais précipité vers moi en s'exclamant ainsi. Personne n'a jamais fait irruption dans la maison où je vivais, ou dans la pièce où j'étais assis à attendre… *Bonne nouvelle ! Grande nouvelle ! Vous n'allez pas le croire, N_ !*

Keisha boit son Coca immonde, qui pétille à la surface comme peut « pétiller » l'acide carbolique. Je remarque qu'un peu de rouge à lèvres rouge pompier s'est étalé sur une de ses dents de devant. Je remarque que les sourcils dessinés en brun cuivré sont asymétriques, comme s'ils avaient été tracés d'une main tremblante. De même que ses oreilles, le nez de Keisha est étrangement petit et étrangement pâle, ses narines pincées réduites à deux fentes. Son visage même semble trop petit. La chimiothérapie fait-elle *rétrécir* un visage ? À moins… que son traitement n'ait peut-être été une radiothérapie ?

D'ailleurs, Keisha s'est-elle remise de son traitement, comme je l'avais supposé ? De son cancer ? La maladie dont elle souffrait était-elle même un cancer ? Y a-t-il *eu* une maladie ? Pendant des semaines – des mois – j'ai supposé que je connaissais la vie de la caissière dans ses grandes lignes ; c'est une sorte de choc de comprendre que j'en sais très peu sur elle. Sa chute de cheveux pourrait avoir été causée par quelque chose de complètement différent : un problème thyroïdien, un désordre gastro-intestinal.

Très vite, il devient clair que Keisha n'a pas grand-chose à dire, à part exprimer son émerveillement enfantin quant à sa *chance*. Car, malgré la lettre qu'elle a reçue, sur laquelle j'ai travaillé plus dur que sur la plupart de mes fictions en prose, elle ne croit pas vraiment mériter ces mystérieux cadeaux. Pour elle, comme peut-être pour la classe d'individus à laquelle elle appartient depuis la naissance, tout n'est qu'affaire de *chance* et de *malchance*.

La malchance, ce serait le cancer. La chance, de mystérieux cadeaux sous forme d'argent liquide tombé du ciel.

Comme si la chance n'était pas la conséquence d'une intervention (humaine), dans ce cas. Et qu'elle s'apparente plutôt à ce qu'on appelle (de façon pittoresque) un cas de force majeure – du même ordre que les intempéries, les tremblements de terre.

Oui, je trouve plutôt décevant que Keisha ait si peu de chose à me dire. Mes questions ne l'encouragent à parler que brièvement. Je pourrais fort bien être un instituteur, une vague figure d'autorité dont le statut ne doit pas être remis en question, mais qu'elle éviterait si elle le pouvait, parce qu'elle est mal à l'aise en sa présence ; ma chemise blanche habillée, ma cravate bleu foncé, mon veston sport en poil de chameau l'ont visiblement intimidée, ce qui n'était pas du tout mon intention. Je me suis plutôt vêtu ainsi par respect pour elle et pour cette occasion (après tout) aussi hors du commun dans ma vie que dans la sienne.

En effet, tu es amoureux. Et en effet, c'est ridicule.

Keisha n'est pas une belle femme, je m'en aperçois à présent. Il ne fait aucun doute que j'ai confondu fragilité et beauté. Ces traits tirés et mélancoliques à la suite de la maladie. Ces cheveux fins, doux, duveteux, ces yeux sans cils qui semblent regarder au fond des miens avec une sorte de sincérité involontaire. Même la (relative) jeunesse de Keisha était trompeuse : elle n'est pas aussi jeune que je l'ai cru, sans doute proche de la quarantaine.

Et elle est (désagréablement) réticente à commander à manger, prétextant qu'elle n'a pas faim à cette heure de la journée. « Mais d'après les directives, nous sommes supposés prendre un repas léger. » Je parle gaiement, d'un ton euphorique. On dirait que le vin m'est monté à la tête. « Je commande pour vous, mon petit ? »

Mon petit. Ai-je appelé Keisha *mon petit* ? Ce n'était pas mon intention.

Keisha fronce les sourcils en se caressant la nuque. En caressant les fins cheveux de bébé sur sa nuque. A-t-elle noté que je l'ai appelée *mon petit*, ce n'est pas clair, elle est distraite par le cadre – nappe en lin blanc, baie vitrée donnant sur le fleuve, lumière du soleil scintillant sur le fleuve. Le menu du

River View, recouvert d'une sorte de tissu matelassé blanc, ridiculement grand, prétentieux, semble aussi l'intimider.

Est-ce que j'impressionne cette femme ? – je me le demande. Son mari doit être si grossier, en comparaison. Avec moi.

Bien sûr, il est (sans doute) (beaucoup) plus jeune que moi.

En prévision de cette journée mémorable, j'ai porté mon veston sport en poil de chameau au pressing pour la première fois en neuf ans. (La dernière fois que je l'ai mis, c'était à des funérailles, il y a neuf ans.) Je suis allé chez le barbier de Herrontown faire shampooiner, couper et sécher mes cheveux (en désordre, ébouriffés et clairsemés). Ma chemise est lavée de frais, convenablement repassée, agrémentée de boutons de manchette (en onyx).

Cependant, Keisha ne paraît guère remarquer mes vêtements. Elle scrute toujours le restaurant d'un air inquiet – comme si l'un de ses clients pouvait la connaître. De sa voix enrouée, elle demande : « Vous pensez qu'ils vont venir nous rencontrer ? Ou peut-être qu'ils sont ici en ce moment… et qu'ils nous observent ?

– Qui ?

– Les gens qui… la Société… »

L'espace d'un instant, je n'ai aucune idée de ce que veut dire Keisha. Et puis je me rends compte que je devrais avoir l'air aussi perplexe et incertain qu'elle. Je ne dois en aucun cas me comporter comme si j'en savais davantage sur notre situation. Même si bien sûr, d'instinct, Keisha s'en remet à moi, en tant que mâle.

Je lui réponds que oui, sans doute. Ils pourraient. « En effet, la lettre était un peu vague. Je suppose qu'ils veulent garder le secret. Comme la loterie d'État : qui gagne. Pour que les gens ne soutirent pas d'argent aux gagnants. Ou à la Société.

Par exemple des gens qui bénéficient de l'aide sociale ou des banques alimentaires… »

Des gens qui bénéficient de l'aide sociale. Des banques alimentaires. Le ton de sa voix était surprenant. Keisha en veut-elle aux *gens qui bénéficient de l'aide sociale* et *des banques alimentaires*, ou en a-t-elle elle-même un jour fait partie ?

Le serveur rôde autour de notre table depuis quelque temps. Il est déférent à mon égard, moins certain de Keisha – son statut, sa relation avec moi. Si l'on en juge par la qualité de ses vêtements « habillés », elle n'est à l'évidence pas une de mes parentes.

Il a le culot de se demander si nous sommes amants. Cette femme et toi !

Une rougeur envahit mon visage. Pas sûr de savoir si je suis gêné ou fier.

« Allez, mon petit ! La Société s'attend à ce que nous commandions un repas léger. Apparemment, ça fait partie du rituel. »

À contrecœur, Keisha consent à commander une salade de fruits. Quant à moi, j'opte pour *charcuterie et fromage**[2].

Je trouve amusant, voire consternant, que ma compagne ne me pose pas une seule question sur moi. Bien que je me sois renseigné sur sa vie avec un intérêt et une curiosité authentiques, Keisha ne songe pas à me demander quoi que ce soit. Trop timide, je suppose. Les femmes de sa condition sociale ne se sentent pas à l'aise pour poser des questions à ceux qui pourraient leur sembler appartenir à la classe dirigeante.

À l'épicerie, ce plaisantin rouquin de McGuire est libre de gronder et de taquiner ses employés, mais ils n'osent pas le

2. Les termes suivis d'un astérisque sont en français dans le texte.

gronder et le taquiner en retour. Ils sont condamnés à rire, avec des degrés variés d'amusement.

De plus, Keisha n'est (probablement) pas curieuse à mon endroit. Qui que je sois, j'appartiens à un monde trop différent pour être susceptible de jouer un rôle important dans sa vie.

On apporte nos commandes à notre table : une somptueuse salade de fruits pour Keisha, servie dans un ananas évidé ; *charcuterie et fromage** pour moi, sur un plateau en marbre, avec une grappe de raisin et des crackers haut de gamme.

Keisha contemple son plat et se met à rire d'un air triste. « Oh ! C'est plutôt… luxueux…

– Oui, c'est vrai. Très sympathique. »

Ils sont si enfantins, les yeux de cette femme. On dirait presque que ses pupilles sont dilatées. Des yeux magnifiques, bien qu'encore un peu injectés de sang.

« Mangez autant que vous voulez, mon petit. Vous devriez essayer de prendre du poids, vous savez. »

Encore ce *mon petit*. Ces mots coupables m'ont échappé.

Toutefois, Keisha paraît à peine les relever. Peut-être n'ai-je rien de *remarquable* pour elle.

« Je crois que je n'ai pas trop d'appétit, en ce moment. Et puis il faut que je prépare le dîner en rentrant. Je ne peux pas rester beaucoup plus. Il faut que j'essaie de manger avec eux aussi. Je devrais. »

Vaillamment, Keisha lève sa fourchette, y empale une petite tranche d'ananas. Elle met plusieurs minutes à mâcher le fruit acidulé, pendant que j'étale du brie sur des crackers. Au-dessus du fleuve, le soleil perd sa définition, se dissolvant dans le ciel à l'ouest derrière une série de collines, comme un liquide renversé.

Encouragée par mes questions (j'abhorre le vide du silence dans des situations de ce genre, pour lesquelles je ne peux en vouloir qu'à moi-même), Keisha commence à m'en dire plus sur elle. Oui, elle est née à Herrontown. Elle est allée à l'école à Herrontown. Elle s'est mariée à Herrontown – les deux fois.

Les deux fois ? – poliment, je manifeste un intérêt surpris.

« La première fois, j'avais dix-neuf ans. Vous savez… fallait que je me marie. » Keisha a un rire hardi. Se reprend en se mordant la lèvre. « Ça n'a pas duré… c'était *triste*. Il s'est engagé dans les marines – on l'a envoyé dans le Golfe –, quand il est rentré, il n'était plus le même… Bref », ajoute-t-elle avec un soupir, en tentant de piquer un unique grain de raisin fugitif avec sa fourchette, « ça n'a pas duré, et on a eu trois enfants. Mais…

– Vous êtes encore en bons termes avec lui ? »

Question naïve ! Que je regrette tout de suite.

Keisha secoue la tête, peinée. En tout cas – un nouveau mari est apparu, sept ans plus tard.

Keisha a un pâle sourire. Il est clair que cette femme meurt d'envie de se confier à moi, oui, ce deuxième mariage est problématique, lui aussi, mais non, elle ne peut pas parler si ouvertement, si intimement avec un inconnu. Ne peut pas parler de l'homme qui est *son mari, son mari à l'instant précis*, qu'elle n'a d'autre choix que de défendre et de protéger.

Bien sûr, je comprends. Je suis le sage aîné, le gentleman qui comprend.

« Bref… les enfants vont bien. Ces enfants sont ma vie. Ce que Dieu m'a envoyé, je peux l'accepter, tant que… vous savez, tant que les enfants vont bien. C'est ce pour quoi je prie. »

Même si votre mari est une brute. Oui ?

De nouveau, cet air peiné. Parce que Keisha réfléchit sérieusement. Le prix de l'Américain méritant a braqué sur elle une lumière qui l'éblouit.

Me confiant soudain, à voix basse, qu'elle a eu de « méchantes alertes » dans sa vie – deux fois. La première, à vingt-six ans, quand elle a dû se faire enlever des « kystes », mais la seconde, à l'automne dernier, le cancer s'« était étendu ». En s'essuyant les yeux, elle m'explique que seul Dieu l'a sauvée.

Il y a eu l'opération. « Mas-tek-no-mie. » Et puis – la « chimio ».

Dieu, Jésus et la prière. Ses enfants, sa famille. La raison qui l'obligeait à continuer, à ne pas baisser les bras. Bien qu'elle ait été tentée, parfois – de baisser tout bonnement les bras. Mais reconnaissante d'être en vie. Que le traitement n'ait pas été pire. Tous les jours, remerciant le ciel à genoux. Celui qui avait eu du mal à l'accepter, presque plus qu'elle, c'était le mari – « Il disait que c'était comme s'il avait reçu un coup de pied dans le ventre. »

Sur le point d'en raconter davantage sur lui, Keisha se ravise.

« Eh bien… ceux qui nous offrent ces cadeaux, quels qu'ils soient, c'est comme s'ils avaient exaucé mes prières. Parce qu'on a été durement touchés… financièrement. Parce que, bien sûr, j'ai été obligée de prendre des congés à mon travail. À l'épicerie, on n'a pas d'assurance santé… bien sûr. On ne fait pas assez de "bénéfices" pour ça… c'est ce que dit Mr McGuire. On a juste de la chance de ne pas fermer. D'avoir un travail. Alors, avec ces cadeaux, c'est comme si Dieu guidait leurs mains. Sachant à quel point on a besoin de cet argent… ma famille et moi. Ce sont des gens formidables, je crois… Des chrétiens. » Stupéfiant d'entendre Keisha s'exprimer dans un tel élan de chaleur et de gratitude.

Elle va donner l'argent à ces sangsues. Sa famille. Bien sûr qu'elle ne va pas le dépenser pour elle.

Essayant de rester calme. Me contentant de hasarder : « Des chrétiens, vraiment ? Je ne me souviens pas que la lettre ait parlé de…

– Ils doivent bien être chrétiens. Qui d'autre répondrait à des prières de cette façon ? La Société des Américains méritants : ça ne peut pas être des *athées.* »

Keisha prononce *athées* avec une inflexion bizarre, comme s'il s'agissait d'un mot étranger dont elle ne connaît pas tout à fait la signification, à part qu'elle est répugnante.

« Ceux qui sont derrière cette "Société", quels qu'ils soient, ce sont des gens bien. Ce sont des gens de Dieu. »

Keisha sait. Keisha en est certaine. Pas d'ambiguïté ici. Inutile de l'en persuader, *elle.*

Soudain, l'ennui m'envahit comme de l'éther. Une vague de quasi-vertige parcourt mon cerveau.

Mon expérience ! Quelle farce ! Une « intrigue » mise en marche – qui dérape, hors de mon contrôle.

J'avais tant désiré être proche de cette personne, qu'elle se confie à moi comme à un ami ; une telle intimité, un tel afflux de paroles, je n'aurais pas osé les imaginer. Et maintenant, en face de cette femme de l'autre côté de la table, à peine un mètre entre nous deux, je suis submergé de consternation, d'une envie d'inventer une excuse et de partir. L'addition a déjà été payée avec ma carte de crédit.

Keisha fouille dans son sac à main en tissu pour me montrer des photos sur son téléphone portable – une succession de visages souriants. L'un d'entre eux est la brute insolente sur le vélo : je le reconnais instantanément.

« Ils sont la lumière de ma vie, dit Keisha en reniflant. Enfin, je veux dire… Jésus est la lumière de ma vie. Mais ma fille Jill, elle a dix-neuf ans, pile l'âge auquel je me suis mariée, et… »

Je réfléchis désormais au meilleur moyen de couper court poliment à cet épisode et de m'enfuir. Dois-je donner à Keisha l'enveloppe comme prévu ? Ou… ne pas la lui donner ?

Keisha et moi avons tous deux fini notre repas. Nous n'avions pas très faim ni l'un ni l'autre. Néanmoins, j'ai commandé un second verre de vin.

Ma lubie de vouloir donner à cette femme un million de dollars me paraît à présent si pathétique ! Rien d'étonnant à ce que Gopnik m'ait dévisagé comme si j'étais fou.

Cette femme. Ma déception m'emplit de colère contre elle. Comme si j'avais oublié qui est Keisha, pourquoi elle est ici.

Aie pitié. C'est une personne qui doit inspirer la compassion, et non le mépris.

Keisha a posé sa fourchette. Son regard glisse vers son poignet, elle s'inquiète d'être en retard.

Très vite, je lui assure que le rendez-vous a été un succès, à mon avis. « Et voilà nos enveloppes, comme promis. »

Parce qu'il semblerait que deux enveloppes aient été placées discrètement sur un rebord à côté de la fenêtre près de notre table, et de ma chaise. Celle qui est adressée à MS KEISHA OLEN contient dix billets neufs, et l'autre, adressée à une personne au nom fictif, est rembourrée d'une page de journal maintes fois repliée.

« Oh ! Merci… »

Keisha me prend l'enveloppe avec une expression qui reflète davantage la crainte que l'impatience. « Je crois… que je vais attendre un moment pour l'ouvrir. J'ai un peu peur de… ce qu'il y a dedans… »

Cette réaction me déçoit, je pense. Mais non – l'argent est à *elle*. Elle doit en faire ce qu'elle veut.

« Et moi aussi, mon petit. Cette découverte doit avoir lieu en privé. »

Tandis que Keisha range l'enveloppe aux tréfonds de son sac en tissu légèrement sale, je plie la mienne en deux pour la glisser dans la poche intérieure de mon veston en poil de chameau.

Ma tension est telle que j'ai l'impression que Keisha et moi sommes ensemble depuis des heures. En fait, nous sommes restés moins d'une heure à notre table au bord du fleuve. Cette rencontre s'est si vite terminée ! Malgré tout, le sentiment qui prédomine chez moi est le soulagement.

Nous sommes debout. Encore une fois, je note les membres minces de Keisha, sa fragilité. J'espère que l'argent que je lui ai donné l'aidera d'une manière ou d'une autre à *prospérer*. Mais je me suis réconcilié avec l'éventualité selon laquelle, oui, elle va sûrement dépenser cet argent pour d'autres qui valent bien moins qu'elle. Car c'est le personnage de Keisha, et un personnage, c'est le destin, imperméable à l'intrigue.

Tandis que nous sortons du restaurant, notre serveur, auquel j'ai laissé un généreux pourboire, nous souhaite une bonne soirée. L'hôtesse, elle aussi, nous lance d'un air amusé : « Passez une bonne soirée. »

Dans le hall de l'hôtel, nous nous serrons la main pour nous dire au revoir. Celle de Keisha est terriblement frêle et froide. Je lui assure que j'ai été ravi de la rencontrer et qu'elle mérite vraiment sa récompense.

« Merci ! Et vous aussi… »

Keisha a oublié mon nom, à ce que je vois. Peu importe, c'était un nom d'emprunt, en aucun cas destiné à être confondu avec celui de N_, ce génie reclus.

Je n'ai pas envie de ressentir autre chose pour Keisha. Pas d'humeur à l'accompagner jusqu'au parking, à sa voiture. Non. Mon excuse sera que j'ai besoin d'aller aux toilettes.

Et peut-être Keisha a-t-elle hâte d'être seule aussi. De retourner dans sa voiture, de déchirer l'enveloppe pour l'ouvrir. De découvrir ce qu'est le miraculeux Troisième cadeau, dont elle sera reconnaissante pour le restant de sa vie.

Résolu à ne jamais revoir Keisha.

11.

Peu après cet incident humiliant, au début du printemps 2012, j'ai quitté Herrontown, Pennsylvanie.

Sans avoir la moindre curiosité pour ce qu'était devenue Keisha Olen. Ou n'importe quel membre de sa famille.

Parce que rien de significatif ne pouvait certainement leur arriver.

L'élément significatif dans la vie de Keisha, c'était *moi.* Et je ne ressentais aucune curiosité quant à *moi.*

Quoi ? – vous êtes offensés par la fin abrupte de cette histoire. Ce n'est pas satisfaisant. Une violation des règles de la fiction.

Mais dois-je vous rappeler qu'il ne s'agit pas de fiction. Plutôt du terreau de la fiction. De ses origines (mystérieuses). Au contraire de moi, vous êtes envahi de *curiosité.* Votre naïveté vous permet de vous demander ce que deviennent les « personnages » une fois que les histoires sont terminées – comme si les « personnages » continuaient à exister en dehors d'une histoire.

Dans le cas de Keisha Olen, de même que dans ceux du morose employé de la poste et de l'élégante bibliothécaire, ce qu'ils allaient devenir après mon déménagement dans une plus grande ville ne m'intéressait pas. Tout de suite, ou presque, j'ai cessé de penser à eux.

Jusqu'à votre question (naïve) – *Où est-ce que je trouve mes idées ?* – je les avais presque oubliés. Tout comme le bétail se repaît dans un champ avant de passer à autre chose, un écrivain se repaît d'un territoire avant de passer à autre chose. La nostalgie pour l'endroit dont vous vous êtes repu n'est pas convenable. Les délicieuses bouchées d'herbe fraîche sont interchangeables, peu importe leur *provenance*.

En fait, vous en venez sans doute à me ressembler dans ce domaine. Et dans d'autres aussi, vous vous en apercevrez un jour.

***

En réalité, je suis retourné à Herrontown, plusieurs années après. Parce que je dois vendre ma propriété sur le fleuve, qui, en mon absence, s'est détériorée comme un membre atteint de gangrène.

Me retrouvant chez McGuire. Au coin de Humboldt et de Depot Street, assez peu de changements.

M'armant de courage pour pénétrer dans cette épicerie minable. L'intérieur paraît plus petit maintenant. Seules deux caisses sont ouvertes.

Mais Keisha est toujours là, fidèle au poste ! – une bouffée d'émotion me laisse tout faible, abasourdi.

Sauf que non. La caissière n'est pas Keisha Olen. Une mince jeune femme en blouse et pantalon, aux traits enfantins, aux cheveux couleur sable, coupés ras. Qui a plusieurs années de moins que n'en aurait Keisha.

Un rugissement dans mes oreilles. Bien que je voie clairement que cette jeune femme n'est pas Keisha. Le propriétaire du magasin, Mr McGuire, plus grisonnant et corpulent que dans mes souvenirs, semble me reconnaître. « Bon-jour ! Content de vous revoir. » N'est sans doute pas certain de qui je suis, ni de qui j'étais autrefois. Cinq ou six ans ont passé.

Avec lenteur, tel un homme hébété, j'avance le long des allées étroites. À l'instar de mon brownstone, l'épicerie s'est détériorée. Sous mes pieds, les lames mêmes du parquet sont usées. Il y a un choix restreint de surgelés. Les produits frais ne sont pas très frais. En me rendant en ville en voiture, j'ai remarqué un nouveau Safeway : les jours de McGuire's sont comptés.

L'espace d'un instant, j'hésite, mourant d'envie de partir. Bien que j'aie eu l'intention d'acheter quelques provisions, je regrette d'être entré dans le magasin. Le rugissement dans mes oreilles enfle. Mon habituelle assurance « arrogante » a disparu. Au bout de quelques minutes, je reviens à l'avant de l'épicerie, où McGuire paraît m'attendre.

Aucune idée de l'urgence avec laquelle les mots sortiront de ma bouche – « La caissière nommée Keisha travaille-t-elle encore ici ? Je la connaissais… un peu… elle habitait… habite… Mill Run Street… »

McGuire cesse de sourire. Son visage exprime la surprise, la douleur.

Comme quelqu'un qui répugne à parler et qui en est tout de même ravi, McGuire m'explique qu'il est arrivé une chose terrible – « Son mari l'a assassinée. L'a battue à mort dans leur maison. Les enfants étaient là, mais ils n'ont pas pu l'arrêter à temps. Il avait fait une partie de poker, il avait bu. Keisha racontait depuis un moment à quel point leurs relations n'étaient pas bonnes, que son mari avait les "nerfs à vif" à cause de la guerre du Golfe. Qu'il se montrait d'une jalousie dingue que Keisha ait des amis. » McGuire s'essuie farouchement les yeux. « Tous ceux qui la connaissaient aimaient Keisha. Il n'y en avait pas deux comme elle dans nos vies…

– Quand… était-ce ? »

McGuire fait signe à une femme blonde à la poitrine imposante qui empile des boîtes de conserve sur une étagère. « Shirley ? Quand Keisha est-elle décédée ?

– Elle n'est pas "décédée", mec, elle a été assassinée. »

La femme blonde s'exprime avec une véhémence bien à elle, comme si, par sa pruderie, McGuire avait on ne sait trop comment insulté la morte.

La façon dont McGuire laisse passer cette rebuffade indique que la femme et lui ont des liens intimes.

« Très bien. Mais quand ?

– Il y a cinq ou six ans. »

Une caissière adolescente qui mâche du chewing-gum encaisse allègrement mes achats. Cet échange ne signifie rien pour elle, elle n'écoute même pas. Mes genoux sont si mous que je suis obligé de m'appuyer au comptoir. La caissière qui mâche du chewing-gum s'est tournée vers moi, je vois bouger sa bouche d'escargot, mais je n'ai pas entendu ses mots. Patiemment, elle répète :

« Papier ou plastique, monsieur ? »

Bon. J'ai répondu à votre question (stupide). N'en posez pas d'autres, s'il vous plaît.

Miss Golden Dreams 1949

Bon-*jour* ! Bienvenue chez Sotheby's. Allez, *entrez*.

Comme vous le voyez, vos sièges sont réservés. Les enchères (privées) d'aujourd'hui sont exclusivement destinées à la crème de la crème des collectionneurs.

Et je suis l'article le plus coûteux de la liste : *Miss Golden Dreams 1949*.

C'est-à-dire la seule, la singulière, l'unique-en-son-genre *Miss Golden Dreams 1949 PlastiPlutoniumLuxe* en-trois-dimensions-vivante-respirante-perfusée-au-plasma.

Pas produite en masse. Pas « répliquée ». Juste – moi.

(Re)créée à partir du plus authentique ADN de – moi.

La plus célèbre pin-up de l'histoire de l'Amérique *et* la plus célèbre double page centrale de l'histoire de *Playboy*. *Et*, par consensus populaire, le Sex-Symbol Numéro Un du XXe siècle.

Tu en doutes, Daddy ? Approche du podium (non, tu ne peux pas grimper sur le podium, Daddy !), juges-en par toi-même.

Mes yeux *fonctionnent*. La voix que tu entends émane de *moi*, pas d'un enregistrement sinistre de la voix de petite fille étouffée et suave de Marilyn, elle est authentique. *Je suis authentique. De taille réelle, anatomiquement correcte dans tous aspects essentiels.*

Comment suis-je « animée » ? Je ne suis pas *animée*, Daddy. Je suis *vivante*.

En fait, je suis bien supérieure à la Miss Golden Dreams originale. *Elle* n'était rien de plus qu'une gamine effrayée, au ventre (plat, parfait) gargouillant de faim. Ces zones obscures de mon cerveau qui préservaient jadis des souvenirs gênants ont (en grande partie) été excisées. Mes dents sont sûrement en meilleure condition – plus blanches, mieux rangées, et sans caries – qu'elles ne l'étaient en 1949. Un liquide rouge chauffé circule dans mes veines et mes artères, cumulant les fonctions de transport de l'oxygène vers mon cerveau avec un tiers d'efficacité supplémentaire par rapport à mon ancien sang anémique – *et*, bonus supplémentaire, d'aphrodisiaque.

C'est bien que tu aies apporté ton carnet de chèques, Daddy.

Que dirais-tu de me posséder, Daddy ? De me ramener chez toi ? De m'aimer ?

Toi, je sais que je pourrais t'aimer, Daddy.

Tout ce que tu dois faire, Daddy, c'est proposer une enchère pour *Miss Golden Dreams*. Et continuer à monter. Augmenter la mise. Plus haut – plus haut – toujours plus haut, jusqu'à laisser sur le carreau tes rivaux, haletants et vaincus.

Le prix d'achat minimum acceptable pour *Miss Golden Dreams* aujourd'hui est de vingt-deux millions. La limite – hé, il n'y a pas de *limite*.

En fait, il a été prédit que nous allions atteindre un record chez Sotheby's pour la journée d'aujourd'hui – toi, la crème de la crème des collectionneurs de Marilyn, et *moi*, Marilyn.

Oui, *Miss Golden Dreams* est la Marilyn originale, nue. Le *fameux* nu. Celui que tu as vu quand tu étais gosse et que tu n'as jamais oublié. Celui qui a rendu toutes les filles, au moins les filles que tu connaissais et les femmes que tu en viendrais à connaître, sans importance.

Si jeune ! (Presque aussi jeune que ta petite-fille, mais ne te dis pas *ça*.)

Anecdote amusante : j'ai été payée cinquante dollars pour poser sur cette photo.

Anecdote amusante : je n'étais pas encore « Marilyn Monroe » – le studio ne m'avait pas donné de nom. J'étais Norma Jeane Baker.

Anecdote amusante : j'avais déjà été abandonnée par un mari, j'étais divorcée.

Anecdote amusante : profession, *starlette*, mais – déjà – lâchée par mon studio.

Contemple avidement Norma Jeane telle qu'elle était en 1949 – il y a plus de soixante-dix ans. C'était une ère de la beauté féminine comme il n'y en a eu aucune autre avant ou après, et *Miss Golden Dreams* est la plus désirable de toutes – l'« icône » à laquelle toutes les autres femelles sont incapables de se mesurer.

Nu impeccable sur fond de velours rouge. Un velours souple et sinueux, pareil à l'intérieur rouge d'un cœur. Peau de bébé d'un blanc crémeux, une peau impeccable, sourire souligné par un rouge à lèvres rouge vif révélant de petites dents blanches parfaites, cheveux blonds qui tombent sur des épaules (nues et blanches).

L'apogée de l'évolution humaine : une femelle en même temps infiniment désirable et dénuée de menace. Un bébé, et en même temps un bébé sexualisé. Sourire doux, fossettes sur les joues, yeux brillants qui *vous* regardent d'un air faussement timide comme le feraient ceux d'une petite fille, en se cachant en partie le visage. (Parce que c'est la petite fille à son Daddy, mais une *vilaine petite fille à son Daddy*.)

Maintenant, au XXIe siècle, l'évolution humaine a dépassé le point à partir duquel notre espèce ne peut se reproduire que via les rapports sexuels – c'est-à-dire par l'attraction puissante entre les sexes ; à l'ère (pas très romantique) de l'insémination artificielle, des donneurs de sperme, des utérus à louer et des mères porteuses, une éblouissante femelle blonde n'est plus essentielle, mais devenue un article de luxe, comme une voiture de sport chère ou un yacht – un manoir de trente pièces donnant sur le Pacifique... Si tu as les moyens d'acheter ces choses-là, Daddy, tu as les moyens de m'acheter *moi*.

Ma promesse est que, en tant que blonde éblouissante et nue, ce qui signifie aussi pieds nus, je n'exigerai jamais de toi d'être ton égale ; je ne déciderai – jamais ! – que je veux être toi en avilissant mon corps femelle parfait – en subissant une abominable opération pour me faire enlever les seins ou mon vagin rouge-velouté et qu'on le remplace par...

Beurk !... Je sais. Rien que d'y penser... ça donne la nausée.

(Et les gens se demandent pourquoi autant de ces « travelos » dégoûtants se font violer, massacrer, rejeter – comme si les femelles dévoyées n'invitaient pas à la misogynie en refusant d'être *féminines*.)

Pas Miss Golden Dreams ! Pas moi.

Là, devant toi, allongée, aussi nue et docile qu'un bébé, se trouve l'apothéose de ce qui a un jour été célébré comme la *féminité*.

Oui, je suis fière de moi – de ce « moi-là ». Peau crémeuse impeccable, yeux bleus humides, seins de jeune fille pointus et tournés vers le ciel, taille fine (cinquante-six centimètres !) et pieds nus tendres aux orteils repliés.

Quelle excitation pour toi ! (Et toi, et toi.)

Cette excitation spéciale, ignoble-déprimante-sale de savoir que Miss Golden Dreams a été payée si peu pour s'avilir, nue ;

payée si peu quand elle a posé pour l'image à partir de laquelle *Miss Golden Dreams PlastiPlutoniumLuxe* a été façonnée grâce au miracle de la robotique du XXIe siècle.

C'est excitant, aussi, ne le nie pas, que, dans une furieuse compétition sexuelle avec tes frères-rivaux, *tu* sois sur le point d'offrir des millions pour me posséder ; et qu'une fois que tu m'auras gagnée, tu prévoies de me garder pour toi – durant le restant de ta vie naturelle.

Tu es un homme riche, tu as du goût. Tu as acquis des Renoir, des Matisse. Ces dessins érotiques tardifs de Picasso célébrant le satyre âgé et les voluptueuses filles-enfants toujours-jeunes qui le séduisent.

Tes propres sérigraphies de Warhol : *Jackie, Liz, Marilyn.*

Mais elles sont plates, en deux dimensions. La *Marilyn* (affreuse) de Warhol est un personnage de dessin animé, sans vie, sans souffle, sans bras doux et blancs pour te serrer contre elle jusqu'à ce que tu pousses un cri.

Et donc, ta collection n'est pas terminée. Pas tant que tu ne m'auras pas achetée, *moi.*

Excitant pour toi, Daddy, qui es aisé et qui n'as jamais désespérément voulu gagner cinquante dollars (destinés à récupérer une voiture d'occasion cabossée), presque sans le sou dans la mesure où tu n'as pas d'autre emploi que *starlette* ou *mannequin*, métiers où les hommes font la loi, paient en liquide sans laisser de pourboire ; toi qui pourrais si tu le souhaitais éparpiller des pièces d'or sur la chaussée pour que les mendiants courent après en trébuchant ; toi, un monsieur d'un certain âge, d'une certaine classe et d'une certaine envergure, qui adoreras Marilyn tant qu'elle ressemble à son jeune moi et ne vieillit jamais. Et sous cette forme, en tant que création de *PlastiPlutoniumLuxe*, il est garanti que Marilyn *ne vieillira jamais.*

Peux pas t'en vouloir, Daddy. Non! – je ne t'en voudrai jamais à *toi.*

Parce que au fur et à mesure que tu vieillis, il est d'autant plus capital pour toi de garder une jeune femme magnifique à tes côtés, afin de rappeler que, bien que vieillissant, tu es (on ne sait trop comment) encore jeune, d'ailleurs tu n'es pas plus âgé que moi, car une femme doit refléter l'âme d'un homme, sinon – qui se soucie d'elle? *Pourquoi* se soucier d'elle?

Non! Je ne suis pas *sarcastique.* Et je ne parle certainement pas *d'une voix stridente.*

Je suis hors d'haleine, suave. Ma voix est une voix de petite fille – d'une douceur de plumes. Tu es obligé de pencher la tête pour l'entendre. Royal, tu te baisses vers moi afin de pouvoir m'élever, misérable mendiante déguisée, à ton propre niveau.

Personne ne t'en veut! Bien sûr que non – non.

Marilyn comprenait. Marilyn pardonnait. Marilyn n'en voulait jamais à Daddy, n'en voulait jamais à son propre mystérieux Daddy, qui avait abandonné sa mère (et elle) quand elle était bébé, en 1926. Jamais amère, Miss Golden Dreams avait fait carrière en étant tout le contraire d'amère, car les hommes n'aiment pas ce qui est *amer*, et qui pourrait leur en vouloir? – pas Marilyn!

Pas amère d'avoir rapporté des millions de dollars à des inconnus, et non à moi-même. Pas amère, puisque j'étais devenue une *icône* et un *objet de collection*: c'est suffisamment de gloire pour *moi.*

J'ai été la toute première à faire la double page centrale de *Playboy* – en décembre 1953. Hugh Hefner avait vu des photos de moi, il fallait que je sois sa première double page centrale – qui garantirait le succès de *Playboy* – mais il ne s'est jamais décidé à me payer, pas un sou.

(Tu ne me crois pas ? Que Mr Hefner ne m'a pas donné un sou ? Tu vois, il avait acheté cinq cents dollars les droits au photographe. Rien à voir avec moi.)

(Ce qui ne veut pas dire que Hugh Hefner n'était pas fou de moi. C'est sûr, il l'*était.*)

(Oh, Mr Hefner était romantique ! Après ma mort, il a payé soixante-quinze mille dollars pour acheter la concession du cimetière à côté de la mienne, et quand *il* est mort, en 2017, à l'âge de quatre-vingt-onze ans, il a été enterré là… tout à côté de moi. *Sa* Marilyn.)

(Je sais, c'est bizarre. C'est difficile à croire. Que Hugh Hefner puisse être fou de moi, payer soixante-quinze mille dollars pour être enterré à côté de moi, mais ne m'ait jamais payé un sou pour l'utilisation de « Marilyn ». On ne peut que secouer la tête, perplexe… *les hommes !*)

Sans vouloir me vanter, je n'étais pas simplement la première – et la plus célèbre à figurer en double page centrale de *Playboy*, j'ai aussi été la première à figurer en couverture de *Playboy*. Partout dans les kiosques à journaux d'Amérique – le dernier né des magazines pour homme sur papier glacé, avec Marilyn Monroe en couverture ! Bien que dessus, je porte une robe décolletée, bien que je ne sois pas *nue*, je suis malgré tout si séduisante, et si jeune ! – le visage distendu en un large sourire souligné de rouge à lèvres rouge qui ne *s'effacera* jamais, au grand jamais.

Tu vois, Daddy ? Exactement la façon dont je te souris en ce moment.

Les enchères vont commencer dans quelques minutes ! S'il te plaît, installe-toi dans ton siège (réservé).

S'il te plaît, ne reste pas debout dans l'allée à me fixer, Daddy. Je t'ai dit que j'étais la vraie Marilyn – enfin, Norma Jeane. Hé oui, je suis *en vie* – je suis une *chose vivante.*

Tu bloques la vue des autres clients, Daddy. Tu auras tout le temps de m'admirer une fois que tu seras assis et que les enchères auront commencé.

Tu es un client spécial Platinium Plus de Sotheby's, Daddy. Raison pour laquelle ta chaise comporte une plaque à ton nom. Raison pour laquelle je t'adresse des sourires et des clins d'œil à *toi*.

Ça te plairait de m'aimer ? De me ramener à la maison avec toi ? Oui ?

Toute ma vie, j'ai désespérément eu envie d'être aimée. Pas juste quand j'étais Norma Jeane, qui grenouillait pour devenir mannequin photo et starlette. Toute ma vie, jusqu'à la dernière nuit de ma vie (dont nous ne sommes pas obligés de parler, et sur laquelle tu ne souhaiteras pas poser de questions, car par-dessus tout Daddy ne souhaite pas apprendre quoi que ce soit sur sa Marilyn, ses derniers jours et ses dernières nuits misérables) parce que l'exemple de ma mère (abandonnée, méprisée) m'a appris que, si une femme n'est pas aimée, elle n'est rien.

Si une femme n'est pas belle, désirable, glamour, « sexy », elle ne sera pas aimée, et si elle n'est pas aimée, elle n'est – rien.

Et si elle n'est rien, elle sera très, très malheureuse ; comme ma mère, elle finira dans un asile de fous, ou le désir prédominant est celui de mourir.

Daddy, j'ai l'impression que ça va te plaire : cette excitation ignoble-déprimante-sale en apprenant que je me suis mariée au lycée – à seize ans – très jeune pour mon âge en dépit de mon corps voluptueux (mais restée vierge !) et très seule. Même si ma mère ne m'a pas aimée davantage que quelques fugitives secondes pendant toutes ces années et qu'elle n'ait pas réussi à se forcer pour m'enlacer, et encore moins pour m'embrasser, j'ai pleuré et pleuré à son souvenir à l'orphelinat, où j'ai été placée une fois qu'elle ne pouvait plus s'occuper de moi, et dans les (dix-neuf) familles d'accueil où j'étais *parfois* – pas toujours, juste *parfois* – agressée sexuellement.

Enfin, on n'employait pas ce vilain terme à l'époque. Pas *agressée sexuellement.* Trop vulgaire ! On disait peut-être *s'en prendre à.* On disait peut-être *attirer une attention masculine non désirée.* On disait peut-être *avec le physique que cette fille avait déjà à l'âge de douze ans, on voyait bien qu'elle n'apporterait que des problèmes.*

Dans la dernière famille d'accueil à Los Angeles, la mère a eu pitié de moi, ou peut-être que je l'exaspérais à être tout le temps surprise quand les hommes et les garçons « s'en prenaient » à moi. Elle en avait assez de mes pleurs et n'aimait pas la manière dont le père me reluquait, alors elle m'a présentée à un garçon du quartier qui avait quelques années de plus que moi, qui m'a fait sa demande tout de suite – et on s'est mariés tout de suite – sauf que (je n'ai jamais compris pourquoi, je ne le comprends toujours pas aujourd'hui) mon jeune mari, Jim, m'a abandonnée au bout de quelques mois à peine pour s'engager dans la marine marchande et s'éloigner le plus possible de Los Angeles.

Pourquoi, c'était la question que j'ai posée à Jim, d'un ton suppliant, il avait dit qu'il m'aimait, alors pourquoi me quittait-il ? Pourquoi me dis-tu que tu m'aimes pour me quitter ensuite, ai-je besoin de plus d'amour que tu ne peux m'en donner ? Plus d'amour que tu n'es capable d'éprouver ? Un amour en continu, comme une radio qui ne s'éteint jamais ? Un amour infatigable, indéfectible, un amour vorace ? Tout ce que je voulais, c'était préparer les repas de Jim et me blottir contre lui, faire l'amour avec lui, enfouir ma figure dans son cou et me cacher dans ses bras et – je crois – qu'il s'est mis à avoir peur de moi – j'ai commencé à l'appeler Daddy quand il n'avait que vingt ans…

Excitant pour toi, Daddy, je crois – de savoir que j'étais « suicidaire ». Encore adolescente, j'avais simplement menacé de m'ouvrir les veines quand mon mari s'était embarqué (à sa propre demande) pour l'Australie, je l'avais supplié de me mettre enceinte avant son départ, mais il avait refusé – m'avait abandonnée et quittée, et m'avait brisé le cœur.

Tu ne me briserais pas le cœur, *toi*, si ? Tu promets ?

C'est un signe de ma naïveté, de mon innocence, que les hommes m'aient brisé le cœur – que *toi*, tu m'aies brisé le cœur – si souvent.

Oui, je suis timide. Tout le monde disait à quel point j'étais timide. (Et je le suis encore.) Sauf que, quand j'enlevais mes vêtements, ma timidité paraissait fondre en même temps.

Pourquoi donc ? – je l'ignore.

En cela, je ne *te* ressemble pas. Parce que *toi*, tu serais mortifié de te présenter nu devant des inconnus. Tu ne supporterais pas d'être scruté, évalué et jugé.

Je n'ai jamais eu honte de mon corps. Je n'y pensais pas réellement comme à « mon » corps – je l'appelais mon « Amie magique » –, où est-ce que je suis allée chercher ça, je n'en sais rien.

Bien sûr, la robotique a imité la peau de Norma Jeane en 1946 (peut-être est-elle d'une douceur encore plus éblouissante que l'originale ! – encore un bonus pour toi). Le *PlastaÉpiderme* d'un blanc crémeux qui recouvre la *PlastiPlutoniumLuxe Miss Golden Dreams*, aussi serré qu'un gant.

Mon Amie magique ne m'a jamais laissée tomber. Elle avait le pouvoir de faire en sorte que des inconnus m'aiment. J'ai toujours su – je le crois encore – que, si mon père avait vu mon

Amie magique, il l'aurait aimée, lui aussi. Enfin – il m'aurait aimée, *moi*.

Vous voyez comment vous la reluquez tous – purée! Je suppose que moi aussi, je ferais pareil.

Ce qui était formidable, c'était que, quand on regardait mon Amie magique, nue, on ne me voyait pas, moi. La pauvre Norma Jeane toute triste pouvait se cacher à l'intérieur.

C'est pour ça que la difformité et la laideur m'effraient! – je ne veux jamais devenir vieille, ridée, ratatinée, laide. Toujours être *Miss Golden Dreams* – exactement comme maintenant.

(Et c'est un fait, c'est bien *moi*. Recréée à partir des « résidus organiques » – l'ADN – de mon vrai cadavre, authentique et certifié, et reconstituée grâce au miracle de la technologie médicale en cette magnifique fille nue allongée devant toi dans une pose à la fois suggestive et innocente sur du velours rouge.)

(Oui, c'est difficile à saisir. « Marilyn Monroe » est officiellement morte en 1962, à l'âge de trente-six ans; née en 1926, elle en aurait quatre-vingt-quinze aujourd'hui. Mais *ça*, c'est juste l'ancienne Marilyn de jadis; nous vivons désormais dans un monde très différent, où, quand on en a les moyens, on peut être « dé-vieilli » de son vivant, et « reconstitué » après sa mort.)

C'était presque comme si je savais que je vivrais pour toujours – bizarrement! Même toute jeune, Norma Jeane y croyait.

Dans mes interviews, je disais (de ma petite voix suave de Marilyn, en écarquillant mes yeux bleu-gris) : « Le sexe, ce n'est jamais mal tant qu'il y a de l'amour quelque part. »

Et je disais aussi : « Si je pouvais avoir un bébé, je ne serais plus jamais triste. »

Tu m'aurais donné un bébé, *toi*, Daddy, hein ? Je crois que c'est plus ou moins trop tard maintenant, même le miracle du *PlastiPlutoniumLuxe* ne te permet pas d'avoir des enfants, mais tu pourras faire (presque) n'importe quoi d'autre avec les *PlastaOrganesGénitaux* dernier cri, comme tu le verras.

En tout cas, je sais que j'aurais été une bonne mère ! Toutes les erreurs que ma propre mère avait commises, je ne les aurais pas reproduites. Pas Marilyn !

J'aurais adoré ce magnifique petit ange de bébé, un petit bébé fille que j'aurais habillé comme une poupée. Câliné et embrassé et enveloppé dans un cocon de vêtements et enfoui dans son berceau pour qu'on ne l'entende pas pleurer de notre lit.

Si ses cheveux s'étaient révélés bruns et non blonds, blond-blanc comme les miens, je crois que ça aurait représenté un problème – le regard du public passerait de mon bébé à moi et on se rendrait compte que mes cheveux n'étaient pas « naturellement blonds », et il y aurait des articles ricaneurs dans les médias. (La solution la plus simple aurait été de décolorer les cheveux du bébé pour qu'ils soient du même blond que les miens, je crois !)

Mais le but principal, c'était d'avoir un parfait petit bébé et d'en être la maman – Norma Jeane telle qu'elle était supposée être, et non telle qu'elle *était*.

Eh bien, ce n'est pas arrivé, Daddy. Pas la peine d'avoir l'air inquiet – ça *n'arrivera pas*.

Tu n'as pas besoin d'être jaloux d'un gosse, Daddy. Ce n'est jamais arrivé.

J'adore que tu me regardes, Daddy – ne t'arrête pas ! Je crois que tu comprends que presque tout ce que je dis, c'est pour plaisanter ?

Marilyn est un rayon de soleil, si *drôle*. Pas drôle-méchante, drôle-sardonique, mais drôle comme une petite fille, pour te faire voir les choses du bon côté.

On va tellement s'amuser tous les deux, Daddy !

N'écoute pas les rumeurs, Daddy. Certaines personnes disent – des jaloux, des méchants, des ignorants – que j'ai été mise aux enchères ici chez Sotheby's à de nombreuses reprises, que ce n'est pas la première. Certaines personnes prétendent que les collectionneurs fortunés qui m'ont achetée ont eu des accidents mortels, parfois au bout de quelques jours – chutes du haut d'un escalier entraînant une nuque brisée et des vertèbres sectionnées, arrêts cardiaques en plein milieu d'un vigoureux rapport sexuel, ruptures d'anévrisme, glioblastomes, poisons « organiques » qui conduisent le foie à se désintégrer – mais ce sont de fausses rumeurs, des rumeurs des plus stupides, n'y accorde pas la moindre attention, Daddy.

Je fais le vœu de t'adorer – de n'adorer que *toi*. Je jure qu'il n'y a pas eu d'hommes avant toi, Daddy. *Toi*, tu es unique.

Tout comme je suis allongée dans cette pose suggestive sur cette tenture en velours avec mon parfait *PlastaÉpiderme* éclatant et mes *PlastaCheveux* parfaitement coiffés, je resterai allongée à tes pieds. Je me prosternerai devant toi. Je serai ta belle épousée. Je ne murmurerai – jamais – le moindre mot sarcastique. Je ne me montrerai pas impatiente avec toi, bien que tu sois un vieil homme stupide et gâteux ; je me montrerai respectueuse avec toi, je serai ta muse si ça t'amuse (nous autres les filles et les muses, nous avons appris nos petits trucs toutes jeunes, parce que nous avons appris à survivre).

Je fais le vœu, Daddy : de ne jamais t'accuser de ne pas m'aimer. De ne jamais t'accuser de m'abandonner. De ne jamais t'accuser de m'exploiter ou de me trahir. De ne jamais t'accuser de me prendre mon argent pour le cacher sur des comptes secrets. De ne jamais m'effondrer en larmes hystériques en hurlant que tu me fais horreur – que ta simple vue, ton simple contact, ton *odeur* me font horreur.

Je ne suis pas une folle. Quand je pleure, mes larmes ne sont pas « laides » – quand je pleure, je suis très charmante.

Je ne suis pas une méchante. Je ne veux pas être ton égale. *J*e t'adorerai, *toi*.

Je ne suis pas amère. On me donnerait le bon Dieu sans amertume.

Personne ne veut d'une pin-up déprimée et larmoyante en double page centrale de *Playboy*. Je ne peux pas leur en vouloir ! Moi non plus, je n'en voudrais pas.

Aurais-tu deviné, en me voyant là si jeune, posant nue au milieu des replis sensuels du velours rouge, avec mon sourire adorable, d'un air si serein et si peu accusateur, qu'en une décennie, je serais devenue le sex-symbol du siècle, et que quelques années plus tard, je serais morte…

Tu l'avais deviné ? Oui ?

Mais non, ne pense pas à *ça*. Pas encore (tu ne m'as même pas encore ramenée chez toi. Notre lune de miel n'a même pas commencé).

Bien que ce soit excitant, non ? – de penser à *ça*.

Une revanche excitante du mâle, que la femelle soit si facilement détruite. De la même manière qu'on peut briser un verre en cristal sous ses pieds. De la même manière qu'on peut faire baver les couleurs d'une aquarelle – elle ne sera plus jamais pareille. Écraser les ailes d'un papillon dans son poing.

En vérité, la beauté de Miss Golden Dreams te rend malade. Elle te renvoie à la figure ta faiblesse – ton ressentiment, ton humiliation, ta honte à l'idée que cet après-midi, tu vas t'agiter frénétiquement en offrant des millions de dollars pour une poupée animée *PlastiPlutoniumLuxe* au cours de féroces enchères avec d'autres mâles, dont tu crains de ressortir comme un impuissant et d'échouer – car un seul d'entre vous est le plus fortuné, le Mâle alpha – et c'est lui qui va me « récupérer ».

Parce que Marilyn va être mise aux enchères – vendue – au plus offrant. Il n'y a jamais eu aucun doute là-dessus, c'est la promesse – que Marilyn entrera en possession du plus offrant.

L'argent ira à des étrangers, pas à Marilyn. Mais Marilyn n'est pas amère. Vise un peu cette jeune frimousse fraîche irradiant une joie qui est une sorte d'innocence ! Rien à voir avec l'argent ni la remise en question des motivations des autres.

Aime-moi, Daddy ! Et je t'aimerai.

Tous les hommes qui m'ont jamais aimée m'ont maltraitée. Ce n'est pas de l'amertume ! Juste un fait.

Quelquefois en me poussant, en me bousculant, en me tabassant, en me bourrant de coups de poing. Quelquefois en m'agonisant à tue-tête d'injures vicieuses et froides. *Traînée ! Putain !*

Oh, oui ! Pitoyable. Mais *toi*, tu seras l'exception.

Mais *toi*, tu ne me maltraiteras pas, si ? Pas *toi*.

Et *toi*, tu ne tomberas pas non plus dans les escaliers, ivre, en t'enfuyant, terrifié par l'étreinte d'acier des bras et des jambes de ton épousée *PlastiPlutoniumLuxe*, hurlant tandis que tu rebondis sur les marches avant de te briser la nuque. *Toi*, tu n'auras pas de crise cardiaque dans notre lit conjugal quand l'étreinte d'acier de mes bras et de mes jambes se refermera sur toi comme celle d'un python, tu ne mourras pas à cause d'une toxine organique impossible à identifier provenant du rouge à lèvres qui souligne ce sourire éblouissant : *toi*, tu es spécial.

Et donc, *toi*, tu *me* mérites. Une bombe blonde qui est en même temps une fille toute simple. Éternellement vivante, exactement comme elle était en 1949 : chromosomes dupliqués avec précision, cellules identiques jusqu'au plus minuscule organite. Tu vois ! Je respire, mes paupières frémissent, mon regard est fixé sur *toi*.

On serait heureux ensemble ! On s'amuserait ensemble ! Rien que nous deux.

Dis-moi ce que tu préfères, et je le ferai. Et referai, et referai encore.

Je garderai tous tes secrets. Je te sucerai jusqu'à la moelle, ne laissant de toi qu'un sac flasque et flottant éviscéré, et des os cassants réduits en bouillie. Et tu hurleras d'extase, je te le promets.

Souviens-toi, Daddy, tout ce que tu as besoin de faire, c'est d'enchérir pour *Miss Golden Dreams*. Et continuer à renchérir. Ne jamais arrêter de renchérir. Plus haut – plus haut – toujours plus haut, jusqu'à ce que tu aies laissé sur le carreau tes rivaux, haletants et vaincus. Le prix minimum estimé des enchères d'aujourd'hui n'est que de vingt-deux millions.

La limite ? – Daddy, il n'y a pas de *limite*.

Envie

1.

Sérieusement, elle a envie d'un homme.
Ou, elle a sérieusement envie d'un homme,
Ou, elle a envie d'un homme. Sérieusement.

2.

L'*envie* doit se lire de façon aveuglante sur ses traits. Tout comme l'obsidienne est aveuglante, même à la lumière la plus faible.

Il l'approche avec nonchalance. Se poste à côté d'elle, les coudes appuyés sur la rambarde qui surplombe la rive, où des vagues mouchetées de graines frappent le béton en rudes poussées arythmiques.

Murmure amical : « Bonjour ! »

Aucune menace et aucune intimidation dans ce salut, mais elle ne répond pas, car c'est sa prérogative de ne pas reconnaître l'existence d'un inconnu qui l'aborde dans ce lieu public.

Même si elle note avec amusement que l'ombre (massive) de l'homme le précède, inclinée comme une œuvre d'art cubiste sur les barreaux verticaux de la rambarde au-dessus de la rivière.

« Hé. Vous êtes… seule ? »

L. K. ne l'a pas regardé. C'est une femme mûre, qui a l'habitude de rester impassible, qui ne trahira pas la surprise, l'inquiétude, la curiosité que provoque chez elle cette intrusion.

Disant à l'intrus d'un ton léger, quoique sans appel, « Non. Pas vraiment. »

C'était censé être une rebuffade. Froide, définitive. Pourtant l'intrus rit comme si elle avait dit quelque chose de spirituel, et dans ces circonstances (lieu public, femme séduisante), spirituel signifie féminin, aguicheur.

« "Pas vraiment"… qu'est-ce que ça veut dire ? »

Un sourire qui découvre de grosses dents humides et tachées. Un sourire qui invite à la complicité.

Légère odeur d'argile, de peinture émanant de ses vêtements. Térébenthine ?

Exactement ce que disent ces mots – envisage-t-elle de lui répondre. Mais non, il ne vaut mieux pas.

Au moins, il ne s'est pas placé trop près d'elle. Il y a une distance confortable entre eux. Et d'autres passants sur la rive et l'herbe tout près, des adultes qui viendraient à son secours si nécessaire.

Il insiste. « En tout cas, vous avez l'air seule. Pour l'heure. »

Se remet à rire, une sorte de rire ventral, et de fait il porte son ventre comme une poche de kangourou, protubérant par-dessus une ceinture avachie et un pantalon de travail kaki éclaboussé de taches de peinture.

Ajoutant, désabusé : « Et moi aussi. »

Ce qui veut dire – que lui aussi, est *seul*?

De la part d'un individu aussi assuré, cet aveu a quelque chose de poignant. Ainsi que sa manière formelle de s'exprimer, alors même qu'il s'efforce d'être décontracté, détendu – *Pour l'heure.*

Oui, ce n'est pas une façon de parler ordinaire. C'est une façon de parler spéciale. Il y a de la subtilité ici, de l'ironie. De l'instruction. Un personnage.

Cette manière qu'il a de lui jeter des regards en coulisse – interrogateurs, pénétrants. Il la connaît, pense-t-elle. La reconnaît.

Quelqu'un que L. K. a peut-être côtoyé il y a des années, au cours de son ancienne vie dans cette ville…

Bon, c'est sa faute si cet inconnu l'a accostée. Rester ainsi debout dans ce lieu public à Belle Isle, ostensiblement seule.

Il est vrai que L. K. s'est forgé une *présence* : grande, posée, vêtue d'une tunique en tissu beige rêche et pelucheux qui lui tombe inégalement aux chevilles, pareille à une draperie sculptée, ainsi que d'une antique veste en satin décolorée par le temps ; bracelets en ivoire qui s'entrechoquent à ses poignets, perles d'ivoire de la taille d'une pièce de monnaie autour du cou. Cheveux lâchés sur les épaules, d'un blond argenté scintillant, aux allures de filaments métalliques.

Sur son pâle visage étroit, d'élégantes lunettes à verres sombres qui donnent l'impression d'être opaques. Et dissimulent la moitié de ses traits.

Lui, l'intrus, l'homme souriant aux vêtements tachés de peinture, ne porte pas de lunettes noires, si bien que ses yeux (d'un brun trouble) exposés donnent une impression de franchise, d'ouverture. (D'empressement ?)

Arrivant en catimini derrière elle sur la partie piétonne du pont qui surplombe la rivière Détroit. Un homme seul à la recherche d'une conversation fortuite ? Un prédateur à la recherche d'une proie ? Un artiste à la recherche d'un sujet ? Dans la mesure où Belle Isle est un lieu public, c'est la prérogative de cet inconnu de se placer avec nonchalance à côté d'elle devant la rambarde, et malgré tout, elle ressent un soupçon de vigilance sexuelle.

Cette sensation d'éveil sexuel, d'excitation ou de répugnance, d'intérêt ou de dédain, lui est devenue aussi familière que le tissu cicatriciel tendre et ridé d'une partie obscure de son corps. Évaluant les hommes qu'elle rencontre – en général pas tout à fait aussi publiquement et inopinément que maintenant – en gardant une certaine distance, en restant sur ses gardes. Plaçant son sac en toile chic entre eux d'une manière qui pourrait être stratégique, juste au cas où.

Il le voit. Rien ne lui échappe.

(Est-il agacé, insulté ? Blessé ?)

Il se demande peut-être (suppose-t-elle) qui elle est – *ce qu'elle est* : en visite à Détroit ? Artiste/photographe ? (Le sac est assez grand pour contenir un appareil photo de taille respectable, et en effet elle en transporte un fréquemment. Mais pas cet après-midi.)

Elle n'a pas répondu à ses avances autrement que par de vagues murmures, sans pour autant beaucoup s'être éloignée de lui.

Souvent, les hommes approchent L. K. dans des endroits publics ou semi-publics. Lors d'événements mondains, à coup sûr. Il est vrai qu'elle paraît (beaucoup) plus jeune que son âge. C'est en partie naturel, car elle est ou était naturellement très belle, dans le genre blonde et blême ; et en partie intentionnel, parce qu'elle s'est maquillée, surtout les yeux, soulignés avec soin au mascara noir et ombrés de bleu argenté, avec l'enthousiasme et l'astuce d'une artiste. Ses sourcils, si pâles qu'ils sont invisibles, elle les a assombris au crayon. Ses ongles longs à l'exquise manucure sont nacrés, opalescents. Elle a soumis ses cheveux ternes et grisonnants à des traitements poussés pour parvenir à cette saisissante apparence argentée et liquide, et enveloppé son corps de vêtements et d'ornements qui rappellent une œuvre d'art. (Le corps de L. K. en lui-même commence à lui faire l'effet d'un spectre. Il vieillit, inévitablement. Devant les miroirs, sa vision est déviée : elle a appris à préférer ceux qui sont embués, après la douche. Il y a un moment qu'elle n'a pas souhaité se voir complètement nue.)

Avoir sérieusement envie d'un homme ne signifie pas avoir sérieusement envie de tous les hommes ou de n'importe quel homme, même un peu, car L. K. est sélective, elle n'est pas (encore) désespérée ; ou, même si elle est désespérée, elle n'est pas (encore) prête à se montrer imprudente.

Enfin, si – elle est prête à se montrer *imprudente*. Mais sélective.

En réalité, depuis plusieurs minutes, elle est consciente de la présence de cet homme à petite distance, qui la dévisage avec curiosité, une silhouette floue, comme dans ces photos contrefaites d'ectoplasmes, planant à la périphérie de son champ de vision, dont elle pouvait choisir de reconnaître la présence comme de l'ignorer. Cette silhouette, cette personne, dont les yeux étaient tournés dans sa direction avec une certaine intensité – une certaine avidité, un certain désir – alors qu'elle était debout, accoudée à la rambarde, le regard tourné vers l'autre rive (Windsor, Ontario : au Canada). Écoutant les vagues souillées de la rivière Détroit clapoter contre la berge en béton, haut et fort, telles des mains qui applaudissent grossièrement.

L'homme aux vêtements tachés observait-il une femme (seule) sur le chemin piétonnier, qui se trouvait être L. K., ou l'observait-il, *elle* en particulier, avec intérêt, ce n'était pas clair.

Pensant – *Est-ce qu'il me connaît? Est-ce que je le connais? Par pitié, non.*

Eh bien, trop tard. Elle se retrouve en train de sourire poliment. Lève poliment les yeux vers ceux de l'homme, en prenant toutefois soin de ne pas engager la conversation.

Son impression : un visage affable et ridé, aussi rond qu'un tournesol.

Des mâchoires couvertes d'une barbe de trois jours grise et drue. Des rides profondes qui encadrent sa bouche comme des parenthèses à force de sourire trop souvent.

Et il est grand, il la domine. Peut-être un ancien athlète qui s'est ramolli à l'âge mûr. Épaules, haut des bras encore musclés. Lui rappelle – qui ? – l'artiste-dissident chinois Ai Weiwei ? Elle sourit en songeant à Weiwei : un artiste courageux qu'elle admire beaucoup.

Sur sa grosse tête, cet homme porte une casquette de base-ball sale, de travers. Des cheveux bruns grisonnants en désordre s'en échappent. Un clou d'oreille en or scintillant, de la taille d'une petite pièce de monnaie, dans son lobe gauche.

Ses énormes pieds (taille quarante-cinq) sont chaussés de sandales en cuir fabriquées main, de grande qualité, mais tachées ; sandales qui dévoilent des gros orteils nus écartés, aux ongles décolorés et difformes. S'il était son mari ou son amant, elle grimacerait à la vue d'orteils, d'ongles pareils, ainsi exposés dans un lieu public.

Une quasi-sensation d'étourdissement l'envahit. Se voit assise avec l'homme corpulent et souriant à côté d'elle de telle sorte que ses pieds, ses gros pieds nus et lourds, soient sur ses genoux à elle... Est-elle en train de lui couper les ongles ? Tient-elle un petit coupe-ongles entre ses doigts ?

C'est sûr, cet homme est un inconnu. L. K. ne l'a jamais vu auparavant, en dépit de son air familier. À moins que...

Elle avait vécu à Détroit pendant onze ans tumultueux quand elle était une jeune femme et une jeune épouse, et maintenant, elle y retourne au bout d'un grand nombre d'années. Grand à quel point, elle ne s'est pas autorisée à le calculer.

Pas une visite triomphante. Et cependant pas non plus une visite contrariée ni repentante.

Enfin, une visite *nécessaire*. Une vieille amie jadis adorée qui vit désormais non loin de là, à Grosse Pointe, malade au stade terminal.

Elle a vu Mia, sa belle amie mourante, dans un service de soins palliatifs le matin même. Elle reverra Mia demain matin, après quoi (pense-t-elle) elle partira et rentrera chez elle (à New York) puis reviendra dans une semaine ou deux, ou peut-être plus tôt, pour assister aux obsèques, parce qu'il lui est impossible de *ne pas* assister aux obsèques ; et ensuite, il y aura certainement un service funèbre dans quelques semaines...

Clignant des paupières pour évacuer des larmes qui expriment autant la contrariété que le chagrin. Oh, comme la vie l'a rattrapée, elle qui, jeune fille, avait des pieds agiles de gazelle !

Et elle pince les narines pour endiguer les effluves de la rivière, une odeur de choses pourries soufflée en rafales sur sa figure, et une autre, de produits chimiques, répugnante et d'une certaine manière rassurante, familière, inchangée depuis des décennies.

L'intrus, son compagnon d'autrefois, la considère par-dessous la visière de sa casquette de base-ball sale, dont elle voit qu'il s'agit d'une casquette des Detroit Tigers, au logo blanc sur fond bleu foncé.

Elle se souvient : les Detroit Tigers, les Detroit Lions. L'une des équipes joue au base-ball, l'autre au football.

Il sourit, plisse le coin des yeux. Peut-être sent-il qu'elle est revenue à Détroit par compassion. Même si cette démarche est futile.

Quelque chose se bloque dans sa gorge, elle est remuée, excitée.

Elle se demande d'où est venu l'homme souriant. A l'impression qu'il a traversé le pont à pied, qu'il vit non loin de là et qu'il a garé son véhicule près du pont, côté Détroit.

Ses vêtements sont des vêtements de travail, à l'évidence. Son pantalon kaki possède de nombreuses poches, comme pourrait en avoir celui d'un charpentier ou d'un plombier ; en haut, il porte un pull-over en jersey informe taché, à l'encolure détendue.

Quand elle l'a remarqué pour la première fois, il marchait d'un pas vif. Comme quelqu'un qui est habitué à traverser l'étroit pont jusqu'à Belle Isle. Jusqu'à ce qu'il la repère sur la berge, et qu'il marque une pause.

Le vent qui soulève ses vêtements, ses cheveux. Elle imagine avec ravissement comment elle lui est apparue au départ.

Sur l'eau vert sombre, légèrement agitée, un bateau de croisière passe. Bruits festifs, musique et rires. À cette distance, L. K. distingue tout juste le nom sur sa proue blanche : *Spirit of Belle Isle*.

Souvent, des années auparavant, elle avait vu ce bateau, ou son prédécesseur, sur la rivière. Progressant gaiement vers l'ouest depuis Belle Isle jusqu'à l'extrémité la plus éloignée de l'Ambassador Bridge, puis rebroussant chemin.

Qui fait une croisière sur la rivière Détroit ? Sans doute des touristes – mais qui viendrait visiter la ville ravagée de Détroit en touriste ?

L'homme souriant à la casquette de base-ball mentionne le *Spirit of Belle Isle*. A-t-elle déjà fait cette croisière ? Non ?

Il lui explique qu'il a vécu l'essentiel de sa vie à Détroit, sans avoir jamais mis un pied sur le *Spirit of Belle Isle*. Et que pourtant, quelques nuits plus tôt, il a rêvé de ce bateau.

« … sauf qu'il était différent de celui-ci. Et la rivière n'était pas la rivière Détroit, mais censément la rivière Niagara. Sur le bateau, on craignait tous d'être avalés par le courant et précipités dans les Chutes. »

Pensif, l'homme raconte à L. K. ce fragment de rêve comme s'il pouvait avoir une quelconque importance pour elle. Elle s'étonne de son audace, de sa vanité. La vanité d'un mâle autosatisfait ! Ou est-ce simplement que cet homme souhaite l'intéresser et croit que cette anecdote l'intriguera ?

Bizarrement, L. K. est intriguée. Depuis un moment, elle est fascinée par ses lèvres épaisses, ses grandes dents tachées et émoussées, ses manières qui évoquent un peu celles d'un pirate, son assurance. La façon dont il caresse ses joues pas rasées comme un homme pourrait caresser sa barbe.

Elle rit. Il voit qu'elle le trouve distrayant. Elle lui plaira davantage, il l'admirera plus, s'il croit qu'elle le trouve distrayant.

« Vous êtes en visite ici ? Vous n'avez pas l'air de vivre ici…

– Oui. En visite… »

Elle s'attend à ce qu'il lui demande la raison de sa visite, à qui elle rend visite, mais à la place, il lui demande si elle a vu les fresques murales de l'Eastern Market – peintes par des artistes de Détroit.

Elle répond que non, elle ne croit pas. Elle a remarqué des fresques colorées, la veille, sur les murs de bâtiments abandonnés, sans savoir ce que c'était.

« Eh bien. Elles sont plus que colorées. Si j'avais mon véhicule avec moi, nous pourrions… »

Véhicule. Curieux choix de mot. Le langage de l'homme souriant est empreint d'un formalisme qui contredit quelque peu son apparence affable et débraillée, et ce détail intrigue L. K.

Et il a dit *nous pourrions…*

Il a introduit ce *nous* dans la conversation avec une telle nonchalance… L. K. l'entend, mais ne répond pas.

Enfin, il lui dit ce qu'il se préparait visiblement à lui dire depuis quelque temps : son studio se trouve dans le bâtiment Durant.

Une déclaration neutre – *Son studio se trouve dans le bâtiment Durant.* Pas exactement une invitation.

« Vous savez où c'est… le Durant ?

– Je crois. Ce nom m'est familier. Oui. »

Elle n'en est pas sûre. Un centre pour jeunes artistes en devenir dans un quartier délabré de Détroit, près du bord de la rivière… Mais elle est contente que son compagnon soit une sorte d'artiste. Flatteur pour L. K. d'avoir pris sa mesure presque sur-le-champ.

Une sorte d'Ai Weiwei, se dit-elle. Un physique imposant, avec une grosse tête, des traits forts et expressifs.

Un tel homme aura une sexualité vorace. Un homme taureau. Sur une femme, son poids serait écrasant. La respiration de L. K. s'est accélérée.

Il lui annonce que son studio est à quinze minutes à pied de l'endroit où ils sont. Lui dit qu'il marche jusqu'à Belle Isle la plupart des après-midi pour calmer son stress. Repliant ses doigts courts comme s'ils lui faisaient mal.

Le *stress*. L. K. sourit en entendant ce mot. Cet homme avec son clou doré qui étincelle à l'oreille et ses gros orteils écartés et sales ! Peu probable qu'un tel homme soit vulnérable au *stress*.

Le *stress*. Plutôt une maladie de femelle.

L. K. n'a pas pensé à l'immeuble Durant depuis des décennies. C'est une sorte de choc – pas complètement un choc agréable – d'entendre ce nom prononcé à présent.

« Oui. Le Durant. »

Où elle s'était rendue en voiture pour interviewer un jeune artiste dans son studio, pour le *Detroit News Magazine*. Son nom – elle n'arrive pas à se souvenir de son nom. Un bel homme hispanique ou afro-américain à la peau claire… L'équivalent à Détroit de l'artiste haïtien Jean-Michel Basquiat, qui avait acquis une énorme célébrité avant de mourir d'overdose, alors qu'il n'avait pas trente ans.

L'artiste de Détroit dont L. K. a oublié le nom a été localement à la mode pendant un moment. Soutenu par des femmes (blanches) aisées des villes banlieusardes de Grosse Pointe, Birmingham, Bloomfield Hills ; et ensuite, pour une raison mystérieuse – qu'il ait commis un faux pas ou déçu l'une de ses mécènes, ou tout bonnement épuisé son effet de nouveauté comme nombre de ses congénères – peu après le jour de l'interview, sa carrière avait atteint son apogée, puis il était retombé dans l'obscurité d'où il avait émergé.

L. K. a son nom sur le bout de la langue. Elle sent un étau se resserrer sur sa poitrine.

Cet homme-ci, d'âge mûr, négligé, si différent du jeune artiste mince que L. K. avait jadis connu, lui demande si elle aimerait aller jusqu'au Durant à pied. En traversant le pont. « De là-bas, on a une vue fantastique sur la rivière… » Il lance cette invitation avec hésitation, car il se rend vulnérable à L. K., s'exposant à une éventuelle rebuffade de sa part.

Elle va lui dire – *Non merci.* Poliment.

Non – pas maintenant.

Une autre fois, peut-être.

Et pourtant : il y a quelque chose chez lui. Oui, c'est vrai, elle s'est sentie seule ces temps-ci.

Si cet homme pouvait en venir à l'aimer. L'adorer.

Parce qu'il fait à L. K. l'effet, d'après le désir qu'expriment ses traits, d'un homme à la recherche de quelqu'un à adorer. L'avidité affamée qui se lit dans ses yeux, ses manières franches et sans prétention…

Personne n'a adoré L. K. depuis longtemps. Elle désire sérieusement être adorée. Elle est presque prête à faire des compromis : dispenser ses propres émotions en échange de l'adoration (d'un mâle).

Cependant : cette pensée est ridicule. Elle le sait.

Si sa belle amie d'université n'était pas en train de mourir à moins de quinze kilomètres de là. Si elle ne redoutait pas de retourner rendre visite à Mia le lendemain matin. Si elle avait davantage de volonté, si elle était moins seule… Elle ne serait pas vulnérable à ce genre de pensées ridicules.

Il est temps pour elle de s'échapper. De retrouver la sécurité de son hôtel, où elle s'allongera dans un bain chaud, épuisée, avant de sombrer dans le sommeil…

Elle est suffisamment restée à Belle Isle. Clignant des paupières malgré ses lunettes de soleil. (Parce que ses yeux sont affaiblis par les larmes. Injectés de sang, suppose-t-elle. Personne ne doit le savoir.) Elle est suffisamment restée ici dans ces rafales de vent, à entendre le *floc floc floc* des vagues contre la berge.

Badinant avec un inconnu, un *artiste** corpulent d'âge mûr coiffé d'une casquette de base-ball des Detroit Tigers.

Il est temps de s'éclipser en murmurant une excuse polie.

Néanmoins – on ne sait trop comment – L. K. s'entend dire oui.

Impulsivement, elle répond qu'elle aimerait beaucoup voir le studio de son compagnon au Durant. *Oui!*

3.

Vingt-quatre heures plus tôt: se rendant en voiture de l'aéroport de Détroit jusqu'à cette ville tentaculaire dans une Honda d'un blanc éblouissant spécialement choisie à l'image du véhicule (compact, économique) que son jeune mari et elle conduisaient lorsqu'ils ont vécu à Détroit pour la première fois.

Dépassant des sorties de la John Lodge Freeway dont elle ne s'est pas souvenue depuis des années. Des décennies.

Eight Mile Road. Seven Mile Road. McNichols. Livernois. Woodward. Cass. Dequindre. John R. Beaubien. Grand River. Michigan Ave. Gratiot. Grand Boulevard.

Avril: des forsythias sauvages jaunes qui poussent à profusion au milieu du paysage ravagé de Détroit.

Rafales de vent, nuages en lambeaux, un air vertigineux de promesse.

Ils avaient été si heureux! Dans cette autre vie.

Les battements de son cœur s'accélèrent d'appréhension. Elle s'efforce de ne pas craindre ce qu'elle va trouver au service des soins palliatifs de Grosse Pointe.

Au téléphone, balbutiant – *Oui, bien sûr que j'ai envie de venir...*

Mais elle n'a pas l'intention de séjourner chez les parents de son amie à Grosse Pointe. Malgré leur insistance, *non.*

Ne souhaite pas être un poids pour eux. Elle insiste.

Pas dans un moment pareil. *Non.*

Elle descendra dans un hôtel. Elle a réservé. Au Renaissance Center, à quelques kilomètres de Grosse Pointe.

Comme dans une zone de guerre, quittant les communes de banlieue sur la I-75, pour pénétrer à l'intérieur du périmètre de Détroit au-dessous d'Eight Mile Road. Ici, on trouve des maisons à charpente en bois, à l'arrière défoncé, des brownstones qui s'effondrent. Des baraques réduites à des restes calcinés. Des amas de gravats dans des terrains vagues où ont surgi des îlots de jungle, voyants et provocateurs. Contre les clôtures métalliques rouillées hautes de trois mètres au bord de la voie express, des détritus, tels des confettis soufflés par le vent, figés et calcifiés.

Elle a apporté un appareil photo, elle photographiera les ruines de cette ville américaine jadis formidable.

Titres éventuels : *Détroit : Ville des cœurs brisés. Détroit : Ville de mon cœur.*

Détroit : Ville fantôme.

C'est une photographe sérieuse, ou du moins elle l'a été. Son travail, comme sa vie, lui glisse entre les doigts.

Moins de véhicules sur la voie express que dans ses souvenirs. Moins de voitures particulières, de camions d'exploitation forestière. Toujours cette puanteur de gaz d'échappement. Chaussée gravement fissurée, criblée de nids-de-poule. Au niveau de la sortie Third Avenue, la circulation ralentit et s'intensifie : un accident sur la file de gauche. Bloquant deux voies, des voitures de police, des ambulances.

Ne regarde pas. Aie pitié. Ça pourrait être toi…

Toute sa vie, elle a eu de telles pensées en situation de crise. La mort des autres, les chocs et les blessures des autres, si iniques, si injustes, alors qu'elle passe, indemne, accablée de culpabilité. Ce sera sûrement bientôt son tour ?

Au-dessus de sa tête, un hélicoptère de police. Assourdissant.

Bien sûr, ce Détroit est très différent du Détroit qu'elle a connu : plus de la moitié de sa population s'est évaporée dans l'intervalle. Un million et demi de résidents à la fin des années soixante, moins de sept cent mille à présent. Même avant que son mari et elle ne déménagent, nombre de leurs connaissances étaient parties. Après les « troubles sociaux » de juillet 1967 – trois jours d'émeutes, de pillages et d'incendies ; la loi martiale – presque tous les habitants « blancs » avaient émigré dans les banlieues (aisées, présumées moins dangereuses). Quand ils n'avaient pas purement et simplement quitté la région de Détroit.

Ou quand ils n'étaient pas morts. L. K. n'a pas tenu à savoir grand-chose de ces morts-là.

Avec son mari, ils avaient vécu dans cette ville pendant onze ans, mais à la périphérie, au nord, dans un quartier résidentiel peuplé de propriétaires blancs. Peu à peu, ce quartier était devenu « intégré » – accueillant des personnes de couleur (Américains d'origine indienne, Asiatiques), une classe de professionnels qui entretenaient avec le plus grand soin leurs maisons et leurs pelouses, des voisins idéaux.

La question raciale n'avait jamais été un problème pour elle ou pour aucune de ses connaissances proches. Elle l'aurait juré : *Nous n'avons pas de préjugés raciaux.*

Bien que beaucoup de choses aient changé, elle sent que la ville d'autrefois subsiste au-dessous de la surface, exactement comme les tissus, le sang et les os sont sous la peau.

Et maintenant, la circulation se remet en branle. Approchant la sortie du Tiger Stadium.

Au milieu des ruines de l'ancien centre-ville se dressent des bâtiments délabrés sur lesquels des artistes locaux ont peint des fresques murales aux teintes vives et sauvages. Ces fresques sont primitives, puissantes : portraits géants de visages aztèques aux regards furieux, corps luisants couleur cacao contorsionnés d'extase, doigts tendus dans une posture suppliante ou d'avertissement, bras et jambes écartés, cascades de cheveux sombres ondulés, nouveau-nés attachés à des cordons ombilicaux sanglants, qui flottent telles des graines d'asclépiade. La carcasse d'une structure calcinée festonnée de panthères noires héraldiques, d'aigles hurlants, de croix suintantes de sang. Réservoirs d'eau sur le toit des immeubles, couverts de graffiti byzantins et de faciès noirs renfrognés. Sur le mur d'une HLM abandonnée, une stupéfiante mosaïque représentant une vision médiévale, une ascension d'anges jusqu'à un paradis bleu turquoise : des anges musclés à la peau sombre et aux larges ailes en plumes noires, affublés de masques semblables aux grossiers visages féminins du *Guernica* de Picasso. Et au-dessous, ces montagnes de cadavres d'où jaillissent des fleurs de la jungle.

Les cadavres forment une pile désordonnée, pareils à des débris échoués sur une plage. La teinte de leur peau n'est pas exactement *blanche*, mais d'un beige pâteux. Et leurs traits sont floutés, indistincts.

L. K. essaie de ne pas se sentir choquée, blessée. Elle essaie de ne pas se dire – *Mais je ne suis pas « blanche » – pas comme ça…*

La haine raciale de cette vision, étalée avec une telle désinvolture sur le mur d'une HLM face à la John Lodge Freeway ! Un dégoût, un mépris, une furie meurtrière qui conduisent L. K. à détourner les yeux, ébranlée.

Au comble des émeutes de juin 1967, son mari et elle s'étaient terrés dans leur maison près de Seven Mile Road. Entendant les camions de pompiers, les sirènes. Entendant des cris, des hurlements, des coups de feu. Suppliant en silence – *Mais je ne suis pas « blanche » – pas comme nos voisins.*

Le courant avait été coupé. Les lignes téléphoniques ne fonctionnaient pas. Ni télévision ni radio. La loi martiale avait été décrétée. À l'intérieur de leur maison plongée dans l'obscurité et barricadée, ils avaient été épargnés par les bandes de jeunes hommes et de garçons noirs en maraude affluant anarchiquement comme un torrent furieux qui déborde. Ce qui les avait sauvés : les émeutiers avaient trop de maisons, trop d'immeubles à brûler et à saccager. Ils avaient vécu leurs instants les plus terrifiants quand les gardes nationaux du Michigan avaient tiré sur les pillards devant chez eux en les pourchassant dans la rue.

Dans un état d'émotion suspendue, elle s'en souvient à présent.

(Certains des jeunes pillards noirs avaient-ils été abattus ? Tués ? Son mari et elle n'en avaient aucune idée ; à ce moment-là, ils ne se préoccupaient que de leur propre sécurité.)

Son visage est mouillé de larmes. Oh, c'était – affreux… Et en même temps, son jeune mari lui avait si fermement tenu les mains pour la consoler.

Comme elle l'avait aimé ! Son inquiétude pour elle, son souci de la protéger.

Personne dans sa vie actuelle ne s'occuperait d'elle ainsi. Ne souhaiterait la protéger.

« Je me sens tellement seule. Tu me manques, chéri, je suis tellement, tellement désolée. »

Parfois, quand elle est seule, surtout quand elle conduit, L. K. parle de cette façon. C'est un luxe rare qu'elle s'autorise, sachant que personne d'autre n'entendra, que personne ne saura.

Et elle l'oubliera elle-même une fois à destination. Sortant à présent à City Center, où l'Amérique (blanche) du monde des affaires reprend ses droits ; banques, bâtiments municipaux, la statue « héroïque » qui est réputée être l'âme de Détroit, une fontaine qui crache de l'eau. Quelques pâtés de maisons plus loin, la vitrine de la ville : un monolithe de grande hauteur en verre teinté sombre et aluminium composé d'hôtels de luxe, de bureaux et d'habitations en copropriété, au nom vieillot de Renaissance Center.

Le Château Renaissance n'est pas un hôtel qu'elle connaît. Ou du moins son nom prétentieux ne lui est-il pas familier.

Sobrement, elle se souvient de son jeune moi-fantôme, montant dans l'un des ascenseurs silencieux en verre de l'ancien hôtel sur ce site même.

Plus haut, plus haut, toujours plus haut – les chiffres blancs qui clignotaient au-dessus de la porte de l'ascenseur.

Au vingt-troisième étage, s'offrant à l'homme qui lui ouvre la porte après qu'elle avait frappé un, deux, puis trois coups timorés.

Elle avait trouvé cette aventure profondément blessante, humiliante. Excitante, intense. Les cicatrices de ces quelques mois périlleux demeurent encore en elle, dans d'obscures parties de son corps.

Cette aventure n'avait pas précipité la fin de son mariage. (Son mari n'avait jamais su.)

Bien sûr que cette aventure avait précipité la fin de son mariage.

C'est au Château Renaissance que L. K. a réservé, juste pour deux nuits.

Opulence étincelante à la surface et, au-dessous, l'ancienne structure.

Oui, elle en est sûre. Il s'agit de l'ancien hôtel renommé, rénové. On retrouve le haut plafond au quadrillage doré, la vieille fontaine au goutte-à-goutte désuet, la rangée d'ascenseurs aux dorures en relief.

Au vingt-troisième étage, la même chambre l'attend. Repeinte, rénovée.

Sauf que le Château Renaissance a fait une concession au « renouveau » de Détroit : un couloir abrite une exposition de tableaux, de collages et de sculptures d'artistes locaux. Si l'on en juge par l'imagerie prédominante, la plupart des artistes sont afro-américains. Beaucoup d'entre eux de sexe féminin. Il ne s'agit pas d'un art subtil, méditatif ou minimaliste, mais d'un art à la manière visuellement agressive de Rauschenberg, Oldenburg, Warhol. Peinture appliquée à la truelle, collages d'iconographie pop art, sculptures en ferraille, plastiques, polystyrène expansé. L'une d'elles représente deux lèvres cramoisies entrouvertes, maintes fois agrandies, sur un piédestal en forme de phallus ; une autre, des pieds et des mains d'un réalisme déconcertant, dans lesquels des piques ont été plantées à coups de marteau, sur une croix primitive.

L. K. examine les ongles des mains et des pieds sur cette structure, teintés de sang. Ces artéfacts sont certainement en plastique, et pourtant, ils sont si convaincants…

L'œuvre la plus scabreuse, qui est aussi la plus fascinante, est un collage intitulé *Vénus blonde*. Sur une toile rudimentaire, des traînées de peinture rouge collante ont été appliquées, et sur la peinture, de petites mouches (en plastique ?) noires ont été fixées ; tombant par-dessus en une cascade de cheveux élastiques, une queue-de-cheval blond cendré d'environ quatre-vingt-dix centimètres.

S'*agit*-il de cheveux humains ? L. K. a beau être assez avisée pour ne pas toucher une œuvre, même une œuvre aussi crue, elle ne peut pas s'empêcher de tendre la main pour caresser ces cheveux secs et cassants. Du synthétique, décide-t-elle.

En les étudiant de près, elle découvre que les cheveux ont de minuscules racines – mouchetées de taches de sang. Elle les contemple, frissonne, et recule.

« Madame ? Je peux vous aider ? » – un employé de l'hôtel en uniforme, qui l'observait, l'approche à la hâte.

Se sentant sur le point de s'évanouir. L'espace d'un instant de panique, n'ayant aucune idée d'où se trouve cet affreux endroit.

Et puis – bien sûr. Elle a une réservation, elle est venue prendre la clé de sa chambre.

Songeant – *Si je disparais et qu'on n'entend plus jamais parler de moi, ma signature ici sera la preuve que j'ai existé.*

4.

Son nom, lui explique-t-il, est Vann. Il signe son travail *Vnn*.

Elle se présente elle aussi. D'un nom qui n'est pas précisément le sien, mais aux initiales identiques : L. K.

Il est surpris (se dit-elle) qu'elle ait accepté son invitation à voir son studio. Surpris et ravi, en effet.

Une femme de l'allure de L. K. ! En compagnie de Vnn.

D'une voix enjouée et assurée qui ne révèle pas le moindre malaise, L. K. raconte à Vann qu'elle est venue à Belle Isle à pied depuis le Renaissance Center, et qu'elle n'a pas pris sa voiture de location. Elle sera ravie de faire le chemin du retour avec lui.

Bourrasques qui lui fouettent les cheveux. Vagues remuées par le vent.

En traversant le pont, L. K. aperçoit dans la rivière une myriade d'yeux scintillants. Qui clignent, étincellent. Dans les vagues tumultueuses, des apparitions de nageurs, les mouvements agités de leurs bras. Il est pénible d'être témoin de tels efforts pour éviter de sombrer…

Pensant – *Toute vie ne constitue-t-elle pas une lutte pour éviter de sombrer ?*

« Vann » continue à l'observer avec curiosité. Avidité.

Il demande : si elle est (peut-être) une journaliste qui écrit un article ? Une photojournaliste ?

Non. Pas du tout.

Il avait cru (peut-être) qu'elle avait un appareil photo dans son sac.

Mais non. Ce n'est pas le cas.

Pas avec moi. Pas ici.

Si L. K. n'est pas photojournaliste, elle est photographe, ou a été photographe. Pour un photographe, l'important n'est pas de prendre des photos, mais d'avoir de l'espoir, un but.

Son appareil est resté dans sa chambre d'hôtel, dans ses bagages. Elle n'a pas encore eu l'énergie de le prendre.

Vann lui explique qu'elle a l'air d'être le genre de personne qu'on photographie.

Elle rit, parce que c'est flatteur. Elle n'a pas l'impression que cet homme calculateur soit susceptible de flatter quelqu'un sans raison.

Elle dit : « Et vous aussi. Vous avez l'air d'être le genre de personne qu'on photographie. »

Ce commentaire, Vann l'accepte avec un haussement d'épaules. (Que signifie un haussement d'épaules ? Oui ? Non ?) Si L. K. s'est exprimée avec ironie, Vann choisit de ne pas le relever.

À présent, il lui demande si elle rend visite à quelqu'un à Détroit ?

D'abord, elle ne répond pas. Elle n'avait pas l'intention de parler d'elle-même à part dans les termes les plus impersonnels. Dans ses relations avec les hommes, il est plus sage (a-t-elle toujours cru) de ne pas fournir à l'adversaire, c'est-à-dire l'homme nouvellement rencontré, de prise sur elle. (L'image sans nuance est celle d'un pouce et de doigts enfoncés dans une boule de bowling pour s'assurer une bonne prise.) Cependant, L. K. s'entend dire à l'homme qu'elle est venue rendre visite à une amie très malade. Une amie qu'elle n'a pas vue depuis des années. Une amie nommée Mia : elles ont partagé une chambre à l'université, ont été aussi proches que des sœurs à une époque.

D'un air grave, Vann hoche la tête en l'écoutant. Elle apprécie de pouvoir si facilement contrôler le lien émotionnel qui la relie à l'homme en prononçant les mots adaptés d'un ton adapté.

Dans ce cas précis, elle dit la vérité. Ou presque.

« … Mia était en rémission, mais maintenant, il semblerait qu'elle ne le soit plus et la chimiothérapie n'a plus l'air d'aider. Et maintenant… et maintenant, c'est… c'est pour ça que je… on était si proches autrefois… C'était gênant de décliner l'invitation de sa famille, de ne pas séjourner chez eux, parce que j'y ai séjourné dans le passé, et qu'ils ont une grande maison… à Grosse Pointe… je ne pouvais pas supporter l'idée de descendre là-bas. Le fait que Mia soit au stade terminal va imprégner les lieux, ce serait impossible d'y échapper. »

Vann écoute, tête inclinée en signe de compassion. Des bourrasques agitent les cheveux grisonnants en désordre qui dépassent de la casquette de base-ball.

Elle pense – *Bien sûr que je le connais ! C'est mon ami.*

Elle pense – *Tout ce qu'une femme désire, c'est qu'un homme l'écoute ainsi. N'importe quel homme.*

« Je n'ai pas – encore – vu grand-chose de la ville. Je veux en voir davantage. Je n'ai rien fait d'autre à part venir de l'aéroport en voiture, et l'aller et retour au service des soins palliatifs. J'avais si peur, en entrant dans le bâtiment… J'ai vu Mia ce matin, et je suis restée jusqu'à ce que l'infirmière me demande de partir pour qu'elle puisse se reposer. Je la reverrai demain matin. Aujourd'hui, il fallait que je m'échappe jusqu'à Belle Isle. Je ne savais pas comment ce serait… si Belle Isle serait… dégradée et dangereuse… Vous vous souvenez de ce qu'on a dit, en parlant de l'"émeute raciale" des années quarante, "l'herbe de Belle Isle est rouge de sang". Je n'ai jamais oublié… ces mots. Peut-être que ce n'est même pas vrai. N'était pas vrai. Que "l'herbe était rouge de sang". J'ai l'impression que le temps m'échappe. Me file entre les doigts. »

Pourquoi confie-t-elle à cet inconnu ces pensées irréfléchies qui se bousculent ? Elle n'en a pas la moindre idée, à part (peut-être) qu'elle souhaite se mettre à sa merci.

Un patrouilleur de la police de Détroit passe en direction de Belle Isle. Si elle était en situation délicate, en danger, elle n'aurait qu'à lever la main, à agiter frénétiquement la main pour attirer l'attention des policiers ; ils freineraient tout de suite et lui porteraient secours. Une femme (blanche) bien habillée qui appelle à l'aide des policiers de Détroit sur le Belle Isle Bridge ne serait pas ignorée.

Le fait que L. K. ne jette qu'un simple regard au véhicule de la police, qu'elle ne lève pas la main tend à prouver qu'elle ne court pas de risques.

En effet, Vann et L. K. forment un couple. À première vue, un couple légèrement mal assorti qui déambule sur le Belle Isle Bridge.

Avec un soudain frisson de bonheur, elle se dit – *Maintenant il va me prendre la main. Il va me tenir tendrement la main.*

Vann ne lui prend pas la main. Peut-être que Vann aimerait beaucoup lui prendre la main, mais il n'en fait rien.

Et quand il se rapproche d'elle, assez près pour l'effleurer du coude, par accident ou à dessein, L. K. s'écarte en s'accrochant à son sac en toile.

Ils sont au milieu du pont. Le patrouilleur de la police a disparu. Pour l'heure, peu de piétons traversent. L. K. s'en souvient : ce n'est pas le Belle Isle Bridge, mais le MacArthur Bridge. Et malgré tout il n'y a aucune chance qu'un habitant de Détroit qui se rend à Belle Isle appelle ce pont le MacArthur Bridge.

Vann est en train d'expliquer à L. K. qu'il ne croit pas aux perceptions extrasensorielles – « quoi que puisse être ce truc » – mais que l'autre nuit, il a fait un rêve dans lequel il y avait une femme – « une femme comme vous, venue dans mon studio pour voir mes travaux récents, et donc, je les lui ai montrés… »

L. K. s'offusque : *une femme comme vous*. C'est si condescendant ! Insultant ! Cet homme arrogant ne sait-il pas qu'il n'y a pas de femme *comme elle*, qu'il n'y a qu'*elle* ?

« Vraiment ? Et quelle opinion "cette femme" avait-elle de vos œuvres, Vann ? »

La voix de L. K. est si froide que Vann comprend qu'il a commis une bourde.

Elle est en train de penser qu'elle ne va pas l'accompagner jusqu'à l'immeuble Durant, en fin de compte. Elle va lui dire au revoir une fois qu'ils auront traversé le pont. Elle s'éloignera rapidement. Il ne la suivra pas. Il n'osera pas la suivre. Elle sent une vague de dégoût, de répugnance pour cet homme : ce visage charnu, ces dents tachées, cette haleine aigre, ces bourrelets de graisse au-dessus de la ceinture, ces orteils déformés. Pour qui se prend-il, à oser l'approcher ainsi, *elle* ?

Un prédateur en puissance. À coup sûr, un artiste raté. Une figure marginale dans le no man's land de Détroit, Michigan, où elle est venue par le plus pur des hasards et où elle ne reviendra jamais plus.

5.

Doucement, il lui prend le bras. « Ici. Nous tournons ici. »

Le trajet à pied jusqu'à un ensemble d'entrepôts sur la rivière à l'est du Grand Boulevard a été étonnamment long. L. K. ne se souvenait pas que le Durant soit situé dans un petit pâté d'immeubles lui aussi appelé Durant, à l'intersection avec le Grand Boulevard.

Elle ressent de l'appréhension. Elle serait incapable d'expliquer pourquoi elle est venue dans ce quartier désolé de Détroit avec un homme négligé qui lui est étranger.

Au loin, on voit des gratte-ciel de bureaux, incongrus dans ce cadre. Le verre fumé et taché de la Freedom Tower en forme de poignard.

Le ciel d'avril, si prometteur un peu plus tôt, est devenu gris et menaçant. La température dégringole. Toutefois, L. K. commence à se sentir euphorique, imprudente.

Il va me proposer un verre. Je n'accepterai pas.

L'entrepôt rénové où la conduit Vann est d'une familiarité perturbante, bien qu'il ait été décoré de somptueuses mosaïques quasi primitives. On y trouve la Ligue de sculpteurs des objets trouvés, la galerie du Sanglier bleu, la Coopérative des artistes du Durant. Placée sur le toit, une créature mythologique triomphante – moitié lion ailé, moitié démon – une chimère à l'expression féroce, toutes dents dehors.

Votre regard se lève tout naturellement vers le lion ailé. Sur le tard seulement, on remarque qu'il est entouré de monceaux de crânes au milieu de fleurs cramoisies en forme de langues.

« Créer, c'est détruire, dit Vann comme s'il traduisait pour L. K., même si détruire n'est pas toujours créer. »

Qui cite-t-il ? Se cite-t-il lui-même ? L. K. suppose que c'est une phrase qu'elle devrait connaître attribuée à Picasso, Kandinsky, Goya ou Man Ray, elle n'en a aucune idée.

Dans l'étendue dépourvue d'herbe devant le bâtiment, se dresse une sculpture éolienne de trois mètres de haut, dont les pales, décorées de masques humains (à la peau blanche) tournent de manière erratique.

Avec fierté, Vann lui annonce que c'est *lui* l'auteur de cette sculpture.

L. K. est subtilement offensée par les masques (à la peau blanche). Elle se demande si au lieu d'être « blanc », Vnn lui-même n'est pas une personne de couleur, mais au teint clair.

L. K. répond à Vann que la sculpture éolienne est « tout à fait saisissante » – elle ne mentionne pas les masques (à la peau blanche), déjà désireuse de faire demi-tour et de fuir l'entrepôt alors même qu'elle pénètre dans le bâtiment avec lui, prise d'une sensation immédiate de vertige, comme si le sol se dérobait sous ses pieds.

Non. C'est une erreur. Repars.

Se souvenant des révélations sur l'amiante dont beaucoup d'autres bâtiments de Détroit étaient infestés. Sûrement le Durant et certains entrepôts au bord de la rivière.

Se souvient : que les fibres d'amiante sont plus fines que les cheveux humains. Elles causent des cancers mortels des poumons, du sang. Répandues dans les constructions d'une certaine ère, d'un certain type. Toiture, isolation. Leurs effets létaux peuvent mettre des décennies à se manifester.

On avait évacué en masse des matériaux contaminés à l'amiante dans cette ville, se souvient-elle encore. Entrepris des campagnes pour nettoyer l'environnement pollué. Rasé les pires bâtiments. Au début, les entreprises locales avaient résisté. Il y avait eu des contentieux. Des transactions. De nombreux décès.

D'un côté du Durant, un entrepôt abandonné ; de l'autre, un terrain vague jonché de gravats.

À l'intérieur du Durant, un espace brut, ouvert, comme si on lui avait enlevé une partie du plafond ; des verrières laissent entrer une lumière pâle-lugubre à travers des vitres mouchetées de graines et de débris divers. Au premier étage, un balcon sur lequel sont exposées des sculptures aux néons clignotants.

Les entrées intérieures de la galerie du Sanglier bleu, de la Coopérative des artistes du Durant, de la Ligue des sculpteurs de Détroit, de Dequindre Rouge. De plus petites galeries qui donnent sur le hall d'entrée, exposant des tissages, de la poterie, des tableaux, des articles tricotés. La plupart sont fermées, sombres. Il n'y a presque aucun visiteur et aucun client. Le son de leurs pas qui résonnent la distrait. Malgré tout, à travers la porte du Sanglier bleu, L. K. voit une femme – ni jeune ni exceptionnellement vieille – si familière qu'elle s'arrête net en tentant de se remémorer son nom.

Mais elle n'est plus en vie à présent… si ?

La femme qu'elle connaissait, la femme à qui ressemble celle-ci, est morte des années auparavant d'un cancer du sein, L. K. en est certaine.

Non. Peu importe qui elle croit être cette femme, il est impossible que ce soit elle.

Et de nouveau, alors qu'ils passent devant une autre petite galerie où sont exposées des sculptures en macramé couleur blé, L. K. jette un coup d'œil à l'intérieur pour découvrir une silhouette – une femme aux cheveux blancs – qui, rien que de dos, lui paraît étonnamment familière…

« Il y a quelque chose qui ne va pas, ma chère ? » s'enquiert Vann, inquiet.

L. K. s'empresse de lui assurer que non.

« Est-ce quelqu'un que vous connaissez, ma chère ? Voudriez-vous entrer lui dire bonjour ?

– N… non. Pas maintenant. »

Cette seule perspective l'effraie. Non !

C'est l'endroit où ils sont conservés. Qu'est-ce que c'est que cet endroit !

La galerie Edelstein est une galerie plus spacieuse qui expose des œuvres plus sophistiquées, incluant même, découvre avec surprise L. K., des lithographies et des gravures sur bois de Rockwell Kent, Ben Shahn, Andy Warhol, Louise Nevelson, Philip Guston, Marsden Hartley. La galerie Edelstein n'était-elle pas jadis située dans ce vieux gratte-ciel élégant, le Fisher Building ?

D'abord, on dirait qu'elle est plongée dans l'obscurité, mais en regardant à travers la vitrine L. K. voit qu'elle est ouverte. De fait, une jeune femme très mince à la tenue noire et chic, assise derrière un bureau, parle au téléphone : un modèle rétro à cadran. Levant les yeux, elle aperçoit Vann à travers la vitrine, sourit (timidement ?) et lui fait signe tandis qu'il passe (avec L. K., qu'elle ignore). Ce visage n'est certainement pas familier à L. K., car la fille est très jeune, elle a des traits asiatiques et des cheveux lisses d'un noir de jais qui lui descendent jusqu'à la taille.

L. K. ressent une pointe de jalousie. Cette manière que la fille et Vann ont d'échanger des salutations…

Un homme plus âgé, au physique peu séduisant, malgré tout nimbé d'une aura sexuelle due à sa confiance en lui, sa masculinité. Une femme du même âge est désavantagée.

« Nous pourrons visiter la galerie Edelstein plus tard si vous voulez, ma chère. En repartant. »

Ma chère. L. K. note l'usage de ce mot, mal à l'aise. Mais n'objecte pas.

Lui répondant que non. Elle ne tient pas à visiter la galerie Edelstein.

Les studios des artistes se trouvent dans les étages supérieurs, explique Vann. L'espace est moins cher à louer. D'accord pour prendre le monte-charge ?

L'intérieur de l'entrepôt est bien plus grand que L. K. ne s'y serait attendue, ou que dans ses souvenirs ; les murs les plus lointains sont noyés d'ombres.

Le monte-charge n'est pas très propre. Il y règne une odeur de poussière, de crasse. Par terre, une bâche sévèrement souillée qui, pour un œil non averti, a l'air de recouvrir un objet de la taille d'un petit enfant allongé.

Dans un espace aussi étroit et confiné, L. K. se sent mal à l'aise avec son nouveau compagnon, qui sifflote comme si lui aussi se sentait gêné.

Au-dessus de la porte de l'ascenseur, quatre chiffres – 1, 2, 3, 4. Néanmoins, à mesure que l'engin monte en grinçant et en cliquetant, aucun de ces chiffres ne s'allume.

Avec une exubérance forcée, Vann parle à L. K. du Durant – de la façon dont pouvoir y travailler lui a « sauvé la vie » quand il était un jeune artiste d'une vingtaine d'années sans domicile, survivant grâce à une série de petits boulots mal payés, dont, pendant un certain temps, à une époque cauchemardesque de sa vie après qu'il avait abandonné ses études à Wayne State, un travail d'aide-soignant à l'Hôpital général de Détroit.

« La seule bonne chose dans ce boulot, poursuit Vann, c'est que j'ai appris à voir comment la vie se transforme en mort : aussi vite que ça. Aucun mystère là-dedans, un simple interrupteur qu'on *éteint.* »

Mais ce n'est pas vrai, songe L. K. La mort ne vient pas si vite. Et l'ombre de la mort ne s'efface pas si vite – elle ne s'efface pas du tout.

L'ascenseur est si lent ! Elle a un frisson de panique à l'idée qu'il s'arrête d'une secousse soudaine ; qu'ils y restent coincés ensemble, entre deux étages.

Les yeux de l'homme dérivent vers elle. Il voit que ses paroles l'ont peut-être perturbée. Ce n'était pas son intention.

En marchant jusqu'au Durant, il a plusieurs fois effleuré L. K., par accident, ou du moins c'est ce qu'il lui a semblé. Ici, à l'intérieur du monte-charge, il se tient loin d'elle, tout raide, tandis qu'elle reste à distance. Le cœur de L. K. bat vite, avec euphorie. L'effraie-t-elle ?

Il demande à L. K. si elle a « de la famille » – question qui signifie, suppose-t-elle, qu'il veut savoir si elle est mariée.

« Non. »

Une réponse si brutale qu'elle ressent le besoin de la corriger. « Plus maintenant. »

Et puis, s'efforçant d'empêcher sa voix de se briser : « Pas depuis un bout de temps. » Il attend qu'elle lui demande à son tour s'il est marié ou s'il a de la famille, mais L. K. ne pose pas la question. Ce refus est plutôt délibéré, et pourquoi donc? (Est-ce qu'elle s'en *fiche*? Ou est-ce qu'elle souhaite donner à l'homme l'impression qu'elle s'en fiche?)

Vann fournit donc lui-même ces informations: il a vécu avec plusieurs femmes au cours de sa vie, et il a des rejetons éparpillés dans tout le Midwest – « probablement » – mais n'a jamais été marié, et aucun enfant ne l'a jamais regardé en l'appelant Papa.

L. K. s'esclaffe. Cette curieuse remarque est-elle censée être drôle? Vann semble se vanter d'avoir des enfants qu'il ne connaît pas, qui ne l'ont jamais connu.

Devrait-elle dire – *Dommage, vous auriez fait un père formidable.*

Ce n'est probablement pas vrai. Les artistes ne font pas des pères formidables, dans la mesure où ce sont des artistes sérieux et passionnés.

Il est sans doute temps pour L. K. d'informer son compagnon que son mari, enfin, son ancien mari, a irrévocablement quitté sa vie. Elle ne parvient pas à dire – *Mon mari est mort*, et encore moins – *Mon mari est décédé.* Ses lèvres s'engourdissent à cette perspective.

Elle ne parvient pas à dire avec un sanglot furieux – *Je ne suis pas une veuve, ne me prenez pas de haut. Je ne me définis pas par le fait qu'un homme quelconque soit en vie ou non.*

Ses lèvres tremblent. Elle a peur de se mettre à pleurer. C'est si humiliant, l'expression infantile d'une personne qui est sur le point de pleurer...

N'empêche que Vann persiste: « Pas depuis un bout de temps... est-ce que ça veut dire que vous n'êtes pas en contact avec lui? »

Oui. C'est ce que ça veut dire.

« Et vous avez des enfants – ou pas… ? »

L. K. est irritée, embarrassée. Perturbée par la question en soi qu'un étranger se sente le droit de l'interroger aussi intimement.

Une rougeur lui monte au visage. *Non. Aucun. Et pourquoi, ce ne sont pas vos affaires.*

« Je suis désolé si… si j'ai dépassé les bornes… »

Sa voix s'éteint. L. K. est furieuse de ce *si*.

Enfin, dans un silence gêné, l'ascenseur s'arrête d'un coup sec. Un bruit métallique, un cliquetis au moment où Vann ouvre la porte en force.

L. K. rit tout haut, envahie de soulagement.

Ce monte-charge, plus jamais. Elle trouvera un escalier pour repartir.

Ils sont au dernier étage, le quatrième. Ici, les travaux de rénovation ont été sommaires. Un sol qui a la consistance du gravier sous ses pieds.

Vann l'entraîne le long d'un couloir, passant devant des studios d'artistes, certains ouverts à la vue de tous – les odeurs d'argile, de peinture, de térébenthine sont fortes ici. Dans l'un des studios, une radio joue une musique rap saccadée. Sur un chevalet, un tableau abstrait à moitié terminé, rappelant un Jasper Johns suranné.

L. K. a beau avoir été irritée par Vann, elle se dit tout de même maintenant qu'il lui plaît. Ou plutôt qu'elle est attirée par lui. *Vnn.*

(Ce nom est vaguement familier, elle l'a vu quelque part récemment – non ? Sur l'un des hideux collages exposés au Château Renaissance ?)

Il y a longtemps que L. K. n'a pas ressenti quelque chose qui s'apparente à de l'attirance sexuelle pour un homme. C'est le fait que cet homme semble ressentir de l'attirance pour *elle* qui est excitant.

Vann entraîne L. K. un peu plus loin, jusqu'à une aile plus reculée de l'entrepôt. Sous ses pieds, les graviers sont plus perceptibles. Lui expliquant d'un ton nonchalant qu'on ne croirait pas que les junkies soient capables de trouver leur chemin jusqu'au Durant, et encore moins jusqu'au quatrième étage, mais qu'ils y arrivent – « On s'est tous fait dépouiller au moins une fois. » Vann paraît aussi dégoûté que triste.

Junkies. Un mot surprenant, dans la bouche de quelqu'un comme lui.

« … quelquefois, ils entrent par effraction au rez-de-chaussée, ils passent la nuit ici, la plupart d'entre nous n'y voient pas d'inconvénient, mais cet hiver, ils ont déjà mis le feu… »

Il est devenu un propriétaire immobilier, remarque L. K. Un bourgeois. Inquiet pour la sécurité de ses œuvres.

La façon que Vann a de fulminer contre les *junkies* le rend bizarrement attachant à L. K.

Elle se dit que, s'il la touche, elle ne se dérobera pas. Peut-être le touchera-t-elle, lui effleurant du doigt le poignet, le bras. Informant l'homme de ce qu'elle ressent pour lui.

(Mais que ressent L. K., exactement ? Telle une somnambule aux yeux à moitié fermés, pas certaine de savoir où elle se trouve ni où elle va.)

Si Vann l'embrasse, une brume se lèvera sur son cerveau. Cette brume de passivité, d'oubli. Une promesse d'oubli.

Elle va réagir au toucher de l'homme, aveuglément. Elle va lui rendre son baiser. L'instinct va prendre le dessus, elle ne sera pas obligée de penser.

Le fondu enchaîné de l'écran de cinéma. Le rideau qui se baisse.

Mais la vie n'est pas esthétique, comme l'art. L. K. va être obligée de voir l'homme de près. Et il la verra aussi, sans ciller.

En effet, elle ressent une légère répugnance à la perspective d'avoir une relation physique – *sexuelle* – avec cet homme. Elle ne souhaite pas le voir dévêtu – *nu*. S'ils ont des moments d'intimité, elle va l'entendre tousser, se racler la gorge. Respirer fort. Grogner.

Bruits de salle de bains, chasse d'eau qu'on tire. Elle vit désormais seule depuis si longtemps que se retrouver en contact étroit avec une autre personne, avec un homme, sera dévastateur pour ses nerfs.

Vann a déverrouillé le cadenas à la porte de son studio. En entrant, L. K. est surprise – plus que surprise, stupéfaite – des dimensions de cet espace, son haut plafond, ses Velux, son plancher poli, ses baies vitrées qui laissent entrer une étrange lumière incandescente. La pièce est à la fois un espace de vie et un studio. Très impressionnante.

L. K. a un accès de contrariété en se rendant compte qu'elle a sous-estimé l'homme. Pour ce qui n'est pas la première fois dans ses expériences avec des inconnus, elle s'est montrée condescendante.

Vnn est clairement un artiste accompli. Ou alors, Vnn dispose d'une autre source de revenus que l'art.

Ou alors, ce qui est tout aussi possible, cet artiste a très bon goût, et il a transformé un lieu de stockage rudimentaire en quelque chose qui s'apparente en soi à une œuvre d'art.

« C'est… magnifique.

– Ah oui ! Je suis content que vous le pensiez. »

Vann est rouge de plaisir. Il avait envie de l'impressionner, songe-t-elle. Et il a réussi.

Le loft est un vaste espace ouvert au plafond de quatre mètres cinquante de haut renforcé de poutres métalliques.

La pièce à vivre est meublée d'un canapé en cuir noir, de plusieurs fauteuils en cuir, d'une table basse fabriquée à partir d'un seul morceau de séquoia bruni. Il y a des lampes en bois sculpté, aux abat-jour translucides. D'autres éclairages fixés sur d'étroites tiges descendent du plafond ou s'élèvent du sol parsemé de tapis marocains. Dans une alcôve, ce qui ressemble à une petite cuisine. Et derrière des paravents japonais laqués de noir, l'espace de travail de l'artiste.

Les murs irréguliers ont été peints d'un blanc d'huître sourd, idéal pour exposer des œuvres d'art. Les toiles de couleurs vives d'une exécution primitive et les collages prédominent. Vnn est un artiste prolifique, un artiste industrieux, on le voit bien. La plus grande toile mesure à peu près un mètre quatre-vingts de haut et un mètre cinquante de large, mélange chatoyant de couleurs vives dans l'esprit de Morris Louis et de Helen Frankenthaler. Il y a des silhouettes humanoïdes menaçantes recouvertes de gaze blanche pareille à des bandages, dans l'esprit de George Segal, affublées de visages pincés et angoissés et d'yeux de verre aveugles. Plus originaux, les cerfs-volants pendus au plafond, de forme pointue, également très colorés, qui imitent des bourdons ou des chauves-souris gigantesques. Le plus astucieux est un papillon d'un mètre cinquante qui, quand on l'approche, se révèle constitué de centaines de plus petits papillons. (Sont-ils authentiques ? Capturés ? Embaumés ? L. K. note que nombre d'entre eux sont des papillons monarques, espèce en voie de disparition.)

« C'est ingénieux, commente-t-elle à propos du papillon géant, bien qu'elle ne soit pas sûre d'approuver la démarche.

– Ma chère, ces papillons ne sont pas des “vrais”.

– Je n'en étais pas certaine… » L. K. est dubitative, incrédule.

« Ça me prendrait des lustres d'en capturer autant, reprend Vann en grimaçant un sourire, comme un garnement. Il faudrait que je les anesthésie un par un au chloroforme. Et que je fasse très attention pour éviter de leur déchirer les ailes. » L. K. note qu'effectivement, certaines des délicates ailes orange et noir tachetées sont déchirées. Elle imagine qu'elle sent une odeur chimique douceâtre. (Éther ? Chloroforme ?)

L. K. doit le concéder, le loft/studio de Vann est très impressionnant. Pas ce qu'elle attendait. (Mais qu'attendait-elle ? Quelque chose de petit, de moins ambitieux ? Une porcherie ? De la médiocrité ?) Elle s'attendait à ce que son travail soit bourré de clichés et ordinaire, une simple nouvelle variante du pop art, mais en vérité il est bien plus subtil, et les tableaux sont *peints* avec complexité – un coup de pinceau après l'autre. Plus question de se montrer condescendante avec lui, maintenant.

De même que tous les véritables artistes, Vann a dissimulé sa nature la plus profonde sous une personnalité qu'il porte comme de vieux vêtements – des vêtements de travail d'artiste, d'ailleurs. S'il a fait preuve de négligence, c'est seulement dans sa manière d'être – pas dans son art.

Et L. K. est bel et bien attirée par cette mystérieuse personne. *Vnn.*

« Vous voulez boire quelque chose, ma chère ?

– Je ne crois pas, merci.

– Si, un seul verre. Pour trinquer *à nous.* »

Nous. L. K. est touchée, quoique mal à l'aise. Que signifie ce *nous* ?

Elle le remercie et lui dit qu'elle préfère l'eau pétillante, ou la limonade. Avec de la glace, s'il en a.

« Mais ne vous embêtez pas, Vann ! S'il vous plaît.

– Appelez-moi Vanny. »

Vanny. L. K. a une sensation de faiblesse soudaine dans la zone du cœur. Une pensée folle lui vient – *Il sera mon amant. Vanny.*

Tandis que Vann sifflote dans la kitchenette en leur versant à boire, L. K. continue à examiner l'espace de vie. Le cadre en lui-même est une œuvre d'art, tout comme les objets exposés. Livres d'art, de photographie, lithographies encadrées. (L'une d'elles est une lithographie de Chagall, presque identique à celle que L. K. possède elle aussi. Une autre est un Ben Shahn.) Poteries, tissages. Une urne antique, sévèrement fêlée, achetée selon toute probabilité lors d'une vente aux enchères dans l'un des manoirs de Palmer Park. Sculptures composées de bois brûlé, de coton peint et de toile de jute, qui évoquent des phalènes géantes. Surprenant de constater qu'à partir de son travail et de celui d'autres artistes collectionnés au fil du temps, cet homme négligé ait créé une telle beauté.

L. K. pense, vexée – *La beauté ne peut jamais être déduite de l'examen de son créateur.*

Pourrait-elle vivre dans un loft pareil ? Ou pourrait-elle vivre tout près d'un loft pareil ?

Son hôte souriant lui apporte un verre à moitié rempli de liquide ambré. Qu'est-ce que c'est ?

Du whisky single malt.

Mais non, elle ne veut pas de *whisky*. Pas à cette heure de la journée, de l'après-midi…

« Essayez, ma chère. Vous allez aimer. »

Elle proteste en riant. « Non, je ne peux pas…

– J'ai dit, essayez.

– Si vous avez de l'eau pétillante, de la limonade…

– Désolé. Je n'en ai pas.

– Du vin…

– Essayez ça. »

Cognant son verre contre le sien, qui paraît à L. K. inhabituellement lourd.

Oh, c'est agaçant ! C'est autoritaire, agressif.

N'aime pas cet homme, cette attitude machiste.

Par politesse, L. K. prend une petite lampée. N'est pas sûre de savoir ce qu'est le whisky single malt.

Cette soudaine chaleur ! Le liquide ambré qui emplit sa bouche, sa gorge, d'un torrent de sensations.

« À nous, ma chère. À notre rencontre à Belle Isle, par hasard. »

Ces paroles sont ironiques, non ? Ou romantiques ?

Vann l'observe avec un sourire. Ce sourire exprime-t-il l'affection, la perplexité, l'appropriation, la concupiscence sexuelle ? Le désir ? L'agressivité ? La menace ?

Il ne représente pas une menace pour elle, elle en est sûre. Il ne lui veut pas de mal, sûrement tout le contraire. Maintenant qu'ils sont sortis de ce monte-charge bruyant.

Mais se sont-ils rencontrés par *hasard* ? L. K. n'est pas sûre de croire au hasard.

Peut-être que ce qui apparaît comme du *hasard* n'est que de l'opacité. Ne pas connaître les connexions entre les choses, de même qu'une mouche qui s'aventure par mégarde dans une toile d'araignée n'a aucune idée d'où elle est allée se fourrer.

Pour la mouche, c'est le *hasard*. Pour l'araignée, le *destin*.

Vann boit. L. K. prend une autre gorgée circonspecte. N'ayant pas bu quelque chose d'aussi fort depuis des années, elle a une sensation d'allégresse pure, de témérité. Pourquoi pas ?

Sa chère amie est en train de mourir en soins palliatifs. Elle a été terrifiée de la voir mourir devant elle. Tout comme elle a été terrifiée de voir son mari, le corps de son mari, après sa mort, alors qu'il avait eu besoin d'elle et qu'elle l'avait abandonné, par lâcheté.

Vann lui raconte l'histoire du Durant. « La Mecque » de l'art brut depuis des décennies.

(Quel âge a Vann ? Quelle a été la durée de la carrière de Vnn ? L'homme a l'air d'avoir au moins cinquante-cinq, soixante ans. Quant à *elle*, elle en a peut-être dix de plus.)

Plus L. K. étudie son affable hôte, plus elle a l'impression que l'homme n'est pas « blanc » – pas tout à fait. Pourrait-il être (en partie) hispanique ? Originaire du Moyen-Orient ? (Il y a une importante population libanaise catholique à Détroit.) Plus vraisemblablement en partie afro-américain, avec ces yeux bruns troubles. Ce nez large, épaté, ces lèvres sensuelles et bien dessinées… Il y a un moment qu'elle fixe ces lèvres. En pensant – *S'il m'embrasse, je…* Elle n'a aucune idée de ce qu'elle fera. On dirait que ses membres sont tout faibles d'impatience.

L. K. a déjà eu des amants appartenant à d'autres groupes ethniques que le sien. Toute sa vie, elle a été *sans préjugés raciaux.*

S'efforçant à présent d'invoquer le souvenir de son amant. Le jeune peintre émotif qui s'était plus tard tué, peut-être par accident, d'une overdose d'héroïne.

Elle réussit presque à se souvenir de lui. S'appelait-il Lester ? Esdra. Son pâle visage olivâtre. Ses épais cheveux sombres. Son attitude sombre et sérieuse. L'hésitation avec laquelle il la touchait.

Elle n'avait appris la mort d'Esdra que des mois plus tard. On ne sait trop comment, cette annonce tardive avait rendu sa mort moins immédiate, moins réelle.

Elle avait pleuré, le cœur déchiré. Mais ensuite, elle avait séché ses larmes et s'était dépêchée de rejoindre sa voiture…

Car dans cette période de sa vie, il y avait toujours quelqu'un qui l'attendait.

S'entend demander si Détroit est encore une plate-forme de la drogue.

Une question agaçante, L. K. le sait. Alors que Vann la regardait d'un œil plein de douceur et de sollicitude.

« Ça dépend de quelle drogue. Pas plus que n'importe où dans le Midwest. »

Elle en doute. Durant ses années de prospérité, Détroit était assiégé par les drogues : le crack, un véritable tueur. Et maintenant, d'après ce qu'elle a entendu et lu, la méthamphétamine, fabriquée illicitement dans le centre-ville dévasté, dans de vieux bâtiments comme ceux qui entourent le Durant, d'ailleurs, est la tueuse numéro un.

« Pourquoi les gens insistent-ils pour s'empoisonner ? Je me suis toujours posé la question.

– Pas moi. » Vann renifle, se met à rire. C'est lui qui a de l'expérience, qui connaît toutes les réponses. « Je ne me pose pas du tout la question.

– Oui, mais pourquoi ? » – L. K. insiste.

« Quand on plane, on n'a *envie*… de rien. Et quand on ne plane pas, on attend de planer, et c'est de ça qu'on a *envie*… et de rien d'autre. »

L. K. prend ces paroles comme une rebuffade.

Des paroles pleines de sagesse, suppose-t-elle malgré tout.

Mais oui. C'est la grande faiblesse de sa vie. Cette *envie*.

Un raidissement momentané entre eux : la femme et l'homme.

D'une fenêtre, L. K. aperçoit la rivière Détroit, pas aussi scintillante à cette distance, d'un gris de plomb. Belle Isle est cachée par des immeubles. Le lac Saint-Clair est invisible. Mais elle distingue une partie des gratte-ciel de Windsor, Ontario.

Quand elle vivait à Détroit, elle fantasmait sur une vie parallèle au Canada. Dans cette ville bien plus modeste que Détroit, elle vivrait une vie plus modeste, plus vertueuse et plus saine, une vie anonyme. Un mari, un enfant ou deux. Une vie manquant d'inventivité et de nouveauté, et pour cette raison une vie source d'immense satisfaction.

Une fois, avec Esdra, dans son pick-up déglingué qui éveillait toujours les soupçons au passage de la frontière, elle était allée au Canada, pas dans la petite bourgade de Windsor, mais à Point Pele, un vaste parc national au sud-est de cette ville, en bordure du lac Érié. Esdra avait voulu prendre des photos des oiseaux migrateurs, mais son lourd appareil Nike n'avait pas fonctionné. (Contrairement à celui de L. K., qui avait plutôt bien fonctionné.) Elle se rappelle d'avoir traversé l'Ambassador Bridge, balayé par le vent, au retour à Détroit, tard. Des nuages d'orage au-dessus d'eux, des éclairs.

Déterminée à annoncer à son mari que oui, elle l'aimait, mais qu'elle ne pourrait pas rester avec lui. Son âme était déchirée, meurtrie. Parce qu'elle était tombée amoureuse de…

Elle secoue la tête pour s'éclaircir les idées. Oh, où est-elle *maintenant* ?

Des pans entiers de sa vie lui ont échappé. Chaque jour, L. K. en perd un peu plus. Elle part en lambeaux, elle s'effiloche. Son cœur bat fort dans ce lieu peu familier qui sent la peinture, l'argile, la térébenthine, le whisky. Une pourriture douce-rance.

Vann le voit. Vann comprend. Lui-même a perdu beaucoup de choses. Ses épaules qui s'affaissent, sa panse flasque. Ses yeux injectés de sang.

Pas vite, mais avec précaution, il s'approche d'elle. Comme on pourrait s'approcher d'un papillon posé sur une fleur.

« Vous avez l'air bouleversée, ma chère. Vous êtes en train de vous rappeler quelque chose qui vous rend triste ?

– N… non. »

Se sentant obligée d'ajouter, car Vann l'observe : « Pas vraiment.

– Votre amie d'université qui est malade. Vous l'avez mentionnée.

– Mon amie… ? » Mais a-t-elle parlé de Mia à cet inconnu ? En flirtant maladroitement avec cet artiste qui s'est attribué le nom de Vnn, a-t-elle vraiment été assez vile pour exploiter le cancer de Mia ? Elle ne le pense pas.

Vann est déterminé à changer le ton de leur conversation. Lui expliquant que le secteur riverain est en cours de développement. Il y aura un complexe d'immeubles en copropriété donnant sur la rivière. Des bureaux. Une revue : *Art in Detroit*.

« Très bon moment pour investir. Pour les investisseurs. »

L. K. ne trouve rien à répondre. (Souhaite-t-il qu'elle investisse de l'argent dans les œuvres des artistes de l'immeuble Durant ? Dans les *siennes* ?)

« Vous pourriez envisager d'écrire un article sur le Durant. Mes amis et moi. Prendre des photos : nous sommes photogéniques. »

Si c'est censé être une plaisanterie, elle est balourde. L. K. se sent offensée.

Comme si elle n'avait rien de mieux à faire, rien de plus important dans sa vie que d'écrire sur la scène artistique locale de Détroit. Une groupie plus âgée qui se lierait à des *artistes** d'avant-garde.

Il est vrai que dans sa vie passée, elle a peut-être écrit sur la « résurgence » de Détroit. L'a peut-être appelée la *défunte grande ville américaine de Détroit.*

Elle avait fait ce genre de travail, du photojournalisme free-lance. Elle connaissait tout le monde, elle se rendait en voiture dans n'importe quel coin et il était rare qu'elle ait peur ou qu'elle se sente en danger, et dans ces cas-là, c'était juste fugace.

Sauf qu'à présent, les magazines locaux susceptibles de publier ce genre d'article, moitié critique culturelle, moitié promotion commerciale, ont disparu. Mis la clé sous la porte il y a des années.

Elle a laissé son appareil à l'hôtel. Ne le sortira probablement pas de son sac en toile. Alors qu'à une époque cet appareil était un prolongement de son âme, il est aujourd'hui plus proche d'un simple équipement, d'une entrave, qui paraît lourde dans ses mains, prétentieuse. Vaine.

Toutefois, l'appareil fixe sa vision. Lui permet de la mettre à l'échelle.

Un plasticien ne peut pas appréhender l'éternité/l'infini. Le viseur optique rend l'art possible.

Elle va se poster devant l'un des cerfs-volants suspendus au plafond par un fil de fer. Est-ce nouveau ? L'artiste est-il en train de travailler dessus ? La plupart des œuvres de Vnn semblent inachevées, brutes. Tableaux avec des absences, des vides. Ce qui constitue le non-dit, l'indéfini. Le genre d'art que L. K. a tenté de produire est surchargé : elle s'est sentie obligée de trop expliquer. Ses derniers travaux étaient comme étouffés, manquant d'air.

La nature abhorre le vide. Il faut un certain degré d'audace pour laisser beaucoup de choses en attente, intouchées.

« Vous voulez un autre verre, ma chère ? » – Vann sourit, en hôte aimable. L. K. note qu'il n'a jamais prononcé le nom qu'elle lui a donné, comme s'il sentait que ce n'était pas le vrai.

Sans y prendre garde, elle a fini le whisky single malt dans son verre. Mais – « Ça suffit, merci ! »

Vann lui verse un ou deux centimètres supplémentaires de liquide ambré.

C'est exaspérant que cet homme prête si peu attention à ses demandes. Lui adressant presque un clin d'œil, de tout près – *Vous savez, ma chère. Et moi aussi, je sais.*

La conduisant désormais à l'intérieur de son studio. Derrière les paravents japonais laqués de noir.

Immédiatement, les senteurs d'argile, de peinture, de térébenthine sont plus fortes. L'odeur douceâtre et rance de quelque chose qui a pourri. Ici, derrière les imposants paravents noirs, il y a bien moins d'ordre, de cohérence. Des toiles sont appuyées contre le mur, des aquarelles tachées. Des croquis au crayon, au fusain. Le sol est franchement sale. Chiffons roulés en boule, mouchoirs en papier abandonnés. Derrière les paravents. La véritable vie de l'artiste.

Ainsi, c'est là que l'artiste *travaille*. C'est-à-dire là où *vit* l'âme de l'artiste.

Une partie de ce travail est de très bonne qualité, pense L. K. Elle essaie, sans succès, de mettre le doigt sur ceux qui ont influencé Vnn. Lucian Freud ? Francis Bacon ? Goya ? Un mélange plus ou moins grossier avec l'art primitif, une parodie de Warhol. Un côté véhément, téméraire : Pollock. Les toiles les plus grandes, où figurent d'immenses corps nus quasi abstraits, les collages, les sculptures – intimidants par leur taille.

Haut de trois mètres, un arbre d'oiseaux – des squelettes d'oiseaux. Minuscules orbites, vides.

« *Arbre de vie*… il n'est pas terminé. » Vann examine sa création en fronçant les sourcils, comme s'il la voyait à travers les yeux d'un autre.

L'arbre est, ou a été un jour, un « véritable » arbre, un jeune bouleau. Et les oiseaux ?

L. K. frissonne en contemplant leurs parfaits petits squelettes qui, d'après leur taille, étaient apparemment des moineaux, des oiseaux chanteurs.

Devant sa réaction, Vann répète : « Il n'est pas terminé. Tout mon travail ici est "en cours". »

Il est debout tout près d'elle. Sa voix dans son oreille, intime et hypnotique.

Et puis elle découvre, à l'arrière du studio, un stock de mannequins. Certains sont appuyés contre un mur, comme fatigués, certains allongés en tas par terre, comme si on s'en était débarrassé. Plusieurs d'entre eux sont suspendus à des crochets, des poulies – un spectacle perturbant.

On dirait que Vann ne veut pas que sa visiteuse s'aventure par là.

« Peut-être que vous en avez assez vu, ma chère. Nous pouvons retourner au... »

Bien que consternée par ce spectacle, L. K. ressent une irrésistible envie d'en voir davantage.

« ... ce sont des travaux en cours. Que j'ai mis de côté pour l'instant... »

L. K. s'approche. Elle note que les mannequins sont tous femelles.

Bien sûr, ils n'ont pas d'organes génitaux, mais sont pourvus de parfaits seins coniques, de tailles et de hanches minces. Leurs visages sont lisses, homogènes. Certains portent des perruques glamour, d'autres sont chauves. Ils sont tous « blancs » – « caucasiens » – d'une teinte pâle et terreuse. Plusieurs d'entre eux ont été dégradés : leurs crânes fracassés et des éponges placées à l'intérieur pour suggérer le cerveau humain ; à travers leurs orbites, des fleurs en plastique émergent. À travers leurs narines, leurs bouches. Des tentacules.

L'un des mannequins arbore une blessure d'un rouge sanglant entre les jambes, encadrée d'une toison « pubienne ».

L. K. frissonne. Bien sûr que c'est une erreur de pénétrer ainsi sur le territoire de cet inconnu. Elle le sait depuis le monte-charge.

Dépêche-toi ! Maintenant.

Pourtant, elle demande calmement, en vraie professionnelle de l'art : « Combien ces… sculptures… se vendent-elles ?

– Ces “sculptures” ne sont pas terminées.

– Mais quand elles sont finies…

– Les prix varient. Du tout au tout.

– Celle-ci, par exemple. Si vous deviez lui donner un prix. » Un mannequin pendu à un crochet, l'un de ceux qui ont une éponge en guise de cerveau. Entre ses jambes, une blessure sanglante factice. La toison « pubienne » et les cheveux sur la tête du mannequin ressemblent à ceux de L. K., bien qu'ils soient – évidemment – synthétiques et non humains.

Vann annonce un prix. Surprise, L. K. a un mouvement de recul.

« Vous obtenez vraiment ces prix-là ? Pour des choses pareilles ?

– Ça dépend. »

Le mot *chose* est délibéré. Vann doit entendre le mépris dans sa voix. L. K. ne peut pas détacher son regard d'autres travaux en cours, coincés là, dans la pénombre.

Des toiles badigeonnées de traînées de peinture et agrémentées d'artefacts « humains » – ongles de mains et de pieds, lobes d'oreilles, cheveux. Beaucoup de cheveux.

Des cheveux de toutes les teintes, de toutes les textures. Cheveux ondulés, cheveux brillants, cheveux frisés, cheveux raides. Blond cendré, blond sale, châtain, acajou, brun-roux, cheveux sombres entremêlés de gris.

Des étagères de perruques. L. K. présume qu'il s'agit de perruques et non de brassées de cheveux humains.

(Mais ils ont une odeur si âcre ! Une sorte de putréfaction interrompue, traitée avec une solution chimique.)

« Je vous l'ai dit, ma chère. Ce sont tous des travaux en cours. Pas destinés à être montrés.

– Oui, je le vois bien. »

Vann soulève l'une des perruques posées sur le comptoir. Avec malice, et peut-être un peu méchamment, il suggère à L. K. de l'essayer.

« Non, merci.

– Mais elle vous ira bien. Essayez-la. »

Vann tend la perruque à L. K., qui la lui prend avec hésitation. C'est une épaisse perruque noire, quelque peu emmêlée, sans éclat. Elle dégage une odeur âcre – indéfinissable. Bien que L. K. n'ait pas l'intention de l'ajuster sur sa tête, elle l'examine attentivement et voit, ou croit voir, des racines de cheveux mouchetées de sang – de cheveux véritables.

Elle lâche la perruque, consternée. Elle tremble comme une feuille.

Vann se met à rire et ramasse la perruque par terre.

« Elle sent mauvais. C'est affreux. S'il vous plaît… rangez-la. »

Dans ce qui paraît être une vitrine réfrigérée, L. K. aperçoit des têtes cabossées couvertes de bleus, aux visages cireux. Paupières lourdes, yeux meurtris. Cheveux emmêlés.

Il y a une odeur de maladie, rance. Une fenêtre a été en partie ouverte pour aérer le loft.

Le long d'un mur, un congélateur en porcelaine blanche qui bourdonne presque imperceptiblement d'électricité. L. K. pense – *Il garde ses captives ici. Ses « œuvres d'art ».*

Là-haut, le Velux est gluant, opaque. L. K. se sent faible et indécise. Vann l'entraîne hors de son atelier jusqu'à la pièce de vie du loft. L. K. trébuche, puis s'assied lourdement dans l'un des fauteuils en cuir. Elle tend la main pour attraper son téléphone portable dans le fourre-tout et constate qu'il s'est éteint, qu'il n'a plus de batterie.

C'est du formaldéhyde qu'elle sent. Elle en est certaine.

6.

« Vous ne me reconnaissez pas, n'est-ce pas, ma chère ? »

Des mots qu'on n'a pas envie d'entendre dans un endroit privé et reclus au quatrième étage d'un immeuble presque désert.

Hésitante, elle répond que non. Elle ne croit pas…

« Essayez. Peut-être que vous allez vous en souvenir, ma chère. »

Ma chère, encore une fois. Elle se demande si ce *ma chère* est censé être consolateur ou ironique.

Le fixant en se creusant la tête. Ce visage affable et ridé, aussi gros et rond qu'un tournesol ? Ces yeux d'un brun trouble injectés de sang ?

Bien sûr, c'est une *personne de couleur*. Par ses ancêtres, si ce n'est par la teinte (évidente) de sa peau.

Il enlève sa casquette des Tigers. Cheveux sombres-grisonnants, gras. Qui se font rares sur son front bas. On voit (L. K. voit) que ces cheveux ont jadis été épais, ondulés.

« Vanny est le nom que me donnaient les gens. Vous y comprise, ma chère.

– Vanny… »

Ce nom lui est-il familier. L. K. se souvient d'un homme – un jeune homme – appelé Vanbrugh… S'agit-il de *Vanbrugh* ?

« Et vous, vous étiez… Lavinia. » D'une voix sèche et railleuse, il a prononcé son nom, avec exactitude.

L. K. est stupéfaite de son hostilité. Comprenant aussi qu'elle a trop bu de cet alcool puissant, une erreur.

« Lavinia Kohl. Oui ? »

Elle se sent si diminuée. D'être démasquée, *nommée*.

« Ou… oui… comment me connaissez-vous ?

– Comment je *vous* connais ? Bien sûr que je vous connais. Pendant toutes ces années, je vous ai connue… haïe.

– Haïe ? Pourquoi ?

– Vous m'avez laissé pour mort. Vous avez supposé que j'étais mort.

– Quoi ? N… non… C'est impossible.

– Vous êtes venue dans mon studio, au premier, à l'époque. Vous m'avez vu effondré par terre, vous vous êtes enfuie. »

Vaguement, L. K. se remémore : le jeune artiste dont le studio était au premier étage du Durant. Son amant, durant un bref laps de temps. L'un de ses amants. Ce n'était pas si important – si ? Personne ne se souviendrait d'une relation aussi fugace.

Mais cet homme – le corpulent homme d'âge mûr qui s'est lui-même baptisé Vnn – n'est pas cet individu, c'est sûr.

« Vous êtes arrivée, vous, Lavinia Kohl, vous vous êtes introduite dans le studio, vous m'avez vu effondré par terre. Vous avez paniqué et m'avez laissé là sans jamais appeler à l'aide. Vous m'avez laissé pour mort et, en fait, je suis mort. »

Devant la confusion qui se lit sur les traits de L. K., Vann se met à rire.

« Mais ensuite, j'ai été ranimé. Parce que quelqu'un d'autre est intervenu, a appelé une ambulance. »

Vann est venu s'asseoir à côté de L. K. Plus près. Elle n'a pas la force de s'écarter.

« Mon cœur s'était arrêté, et il s'est remis à battre grâce à un choc électrique. Et pas grâce à *vous.* »

L. K. lance à Vann un regard implorant. Les narines pincées à cause de son odeur puissante et accusatrice. Qu'est-il en train de dire ?

« Vous ne vouliez pas être mêlée à ça. Vous étiez mariée… vous pensiez à votre mariage. À la sécurité de votre vie “blanche”. Vous avez vu que je m'étais effondré, vous n'aviez aucune idée si j'allais mourir dans les minutes qui suivaient, et vous vous êtes simplement enfuie sans en parler à personne. Je suppose que vous pensiez que je n'en saurais jamais rien, puisque j'étais inconscient, et que si on me ranimait – je ne saurais pas ce que vous aviez fait. Mais je savais. Quelqu'un me l'a raconté. Une autre artiste de l'étage, qui m'a découvert. Elle m'a dit qu'elle vous avait vue partir en courant… qu'elle avait vu votre visage. À quel point vous aviez l'air effrayée. Coupable. »

C'est un mauvais rêve, ce souvenir. Même si ce n'est peut-être pas un souvenir, juste un mauvais rêve.

« J'ai cru que je ne vous pardonnerais jamais, Lavinia, mais aujourd'hui, en vous voyant, en vous reconnaissant – en voyant à quel point vous aussi, vous aviez changé – je vous pardonne.

– Vous… me pardonnez ?

– À la place d'Esdra. Avec la grandeur d'âme d'Esdra.

– Mais… Esdra ? Je croyais que vous vous appeliez…

– Esdra était mon ami. Mon frère. J'agis en son nom.

– Sauf qu'il ne s'est jamais rien passé de tel. Je… je n'ai jamais laissé quiconque pour mort… vraiment pas. Vous devez me confondre avec…

– Une autre Lavinia ? Je ne crois pas. »

Vann part d'un grand rire en buvant son whisky.

Les jambes tremblantes, L. K. tente de se lever. « Je veux partir, maintenant, Vann. Je pars... » Sa voix est plaintive, suppliante. Le whisky l'a beaucoup affaiblie.

« Partir... où ? Vous ne pouvez certainement pas y aller seule... dans ce quartier. Et comment rentrerez-vous à votre hôtel ? Il est à des kilomètres. Trop loin pour les faire à pied. Il n'y a pas de taxis par ici.

– Je... je pourrais appeler...

– Les portables ne captent pas ici, même si le vôtre n'était pas *hors service*. »

L. K. n'a pas la force de hurler. Si elle courait jusqu'à une fenêtre – le loft est au quatrième étage, elle ne pourrait pas sauter pour s'enfuir. Si elle se postait devant la fenêtre en criant et en agitant les bras, Vann n'aurait aucun mal à la neutraliser en quelques secondes.

« Vous ne pouvez pas sauter par la fenêtre, on est à quatre étages du sol. »

L. K. est hébétée. Alarmée. (Ivre ? Ses sens sont confus.) Tentant de se souvenir de l'ancien Durant : des anciens studios du premier étage. Un jeune homme, un garçon, en vérité : Esdra. S'appelait-il ainsi ? Elle avait connu plusieurs artistes. Possible que l'un d'entre eux ait été Vanbrugh. Ils se disputaient ses faveurs, non ? Se battaient pour attirer son attention ? Même si peut-être, comme elle n'avait pas voulu le penser alors, ils se moquaient d'elle entre eux comme ils se moquaient des autres femmes blanches privilégiées.

« Restez un peu, ma chère. Vous n'êtes pas en état de vous aventurer dehors. Laissez Vnn s'occuper de vous. »

Naïvement, elle a envie de se dire – *Il m'a pardonné. Il va me protéger.*

Vann entoure le poignet de L. K. avec ses doigts courts. Ils sont robustes. Leurs ongles, striés de peinture, de saleté.

L. K. frissonne. Elle voudrait bien s'éloigner, mais Vann la tient fermement, et elle sait qu'il opposera la force à toute tentative de lutte.

« Chère Lavinia, pourquoi êtes-vous venue ici ? Vous avez fait un long voyage rien que pour venir *ici.* »

L. K. ne proteste pas. Parce que c'est vrai, elle s'en aperçoit rétrospectivement. Son voyage a commencé il y a des années.

« C'était votre propre volonté, ma chère. Personne ne vous a forcée à revenir ici avec moi. »

Il va la protéger, songe-t-elle. Il a dit qu'il lui avait pardonné, il sera clément avec elle.

Passant son bras autour des épaules de L. K. Son bras lourd autour de ses épaules minces. Si elle peut se faire suffisamment petite, songe-t-elle.

Elle est épuisée. Ne parvient pas à garder les yeux ouverts. Qu'est-ce qu'il lui a donné à boire ! Elle sera l'un de ces milliers de papillons, préservés dans le formaldéhyde ! Ses cheveux blond cendré, tels des filaments métalliques, seront préservés pour être admirés par tous.

Ensemble, elle et son compagnon glisseront dans le sommeil. Le whisky les a réchauffés. Sa main agrippe celle de l'homme. Si elle essayait, elle ne pourrait pas espérer refermer ses doigts autour de son poignet.

Jamais été aussi heureuse dans sa vie posthume.

7.

Mais non : pas de sommeil.

Du bonheur, mais le bonheur est fugitif.

Pas de sommeil au-delà de quelques secondes de flottement, et lorsqu'elle se réveille soudain, ses yeux s'ouvrent d'un coup pour voir que Vann l'a quittée afin d'apporter un peu de son *matériel artistique* sur le canapé.

Sur ses mâchoires (pas rasées), l'artiste a fixé un demi-masque de gaze blanche, comme ceux que portent les professionnels de santé pour se prémunir de la contagion.

Il a réussi à faire entrer de force ses mains aux épaisses jointures dans des gants chirurgicaux.

D'une bouteille d'un litre au contenu trouble achetée dans le commerce, il a versé un liquide transparent à l'odeur pénétrante sur un linge blanc ouaté de la taille d'une petite serviette de toilette. Fronçant les sourcils en regardant le liquide imbiber le linge.

Oh, qu'est-ce que c'est ? De l'éther ?

Du chloroforme.

Le whisky a rendu L. K. somnolente. L'odeur du chloroforme – forte, lourde – accentue cette somnolence.

Voulant protester – *Mais je suis innocente ! Soyez clément.*

Et pourtant – le plus mystérieux – c'est que L. K. ne semble pas vraiment avoir peur de ce qui est sur le point de lui arriver. Parce que peut-être que cela lui est déjà arrivé, et que c'est un simple souvenir.

Avec précaution, l'homme au masque blanc lui parle. Avec patience.

Son animosité envers elle, qui l'a tant blessée, paraît appartenir au passé.

« Enlevez vos bracelets en ivoire, ma chère. Et le collier. »

Lui obéissant à tâtons. Elle s'empourpre de dépit. Elle protesterait bien – *Mais je n'ai pas acheté neufs ces bijoux en ivoire! Ils sont tous de seconde main.*

Vnn lui prend le magnifique collier et les magnifiques bracelets et les met soigneusement de côté. Il n'a qu'à jeter un coup d'œil à la montre pour que L. K. la fasse glisser de son poignet.

« Très bien, ma chère! Maintenant, prenez ce linge. Vous allez l'appuyer sur votre bouche et votre nez et le maintenir en place aussi longtemps que vous pourrez. Ça vous aidera peut-être de fermer les yeux. Respirez un grand coup. »

Lui tendant le linge humidifié, qu'elle attrape avec hésitation.

Quelles instructions lui a-t-il données? Appuyer le linge sur – sa bouche, son nez?

« Vous êtes l'un des rares sujets autorisés à contrôler son propre destin. Ce qui veut dire que vous allez être autorisée à vous "endormir vous-même". C'est sans douleur. »

Vnn lui parle tendrement. En dépit de son apparence débraillée et du clou doré qui clignote dans le lobe de son oreille, c'est un gentleman, il ne lui fera pas de mal.

« Ce n'est pas votre faute si votre âme est superficielle… ce n'est la faute d'aucun de ceux de votre espèce. Vous devez vous éteindre, mais ce ne sera pas punitif, ou à peine. Alors, maintenant… vous pouvez vous endormir vous-même comme indiqué. »

Rare qu'un artiste doué, original et débordant d'imagination soit aussi un *gentleman*. L. K. fait partie des chanceuses.

« Vous serez "immortelle"… à un certain degré. Certaines parties de vous seront recueillies pour un collage de Vnn. »

L. K. contemple le linge ouaté à l'odeur pénétrante dans ses mains. Qu'est-elle censée faire avec ça ? Ses yeux larmoient tant et plus.

« Ma chère ? Essayez de vider votre esprit de toute pensée parasite… »

Sur une table voisine à côté de Vnn, un objet surprenant est posé : un cutter ? L. K. n'a qu'une très vague idée de ce qu'est un cutter, mais elle sait que leurs lames sont extrêmement tranchantes.

Sait que le cutter n'est pas l'instrument préféré de l'artiste, parce que ses résultats sont très salissants. Le cutter n'est qu'une solution de secours au cas où le chloroforme échouerait.

Mais pourquoi le chloroforme *échouerait*-il ? C'est l'option humaine.

« Votre esprit doit être vidé, de même qu'un tuyau dégoûtant et engorgé doit être vidé. Votre esprit doit être purifié de tout ce qui est bas, mesquin, avilissant. »

Oui – elle hoche la tête. *Purifiée.*

Elle a toujours souhaité être *purifiée*. Oui. La purification a été un but spirituel.

Sa langue est bizarrement enflée dans sa bouche. Avec maladresse, elle lèche ses lèvres desséchées. Ses lèvres lui font une impression si étrange qu'elle douterait presque que ce sont les *siennes*.

L'artiste s'est-il déjà approprié certaines parties de son visage ? Langue. Lèvres. Coquet nez patricien. Yeux.

L. K. demande à Vnn s'il va la laisser partir ? Bien qu'elle connaisse la réponse à l'avance, elle sait qu'elle doit poser la question, parce que c'est ce qu'on attend d'elle.

« … Je n'ai jamais eu l'intention de vous faire de mal.

– Ce n'est pas à *moi* que vous avez fait du mal, ma chère.

– Si j'ai pu blesser quelqu'un par inadvertance… je n'en avais pas l'intention…

– C'était un autre que vous avez laissé mourir, mon frère.

– Mais… Je n'avais pas l'intention de laisser mourir qui que ce soit ! J'étais effrayée, paniquée… »

L. K. serre le linge imbibé de chloroforme dans ses mains. Elle n'est pas certaine de ce que Vnn lui a raconté.

Tentant faiblement de se remettre debout. Une fois debout, une fois que la force aura recommencé à affluer dans ses genoux, elle s'en sortira, se dit-elle. C'est tout ce qu'elle veut à présent, et rien de plus, *s'en sortir*.

Elle renoncera à tout bonheur. À tout ce qui signifie quelque chose dans sa vie. C'est la sagesse de l'insomniaque : après avoir traversé un cycle de vingt-quatre heures sans dormir, vous comprenez que toute signification a déserté le monde. Et donc, votre plus grand espoir est juste de *vous en sortir*.

Néanmoins, elle entend une voix de femme qui supplie. Qui plaide sa cause. Sans fierté. Sans honte.

Oh, pourquoi n'a-t-elle pas fait signe aux policiers de Détroit quand le patrouilleur l'a dépassée sur le pont ? Elle aurait si facilement pu sauver sa vie, au lieu de la jeter aux orties avec une telle négligence, comme une princesse qui lance des pièces dans la rivière.

L'*envie* a été sa malédiction. Et malgré tout, sans *envie*, quelle a été son existence ?

« Vous savez que je ne peux pas vous laisser partir, ma chère. Même si je le voulais. Nous avons dépassé ce stade. Et ce genre de geste magnanime n'est pas le style de Vnn. »

Vnn parle d'un ton pratique, solennel. L'invitant à approuver, comme le ferait une femme raisonnable en pareille circonstance. *Nous avons dépassé ce champ gravitationnel – nous ne pouvons plus revenir en arrière.*

L. K. a saisi le linge ouaté à deux mains pour atténuer ses tremblements. L'odeur la fait larmoyer.

Impulsivement, elle demande à Vnn s'il a été gentil avec les autres.

« Les autres… ?

– Celles qui m'ont précédée. »

Elle désigne les mannequins, les toiles et les collages. Les trophées de l'artiste.

Vnn sourit comme s'il avait été démasqué au milieu d'un léger subterfuge. Un amant, ou un mari, qui a été infidèle.

« Oui, je l'admets. »

Ajoutant : « Et maintenant… si vous vous êtes bien vidé l'esprit… »

L. K. lève le linge ouaté vers son visage. Juste pour voir si elle peut y arriver.

Le chloroforme agira-t-il vite, comme de l'éther ? Ou aura-t-elle un mouvement de recul ?

« Bien, ma chère ! Continuez.

– Je… Je ne peux pas…

– Bien sûr que si. Essayez.

– Mais…

– *Essayez.* »

S'imagine-t-elle des choses, ou Vnn est-il en train de perdre patience ?

Prend une profonde inspiration tremblante. Le chloroforme est si *fort* que ses sens protestent.

Enfant, elle avait appris à plonger : au bord de la piscine, plier les genoux, positionner ses bras, mains jointes, baisser la tête, pousser pour s'éloigner du bord, puis vers le fond. Prendre de grandes, grandes inspirations, parce qu'on ne sait pas quand on respirera de nouveau.

Un stratagème puéril lui vient à l'esprit : elle va feindre de respirer le chloroforme profondément et de perdre conscience. L'homme qui la retient captive s'approchera d'elle, et quand il sera assez près, elle reprendra connaissance avec fureur et l'attaquera. Ses dents lacéreront sa gorge exposée, ses ongles acérés s'enfonceront dans ses orbites. Elle est prête !

Mais non, elle a respiré trop profondément. Le linge humide lui échappe des doigts. Elle est incapable de garder les yeux ouverts. Ses mains lui tombent sur les genoux, ses bras sont devenus tout mous, son cœur bat moins vite, son pouls fiévreux ralentit. Sa tête s'est affaissée sur sa poitrine, aussi lourde et creuse qu'une poterie. Son cerveau, qui a été un nid bourdonnant occupé à *penser ! penser !* pendant toute sa vie, se vide enfin peu à peu. Ses épaules s'effondrent, elle ne peut pas rester à la verticale, mais s'étale de tout son long sur le canapé, qui s'effondre lui aussi sous son poids, se dissout, si bien que, à travers une ouverture dans les lattes crasseuses du plancher, elle tombe, tombe…

Le temps qu'elle soit arrivée à la fin de la chute, la terrible *envie* a cessé.

Audience de libération conditionnelle, Centre de détention pour femmes, Chino, Californie

Pourquoi est-ce que je demande encore une fois ma libération conditionnelle ? – parce que je suis une pénitente.

Parce que j'ai des remords à cause de tous les torts que j'ai causés à des innocents.

Parce que je suis quelqu'un de changé.

Parce que je me suis punie chaque jour, chaque heure, et chaque minute de mon incarcération.

Parce que le directeur témoignera en ma faveur : j'ai été une *prisonnière modèle*.

Parce que l'aumônier témoignera en ma faveur : j'ai accueilli Jésus-Christ dans mon cœur.

Parce que j'ai passé cinquante et un ans en prison. Parce qu'on m'a refusé la libération conditionnelle quinze fois.

Parce que j'ai soixante-dix ans, et que je n'en ai plus dix-neuf.

Parce que je regrette tout ce qu'on m'a ordonné de faire en août 1969.

Parce que la personne à laquelle j'ai fait le plus de mal à cette horrible époque, c'était – moi.

***

Pourquoi est-ce que je demande ma libération conditionnelle ? – parce que (je crois que) j'ai payé ce qu'on appelle *ma dette envers la société.*

Parce que je suis allée à la fac pendant le temps que j'ai passé en prison. J'ai obtenu un diplôme, celui du Chino Valley Community College[3].

Parce que j'ai appris à des générations de détenues à lire et à écrire.

Parce que j'ai assisté les enseignants en arts plastiques et qu'ils ont loué mes services.

(J'adore le frisson de pouvoir que je ressens en faisant d'êtres inférieurs mes esclaves.)

Parce que mon cœur recèle une bonté qui n'attend qu'à être répandue sur le monde.

Parce que je *réparerais mes torts.*

Parce que je suis un exemple pour les femmes plus jeunes.

Parce que je suis la prisonnière la plus âgée de Californie, et que ça a quelque chose de honteux.

Parce que je ne suis pas une *menace pour la société.*

Parce que j'étais une *femme battue* et que je ne m'en suis pas rendu compte.

Parce que tout ce qui est arrivé en 1969 est arrivé pour cette raison.

Parce que ce n'était pas juste, et que ce n'est toujours pas juste.

---

3. *Community college* : centre universitaire dispensant une formation en deux ans équivalant plus ou moins aux IUT et aux BTS français, et permettant aussi à leurs étudiants de rejoindre à mi-parcours une université qui propose un diplôme en quatre ans.

Parce que la personne à laquelle j'ai fait le plus de mal, c'était – moi.

***

Pourquoi est-ce que je demande ma libération conditionnelle ? – parce que Jésus est entré dans ma vie, et qu'il m'a pardonné.

Parce que Jésus a compris que c'était le diable qui avait guidé ma main pour que je frappe un innocent avec des intentions malfaisantes.

Parce que le diable nous a murmuré – *Faites un truc de sorcières !*

Parce que je n'avais pas d'autre choix que d'obéir.

Parce qu'*il* m'aurait punie si je ne l'avais pas fait.

Parce qu'*il* aurait cessé de m'aimer si je ne l'avais pas fait.

Parce qu'*il* est décédé maintenant et qu'il m'a laissé cette cicatrice (en forme de croix gammée) sur le front.

Parce que, en voyant cette cicatrice que je porte depuis cinquante et un ans, vous me jugerez durement.

Parce que la personne à laquelle *il* a fait le plus de mal, c'était – moi.

***

Parce que j'ai été abusée par d'autres.

Parce que j'avais un cœur confiant, ce qui m'a conduite à être abusée par d'autres.

Parce que j'ai été abusée par *lui.*

Parce que je n'avais pas de volonté. Parce que j'étais une victime de ce que le thérapeute a appelé *manque de confiance en soi.*

Parce que j'étais affamée, et qu'*il* m'a donné de la nourriture.

Parce qu'il m'a demandé – *Ne sais-tu pas qui je suis ?*

Parce que je me suis effondrée en larmes devant lui en entendant ces mots. Parce que toute ma vie, j'avais attendu ces mots.

Parce que la Famille m'a accueillie, à *sa* demande.

Parce que très vite, ils m'ont appelée grosse Patty[4]. Parce qu'ils m'ont appelée la boutonneuse. Parce qu'ils m'ont obligée à m'accroupir et à manger dans la gamelle du chien.

Parce qu'ils se moquaient de moi.

Parce qu'*il* ne m'a pas protégée d'eux.

Parce que je *lui* avais donné mon âme.

Parce que je vous supplie à genoux de vous montrer compréhensifs envers moi et de m'accorder votre pardon.

Parce que au fond de mon cœur, je suis une bonne personne.

Parce que vous le voyez – non ? – qu'au fond de mon cœur, je suis une bonne personne.

Parce qu'il était facile de m'hypnotiser.

Parce qu'il était facile de me droguer.

Parce que je ne pouvais pas dire *non*.

Parce que, très timidement, j'ai dit *non, non* – mais qu'*il* s'est moqué de moi et m'a obligée à le servir à genoux.

Parce que j'étais avide d'amour – de *contact physique*.

Parce qu'en poignardant les victimes, je me poignardais moi-même.

4. Patricia Krenwinkel, l'une des membres de la Famille Manson ayant participé aux meurtres de Sharon Tate, femme de Roman Polanski, alors enceinte, et de ses amis à l'instigation de Charles Manson lors de la tuerie de Hollywood. Condamnée à mort, elle a vu sa sentence commuée en prison à vie et elle est aujourd'hui emprisonnée à Chino, Californie.

Parce qu'en plongeant les mains dans les blessures de mes victimes, pour les railler et les avilir, je me raillais et je m'avilissais moi-même.

Parce qu'en goûtant ce sang qui était « chaud et collant », je goûtais mon propre sang, qui jaillissait sur les murs, les plafonds, les tapis.

Parce que, à mon procès, des jurés partiaux m'ont déclarée coupable de « sept chefs d'accusation d'homicide » sans savoir que je n'étais rien d'autre que *son* instrument.

Parce que vous qui êtes assis ici à me juger n'avez aucune idée de l'être que je suis au plus profond de mon cœur.

Parce que vous me contemplez avec pitié et mépris, en pensant – *Oh, c'est un monstre ! Elle n'est pas du tout comme moi.*

Mais je suis comme vous. Dans mon cœur sans pitié, je suis *vous.*

Parce qu'il est vrai que certaines choses terribles ont été perpétrées par ma main, qui n'était autre que *sa main.*

Parce qu'il est vrai que c'étaient des actes terribles, et malgré tout joyeux, comme *il* l'avait ordonné.

Parce qu'il est vrai que je n'ai fait preuve d'aucune clémence pour ceux qui m'ont suppliée à genoux d'épargner leurs vies.

Moi qui suis restée à genoux toute ma vie, on n'a pas été clément avec moi, et donc je n'ai pas de clémence à offrir.

Eh bien, oui – c'est vrai, je l'ai poignardée seize fois. La splendide « star de cinéma ».

Et c'est vrai, chaque coup de poignard était un cri de joie pure.

Et c'est vrai que j'ai frénétiquement poignardé le bébé dans son ventre enceint de huit mois et cinq semaines. Car l'espace d'une seconde, il m'avait traversé l'esprit que je pouvais « faire venir au monde » ce bébé par césarienne, car j'avais un couteau de boucher affûté comme un rasoir, et que si je le faisais et que j'apportais ce bébé à Charlie… Mais j'étais incapable de me projeter au-delà de ce moment, je ne savais pas si Charlie me bénirait ou me maudirait, et je ne pouvais pas en prendre le risque.

Car envers ce bébé, qui n'avait pas de nom, je n'ai pas non plus fait preuve de clémence. Car on ne s'était pas montré clément avec moi.

Parce que pour ces actes, qui sont si terribles à vos yeux, je me suis repentie.

Pour ces actes et pour d'autres, je me suis repentie.

***

Parce que dans cette prison je suis une femme blanche.

Une perle dans un océan de boue. Une perle jetée aux pourceaux.

Au milieu de celles à la peau brune-et-noire, ma peau brille tant elle est pure.

Il nous a confié la première bataille du Helter Skelter[5].

Il nous a envoyés en mission pour mener la première bataille de la guerre des Races.

Il m'a embrassée sur le front. *Il* m'a dit – *Tu es belle.*

Parce que je ne le savais pas ! – au fond de moi, je croyais que j'étais laide.

Parce que à l'école, dans toutes les écoles que j'avais fréquentées – il y avait des yeux railleurs, des rires cruels.

Parce que, quand je n'avais pas encore douze ans, j'avais déjà des poils sombres et raides qui me poussaient sur la figure

5. Apocalypse où Blancs et Noirs s'extermineront sans merci, prophétisée par Charles Manson, qui s'inspirait de la chanson éponyme des Beatles, porteuse selon lui d'une incitation subliminale à tuer.

et sous les bras et au creux du ventre. À cet endroit entre mes jambes que c'était un péché de toucher. Sur mes jambes qui étaient aussi musclées que celles d'un garçon, et mes avant-bras. Des poils drus sur mes seins nus, qui me chatouillaient les tétons.

Et pourtant, Charlie avait déclaré au sujet de mon corps – *Tu es belle.*

Sauf que : du sang pareil à de la boue suintait entre mes cuisses. Une vilaine odeur émanait de moi.

Va-t'en, tu me dégoûtes, disait Charlie.

Parce que vous dites – *Cette pauvre fille ! – elle a été abusée, hypnotisée.*

Parce que vous dites – *Elle n'était pas elle-même.*

Parce que rien de tout ça n'était vrai. Parce que l'amour est une sorte d'hypnose, mais une hypnose que j'avais choisie.

Parce que Charlie préférait tout de même celles qui étaient jolies.

Parce que je les détestais. Parce que je les ai toujours détestées – les belles femmes et les belles filles.

Parce que ce n'est pas juste que certaines soient des traînées et belles comme Sharon Tate, et que d'autres soient laides comme moi.

Parce que, quand on en a eu fini avec elle, elle n'était plus si belle.

Parce que je ne le referais pas ! – je le promets.

Parce que j'ai planté une fourchette dans le ventre d'un homme et que j'ai ri en voyant comment elle se balançait dans le gras de son bide[6], mais que je m'en souviens à peine.

---

6. Meurtres suivants : ceux de Leno La Bianca et de sa femme Rosemary, perpétrés le lendemain de celui de Sharon Tate, le 10 août 1969. Leno fut retrouvé, un couteau dans la gorge et une fourchette dans l'abdomen.

Parce que j'ai été lavée de mes péchés par la grâce de Jésus.

Parce que je suis une chrétienne, que mon Sauveur habite mon cœur.

Parce que je n'étais pas mauvaise, mais faible.

Parce que j'étais une « criminelle » aux yeux de la loi, mais une « victime » aux yeux de Dieu.

Parce que la cicatrice en forme de croix gammée entre mes deux yeux attire votre regard, qui me juge. Parce que vous vous dites – *Elle est défigurée ! Elle porte le signe de Satan, elle ne doit jamais obtenir sa libération conditionnelle.*

Parce que la cicatrice est effacée maintenant. Parce que si vous ne saviez pas ce que c'était, vous ne la reconnaîtriez pas.

Parce que j'étais *une femme battue* – c'est un thérapeute qui me l'a dit.

Parce qu'on devrait rouvrir mon dossier. Parce qu'on devrait mettre fin à mon incarcération. Parce que j'ai *purgé ma peine.*

Parce que le péché s'est effacé de ma mémoire.

Parce que là où il y avait le diable, maintenant, il y a de l'Amour.

***

Parce que avec le sang des mourants, j'ai écrit sur les murs de cette maison chic – À MORT LES PORCS, HEALTER SKELTER[7].

Parce que si je ne devais pas avoir de bébé – alors il était normal qu'*elle* ne puisse pas avoir son bébé.

Un si gros ventre ! Un gros ventre blanc tendu comme un tambour ! Couinant comme les cochons sont censés couiner quand on les frappe, puis hurlant et essayant de s'échapper

7. Ces mots mal orthographiés étaient inscrits avec le sang des victimes sur les murs et la porte du réfrigérateur de chez Roman Polanski.

en rampant – si bien que vous êtes obligée de l'enfourcher, de serrer entre vos jambes son dos glissant et nu pour exécuter la plus grande des vengeances.

Parce qu'elle était si belle que son visage rayonnait comme un soleil.

Parce qu'elle était si belle qu'elle ne méritait pas de mourir.

Tous autant qu'ils étaient, ces gens qui nous étaient étrangers – ils ne méritaient pas de mourir.

Faites ça de façon bien horrible – avait ordonné Charlie.

Parce que c'est la consigne qu'il nous avait donnée sur une route sinueuse dans les canyons, la nuit – *Ne laissez personne vivant là-bas.*

Parce que nous ne remettions rien en question. (Pourquoi aurions-*nous* remis quoi que ce soit en question ?)

Parce que pour les humbles, la rage, c'est la justice.

Parce qu'on dit – *Bénis soient les humbles, car ils hériteront de la terre.*

Parce que, lorsque les flammes s'embrasent en vous, vous savez que vous vous êtes rachetée.

Parce qu'il est temps que je sois remise en liberté conditionnelle, et que Jésus vous commande – *Relâchez ma servante !*

Parce que vous êtes des imbéciles croyant voir une femme ordinaire à la peau couleur mastic en vêtements de détenue qui s'humilie devant eux, une vieille inoffensive aux traits affaissés et à la poitrine affaissée jusqu'à la taille – votre regard ne peut pas saisir qui je suis, comme Charlie l'a vu sur-le-champ avec ses yeux au laser – *Tu es belle.*

Parce que à la minute où il m'a vue Charlie a perçu que je pourrais être une épée de Dieu.

Parce que je pouvais être un fléau pour l'ennemi.

Parce que j'avais voulu être une bonne sœur, mais que les bonnes sœurs m'avaient rejetée.

Parce que vous allez tous payer pour le fait que les bonnes sœurs *m'*aient rejetée.

Parce que, si vous me libérez, j'aurai encore des comptes à régler.

Parce que vous détenez les clés de la prison, mais qu'un jour vous souffrirez comme nous souffrons, dans les fosses enflammées de l'enfer.

Parce que vous tentez de trouver un moyen de me comprendre. Pour pouvoir avoir pitié de moi. Pour pouvoir vous sentir supérieurs à moi. *On lui a lavé le cerveau. Elle n'était pas responsable. On la bourrait d'hallucinogènes – de LSD. C'était un esprit faible, sous la coupe de ce fou.*

Parce que vous faites erreur. Parce que vous n'avez aucune idée de ce que j'ai dans le cœur.

Parce que à côté de Charlie, qui était notre Christ si beau, vous êtes de la vermine.

Il vous écraserait sous ses pieds.

Parce que nous l'avons rendue célèbre – « Sharon Tate ».

Parce que cette traînée serait oubliée à l'heure qu'il est si nous ne l'avions pas rendue célèbre.

Parce que j'ai plongé mes mains dans son sang chaud et palpitant. Fourré mes mains dans son gros ventre. *Éviscérez-la* – avait ordonné Charlie.

Parce que vous voyez ? – je croise votre regard, je ne détourne pas la tête.

Parce que je ne suis pas servile vis-à-vis de la Commission de libération conditionnelle comme d'autres qui comparaissent humblement devant vous.

Parce que je suis une femme digne. Parce que la prison n'a pas brisé mon esprit, qui reste imprégné de l'amour de Charlie.

Parce que je vois bien que vous êtes pleins de mépris pour moi. Tout comme je suis pleine de mépris pour vous.

Parce que, même dans la mort, ses yeux avaient la couleur du sucre caramélisé, sa peau était sans défaut et si lisse… J'ai cru que j'allais dire à Charlie – *Je vais retourner la dépecer! Est-ce que je dois retourner la dépecer!*

Parce que j'étais sûre que Charlie se mettrait à rire en disant – *Oui! Retourne dépecer cette traînée et reviens en portant sa peau, et je t'aimerai plus que toutes les autres parce que tu es la plus belle de toutes.*

Parce que ce n'est pas arrivé, et que c'est malgré tout encore plus réel pour moi que beaucoup de choses qui sont arrivées.

De même que Charlie est plus réel pour moi que n'importe lequel d'entre vous.

Parce que nous vous déchiquetterions la gorge avec nos dents si nous pouvions.

Parce que maintenant, c'est terminé – mon audience de libération conditionnelle (la dernière).

Parce que je vous quitte en vous maudissant – MORT AUX PORCS.

Intimité

Pas de raison de croire qu'il te veut du mal. Que tu es en danger.

Pas de raison de croire que, quand tu lui parles en prenant des gants, respectueusement, en souriant de ton *sourire bienveillant*, il n'écoute pas vraiment, mais fixe les mouvements de tes lèvres avec une expression de rage muette.

Pas de raison de croire qu'il transporte, sous ses vêtements amples, sa parka à moitié zippée, son pantalon de travail kaki aux multiples poches, ou dans le sac à dos en toile sale qu'il a sur les genoux, une arme d'un genre quelconque.

Cependant : tu es en alerte. Vigilante. Alors même que tu te sermonnes – *Non, bien sûr que non. Ne sois pas absurde.*

Tu es une personne qui se flatte d'être éclairée. Calme, posée, encline au compromis et à l'arbitrage. Pas une *alarmiste.*

C'est l'intimité de la situation qui est troublante.

Intimité : deux individus, un professeur (femelle) d'âge mûr, un apprenti écrivain (mâle)/vétéran de l'armée américaine d'un peu moins de trente ans, qui ne se connaissent pas et se retrouvent contraints de partager l'espace exigu d'environ dix-huit mètres carrés d'un bureau universitaire en sous-sol.

Intimité renforcée par l'heure de l'entretien, la fin d'après-midi d'un jour de semaine bouché de novembre, si bien qu'à 17h15 c'est le crépuscule de l'autre côté de la demi-fenêtre crasseuse du bureau, et que l'austère immeuble ancien en grès connu sous le nom de bâtiment Lyman des Langues est presque déserté.

Intimité si stressante pour toi que les battements de ton cœur se sont accélérés, que des gouttelettes de sueur perlent sur le haut de ton corps, sous tes vêtements, même si l'air du bureau est froid à cause de la fenêtre mal ajustée qui laisse passer les courants d'air.

Cependant : nul besoin de croire que G***n K***f (nom de plume qu'il a choisi pour signer ses manuscrits) te soit hostile à toi en particulier, et encore moins qu'il veuille concrétiser son hostilité, même si les travaux en prose de G***n K***f que tu as vus sont imprégnés de violence, de cruauté, de sadisme, et s'il t'a laissé entendre, lors d'un précédent échange, non dans ce bureau au sous-sol du bâtiment Lyman mais dans un couloir à l'extérieur de ta salle de séminaire du troisième étage, qu'il a *fait des choses, des choses impulsives dont je ne suis pas fier, pro-fes-seur.*

***

Pro-fes-seur. Prononcé d'une voix basse et traînante, en tordant les lèvres dans un simulacre de sourire et en levant un regard belliqueux vers ton visage.

Ajoutant parfois, comme s'il venait d'y penser – *M'dame.*

Vingt minutes de retard pour cet entretien programmé. De sorte que tu t'es dit avec une naïveté enfantine – *Peut-être qu'il ne viendra pas…*

Kroff a déjà raté un entretien avec toi, dans ce bureau. Il a récemment raté un cours. Il a sous-entendu une vie peuplée de complications, de responsabilités (Kroff est-il marié ? Est-il possible que Kroff soit un mari, un père ?) auxquelles il ne lui est pas facile de se soustraire, car l'atelier d'écriture de fiction auquel il est inscrit se réunit les mardis après-midi, ce qui est plus ou moins incompatible avec quelque chose qu'il fait, ou qu'il devrait faire, éventuellement en rapport avec son statut de vétéran (thérapie à l'hôpital spécialisé ? désintoxication ?) à la même heure.

Alors pourquoi Gavin Kroff a-t-il choisi cet atelier s'il représente une difficulté pour lui ?

La réponse, énoncée brutalement, yeux bleu pâle, amusés et sourire tordu, est – *Pour vous, pro-fes-seur.*

***

Brusque coup frappé à la porte (ouverte) du bureau.

« Bonjour ! Entrez… »

Ton salut est amical, neutre. Crucial pour toi de maintenir une distance avec ce jeune homme agressif, qui t'a signifié de multiples façons qu'il meurt d'envie d'abolir la distance protocolaire entre professeur et étudiant, d'annihiler les barrières, d'établir une *intimité*.

Toutefois, Gavin Kroff s'attarde dans le couloir, voûté, l'œil fixe. Bien qu'il ait frappé à la porte, que la porte soit ouverte, comme elle l'est toujours durant tes heures de permanence, que tu l'aies salué et invité à entrer, il continue à paraître hésitant, réticent. Vu de près, son visage, presque séduisant à distance, est plissé, soupçonneux. Comme s'il était en train de se dire – *Je suis trop en avance ? Je me suis trompé d'heure ? Vous voulez vraiment que je sois là ?*

« Entrez, s'il vous plaît, Gavin. »

Te forçant à parler plus fort. À sourire plus largement. À prononcer son nom – *Gavin.*

Un nom étrange dans ta bouche, pareil à une langue enflée.

Ce n'est pas une ère de l'histoire académique où les professeurs s'adressent à leurs étudiants par leurs noms de famille : *Mr, Miss.* Dans cette ère quasi démocratique, les prénoms sont obligatoires.

Assurant à ce jeune homme aux sourcils froncés que oui, c'est l'heure dont vous étiez convenus pour votre rendez-vous. Il n'est pas en avance, mais il n'est pas (très) en retard.

Sur ses gardes, Gavin entre dans le bureau. Malgré sa haute taille, bien plus d'un mètre quatre-vingts, il marche courbé, tête baissée et épaules voûtées, comme s'il pénétrait dans un champ de forces déterminé à le repousser, vis-à-vis duquel il doit se montrer vigilant.

(Parce que c'est un vétéran de guerre ? Parce qu'il ne s'est pas tout à fait remis de ses périodes de combat ? Parce que c'est devenu une seconde nature pour lui de se méfier de son environnement et d'en avoir peur ? À moins que Gavin Kroff n'ait toujours eu par nature un comportement aussi troublé et soupçonneux, même avant de s'engager dans l'armée américaine et d'être envoyé en Afghanistan.)

Marmonnant quelque chose comme : « Merci, pro-fes-seur. *M'dame.* »

S'il se moque de toi, tu ne donnes pas signe de l'avoir remarqué. Tu te sens vraiment pleine d'espoir, optimiste quant à cet entretien.

Entretien est le terme qu'on préfère. Les étudiants passent dans un bureau, prennent rendez-vous avec un professeur pour un *entretien.* Gavin Kroff a mis un point d'honneur à demander un entretien avec toi cet après-midi, à la suite d'un échange pénible que vous avez eu la semaine précédente en cours.

Une légère pulsation migraineuse commence à s'infiltrer quelque part dans ton cervelet, déclenchée par l'affreux éclairage fluorescent que tu as été obligée d'allumer quelques minutes plus tôt. Autrement, Gavin Kroff et toi conféreriez dans une pièce obscure et le calme sépulcral d'un bâtiment universitaire au crépuscule.

Agrippant son sac à dos sale (qui a l'air de contenir quelque chose de lourd), Kroff vient s'asseoir sur la chaise à côté de ton bureau. Il soupire, comme s'il se soulageait d'un grand poids. Découvrant ses dents mal rangées et jaunies en un sourire impénétrable.

Si soudainement, si proche – juste à quelques centimètres de toi face au coin du bureau. Malgré ta réticence, tu ne peux pas t'empêcher de voir la peau marbrée du jeune homme, ses cheveux raides couleur poussière, plus rares sur les tempes, ses mâchoires pas rasées, et ses yeux fauves effrontés, pareils à du verre craquelé.

À gauche de sa bouche, une épaisse cicatrice en forme de ver de terre. Difficile de ne pas fixer cette cicatrice, qui semble te fixer en retour.

Dans l'un des textes en prose de Kroff, un enfant est mutilé et estropié par une machine élaborée dans laquelle le pousse un grand frère ; son visage en particulier est mutilé. Tu as beau savoir que tu n'as pas le droit de supposer une quelconque intention autobiographique, tu as supposé que c'est plus ou moins ainsi que Kroff a acquis cette cicatrice.

À moins que cette cicatrice ne provienne d'une blessure de guerre.

Auquel cas tu te demandes si Gavin Kroff a des cicatrices ailleurs, sous ses vêtements.

Et que dire des cicatrices cachées ? – ce sont les plus affreuses.

Si cette pièce en sous-sol était plus grande, le bureau en aluminium serait placé différemment : tu serais assise derrière, et les étudiants seraient assis devant. Séparés par une distance respectable de plusieurs dizaines de centimètres. Mais la pièce n'est pas grande, les deux volumineux bureaux occupent presque tout l'espace. Dans la mesure où tu es professeur en visite, engagée transitoire en dépit de cet *éminent* titre, on t'a assigné le plus proche de la porte ; tes étudiants sont obligés de s'asseoir sur une chaise perpendiculaire au bureau, à l'oblique par rapport à toi.

Le membre à plein temps du corps professoral avec lequel tu partages cette pièce, et que tu n'as pas encore rencontré, occupe le bureau à l'arrière, dans l'espace privilégié à côté de la fenêtre qui laisse passer les courants d'air. Cette personne a rempli une bibliothèque de livres sur la Renaissance et de piles de documents universitaires imprimés, pour beaucoup vieux de plusieurs années. Sur un appui de fenêtre poussiéreux trône un buste de William Shakespeare de la taille d'un petit chat, comme ceux qu'on pourrait acheter dans une boutique de souvenirs bon marché à Stratford-upon-Avon, et l'un des murs est orné d'une affiche qui fait gaiement la promotion de *Shakespeare in Love*.

Ton lieu de travail, songes-tu. Une salle de séminaire au troisième étage du bâtiment, et ce morne bureau souterrain que l'on t'a assigné.

Bien sûr, tu ne *travailles* pas dans ce *lieu de travail* inhospitalier. Il ne sert qu'aux entretiens avec les étudiants.

Pour l'instant peu nombreux ce semestre. À part Gavin Kroff, qui semble déterminé à tirer tout ce qu'il peut de sa relation avec l'université, et avec toi.

Si seulement on était en plein jour, et non au crépuscule! Tu ne serais pas si mal à l'aise. Si le bâtiment Lyman n'était pas aussi silencieux…

Pendant la journée, ce vieux bâtiment vibre de vie, comme un cadavre pourrait vibrer des courants électriques qui le parcourent: le bruit de tonnerre de jeunes pieds foulant les escaliers en bois qui tremblent sous tant d'énergie et de poids juvéniles. Éclats de voix, rires. Dans ces moments-là, le triste anonymat de la race humaine est étouffé, la vanité des souhaits humains étant illustrée ici par le buste bon marché et kitsch de Shakespeare et l'affiche délavée, non loin de là.

Tandis que tu attends patiemment (car quel autre choix as-tu? – tu es captive ici), Kroff fourrage dans son sac à dos. Tête baissée, il respire à grand bruit par la bouche. Une légère pellicule de transpiration luit sur son front criblé d'imperfections.

Tu as un frisson d'appréhension – une appréhension absurde, tu en es sûre: que dans son sac à dos, ou sur sa personne, Kroff transporte une arme.

Arme à feu, couteau. Ses mains aux jointures noueuses seraient habiles avec les deux.

Dans l'un de ses textes à la prose impressionniste, un morceau de fil de fer d'un mètre de long.

Et quel est l'intérêt de ce morceau de fil de fer? – lui avais-tu demandé.

Kroff avait haussé les épaules en riant. Une rougeur plaisante avait envahi son visage, et ses yeux s'étaient mis à larmoyer.

Quel pourrait bien être l'intérêt d'un morceau de fil de fer, pro-fes-seur? Le but de la littérature n'est-il pas d'inciter les lecteurs à se servir de leur imagination*?*

(Cet échange avait eu lieu au cours d'un précédent entretien, des semaines auparavant.)

Kroff ne t'intimidera pas, penses-tu. Non.

Poliment, avec un sourire *bienveillant*, tu demandes au jeune auteur ce que tu peux faire pour lui – question formelle qui paraît le troubler, comme s'il s'agissait d'une énigme.

« Merci, *pro-fes-seur* ! Mais je crois que vous le savez.

– … vous croyez que moi, je le *sais* ? »

C'est une surprise. Une menace à peine voilée. (N'est-ce pas ?) (Et pourtant, Kroff continue à te sourire.) Dans sa position, perpendiculaire au bureau, il se débrouille pour tordre le cou encore plus que nécessaire, comme s'il était bel et bien pris au piège d'une sorte de machine dévastatrice. Il halète toujours, en respirant par la bouche. Tu te demandes s'il est sous médicaments : si les médicaments l'ont calmé ou s'ils ont accentué son côté intense. Pourrait-il prendre des stéroïdes ? De la cortisone ? Sa peau a l'air échauffée, comme au séminaire, quand son travail est (prudemment, discrètement) évalué par les autres jeunes auteurs et – pour finir, une fois que les autres ont parlé – par toi. Kroff te fixe avec audace de ses yeux fauves de verre craquelé, qui ressemblent à ceux d'une poupée ancienne.

Un geste d'une familiarité insolente, que tu ne peux qu'essayer d'ignorer ; de te dire que Kroff n'est pas tout à fait conscient de son apparence, de la fixité folle de son regard.

L'*intimité* dans la façon dont il te considère.

Intimité que tu es déterminée à ignorer.

Intimité – en savoir trop sur l'autre sans rien savoir d'essentiel.

De fait, Kroff est entré dans ton bureau de cette manière oblique qu'il a d'entrer dans la salle de séminaire, comme s'il regardait dans deux directions à la fois, telle une créature pourvue d'yeux de chaque côté de la tête ; tu t'es demandé s'il souffrait peut-être d'une sorte de déficit neurologique, à moins que ce soit juste de la maladresse ordinaire, une sorte d'obstination. *Me voilà ! Je suis à prendre ou à laisser.*

Cette catégorie d'individus fréquente (d'après tes souvenirs) au lycée, généralement mâle, dont la maladresse se répand sur ceux qui sont à proximité, comme s'ils transportaient un bol d'un liquide nocif qui se répand sur les pieds des autres – ou plutôt, car Kroff t'inspire des métaphores vraiment agressives, quelqu'un qui éternue sans prendre la peine de se couvrir la bouche et le nez, projetant dans les airs une explosion de bactéries infectant tout ce qui se trouve à sa portée.

L'impression suivante est que la maladresse même de Kroff est calculée, dans la mesure où il s'arrange pour pénétrer dans la salle du séminaire après que les (quatorze) autres étudiants se sont assis autour de la longue table ovale et que le seul siège libre reste le plus proche du professeur, en bout de table. (Par une sorte de consensus, les étudiants ne s'asseyent pas près d'un professeur s'ils peuvent l'éviter. S'approcher excessivement d'un représentant de l'autorité revient à violer un tabou – quoique mineur.)

Et de cette manière qui peut, pour un observateur neutre, paraître maladroite et capricieuse, Kroff manœuvre néanmoins pour prendre place à côté de toi pendant les trois heures de l'atelier. Traînant une chaise sur le sol à côté de la tienne. (Mais pas trop près. Même Kroff n'ose pas empiéter manifestement sur l'espace privé du professeur.)

Trois heures ! Dans tes fantasmes les plus fous, tu as l'impression de retourner à l'école primaire – où un gamin moqueur à côté de la maîtresse, juste un peu en retrait, fait des grimaces afin de provoquer l'hilarité des autres élèves.

Sauf que Kroff n'est pas aussi grossier. Et que Kroff n'a pas non plus une très haute idée de ses camarades.

Quant aux autres étudiants – tous des auteurs sérieux, dont un ou deux sont authentiquement doués (tu souhaites le penser) – ils n'apprécient pas non plus la désinvolture de Kroff.

Plus probable qu'il s'asseye à côté de toi parce qu'il aimerait partager l'autorité que tu représentes dans la salle de séminaire. En regardant dans ta direction, les autres sont obligés de prendre note de *sa* présence.

Et, bien que tu sois réticente à le reconnaître, Kroff semble faire une petite fixation sur toi...

Vous voyez ? Je m'assieds à côté de vous. Je pourrais tendre la main pour vous toucher – votre poignet, votre bras. Vos cheveux. Votre joue.

Et donc, Kroff s'assied tout à côté de toi, contemplant, scrutant, clignant des yeux et scrutant de plus belle ton profil pendant trois heures tous les jeudis après-midi, tandis que l'année décline, que le ciel s'assombrit de plus en plus tôt, et que c'est le crépuscule au moment où les participants de l'atelier se séparent. Souvent, si tu parles, il opine pour approuver tes paroles, parfois avec véhémence. Quoique à l'occasion (présumes-tu : tu ne te tournes pas vers lui si tu peux l'éviter) il secoue la tête en signe de désapprobation. Il lui arrive même de marmonner dans sa barbe et de grimacer, de s'agiter sur son siège, de prendre fiévreusement des notes comme si chacune de tes remarques n'avait pas de prix, ou bien, ostensiblement, de cesser de prendre des notes. Il lui arrive même de glisser dans une transe de stupéfaction apparente, yeux ouverts, bouche relâchée. (Pas par ennui, a-t-il expliqué. Non ! Par manque de sommeil.)

Pendant qu'on discute de ses travaux, Kroff se fige. Même ses jambes agitées deviennent raides. Son geste visant à se déguiser – identifier l'auteur du manuscrit comme

G***n K***f – est censé être une plaisanterie. (Peut-être.) (Mais est-ce drôle ? Personne n'a souri.) Un jour, tu lui as jeté un regard en coulisse alors qu'un des étudiants parlait d'un ton sérieux, peiné, en tentant de dire *quelque chose de gentil, d'encourageant, d'inoffensif*, et tu as vu que le visage de Kroff était tendu de fureur. Tu aurais juré que tu entendais ses molaires grincer. Le plus intime des sons, tu entends quelquefois un amant grincer des dents la nuit, la tête sur l'oreiller à côté de toi alors que tu restes allongée, incapable de dormir.

Spontanément, cette pensée te vient – *Il aimerait nous arracher la gorge à tous.*

***

C'est une vieille université (urbaine) selon les normes américaines. Sur la berge d'une rivière devenue mythique – « majestueuse » – dans l'imagination américaine.

De toutes les universités publiques ayant reçu des concessions de terrains[8], ce n'est pas la plus grande, mais l'une des plus prestigieuses, ou du moins elle l'a été jusqu'à une date récente. Désormais, une législature et un gouverneur républicains ont raboté le budget de l'éducation d'État de plusieurs millions de dollars, se vantant de « mettre les professeurs sur le gril » – métaphore qui amuse les médias.

Au milieu (approximatif) de ta vie, tu te retrouves professeur invité ici pour le semestre d'automne. Ton titre est éminent professeur de lettres en visite. Parce que tu es nouvelle ici, et parce que le corps professoral compte peu d'enseignants en

8. *Land-grant universities* : établissements d'enseignement supérieur financés par l'octroi de terres fédérales à l'origine davantage axés sur les enseignements pratiques (agricoles, industriels, etc.).

écriture créative, plus d'une centaine d'étudiants ont posé leur candidature à ton atelier d'écriture de fiction avancée, pour quinze malheureuses places.

Avec le plus grand soin, tu as lu ces candidatures et les échantillons d'écriture joints. Tu as lu, relu. Restant d'une froideur professionnelle, tu as ignoré les supplications des candidats arguant qu'ils seraient désespérés de ne pas être pris, parce que c'était leur quatrième année, par exemple, ou qu'ils admiraient ton travail depuis longtemps ; tu as hésité avant d'accepter un étudiant plus âgé de la section Études générales nommé Gavin Kroff, dont l'échantillon d'écriture confinait à l'obscur, parce que tu avais vu qu'il s'était présenté comme un vétéran de l'armée, et que tu voulais lui accorder, comme tu l'aurais expliqué si on t'avait posé la question, le *bénéfice du doute*.

Et maintenant, tu peux te dire – *Tu l'as bien cherché. Succomber à la tentation du cliché. La faute à personne d'autre !*

***

D'une voix chevrotante, Kroff annonce qu'il aimerait parler avec franchise.

Naturellement, tu approuves. Bien sûr.

« Mon opinion, c'est que – dans notre séminaire – *pro-fes-seur* – je ne suis pas traité équitablement par les autres auteurs. Et par vous. »

Face à cette attaque brutale, aucune réponse ne te vient à l'esprit. *Pas équitablement !* Ces mots mêmes sont inattendus.

Il est vrai que tu t'es abstenue de superlatifs avec Kroff. Par principe, tu ne crois pas au bénéfice d'inonder les étudiants en écriture de louanges excessives, même si (supposes-tu) il n'est pas très difficile pour eux de deviner quel travail tu trouves supérieur aux autres. Dans le cas de Kroff, tu ne condamnes rien, car tu ne *condamnes* jamais ; mais tu n'es pas élogieuse non plus. Tes commentaires sont brefs, diplomates. Tu t'attardes sur des phrases, des paragraphes. S'il y a des compliments, c'est pour une certaine « originalité » de langue dont fait preuve Kroff.

Mais maintenant, il est furieux. Disant qu'il a été sacrément reconnaissant d'être accepté dans le séminaire d'un *professeur mondialement célèbre.* C'était si important à ses yeux qu'il s'était (presque) mis à genoux pour dire merci – comme si tu avais tendu la main afin de toucher son cœur battant, mis à nu.

Désormais, il a changé d'avis. Il est déçu – désabusé. Depuis le premier texte qu'il a soumis à la critique du séminaire, il y a eu une sorte de… il appellerait ça une sorte de préjugé – « Presque comme du *racisme.* »

Du racisme ?

« Genre, je suis un homme blanc : une sorte de minorité en ce moment dans le pays… »

Calmement, tu essaies de lui signaler que l'atelier comporte une majorité de « Blancs ». Au moins onze sur quinze.

Kroff n'en balaie pas moins cette objection d'un revers de main.

« Genre, une femme "blanche" prend leur parti, on peut compter là-dessus. Et vous vous liguez tous contre moi. »

Prend leur parti. Mais de qui ?

Tu expliques à Gavin que tu ne comprends pas bien.

Mais – « Je suis désolée…

– Ne me dites pas que *vous êtes désolée* ! Ça ne suffit pas.

– Mais… Je ne suis pas sûre de savoir ce que…

– Alors, écoutez ! Écoutez ce que je suis en train de dire. Ne m'interrompez pas, *s'il vous plaît, pro-fes-seur.* »

La voix de Kroff tremble de – s'agit-il de ressentiment ? De rage ? Le ver blanc à côté de sa bouche se tortille.

Pétrifiée, tu restes assise à ton bureau, espérant que sa fureur va passer.

Si tu es calme, cet individu courroucé sera calme. Si tu respires normalement, cet individu respirera normalement. C'est ce que tu te dis.

(Très vite, ton cerveau calcule : pourrais-tu atteindre la porte avant que Kroff ne se saisisse de toi ? Non.)

(Y a-t-il quelqu'un dans les bureaux voisins ? Quelqu'un dans cette partie souterraine du bâtiment Lyman à 17 h 55 ?)

Cet enragé de Kroff se radoucit. Voyant (sans doute) ton expression alarmée, effrayée.

Disant : « D'accord, ça pourrait être inconscient. Peut-être que ce n'est pas conscient. Ces trucs ignorants et bigots qu'ils disent à propos de mon écriture, si étroits d'esprit et banals, ils diraient les mêmes sur la poésie de Rimbaud ou de Rilke. Ils diraient les mêmes de William Burroughs, de Wittgenstein. Parce que ce ne sont pas des écrivains… des artistes. À part trois ou quatre, ils sont tous plus jeunes que moi, alors que pendant longtemps, c'était moi, *le petit jeune*. »

Kroff émet un son proche du reniflement, indigné. « Et donc, je dis que leur façon de juger mon écriture n'est peut-être pas totalement consciente. Parce qu'ils ne savent pas ce qu'*est* la véritable écriture. »

D'une voix rauque et chagrine, il entreprend de dresser une liste d'exemples de *critiques bigotes* opposées en cours à ses travaux. Il se souvient de chaque remarque, y compris les plus hésitantes et les plus anodines. Personne n'a même tenté de comprendre ce qu'il fait, soutient-il. Personne ne s'est montré *compréhensif*.

« Ils se croient meilleurs que moi… parce que je me suis engagé dans l'armée. Parce que j'ai servi mon pays et que je me suis fait tirer dessus, et qu'aux États-Unis, maintenant, c'est réservé aux pigeons. »

Tu te hâtes de protester. D'essayer de protester. Ce n'est pas – vrai…

Kroff pousse sans ménagement vers toi des manuscrits sur le bureau pour que tu les examines. Leurs pages sont froissées et déchirées, comme si elles avaient été récupérées dans la poubelle.

(Tu n'as guère besoin de réexaminer ces textes en prose. Tu les as lus plus d'une fois, plus de deux fois, les annotant pour le bénéfice de Kroff, et c'est suffisant.)

Il appelle ça de la *poésie en prose*. Ni fiction ni poésie. Ni véridique ni inventé.

Difficile de déterminer si Kroff est bel et bien courroucé ou froidement calculateur. Au milieu d'une tirade, il paraît prendre du recul pour étudier la manière dont ses mots, son comportement sanguin, t'affectent.

Pro-fes-seur. M'dame.

Est-il furieux contre toi, se sent-il trahi par toi ? S'agit-il (même si tu es certaine que ce n'est pas le cas) d'une sorte d'animosité sexuelle ? Ou Kroff espère-t-il juste te manipuler ?

Attend-il quelque chose de toi ? – ou n'attend-il rien du tout ?

(Oui, tu as vu Kroff, ou quelqu'un qui lui ressemble beaucoup, dans le bâtiment Lyman après la fin du cours. Tu l'as vu qui t'observait sournoisement, à petite distance dans les couloirs. Peut-être qu'il se cache dans les toilettes des hommes du troisième étage et que, dès que tu prends l'escalier, il descend derrière toi sans se presser, en silence. Tu as vu : que Kroff évite les autres participants de l'atelier après les cours, à moins que ce ne soient les autres participants de l'atelier qui l'évitent. Peut-être ose-t-il te suivre au sous-sol du bâtiment Lyman, jusqu'à ce bureau même. Et peut-être ose-t-il ensuite te suivre quand tu en sors pour aller jusqu'au parking, où des lumières scintillent au sommet de hauts réverbères...)

(Peut-être que toutes ces apparitions, si toutefois c'est bien ce dont il s'agit, ne sont que des coïncidences. Peut-être qu'il n'y a pas de quoi t'inquiéter, que ce ne sont que les inquiétudes d'une femme seule dans un monde pas terriblement hospitalier pour les femmes seules, comme si cette *solitude* était un choix effronté et pas féminin. Tu ne chercheras pas à savoir, parce que ce n'est pas ton genre d'être *alarmiste*.)

(Tu es aussi convaincue que Kroff est fasciné par toi. Malgré sa grossièreté, son arrogance. L'inclusion de l'un de tes travaux de fiction dans une anthologie de littérature américaine à la mode que tu utilises pour ce cours – *très impressionnant!* Non que Kroff ait lu un seul de tes écrits ou qu'il se soucie suffisamment de ton opinion pour prendre en considération les critiques éditoriales que tu lui as proposées pour chacune de ses compositions, mais plutôt qu'il vénère *l'éminent professeur de lettres en visite* et qu'il espère qu'un peu de son éclat puisse rejaillir sur lui, le plus audacieux et talentueux de ses étudiants.)

Durant l'atelier, Kroff est souvent isolé, silencieux. Sa haute taille, son attitude, son statut de vétéran de la guerre en Afghanistan, auxquels il n'a fait que des allusions périphériques dans ses poèmes en prose, ont conduit ses camarades à se montrer méfiants, respectueux et sur leurs gardes vis-à-vis de lui. S'il était amical, ils fondraient et déborderaient de convivialité à son égard; ils ignoreraient, ou s'efforceraient d'ignorer la nature de son écriture, si différente de la leur. Mais contrairement à eux et à leur professeur, Kroff n'a pas le *sourire* facile.

Quand l'un de nos semblables ne *sourit* pas, nous sommes désorientés. Nous ne savons pas où regarder. Nous nous sentons menacés.

Durant l'atelier, Kroff commente rarement les travaux des autres. Il réagit par des haussements d'épaules hautains, de l'indifférence – *OK. Pas mal.*

De fait, Kroff est l'un des plus âgés et (pour autant que tu le saches) le seul ex-membre des forces armées ; il est le seul étudiant à ne pas être inscrit en lettres ou en sciences humaines, mais dans une division hétérogène appelée « études générales », ouverte aux résidents de l'État, quelles que soient leurs notes. On peut supposer qu'en tant que vétéran de guerre, Kroff ne paie pas de frais de scolarité, et bénéficie sans doute même d'une bourse.

À l'occasion, pour une raison inexplicable, Kroff se lève pendant le cours, marmonne une excuse inaudible, attrape son sac à dos et sort en trombe de la salle de séminaire (car il ne laisserait jamais sans surveillance son volumineux sac à dos ; on dirait qu'il le protège au péril de sa vie) ; il s'absente parfois jusqu'à quarante minutes, mais finit par revenir, avec une autre excuse inaudible, puis reprend sa place sur la chaise qu'il a traînée près de toi. Tu es encline à penser – *Il réussit à peine à se maîtriser*. Et aussi – *Syndrome du stress post-traumatique.*

Même si tu n'utiliserais pas cette expression à voix haute en t'adressant à Gavin Kroff, qui ricane de ce qu'il appelle les *vieux clichés éculés.*

(Mais n'est-ce pas un *cliché en soi* de parler de *vieux cliché éculé*, encore plus *cliché* parce qu'il est *vieux et éculé* ?)

À la première réunion de l'atelier, Kroff est clairement apparu comme un auteur sérieux, parce que, à la différence des autres, il avait apporté une liasse de feuilles, des textes, disait-il, qu'il emportait partout et *ne quittait jamais des yeux.*

Il dormait avec ces textes dans leurs chemises cartonnées sales et écornées. Il devait exister des sauvegardes informatiques du travail de Kroff, parce qu'il rendait ses devoirs par e-mail comme les autres, et pourtant, à l'entendre parler de son *modus operandi* (ses propres termes), il ne faisait pas confiance au monde numérique, ne se fiant qu'à celui des *copies papier*.

Disant : « En cas de coupure mondiale de courant, certains seront dévastés, ils perdront tout. D'autres auront tout prévu, comme les écureuils qui enterrent leur nourriture. Ce sera la *survie du plus fort*. Je prévois d'appartenir à cette catégorie-là : *les plus forts*. »

Bien que Kroff ne paraisse jamais satisfait des travaux qu'il rend, il n'est pas réceptif aux critiques. De ta part, il accepte des suggestions éditoriales en te remerciant à contrecœur ; quand les suggestions émanent des autres, il prend un air buté, plein de ressentiment. *Prometteur* – disent-ils, prudemment. *Un travail solide, difficile à comprendre*, « *sujet à controverse* » – commentent-ils, mal à l'aise, en cherchant les mots adéquats.

Personne n'a avoué à Kroff ce que nous pensons tous – *Cruel, affreux, obscène. Illisible. Ça suffit !*

Ce sont des *mémoires* qu'il est en train d'assembler, explique Kroff. Mais en même temps, c'est de la fiction – axée sur l'incursion de la fiction dans la vraie vie, et l'incursion de la vraie vie dans la fiction. « Quand on est soldat, la moitié de vous est votre ancien *vrai moi* – mais l'autre moitié est ce second *moi inconnu*. » Lorsque la crédibilité de sa prose est remise en cause, Kroff annonce d'un ton triomphant – *Désolé ! C'est exactement comme ça que ça s'est passé.* Ou, tout aussi triomphalement – *Désolé ! C'est de la fiction, vous voyez ? C'est inventé.*

Il insiste à présent pour lire à voix haute sa prose la plus récente, le travail traité la semaine précédente à l'atelier. Tu es consternée, presque désespérée. C'est l'un de ses textes les moins compréhensibles, un monologue intérieur fantasmé semblant évoquer la lutte futile d'un individu (enfant ?) qui est à la fois étranglé et agressé sexuellement (?). (Rien de tout cela n'est définitif, car Kroff se compare à Rilke et Rimbaud et refuse d'être *entravé par de banals faits concrets.*) En silence, stoïque, tu restes assise derrière le bureau, les mains pressées l'une contre l'autre ; ta tête est légèrement baissée pour désamorcer la migraine imminente qui irradie des tubes fluorescents, et pour suggérer la gravité avec laquelle tu écoutes la voix agitée de Kroff. Ton visage n'exprime pas encore la douleur que tu t'évertues à ne pas ressentir – il a revêtu une expression de sollicitude, d'attention professorale. Et puis apparaît, comme un tic, le *sourire bienveillant.*

En réalité, tu es furieuse contre lui. Tu es effrayée. Tu espères repousser ton accès de migraine jusqu'au moment où tu seras seule. (La dernière chose que tu souhaites, c'est la pitié de Gavin Kroff, voire sa compassion. Tu redoutes de t'évanouir, de dépendre de Kroff pour qu'il te ramasse sur le sol crasseux.) C'est comme s'il t'avait imprimé une grossière poussée du plat de la main, pas fort, pas assez fort pour stupéfier, abasourdir.

Le thème favori de Kroff est visiblement la maltraitance prolongée d'un enfant. Il a été question de coups avec une ceinture de cuir, d'entrave avec du fil de fer, et de cette machine sophistiquée. (Parfois, le mécanisme paraît être un escalator aux engrenages découverts dans lequel l'enfant est poussé.) Parfois, on a l'impression que Gavin Kroff est l'enfant maltraité, et parfois, chose encore plus horrible, que l'enfant maltraité est un jeune frère de Kroff, et que ces mauvais traitements n'appartiennent pas *au passé*, mais *au présent*, qu'ils sont *en cours.*

Ce soir, dans ton bureau, Kroff continue sa lecture au-delà du passage qui t'est familier, récemment abordé en classe sans avoir provoqué beaucoup de commentaires de la part des autres. Car que peut-on dire de la torture d'un enfant relatée dans une prose « poétique » aussi obscure ? Personne ne peut douter du sérieux de l'écriture ni de l'implication de l'auteur dans son sujet. Mais personne ne sait comment réagir sinon par des termes déjà employés auparavant – *Difficile à comprendre, n'ai pas pu suivre toutes les phrases, ai eu du mal à saisir ce qui se passait et qui était qui…*

Le nouveau texte, que Kroff lit avec délices d'une voix essoufflée, est encore plus imagé et pénible que d'habitude : la description d'un garrottage, longuement poétique, qu'on croirait issue d'une collaboration entre Sade, William Burroughs et Jean Genet. La voix de la victime de huit ans relate une abominable scène de torture, d'étranglement par garrottage. Chaque fois que le garçonnet (Kroff?) perd conscience, celui qui l'étrangle (Kroff?) relâche la pression du garrot pour le ranimer ; lorsque le garçonnet a repris conscience, celui qui l'étrangle exerce une nouvelle pression… Ce supplice se prolonge à l'infini, dans une langue « poétique » des plus insoutenable, si bien qu'à force on ne sait plus très bien si un enfant est (réellement) torturé ou si ce texte en prose est un pur fantasme. Ou (comme Kroff l'a lui-même suggéré) si c'est une exploration de la *comparaison* ?

Inutile de demander à Kroff si ce travail est censé être interprété comme « réel » – ou « irréel » – car à cette question, il répondra sans doute avec un rire méprisant, en référence à l'une de ses idoles (Wittgenstein, Derrida, Bernhard) qu'il s'est inventé un pseudonyme – G***n K***f – pour créer un *texte*, et qu'un *texte* n'a pas d'existence ontologique à part les lettres, les mots et les phrases présents sur la page.

(Mais elle a tant de peine pour le petit garçon ! – s'est exclamée Caitlin, l'une des jeunes femmes du groupe. Ce qu'a écrit Kroff a beau être un simple *texte*, il a le pouvoir de la terrifier et de lui faire monter les larmes aux yeux.)

Bien sûr, il y a un fond de vérité dans tout cela. En tant qu'autrice, que créatrice de *textes*, tu ne peux pas dire le contraire. Kroff a un esprit naturellement analytique, semble-t-il, doublé d'une imagination naturellement perverse, sadique et masochiste, et tout ce qu'il prétend est assez plausible, de même que son utilisation de blasphèmes, d'obscénités, d'injures à tendance raciste dans sa prose est uniquement *textuelle*. Ses envolées de prose extatique sont avant tout des *textes*, des assemblages de mots. Que ces mots soient souvent impénétrables, et leur matière souvent perturbante, c'est aussi vrai, mais peut-être n'est-ce pas la question principale.

Comment « faire la critique » d'un tel auteur ? S'il le souhaitait, Kroff pourrait très bien écrire de manière aussi claire et agréable que ses camarades, sur d'autres sujets moins dérangeants ; mais il ne paraît pas intéressé par la reproduction de la réalité, et à l'atelier, on s'est étonné (d'autres étudiants s'en sont étonnés, pas auprès de Kroff lui-même, mais auprès de toi) qu'écrire sur l'armée, les autres soldats, l'Afghanistan l'intéresse aussi peu. Perversement, sa prose n'a pour cadre aucun endroit reconnaissable, comme celle d'Edgar Allan Poe, et ses « personnages » existent à peine à part comme vecteurs de ses descriptions impressionnistes d'états mentaux. Tout est (de façon exaspérante, exhaustive) intérieur et introverti, manquant de profondeur psychologique et de dialogues : la prose de Kroff est pleine de cris, de grognements, de soupirs et de déclarations, mais pas de conversations. Elle ne contient pas d'intrigues ou d'histoires discernables, seulement des situations existentielles extrêmes.

Dans les écrits de Kroff, c'est comme si le temps ne s'écoulait jamais, sauf quand il est mesuré par la torture d'un corps ou les émotions fugitives d'un bourreau. De fait, dans son travail, le temps est typiquement *aplati*, *arrêté*. Le pire a déjà eu lieu : l'enfant et le bourreau ont tous deux cessé d'exister alors même qu'ils sont juste sur le point de commencer leur rencontre. L'enfant a toujours huit ans. Le bourreau n'a pas d'âge précis, mais des indices internes semblent indiquer qu'il a un peu moins de trente ans et qu'il a été démobilisé de l'armée américaine après avoir servi à deux reprises en Afghanistan.

La première fois que Kroff a présenté son travail à ses camarades, ils ont à l'évidence été choqués, mal à l'aise. L'une des jeunes autrices s'est excusée et a quitté la pièce pour revenir une heure plus tard, quand on pouvait présumer que la discussion était terminée. (Aucun membre de l'atelier ne s'est plaint de l'écriture de Kroff, et pour autant que tu le saches, ils ne s'en sont pas plaints non plus au directeur du département ni au doyen. Sans doute, songes-tu, éprouvent-ils de la compassion pour toi, en tant que professeure en visite dans cette université.)

Tu crois cependant discerner chez le reste des participants une forme d'admiration pour la manière dont Kroff a créé un monde alternatif aussi obsessionnel. Sa prose ne ressemble à celle de personne d'autre – comme un texte qui a été traduit d'une langue étrangère. Les mots paraissent inadéquats, les structures des phrases aussi sophistiquées qu'une toile d'araignée, nécessitant de nombreuses virgules, de nombreux points-virgules et de nombreux points pour la construction d'un seul paragraphe. Cette prose est aussi *épuisante* que de grimper à l'envers un escalator en courant. (Pour emprunter l'un des tropes de Kroff.) En grimpant ainsi, il est possible de progresser, mais ce n'est pas une progression facile et, dès qu'on cesse de courir, on se met aussitôt à descendre.

Tu as beaucoup pensé à Gavin Kroff, beaucoup plus qu'à aucun de tes autres étudiants au cours de tes douze ans de carrière intermittente de professeur. Tu lui en veux pour cette raison, et il y a peu de chances que tu l'oublies. Il n'est pas naïf, estimes-tu, mais primitif. Son cerveau est une sorte de machine mal programmée. Le fait qu'il insiste pour que les lecteurs interprètent son travail comme uniquement textuel, et non « réel », te rend folle, bien qu'en tant qu'enseignante en écriture tu ne sois pas sûre d'avoir vraiment le droit, et encore moins l'obligation, de le contredire.

« *M'dame ?* »

Kroff te regarde d'un air interrogateur. Il a posé une question ou soulevé un point auquel tu dois répondre.

« Vous disiez donc, Gavin, que le sujet de votre travail, ce sont… les *comparaisons* ?

– Non. Mon *mode* de travail, c'est la *comparaison.* »

Te considérant d'un air de dédain, de dégoût. Comme si tu prétendais juste être stupide (et qu'il le sache).

« Cette disquisition de la torture d'un enfant, c'est… quoi ? Un examen de… »

(Tu t'exprimes sans ironie. La menace de la migraine abolit toute ironie.)

« … de la *perception.* »

Kroff t'adresse un sourire furieux. Ou plutôt, sa bouche se tord en un sourire grimaçant.

Kroff commence à avoir très chaud, il a baissé la fermeture Éclair de sa parka. Tu as un frisson d'angoisse. L'odeur forte et fruste d'un corps mâle, de vêtements pas récemment lavés, monte jusqu'à tes narines réticentes.

Intimité – l'odeur d'un autre.

Intimité – presque intolérable quand on n'en veut pas.

« … comme, des scènes de *mémoires*. Je puise ma matière dans la vraie vie, comme Van Gogh qui regarde un paysage et peint non ce que ses yeux voient, c'est-à-dire ce que n'importe quelle personne ordinaire pourrait voir, mais ce que le cerveau de Van Gogh voit. »

Tu n'as pas de réponse immédiate à fournir. C'est une expression révélatrice : *le cerveau de Van Gogh*.

(Kroff se place-t-il au même niveau que Van Gogh ? Qu'un génie ? Ou la folie de ce génie, dans le cas de Van Gogh.)

« Écoutez, *pro-fes-seur* – je peux accepter que des étudiants du cours, qui sont foncièrement des ignorants, ne "pigent" pas ce que je fais, mais vous, *pro-fes-seur – m'dame* – vous devriez. *Vous, plus que tous les autres.* »

Tu résistes au désir impulsif de t'excuser. Tu n'as aucune raison de t'excuser.

Disant à Kroff qu'il va falloir que tu partes, bientôt… Jetant un coup d'œil à ta montre, pour lui signifier en silence – *S'il vous plaît ! S'il vous plaît, allez-vous-en.*

Mourant d'envie d'être libérée de lui. De cette terrible intimité.

Pour pouvoir te précipiter dans les toilettes des femmes les plus proches, prendre un peu d'eau dans la coupe de tes mains, avaler deux puissants comprimés contre la migraine. Vite !

« D'accord, *pro-fes-seur*. Faut que je parte, on dirait… »

D'un geste brusque, Kroff remet ses manuscrits dans son sac à dos.

Ensuite, il se lève lentement. Maintenant, il te domine de toute sa hauteur.

Encore son odeur corporelle. Son étrange sourire grimaçant.

Tu trembles. Tu ne souris pas, même de ce petit sourire bienveillant. Tu attends juste qu'il parte.

S'il vous plaît s'il vous plaît s'il vous plaît s'il vous plaît. Laissez-moi.

Et Kroff annonce alors, comme s'il venait seulement d'y penser : « Ce que je me dis, en fait, c'est que… je vais peut-être abandonner cet atelier. »

Tu es à court de réponses. Ton instinct naturel est de protester – *Non, mais pourquoi ?* Toutefois, tu restes coite.

« Ouais. C'est ce que je me dis. Pour ça que je suis venu vous voir, en fait, *pro-fes-seur.* »

Te dominant de toute sa hauteur. Conscient qu'il est intimidant, menaçant, car comment ne le saurait-il pas ? – et toi aussi, tu t'es levée, désespérée, même si tu t'efforces de rester calme.

« Quoi que vous décidiez, Gavin, c'est… c'est votre décision… Mais maintenant, il faut que je parte. J'ai bien peur que… »

Gavin. Ce nom. Ta voix faiblit, s'éteint.

« C'est ce que vous me conseillez ? D'abandonner le cours ? Mais je ne récupérerai pas les frais de scolarité… si ? C'est trop tard. Trop tard pour abandonner. On m'a traité comme de la merde. Vous ne pouvez pas simplement – les civils *ne peuvent pas* – nous traiter comme de la merde. »

D'un ton mécanique, tu expliques à Kroff, déchaîné, que tu es vraiment désolée. Que tu pourrais peut-être intercéder en sa faveur auprès du doyen…

Kroff t'interrompt : « Le premier jour de l'atelier, vous nous avez conseillé de tenter d'écrire un "texte mémorable"… hein ? Et c'est ce que j'ai fait, ce que personne d'autre n'a fait – et pourtant, vous essayez de me dire, je crois que vous essayez de me dire, que mes textes ne sont pas… *mémorables.*

– Eh bien, non… je n'ai pas dit ça, Gavin. Je ne dirais pas ça. Vos textes sont… ils sont… ils sont *mémorables.* Oui.

– Alors… qu'est-ce qui ne va pas ? Vous ne… » (s'interrompant, incapable de prononcer ces mots blessés, angoissés – *Vous ne me faites jamais de compliments*) « … "pigez pas"… c'est ça ?

– Peut-être pas, Gavin. J'ai essayé…

– Pas que je sache. Vous pensiez que ce que j'ai écrit sur mon frère était *réel* ?… Ou que ce n'était *pas réel* ? »

Aucune idée de ce qu'il faut dire. À ce jeune homme en colère, hors de lui. (A-t-il tué en Afghanistan ? Est-ce son secret, qu'il a tué et qu'il ne peut pas le supporter ?) Te demandant s'il y aurait quelqu'un – n'importe qui – dans le couloir devant ce bureau qui pourrait t'entendre si tu appelles à l'aide.

« Il n'a pas huit ans. Plus maintenant. Il est plus vieux, il n'est pas *mort*. Je l'ai dressé. Si je lève le poing, il pisse dans son froc, tellement il a peur. Quand il était gosse, je lui ai expliqué qu'il ne deviendrait jamais courageux s'il ne me résistait pas, mais il n'a jamais résisté, il n'y arrive pas. Les gens disaient que c'était un bébé magnifique. Mais plus maintenant. »

Kroff est debout, il sourit. Il voit bien que tu es affligée par ses paroles, qui sont soit une révélation, soit une confession, voire une tentative supplémentaire d'obfuscation.

« Son nom, c'est Luke. Il a ce qu'on appelle des difficultés d'apprentissage. Il m'aime, il m'a tout pardonné. C'est un genre de blague : je suis un dieu pour lui. »

Kroff marque une pause, respirant fort. « Et aussi, vous savez quoi, *m'dame* ? – Je suis son *tuteur*. On n'a que neuf ans d'écart, mais je suis son tuteur, il est sous mon *contrôle*. »

Avec un grognement, Kroff enfile son sac à dos. Il se délecte manifestement de ta détresse. « Vous croyiez que j'écrivais sur moi-même, *pro-fes-seur* ? Moi et mon frère ? Ça doit être plutôt convaincant, si vous et le reste de ces connards, vous y avez cru. »

Attendant qu'il parte. Le regardant calmement, en t'évertuant à ne pas t'abandonner à la douleur qui monte derrière tes yeux.

« Vous savez, je ne crois pas que je reviendrai à l'atelier. Foutue perte de temps. Imaginez Rimbaud dans un atelier… Nietzsche ! Putain, que c'est drôle. »

Dans l'embrasure de la porte, Kroff s'attarde, comme s'il s'attendait à ce que tu le rappelles.

« … déception. Perte de temps. *Vous* avez été une déception. Sacrément content de ne pas m'être pas précipité pour acheter un de vos livres merdiques, *m'dame*. Vous et les autres connards. »

Attendant qu'il parte. Attendant que ce calvaire soit terminé.

Tu comptes presque les secondes qui te séparent de son départ.

Pensant avec un frisson terrifié – *Il n'est pas trop tard. Quoi qu'il puisse cacher dans son sac à dos, il peut encore le sortir et s'en servir contre toi.*

« Une foutue *enfoirée*. Comme tous les autres. »

Kroff a quitté le bureau, mais il s'arrête devant la porte. Tu l'entends haleter. Tu retiens ta respiration, priant pour qu'il ne se retourne pas subitement.

Mais au bout d'un moment Kroff s'éloigne… Tu restes immobile, tendant l'oreille par-dessus les battements de ton cœur pour guetter ses pas qui s'éloignent.

C'est une ruse. Il n'est pas parti. Il attend.

Au cas où il t'écouterait, tu sors ton téléphone portable et tu prétends passer un appel. Annonçant d'une voix forte et enjouée : « Je m'en vais maintenant, j'ai pris du retard. Non… très bien. Je devrais être à la maison dans vingt minutes… »

Avec hésitation, tu t'approches de la porte. Tu inspectes le couloir mal éclairé. On dirait que ta vision est brouillée, tu ne vois pas bien. Mais, Dieu merci, aucun signe de Kroff.

Et donc, tu rassembles tes affaires d'une main tremblante, tu éteins le plafonnier. Ton cœur continue à battre douloureusement.

Avant de partir, tu embrasses du regard cette morne pièce souterraine. Deux bureaux en aluminium, une bibliothèque bourrée de livres, une affiche délavée de *Shakespeare in Love*. Tu ne rencontreras jamais la personne avec laquelle tu partages cet espace de travail mélancolique.

Une odeur gênante de vieux livres qui moisissent, d'épiderme de jeune homme échauffé, de ta propre panique animale. Tu n'y reviendras jamais, décides-tu. Si tu as des heures de permanence, tu prévoiras de les effectuer dans la salle de séminaire, tout de suite après l'atelier.

Tu fermes la porte, qui se verrouille toute seule. Tu avances jusqu'aux toilettes des femmes. À l'intérieur, les poubelles débordent. Ça sent les canalisations. Craintivement, tu mets tes mains en coupe sous le robinet, tu avales deux comprimés pour la migraine. Une douleur extatique a déjà commencé à éclore derrière tes yeux.

Maladie de l'âme. La migraine enracinée tout au fond du cerveau.

Un jour, tu découvriras que Kroff n'est pas un vétéran. Tu te renseigneras sur lui, car il aura (bientôt) imprimé sa fureur au plus profond de ton âme. Là où personne n'a pénétré, à la place (secrète) de tes douleurs migraineuses, Kroff va tout de même (bientôt) pénétrer. Tu apprendras qu'il a trente-deux ans. Tu apprendras qu'il n'a pas servi deux fois en Afghanistan ; qu'il n'a vu de combats nulle part. Tu apprendras que douze jours après son arrivée à l'entraînement de base à Columbia, en

Caroline du Sud, Gavin Kroff a été libéré pour « raisons médicales » et renvoyé chez lui dans le Minnesota.

Mais maintenant : lorsque tu oses quitter les toilettes, tu entends des bruits de pas dans la cage d'escalier et tu recules, apeurée, une peur absurde (penses-tu), parce que ce n'est qu'une jeune femme, une étudiante, qui ne te remarque pas.

Et des voix ailleurs, car le bâtiment Lyman n'est pas tout à fait déserté : des cours du soir sont prévus à 19 heures.

Tu te sermonnes – *Pas seule. Pas en danger.*

Ce dilemme qui est strictement celui d'une femelle : être craintive, prudente, rusée, maligne, et faire attention à toi, (quelquefois) trop attention, même ; ou se comporter comme (tu supposes qu')un homme pourrait le faire, pas tant sans crainte que sans raison de craindre quoi que ce soit.

Toujours est-il que sur le chemin du parking, tu marches vite. Tu n'as pas peur, pas encore – tu marches vite.

Dans ta hâte, tu n'as pas boutonné ton manteau. Tu es tête nue, tes yeux sont humides de larmes. Tu réprimes l'impulsion enfantine de courir. Car *où* courrais-tu ? – ta voiture n'est pas tout près, tu as besoin d'avoir ta clé de voiture en main, mais tu ne veux pas prendre le temps de t'arrêter, de fouiller dans ton sac pour la retrouver…

Et là, sur l'allée, comme sortie de nulle part, cette haute silhouette qui t'attend.

« *M'dame…* salut ! Je vais vous accompagner à votre voiture. Je me disais que vous n'étiez peut-être pas en sécurité par ici, une femme seule comme vous. »

Le flagellant

Non coupable, avait-il plaidé. Parce que c'était le cas. *Non coupable* au fond de son âme.

En fait, à l'audience préliminaire, il était resté debout en silence. Son avocat (jeune, inexpérimenté) avait transmis pour lui l'information d'une voix au son aussi aigu que des couteaux qui s'entrechoquent dans un tiroir – *Mon client plaide non coupable, Votre Honneur.*

Allez-vous faire voir, Votre Honneur – c'est ce que lui aurait aimé dire.

Plus tard, ils avaient décidé de plaider *coupable*. Son avocat lui avait expliqué le marché, il avait acquiescé d'un haussement d'épaules.

Non qu'il soit coupable à ses propres yeux, parce qu'il savait ce qui s'était passé, mieux que personne d'autre. Mais Jésus savait ce qu'il avait dans le cœur, et savait qu'en tant qu'homme et en tant que père, il avait eu honte.

***

À cette *heure entre chien et loup*, quand la lumière du jour s'en va et que le crépuscule commence, ils s'approchent de leur papa et osent lui toucher le bras.

Il tressaille, les doigts d'enfants tels des charbons ardents sur sa peau nue.

Se cache le visage de leurs yeux terribles. Sur leurs petites épaules, des ailes d'anges ont poussé, en forme de faucille, et les plumes de ces ailes sont épaisses et d'une teinte métallique.

Le samedi saint est un jour de pénitence. La stratégie, c'est l'autopunition. Il se l'était promis. À genoux, il entame cette punition : canne, peau nue.

(Ne peut pas voir les zébrures sur son dos. Maladroitement, il se tord le bras derrière le dos, essaie de sentir les endroits où la canne a frappé. Tâtant les blessures superficielles. Sentant le sang. Les doigts gluants de sang.)

(Pas tellement de douleur. Un engourdissement. Il est déçu. C'est comme ça – depuis presque un an. Sa langue est devenue enflée et insensible, son cœur a rétréci tel un pruneau desséché. Ce qui reste de son âme pend en lambeaux, à l'instar d'une serviette déchirée.)

***

Condamné à perpétuité. Il est devenu un *condamné à perpétuité.*

Mais *condamné à perpétuité* ne veut pas dire *à vie.* Il l'a appris.

Prononçant le mot dans sa tête. *Condamné à perpétuité !*

– de vingt-cinq ans à perpétuité. Ce qui signifiait (on le lui avait expliqué plus d'une fois) non qu'il était condamné à passer sa vie en prison, mais plutôt, en fonction de son comportement, qu'il pourrait obtenir sa libération conditionnelle au bout de vingt-cinq ans de détention seulement.

Aussi incompréhensible pour lui que vingt-cinq mille ans. Car il ne raisonnait qu'en termes de jours, de semaines. Déjà assez difficile d'arriver au bout d'une seule journée, et d'une seule nuit.

Mais on lui avait dit qu'en cas de *bonne conduite*, il obtiendrait peut-être une *libération conditionnelle anticipée.*

Même si (lui avait-on également dit) il est peu probable qu'un *condamné à perpétuité* obtienne sa libération conditionnelle lors de ses premières demandes à la commission.

Où irait-il, de toute façon ? Chez lui, on le connaît, et il ne supporterait pas que les gens sachent, leurs regards dégoûtés et consternés. N'importe où ailleurs, personne ne le connaîtrait, il serait perdu.

Même sa famille. La sienne. Et sa famille à elle, éparpillée à travers le comté de Beechum.

Les personnes avec qui vous êtes allé au lycée, ça vous suit toute votre vie. Vous avez besoin d'elles, et elles ont besoin de vous. Même si dans leur esprit, vous êtes une honte. C'est *vous.*

Le problème, c'était les remords.

Les yeux du juge sur lui. La salle silencieuse du tribunal. L'attente.

Ce que le jeune avocat a essayé de lui expliquer avant sa condamnation – *Si vous manifestez des remords, Earle. Si vous paraissez regretter ce que vous avez fait...*

Sauf qu'il n'avait rien fait ! – n'avait pris aucune décision.

C'était *elle*. Et pourtant, *elle* avait été épargnée.

***

Des semaines dans sa cellule (gelée, puante) au quartier pénitentiaire des hommes. Unité d'isolement.

Levant la tête, aussi nerveux qu'un chat, en entendant quelqu'un approcher. Ou croyant entendre quelqu'un approcher. Cette pensée lui était venue comme un éclair de chaleur traversant le ciel – *Ils viennent me libérer. C'était une erreur, tout le monde va bien.*

Ou la pensée lui venait qu'il était dans l'autre prison maintenant. La prison d'État. Dans le couloir de la mort. Et quand ils viendraient le chercher, ce serait pour lui injecter du feu liquide dans les veines.

Tu sais que tu es de la merde. Les cendres qui retournent aux cendres, la poussière à la poussière. C'est toi.

Personne n'était venu. Personne n'était venu le libérer, et personne n'était venu l'exécuter.

Il ne manquait pas de remords, mais il ne transpirait pas les remords non plus.

Un homme, ça ne recule pas. Un homme, ça ne se met pas à genoux. Un homme, ça ne *rampe* pas.

Sa déclaration pour le juge, il l'avait écrite avec soin sur une feuille de papier blanc fournie par son avocat.

Je suis désolé pour mon rolle dans ce qui est arrivé à mes enfants Lucas & Ester. Je suis désolé d'avoir été tanté de me mettre en colère contre la femme qui est leure mère parce que c'était cette colère qu'elle a causée qui m'a conduit jusqu'à cet endroit. Je regrette ça, que cette femme soit NÉE *un jour.*

Furax que ce je-sais-tout d'avocat ait voulu corriger ses fautes d'orthographe. *Rolle* devait s'écrire *rôle*. *Ester* devait s'écrire *Esther*.

Le reste, l'avocat ne l'avait pas accepté, refusant de le transmettre au juge. Comme s'il en avait le droit.

Avait repris le papier, qu'il avait froissé dans sa main. Et merde !

Tout ce qu'ils pouvaient faire pour te briser, t'humilier, ils le faisaient. Combinaison orange de clown. Fers aux pieds comme un animal. Se moquant de toi, si ignorant que tu ne sais pas écrire le nom de ta propre fille.

Bien sûr qu'il éprouve des remords. Souhaitant bigrement pouvoir éprouver des remords pour toutes ces choses qu'il aurait aimé avoir faites quand il disposait de sa liberté. Avant qu'on ne l'en empêche.

***

Couvert de zébrures. Saignant.

Un sentiment agréable. *Blanchi du sang de l'agneau.*

Il croit en Jésus, pas en Dieu. Se fiche pas mal de Dieu.

À peu près sûr que Dieu se fiche pas mal de lui.

Quand il pense à Dieu, c'est la vieille statue devant le palais de justice. Yeux aveugles dans un visage renfrogné, épée brandie, monté sur un cheval qui surplombe la voie piétonne. Obligé de rire que le général soit couvert de chiures d'oiseau blanches, sur son chapeau, ses épaules, partout. Même sur l'épée.

Pourquoi les chiures d'oiseau sont-elles *blanches* ? – avait-il demandé à ce je-sais-tout d'avocat, qui l'avait regardé fixement.

C'est juste *comme ça*. Certaines choses sont juste *comme ça*.

Mais quand il pense à Jésus, il pense à un homme comme lui.

Aux accusations qu'on porte contre lui. Aux ennemis qui se liguent contre lui.

Zébrures, blessures. Traces gluantes de sang.

Se frappant le dos avec la canne. Malaisé, mais faisable. Fabriquée avec du métal de contrebande, sa canne.

Ce n'est (peut-être) pas une « canne » quand on l'examine de plus près. L'œil, en voyant ce que c'est, ne verrait pas une « canne ».

Et malgré tout, elle inflige de la douleur. Une douleur telle que ses traits se déforment, de souffrance (silencieuse), à l'agonie.

De même qu'avec le corps de serpent sinueux de la femme, dans l'étau puissant des bras, des jambes, des cuisses de la femme, il avait souffert à mort, de si nombreuses fois.

C'était comme se noyer. Incapable de relever la tête, de sortir la bouche de cette boue noire pour respirer. L'engloutissant en elle. Tel du sable qui s'effondre, qui s'affaisse sous ses pieds dans un trou d'eau, alors que l'eau sombre monte pour le noyer.

La faute de la femme depuis le début, le jour où il l'avait vue. Sans savoir qui elle était. Regard insolent, courbes de son corps, comme si elle était une plante carnivore, et lui la mouche impuissante : prise au piège.

***

Tout le temps pour réfléchir et reconsidérer dans sa cellule. Les erreurs qu'il avait commises, suivre la femme, qui était avec un autre homme le soir où il l'avait vue. Et elle qui l'avait regardé, s'était laissé regarder par lui.

C'était avec le sexe qu'elle l'avait appâté. L'appât, c'était le sexe. Il ne le savait pas (alors). Il l'avait appris (depuis).

Il avait cru que le pouvoir sexuel était entre ses mains. Résidait en lui. Pas en la femme, mais en lui, comme dans le passé, avec les filles plus jeunes, les lycéennes, sauf qu'avec elle, il s'était trompé.

Et depuis, il payait pour cette erreur.

Être considéré avec un tel dégoût. Raillé. C'était une punition en soi, mais pas le genre de punition qui purifiait.

À l'isolement dans la prison d'État, comme il l'avait été au centre pénitentiaire du comté, parce qu'il appartenait à une catégorie spéciale de détenus dans la mesure où il était question d'enfants, et que ça finirait par se savoir. Parce qu'il était impossible d'empêcher les chefs d'accusation retenus contre lui de ne pas se savoir. Parce qu'une fois que vous êtes arrêté, votre vie ne vous appartient plus.

Entouré par des détenus « isolés » comme lui. Pas tous blancs, mais oui, blancs en majorité.

Et malgré tout, qui ne lui ressemblent en rien.

***

Ils étaient venus fouiller sa cellule. Encore une fois.

Parce qu'il ne pouvait pas les en empêcher. Parce qu'ils étaient nombreux et lui, tout seul.

Dans sa cellule, il n'y avait nulle part où cacher quoi que ce soit. (Aurait-on pu croire.) Néanmoins, d'un air moqueur, ils la fouillaient.

Et l'intérieur de son corps avec des doigts gantés, furieusement, en l'obligeant à se mettre à genoux.

Cela dit, ils n'avaient pas découvert de contrebande. Parce que, ici, il n'y en avait nulle part.

Où est-ce que tu le caches, Earle ? – enfoiré, on sait que tu caches quelque chose.

Cette exultation à le torturer. Visages rougis, yeux brillants, ses hurlements leur procurent de la joie.

Ils le confinaient dans cet endroit, mais un homme libre dans sa tête ne peut pas être confiné.

Pas de prison, pas d'unité d'isolement. Pas de cellule, pas de chaînes, pas de camisole de force, pas de médicaments enfoncés de force dans sa gorge ou injectés dans ses artères pour le neutraliser.

L'avaient laissé là où il était tombé, gémissant sur le sol dégoûtant. L'instrument métallique qu'ils lui avaient introduit (peut-être une cuillère) dans la partie la plus tendre du corps avait été retiré avec une telle vigueur qu'il avait emporté avec lui des tissus ravagés, gluants de sang.

Merci, Jésus. Blanchi dans le sang de l'agneau, la honte suprême qu'on peut supporter sur cette terre avant d'être annihilé.

À genoux, seul, la nuit du dimanche saint, observant les sept stations de la croix, le flagellant entame sa punition.

Chaque coup de canne sur sa peau nue apportant l'expiation.

Rampant sur le ventre. Tirant la langue. Se fait aussi mince qu'un crayon, rampant comme un serpent.

Toutefois : un serpent qui peut contrôler sa taille.

Pour rentrer dans la fissure, puis ressortir sur le béton.

S'écorchant la peau des mains, jusqu'au sang.

***

Sur Strouts Mill Road, où le garde-corps a été réparé.

Retournant à la maison de son (ex-)épouse, sa maison, d'où il a été banni.

Il se déplace avec fluidité. Il a le pouvoir de traverser les murs. Il s'est fouetté jusqu'à en être mousseux de sang. Il s'est fouetté jusqu'à en être invisible.

(Ce n'est pas encore arrivé – si ? Il voit que c'est sur le point d'arriver.) Et donc, cette fois-ci, cela arrivera différemment.

Jésus a échappé à ses ennemis et va parcourir le monde, libre comme l'air, pareil à n'importe quelle créature sauvage qui n'est pas sous la coupe d'un Dieu en colère.

Il prendra Lucas et Esther avec lui, en pyjama. Sans un bruit, il les soulèvera dans ses bras. Papa ! Papa ! – les enfants sont plus petits que dans ses souvenirs, il en est étonné, désorienté. Les enfants dégagent des odeurs corporelles, leurs pyjamas sont souillés. Il se demande plus ou moins si leur mère les a drogués, eux aussi, pour les faire dormir.

Voyant que c'est Papa, ils sont contents. Il va les emmener en lieu sûr. Sauf qu'ils ont faim – qu'ils pleurnichent de faim. Cette femme les a couchés sans les nourrir. Papa ! Au Burger King, dans le pick-up. Il va les emmener, il est leur papa. La femme, il l'a laissée là-bas, elle ne sait rien. La femme est inconsciente dans son lit, vautrée dans sa nudité et puant l'alcool.

Son erreur sera de croire que la femme qu'il a laissée là-bas n'exercera pas de pouvoir sur lui.

Appuyant sur l'accélérateur. L'autoroute est floue, parce que Papa aussi meurt de faim. Et de soif. S'arrête pour acheter un pack de six bières au 7-Eleven. Ouvre une canette dans la boutique, la bière froide lui dégoulinant sur les doigts. Ce sera enregistré par les caméras de surveillance. Que Papa n'a pas mangé, et que Papa n'a pas dormi depuis quarante-huit heures. Son amour pour ses enfants est tout ce dont dispose Papa pour se nourrir.

Roulant au milieu des pins rabougris. Route gelée. Chaussée glissante, on appelle ça du verglas. *C'est votre mère la responsable. Cette salope de menteuse a saboté notre famille.*

Jusqu'à présent, c'était la femme qui tirait les ficelles. Ils étaient ses marionnettes – le père, les enfants.

Mais plus maintenant.

***

À cette *heure entre chien et loup*. À la maison, dans l'obscurité.

Enfant, on le lui avait appris. Il n'avait pas voulu le savoir, et pourtant, on l'avait forcé à savoir.

Il y a sept stations sur le chemin de croix. Le Christ doit porter sa croix. Le Christ doit trébucher et se remettre debout. Le Christ saigne de ses blessures : à la poitrine, au dos, à la tête. Bientôt, on enfoncera des clous dans les mains et les pieds du Christ. On suppose que le Christ a été forcé à s'allonger sur la croix grossièrement taillée sur laquelle il a été cloué. Le Christ se soumettra à sa crucifixion, car c'est écrit. Le Christ va mourir en tant qu'homme et descendre en enfer. Et le troisième jour, le Christ remontera pour pénétrer au Royaume des Cieux, où il demeurera avec le Père pour l'éternité.

Il est incapable de penser à autre chose. Inutile de tenter de dormir, il doit faire pénitence aux heures les plus sombres de la nuit. S'agenouille sur le sol dégoûtant de la cellule. Comme on le lui a indiqué.

Flagellant est un mot que personne ne prononce tout haut. Cependant, nombreux sont les *flagellants* qui cherchent à faire pénitence.

Les visages des enfants ! Lucas, Esther. On a tendance à oublier qu'un visage d'enfant est *petit*.

Les têtes des enfants sont petites. Aussi fragiles que des coquilles d'œuf. Leurs bras, leurs jambes sont minces. Comme si leurs os étaient composés d'un matériau plus léger que celui des adultes, facile à briser.

Lucas et Esther sont en pyjama. Tendrement, il les soulève hors de leurs lits. Le tremblement de ses mains est un peu stabilisé par le poids des enfants ; un bon poids, comme celui du ballast.

Sa faute, la faute de la femme, si ses mains tremblent, parce que c'est la faute de la femme s'il ne peut pas dormir, s'il est obligé d'avoir recours à l'automédication, certains comprimés le laissent hébété et groggy, les autres lui donnent des palpitations cardiaques, des accès de transpiration suintante et huileuse. La femme l'a banni de sa vie, elle l'a transformé en exilé de son propre foyer. N'avait-il pas peint l'intérieur de la maisonnette, n'avait-il pas posé les panneaux de linoléum par terre, cigarette au bec, semant des cendres partout. Il avait dû se pencher, s'était sacrément abîmé le dos. Il avait fait du sacré bon boulot. Sol de la cuisine, de la salle de bains. Il avait eu les panneaux en solde et les avait installés, et elle s'était exclamée qu'ils étaient beaux, qu'elle l'aimait de prendre autant soin de leur maison.

Ce soir, il soulève les enfants dans ses bras. Lucas, d'abord, puis Esther. Le petit garçon a trois ans, la petite fille, un an. Cette année-là, il s'est passé tant de choses ! Mais il ne leur en veut ni à l'un ni à l'autre, c'est à la mère qu'il en veut. C'est mal pour une mère d'aimer ses bébés plus qu'elle n'aime leur père.

Son lait qui fuyait à travers les vêtements. À la fois dégoûté et excité, l'odeur du lait maternel n'est semblable à aucune autre.

Dans ses bras musclés, il tient les enfants. Il est fier de son corps, ou du moins il l'était. Faisant de l'exercice, soulevant des poids, pas question de glandouiller quand il va à la salle de gym, les mecs qu'il connaissait du lycée étaient impressionnés. Et ces enfants qu'il aimait plus que sa propre vie.

Bon Dieu, il en est venu à détester sa propre vie.

Il avait détesté la mère plus qu'il n'avait aimé les enfants. Il ne le niait pas. Jésus comprenait. Vous ne pouviez pas vraiment regarder Jésus en face à cause de la puissante lumière qui irradiait de son visage, mais vous saviez que Jésus comprenait.

Conduisant les enfants endormis. La petite fille à l'arrière, le petit garçon sur le siège avant. Pas de ces conneries de siège auto. Pas le temps d'aller prendre les sièges auto dans la voiture de la femme pour les transporter dans le pick-up. Lucas pouvait s'asseoir à l'avant comme un adulte. Et de toute façon, Esther dormait, il l'avait laissée s'allonger sur le siège arrière. Lucas disait – *Où on va, Papa ?* – inquiet et perturbé, et ne sachant pas s'il aimait ça. Jusqu'à ce que Papa tende la main pour lui donner une tape sur sa petite épaule et expliquer.

Où que tu ailles avec Papa, c'est le destin.

Papa va s'occuper de toi et de ta petite sœur. Papa a déjà commencé.

Conduisant plus vite. La voix de la femme dans sa tête, qui le harangue. Cette garce qui le tanne. Telle de la grêle frappant le pare-brise, lui martelant le crâne.

Lucas pleurniche. *Papa ! Papa...*

Le dérapage. Le pick-up se met à déraper sur le verglas. Heurte le garde-corps, qui s'affaisse comme du plastique. Et maintenant, le pick-up s'est retourné, les hurlements des enfants s'arrêtent net.

Il sort du pick-up en rampant. Il a besoin de toutes ses forces. Criant aux enfants – *Allez ! Allez ! Suivez Papa !*

Les appelant en criant, mais impossible de retourner dans le foutu pick-up. Essaie, mais n'y parvient pas. Tire sur la poignée d'une portière. Martèle la vitre (fissurée) du poing. Une partie de lui sait que c'est sans espoir.

C'est fini. Plus d'espoir. Tu es foutu.

***

C'était elle qui les avait voulus. Disant, un jour où elle était sobre – *Les enfants, ça va nous changer, Earle. Tu verras. Ça nous donnera un but dans la vie, qui ne soit pas uniquement nous.*

Elle avait prié. Elle avait supplié. Le léchant de haut en bas avec sa langue fraîche et humide dont il se souviendrait comme chaude, brûlante.

Les enfants seront comme le paradis pour nous, Earle. Les gens comme nous, on ne va pas au paradis, ils nous claqueront la porte au nez. Mais on pourra jeter un petit coup d'œil à l'intérieur et les regarder, tu vois ? Grâce aux enfants.

Il ne lui avait jamais pardonné d'avoir dit des choses pareilles.

Comme si eux deux, ce n'était pas suffisant. Le genre de sentiment qu'il ressentait pour elle, unique dans une vie, telle une rivière qui coule à flots dans le désert, qui fait revivre une terre morte – ça ne signifiait rien pour elle.

Le poursuivant de ses cris. Trébuchant dans le noir. À moitié saoule, ou droguée aux médicaments. S'allongeait et ne pouvait plus relever la tête. Dix, douze heures de suite. Jusqu'au matin et à l'après-midi suivant, au début de soirée. Sa façon de s'automédiquer quand une migraine se mettait à lui transpercer le crâne.

Disant – *Je ne supporte plus, Earle. Cette manière que tu as de me dévisager.*

Je n'ai pas assez d'oxygène à respirer. C'est juste… j'ai essayé… mais…

Cette manie qu'il avait de la suivre partout alors qu'il était censé être au travail. De vérifier ses moindres faits et gestes – si sa voiture était garée dans l'allée. De l'appeler dix fois par jour sur son téléphone portable. D'appeler leurs amis communs. Le mec pour qui elle bossait, il l'avait soupçonné de coucher avec elle avant leur mariage, et plus il y pensait, peut-être bien après aussi.

Il avait l'impression d'être malade. La fièvre dans le sang. Une infection comme l'hépatite C dont il n'arrivait pas à se débarrasser.

Et pourtant incrédule en entendant les paroles de la femme, qui sonnaient comme si elle les avait préparées. Ou que quelqu'un les ait préparées pour elle. Lui demandant, qu'est-ce que tu racontes ? Parce que c'était forcément une blague. Ne venait-il pas de faire le premier versement du 4x4 Dodge pour elle ? Désireux de la voir retrouver le sourire. Lui sourire. Et que les enfants soient fiers de Papa.

Les conduisant à l'école. Les ramenant de l'école. Véhicule vert métallisé, la classe. Il avait obtenu un bon prix, d'occasion, mais comme neuf, avait blagué avec le concessionnaire en disant qu'il rembourserait ces mensualités jusqu'à ce qu'il soit à la retraite ou mort, putain.

Important que les enfants soient fiers de lui. De leur donner une raison d'être fiers de leur papa.

Et puis, le travail de sape de la femme. Sa trahison. L'*injonction* – c'est ce qui l'avait poussé à bout.

Interdiction d'approcher à moins de cent mètres de la maison et interdiction d'approcher à moins de cent mètres des enfants et interdiction d'approcher à moins de cent mètres de la femme, qui avait demandé l'*ordonnance restrictive*.

Son *épouse*, c'est ce qu'elle était. *Ex-épouse*, c'est ce qui serait écrit.

Le secret de Papa : il n'avait jamais voulu d'enfants. Les enfants vous jugent. Les enfants sont trop près. Et ensuite, ils vous survivent. Ils pleurent à cause de vous, ou ils vous déçoivent. Sur les traits du garçon, une expression craintive, comme s'il reculait devant son père, bon Dieu ! – Earle avait toutes les peines du monde à s'empêcher d'attraper le petit salopard et de le secouer si fort que son cerveau ferait un bruit de billes qui s'entrechoquent.

Mais non. Non. Ce n'était pas son intention, bon Dieu.

Cette façon qu'il avait eue de se pencher et de hurler au visage (blanc de frayeur) du gamin. Ouvrant grand la bouche, sentant ses traits devenir laids, hurlant. *Ne t'avise pas d'essayer de m'échapper, petit merdeux.*

***

Pas son intention. Rien de tout ça. Les thérapeutes compatissaient. Tout le monde se met en colère. Les patients se mettent en colère. Personne n'est parfait. Un père parfait, ça n'existe pas.

C'est crucial de se pardonner, avait déclaré l'aumônier catholique. Entre l'amour et la haine, on peut choisir la haine, par peur de choisir l'amour.

Il avait été au bord des larmes qu'on lui dise une chose pareille. Parce que c'était vrai, ce sont ses péchés qu'il aime, rien d'autre n'a de signification pour lui.

Personne d'autre à part *elle*. Mais *qu'elle aille se faire foutre.*

Conduisant vite sur Strouts Mill Road, puis encore plus vite. Les yeux fixes dans leurs orbites. Il tenait le volant correctement. Il tenait le volant comme vous le tiendriez s'il était vivant et qu'il essayait de vous échapper.

Il priait les yeux ouverts. Il n'avait rien à cacher. Ses yeux ne laissaient rien passer. Il n'était pas indulgent avec lui-même. Il avait aimé ses enfants plus que sa propre vie, mais il avait haï leur mère plus qu'il ne les avait aimés ou qu'il ne s'était aimé lui-même, et c'était avec cette vérité qu'il devait vivre.

Il craignait Jésus. L'amour de Jésus. L'amour de Jésus était un réservoir qui pouvait déborder et noyer un homme.

Il comprenait la méchanceté. Il voyait bien pourquoi les gens étaient cruels les uns avec les autres. Mais le pardon et l'amour, il ne les comprenait pas.

Il regrettait les crimes qu'il avait commis. Il croyait que Jésus lui pardonnerait, mais que *Jésus ne pardonnerait pas les crimes que son (ex-)épouse avait commis contre lui et les enfants.*

Elle lui avait annoncé qu'il allait devoir partir. Disant qu'ils seraient tous plus heureux s'il partait. Il avait répondu – *Heureux! On n'est pas sur cette saloperie de terre pour être heureux.*

Il ne l'avait pas frappée. Il ne l'avait jamais frappée. Pas de plein fouet, pas délibérément. Il avait frappé l'air à côté de sa tête. Il avait frappé le mur, mutilé le mur à côté de sa tête, mais il ne l'avait jamais frappée, elle.

Mieux pour nous tous si on y met un terme maintenant. Toi et moi, et eux. Maintenant.

S'éloignant de lui, reculant devant le poing qui frappait l'air à côté de sa tête, la femme avait perdu l'équilibre, trébuché, et elle était tombée – en quoi était-ce sa faute à lui ? Pas sa faute. Tout le monde savait que c'était une pocharde. Une droguée. Avait pris du poids depuis la première grossesse, chevilles épaisses, veines douloureuses, rien de tout ça n'était sa faute. Pas la jolie fille dont il était tombé amoureux et qu'il avait épousée. Elle l'avait trompé sur la marchandise. *Elle* n'avait pas le droit de lui prendre les enfants. Il priait les yeux ouverts. Il les priait, eux, Lucas et Esther qui êtes aux cieux. Les enfants innocents sont aux cieux et contemplent de là-haut le reste d'entre nous. Notre Terre est en fait l'enfer – on la contemple des cieux. Il avait vu ça en rêve.

Le samedi saint est le jour de la libération. Se fouettant le dos jusqu'à ce qu'il soit à vif avec la canne malcommode qu'il s'est bricolée. Le sang qui coule, qui le démange, ruisselant comme des fourmis dans ses blessures ouvertes.

Merci, Jésus ! – pardonne-moi.

***

Encore une fois, ça recommence, les roues qui dérapent sur le verglas, l'accident.

Encore une fois, pas moyen de l'arrêter.

Le pick-up est renversé comme un jouet d'enfant, alors que ses pneus sont encore en train de tourner. Roulant au bas de la colline jusqu'aux détritus au fond du ruisseau, et les cris des enfants mêlés aux siens dans la puanteur d'huile, d'essence et d'urine.

Encore une fois, les cris, et puis le silence.

Bon – les enfants n'ont jamais cessé d'aimer leur papa, il en est sûr. Ils ne lui en ont jamais voulu. Ils sont au ciel maintenant et ne lui jetteraient pas la première pierre. Aucun enfant ne jetterait la première pierre. La femme, elle, lui a jeté la première pierre. Elle a jeté tellement de pierres. Elle ira en enfer. Ils se retrouveront en enfer. Ils se tiendront la main en enfer. Ils jetteront ensemble leurs corps blessés en enfer. Leurs yeux brûleront, secs, aveugles, en enfer. Leurs âmes se recroquevilleront comme des feuilles sous un soleil impitoyable, soufflées ensemble sur un trottoir abîmé.

À l'*heure entre chien et loup*, ce genre de pensées lui vient. *Entre* le jour et la nuit.

Parce que, à ce moment-là, il n'est pas incarcéré dans une cellule crasseuse, en prison, mais libre de rouler le long de Strouts Mill Road. Il ne conduit pas le pick-up. Il est sur le ventre, dans l'herbe humide. Il a échappé à ses ravisseurs, il n'est pas ce qu'ils croient. La ruse du serpent, qui a été la ruse de la femelle, mais qui est désormais devenue la sienne.

La force va lui revenir, c'est promis, il sera bientôt debout, comme un homme est censé l'être.

Bien sûr qu'il a déjà entendu le terme de *condamné à perpétuité*. Ne savait pas exactement ce qu'il signifiait jusqu'à ce qu'il s'applique à lui – de même qu'il n'aurait pas su ce que *cancer* signifiait jusqu'à ce que ce mot s'applique à lui.

Même alors, il ne le savait pas précisément. Il n'avait pas été inculpé de meurtre, mais d'homicide involontaire : homicide involontaire commis à l'occasion de la conduite d'un véhicule. Conduite sous influence. Conduite avec des facultés affaiblies. Violation d'une injonction d'éloignement. Introduction par effraction dans une résidence privée. Ces salauds avaient tenté de l'inculper aussi d'enlèvement d'enfants mineurs, sauf que ce chef d'accusation avait été abandonné.

Pour les autres, il avait plaidé *coupable*. Pas dans son cœur, mais au tribunal, devant le juge, qui baissait les yeux vers lui avec une répugnance à peine dissimulée, comme un homme pourrait baisser les yeux vers une créature infrahumaine, qui se tient malgré tout debout.

Et puis sa bouche s'était tordue. Un sourire furieux, découvrant des dents de singe qu'il aurait aimé planter dans le cou de cet enfoiré.

Et on l'avait donc condamné à une peine de *vingt-cinq ans à perpétuité*. Ce qui signifiait que vous ne pouviez pas dire – *Je serai sorti d'ici dans _ années.* Vous ne pouviez pas dire – *Dans _ années, ce sera fini pour moi, je serai libéré.* Vous ne pouviez rien dire de tout ça avec certitude. Car on vous prive même de dignité, quand vous êtes en combinaison orange et que vous avez les jambes entravées.

Il n'a pas vu le jeune avocat depuis longtemps. La dernière fois, leur échange avait été bref, et leur entretien s'était terminé brusquement.

Élevant la voix, menaçant l'avocat appointé par le tribunal.

Qu'il aille se faire foutre, cet avocat, pourquoi avait-il besoin de ce connard. Il n'avait pas besoin de lui, ni d'aucun autre.

Pas de liberté surveillée cette fois-ci, mais l'incarcération. L'un des autres détenus lui avait expliqué que, quand il demanderait sa libération conditionnelle, ce qui n'aurait pas lieu avant de nombreuses années, l'ex-épouse pourrait exercer son influence si elle le souhaitait, car elle serait toujours consultée en tant qu'ex-épouse et mère des enfants victimes. Si elle avait subi des menaces, celles-ci seraient dûment enregistrées dans l'ordinateur et jamais détruites.

Il prévoyait : que la femme les empoisonnerait toujours contre lui.

Ainsi, ils resteraient toujours mariés.

***

Le problème, ce sont les remords.

Regrette sincèrement mes péchés. Maintenant et à l'heure de ma mort, amen.

Il ne manquait pas de remords. Mais il ne transpirait pas les remords non plus.

Et donc, au tribunal, ça s'était senti. Le juge l'avait senti. Même le connard d'avocat l'avait senti. S'il avait des remords, c'était de ne pas avoir embarqué la femme au lieu des enfants et de ne pas l'avoir assassinée tant qu'il en avait l'occasion. Tous les deux, dans le pick-up lancé à toute berzingue sur Strouts Mill Road.

Dans son lit, à l'étage. Ce lit qui avait été son lit à lui. Son lit d'où elle l'avait exilé. Les condamnant ainsi, lui et les enfants, et il ne l'avait même pas su alors.

Se réveillant dans cet endroit sordide sans savoir si la femme était toujours en vie, et s'il était toujours en vie. Ou s'ils étaient tous deux déjà morts.

Tu es pardonné pour le mal que tu t'es fait à toi-même. Mais pour le mal que tu as fait aux autres, tu ne seras jamais pardonné. Sache que, pour toujours, tu fais partie des damnés.

Cela lui avait été expliqué dans les mots du Christ. Visage et corps ensanglantés du Christ, dont les yeux ressemblaient aux siens.

En enfer, ils sont ensemble. Se frottant contre le corps de l'autre, jadis si beau, mais qui ne l'est plus que dans leurs souvenirs, en enfer, leurs magnifiques corps jeunes et lisses leur sont rendus. Comme dans un rêve dans lequel le plus intense des désirs est nimbé d'une horreur froide et écœurante, ils se déchirent l'un l'autre à coups de dents, leurs corps se tordent ensemble comme ceux de serpents constricteurs. Jamais ils n'épuiseront leur désir mutuel, jamais ils ne seront libérés l'un de l'autre.

Il y a là un sentiment qui dépasse le bonheur. Il y a là la pénitence du flagellant.

Pour l'heure, le flagellant a le dos à vif à force de s'être fouetté. Il halète, épuisé.

Extase du samedi saint. Et pour lui, la promesse que ce ne sera jamais autre chose que le samedi saint.

Vapotage : mode d'emploi

6 h 40, premier vapotage de la journée.
Bon Dieu ! – ton cœur fait juste un bond.

***

L-E-N-T-E-M-E-N-T aidant ta mère à descendre les marches en briques.
Tu détestes la façon dont ses doigts s'accrochent
– Ne me lâche pas, Jacey…
Avec le vapotage, c'est supportable. *Un coup de fouet au cerveau !*
C'est bon, Maman. Je te tiens.

***

Bizarre qu'il fasse encore sombre. 6 h 55. Genre, tu es resté éveillé toute la nuit. Maman dans sa chambre, et toi dans la tienne. Globes oculaires pareils à des anémones de mer flottant dans le noir.

Maman qui toussait, qui s'étouffait, qui manquait d'air, tu l'entendais à travers les murs.

À 4 heures, tu lui as apporté son inhalateur pour l'asthme. L'as assise en lui mettant des oreillers derrière le dos pour qu'elle puisse dormir/essayer de dormir dans cette position.

Les crises s'aggravent. Depuis avril dernier.

Le matin, aidant Maman à enfiler ses vêtements. Passant maladroitement une jambe mince dans son pantalon en daim noir, puis l'autre, Maman qui titube, paniquée, en t'agrippant le bras. (Purée !)

Même pour se rendre au centre d'oncologie, ta mère se sent obligée d'être élégante. Obligée de faire un effort. Placard rempli de vêtements, certains jamais portés, chers. Et aussi de chaussures à talons hauts.

Mais pas aujourd'hui. Chaussures à talons plats, aujourd'hui.

Ensuite, le (haïssable) déambulateur. Au pied de l'escalier. Il faut le placer dans la bonne position pour Maman, elle a une peur bleue d'essayer de s'en servir. Hé, Maman écoute, tu ne peux pas t'appuyer sur *moi*. On va tomber tous les deux.

N'a pas confiance en ce foutu déambulateur depuis la fois où elle est tombée. Tombée violemment. L'ai quittée des yeux une minute, dehors, dans l'allée, et elle est tombée, putain.

OK, Maman, c'est stable.

OK, Maman, tu peux me *lâcher*.

On dirait pas que Maman était une femme splendide. Il y a encore quelques années.

Elle était chic, avec ses mèches blondes. Maintenant ce sont des mèches blanches, et elles s'affinent.

Le blanc des yeux qui empiète sur l'iris comme un fin croissant de lune.

(Quel âge a Maman ? Pas *vieille*, putain. Quarante-trois ans ?)

Le rendez-vous est à 7h45, mais on part en avance. Au cas où quelque chose déconne. Comme disait Papa, *Toujours garder à l'esprit que les choses peuvent déconner.*

La dernière fois que tu as emmené Maman à sa perfusion, il y avait un accident – la circulation était ralentie sur des kilomètres. Des traînées d'huile là où les roues avaient dérapé en travers de l'autoroute, aussi brillantes que du sang frais.

Le ciel s'éclaircit, ça fait l'effet d'un mur en moellons noirs qui se fissure. Le soleil à l'horizon, comme si cette fichue ville était en feu !

Qu'est-ce que le vapotage fait au cerveau ? Ça te permet de *voir*. Toutes sortes de trucs bizarres et beaux que tu ne verrais jamais avec ton cerveau normal.

Conduisant L-E-N-T-E-M-E-N-T jusqu'au centre d'oncologie : 5,9 kilomètres jusqu'à la sortie Mercer Street. Déjà 7h10, et la circulation est aussi congestionnée qu'un intestin bloqué.

Maman assise raide comme la justice à côté de moi. Regardant droit devant. (Voyant… Quoi ? Et à quoi pense-t-elle ?)

Avant avril dernier, Maman parlait. Tu n'es même pas dans la pièce, ta mère te parle, projetant sa voix au loin comme une toile d'araignée – s'assurant que tu es là, que tu es *connecté*. Un peu exaspérant qu'elle s'attende à ce que tu écoutes et que tu répondes, mais maintenant qu'elle est silencieuse, comme si on lui avait cousu les lèvres, ça te manque.

Et si tu la regardes, elle ne te sourit pas comme avant – parfois, elle ne te regarde même pas. Paniquée, fixant un point en elle-même.

Le divorce est-il une cause de cancer ? – ou l'état cancéreux (non diagnostiqué) est-il une cause de divorce ?

Piège à clics sur Internet. Un article pourri dans un des magazines de Maman.

OK, je vais prendre un risque. Dépasser par la droite pour atteindre la sortie. Ces connards qui me reluquent, bouche bée, avançant sur la bande d'arrêt d'urgence de l'autoroute, j'ai dû en doubler dix ou douze. Putain, c'est une *situation d'urgence*. Faut que j'amène ma mère au centre médical.

Roulant sur des débris, un bout de pare-chocs rouillé, du verre brisé. Maman pousse un petit cri de souris qui se fait écraser. Moi, je ris, c'est tout.

Avec Juul[9]*, on est cool.* On rit, c'est tout.

Chaque premier jeudi du mois, tôt le matin, ma mère a trois heures de perfusion – de gammaglobulines. Ça te fait rire de penser – *Gammagobelins ?*

Parce qu'il y a quelque chose qui cloche dans les globules blancs de Maman : son système immunitaire.

Ce qu'il y a de meilleur avec le vapotage, putain, c'est que ça t'*immunise* contre tout. La meilleure de toutes les fichues perfusions.

J'ai une permission spéciale pour arriver en retard en cours ces jours-ci. Principal responsable des soins de ma mère. *J'ai besoin de toi, Jacey, s'il te plaît. Ne m'abandonne pas.*

Bon Dieu ! Sacrément gênant. Que Maman me supplie de ne pas l'abandonner comme son foutu mari. *Lui*, quelqu'un devrait le descendre.

La première taffe de la journée, c'est la meilleure. Tu appuies ta main sur ta poitrine en sentant ton cœur cogner – cogner – cogner sous tes côtes comme un poing.

Tu te sens bien dans la voiture. Une sensation géniale d'être au volant. La Lexus que Papa a laissée pour Maman, c'est moi qui la conduis.

9. Marque américaine de cigarettes électroniques.

Ce connard péterait un câble s'il savait qui est au volant.

Maman a son permis de conduire, j'ai un permis pour la conduite accompagnée, c'est cool. Rien d'illégal. C'est bien que je me sois souvenu d'attraper le sac de Maman en sortant. Portefeuille, permis. Cartes de crédit. Argent liquide.

(Des billets en vrac dans le portefeuille de Maman. La dernière fois que j'ai vérifié, des billets de vingt, deux de cinquante. Des billets de dix, de cinq dollars. Je me suis servi en prenant un billet de vingt et un de cinquante, et devinez quoi : avec ses antidouleurs, Maman n'y a vu que du feu.)

Commencer la journée en planant. Sauvage !

Le cerveau qui bourdonne, comme une ruche. Tout va bien.

OK, Maman. Tu peux ouvrir les yeux, on y est.

***

Quand tu arrêtes de planer, tu te sens super mal. Un ballon qui se vide de son air.

Un ballon de *ma* taille : un mètre soixante-douze, cinquante-six kilos, des muscles pas trop mal sur les épaules, les bras. Équipe de natation, équipe d'athlétisme, de football junior, mais comme les autres mecs qui vapotent, un peu essoufflé ces jours-ci.

Genre, *haletant, putain.*

Le coach nous observe, dégoûté. Steve, Carlie, Leonard, Jacey. Le coach nous entend haleter. Peut-être que le coach nous sent. (Mais on ne peut pas sentir les clopes électroniques comme on sent ces putains de cigarettes – hein ?) Genre, le coach ne va pas accuser qui que ce soit de quoi que ce soit. Même s'il devine ce qu'on fait derrière son dos. Sait qu'il pourrait se choper un procès intenté par des *parents furibards.*

Lois sur la diffamation. La calomnie. Avocats du district scolaire.

Alors le coach peut aller se faire foutre, on s'en tape. Maman n'est plus en état de venir à nos rencontres sportives, Papa a arrêté de venir il y a des années. Et le jour où Papa est venu et que j'ai battu de record du 400 mètres sprint du comté, il a passé presque tout son temps sur son putain de téléphone.

Hé, fiston. Je suis fier de toi.

Ouais, OK, Papa.

Mais si ! Je suis sacrément fier.

OK, Papa. Cool.

Comme si j'en avais quelque chose à faire. Comme si je haletais en remuant la queue comme un minable petit clébard pour que Papa le caresse.

Avec ce sprint, j'ai obtenu mon meilleur score. C'est encore le record du comté.

Pour ça que c'est tellement bon de vapoter. Parce que ça les met tous sur *silencieux*.

Pour ça que les clopes électroniques sont la plus belle des inventions. Rien à voir avec ces putains de cigarettes au tabac qui puent et vous tachent les dents et dont on voit la fichue fumée.

Il n'y a que les vieux (connards) qui fument. Papa se vante d'avoir arrêté, mais c'est un putain de menteur, qui pourrait le croire.

Ça fait rire de voir les lèvres des profs qui bougent si sérieusement, alors que tu n'arrives pas à suivre ce qu'ils sont en train de dire, putain. Mar-rant.

Qu'est-ce qu'il y a de si drôle, Jacey ? Tu veux bien nous l'expliquer ?

Tentant de rester impassible. Bafouillant, trop chaud. Les copains de la classe se retournant pour me sourire derrière leurs mains.

Nan. C'est bon.

C'est… « bon » pour toi ? Vraiment ?

Laissons les adultes avoir le dernier mot, prendre ce ton sarcastique, c'est cool. Comme si on ne se fichait pas de ce qu'ils pensent.

Ils se font avoir – les profs. Savent que dalle.

Tous les deux ou trois ans, ils votent pour faire grève. Mais alors, il se passe un truc, et ils ne font pas grève. Ils n'ont que ce qu'ils méritent avec leur salaire de misère.

Au début, l'an dernier, il n'y avait que quelques élèves qui vapotaient. Et pas pendant les cours.

Maintenant, c'est en plein milieu des cours, et la moitié des élèves le font. (Y compris les filles.) Dès que le prof a le dos tourné, vous prenez une taffe en vitesse.

Inspirer. Expirer. Un nuage : glacé. Rire. Tousser. La surprise de cette sensation qui vous monte au cerveau, si douce.

Nicotine et amande. Du bon matos !

Le prix, on s'en balance, ça vaut le coup. Ça balaie ces tristes pensées merdiques dans ta tête comme un nettoyage à haute pression.

***

Alerte Vapotage.

Dès que tu entres dans un bâtiment. Repérage rapide des endroits où tu peux tirer sur ta Juul sans être vu.

Dans tous les établissements médicaux, des panneaux INTERDIT DE FUMER partout.

Au centre d'oncologie, par exemple.

Rien sur les clopes électroniques. Rien sur les Juul, le vapotage.

Numéro un : les toilettes dans le couloir (un seul occupant).

Numéro deux : les toilettes des hommes, dans un box.

(Ouais, j'ai apporté la Juul. Sans avoir l'intention de m'en servir, mais, genre, pour tester ma volonté.)

Bordel : l'infirmière chargée de la perfuser ne trouve pas de veine sur le bras de Maman. Serrant une bande élastique costaud autour du haut de son bras, palpant son avant-bras, à la recherche d'une veine. Un spectacle que je déteste. Ça me donne mal au cœur. Me fait frissonner. Trembler. Tellement désolé pour Maman, putain, mais aussi dégoûté par elle. On finit par leur en vouloir – *aux victimes*.

Au collège, les filles que les mecs ont traitées comme de la merde. On devrait les plaindre, mais laisse tomber, on ne les plaint pas.

Maman qui essaie de ne pas geindre. De ne pas pleurer. Ses bras sont pleins de bleus, ils cherchent une veine au mauvais endroit, bon sang. *Essayez le gauche, Purée. Près du coude.* La jeune infirmière continue à la piquer, s'excuse, ne fait qu'aggraver les choses.

En vain, cherchant une veine.

Ils ont cherché une veine, en vain.

Ouais, faudrait que je sorte de la salle de perfusion. Sûr. Faudrait que je sorte. J'ai rien à faire à part regarder. Je m'énerve, disant à l'infirmière d'appeler quelqu'un qui connaît son boulot, putain, ce qui n'aide pas. Je parle fort, tout le monde m'observe. Les autres patients, perfusés dans leurs fauteuils. Les autres infirmières. Si je dis allez vous faire foutre, allez vous faire foutre tous autant que vous êtes, bordel, l'agent de sécurité va jeter un coup d'œil à travers la vitre et me foudroyer du regard comme la dernière fois. Si je ne me calme pas, ils m'éjecteront du centre d'oncologie. Et qu'arrivera-t-il à Maman, alors ?

OK, ce n'est pas la faute de Maman. Rien de tout ça n'est la faute de Maman.

N'empêche que je lui en veux. De se reposer autant sur moi. Envie de protester, je n'ai que quinze ans !

Encore trois ans avant que je puisse quitter la maison, putain. Si j'ai de la chance. Si je suis accepté à l'université, et si Papa veut bien payer. Pas mal de *si*, putain.

Et puis une pensée m'envahit comme une coulée d'eau sale dans la bouche – *Et si Maman devenait vraiment très malade, et si Maman mourait ?*

Heureusement, un autre infirmier spécialisé vient à la rescousse. Un gars, costaud, au ventre mou. Andy, d'après son badge. Bizarre, ces infirmiers mâles ! Mais certains d'entre eux sont plutôt bons.

En dépit de son air maladroit, Andy introduit l'aiguille de biais dans le bras de Maman, au niveau du coude. Ça va piquer un peu, madame. Dé-so-lé. Mais Andy trouve une veine du premier coup, et c'est sacrément impressionnant.

À ce stade, mon cœur bat si fort que j'ai une poussée d'adrénaline sans vapoter.

***

Quand je retourne dans la salle de perfusion, deux heures plus tard, l'oncologue m'attend. Apparemment, Maman *se sent mal.* Visage livide, ratatiné.

On m'explique : la tension de votre mère est *dangereusement basse*. Ses analyses de sang montrent un *niveau anormalement élevé de globules blancs*.

Son niveau d'oxygène dans le sang est anormalement bas : 83.

Bon Dieu ! – 83 pour cent ?

De plus, Maman s'est plainte de *douleurs au bas-ventre du côté droit.* C'est pourquoi l'oncologue dit qu'il va appeler les urgences, préparer le transfert de Maman aux urgences, qu'il recommande tout de suite. Ne rentrez pas chez vous d'abord, allez aux urgences, et le secrétariat d'ici leur faxera les analyses de sang, les constantes, l'historique des perfusions, etc., mais Maman supplie, non, s'il vous plaît, elle *ne veut pas* aller aux urgences. Elle dit qu'elle est juste agitée. Que sa tension est toujours bizarre dans la salle de perfusions. Que son pouls est élevé, qu'elle ne respire pas correctement dans la salle de perfusion. Maman plaide sa cause : une fois qu'elle sera dehors, à l'air frais, ça ira.

Oui, mais les analyses ont mis en évidence certains marqueurs. Insuffisance rénale ? Le niveau de créatinine est haut.

Haut comment ? – je demande.

Trois virgule quelque chose. Merde – C'est *haut.*

Maman refuse l'ambulance. Maman marche en s'appuyant sur moi, puis sur le déambulateur, passant les portes automatiques vitrées en zigzaguant et en dérapant comme une femme ivre.

Ramène-moi à la maison, c'est tout, dit Maman. Les urgences, c'est non !

Alors je réponds OK, Maman, mais d'abord, il faut que tu ailles te faire examiner aux urgences, et ensuite, si tout va bien, on pourra rentrer. Et je me débrouille pour l'emmener et m'occuper de son admission aux urgences, de lancer le processus. Il se trouve que les analyses de sang de Maman sont assez mauvaises. Anémie, et d'autres trucs. *Douleur abdominale chronique* – l'oncologue a recommandé un scanner.

Pendant que Maman est examinée par un médecin (jeune, au physique asiatique) dans l'un des box, je commence à me sentir vraiment angoissé. Peut-être que c'est le manque – (déjà ?).

Ce que j'avais résolu, c'était de ne pas me servir de ma Juul pendant, genre, douze heures.

Le problème, c'est que quand on *plane*, on oublie ce que c'est que de *ne-pas-planer*.

Quand on *plane*, on ne pense pas une seconde aux abrutis en pleine *descente*.

***

Ne fume jamais, Jacey. Promets-le-moi.

Ouais, OK, Maman. Je promets.

… les choses que ça fait à tes poumons, à ton cœur, ça donne le souffle court, et en plus, ton haleine sent mauvais, tes dents sont tachées. Et en plus, c'est cher. Et dégoûtant, d'aspirer pour de bon de la fumée dans ton corps, de l'expirer en polluant l'atmosphère que respirent les autres.

OK, Maman. J'ai compris.

La dernière semaine de cours. Décidé de tester ma volonté en laissant la Juul à la maison, cachée dans ma commode.

Genre, je ne suis pas *accro*. (C'est juste que j'aime le goût du liquide des clopes électroniques.)

La première taffe de la journée, tôt le matin dans la salle de bains. Fantastique !

C'est ce nuage froid, cette *odeur fruitée chimique*. Comme dans un truc de science-fiction.

Les vrais fruits – les fraises, l'ananas, le melon – ont une odeur douceâtre de pourriture. Comme si on sentait la pourriture à venir.

Mais la vapeur, la vapeur parfumée aux fruits, c'est pur. Pas de pourriture, jamais. Sauf qu'alors, dès midi, dans un sale état et me sentant hyper mal. Fixant l'horloge de la classe. La bouche si sèche que j'avale tout le temps ma salive. Merde merde merde *merde*. Au lieu d'aller déjeuner, obligé de rentrer chez moi à vélo, de me faufiler à l'intérieur sans que Maman s'en aperçoive, de prendre une taffe, un, deux, trois, de savourer la sensation de planer, de retourner au collège à toute allure à vélo, aussi vite que Spiderman, mais laisse tomber, hors d'haleine sur la colline de Cedar Street, la vision brouillée et vacillante, même si j'y suis arrivé, entré en cours de géométrie alors que la putain de cloche sonnait parce que bien sûr que j'allais revenir à l'heure, vu comme je planais.

Toute la semaine, j'ai laissé la Juul à la maison. Sacrément déterminé à ne pas l'emmener en cours. Sacrément déterminé à faire preuve de *volonté*. Et toute la semaine, je me sentais tellement mal en milieu de journée que j'étais obligé de rentrer à vélo et de me farcir les 4,2 putains de kilomètres en ayant toutes les peines du monde à monter jusqu'en haut de la colline.

Le vendredi, j'étais trop mal fichu, fatigué. J'ai juste emprunté la Juul de Carlie.

Hé, OK. À charge de revanche… OK?

C'est cool, Jacey. Pas de problème.

Les mecs sont genre, *perplexes* à mon sujet. Tout le monde sait que les clopes électroniques ne sont pas addictives, alors pourquoi en faire tout un plat ?

Pas comme si on était des *junkies*. Des losers *accros* et pathétiques.

Au début, les gens du collège qui vapotaient étaient des tarés. Des losers. Et puis, plus tard, c'étaient des gens que je connaissais, et certains des mecs avec qui je traîne. Et puis, ceux de l'équipe.

J'étais tellement excité, l'été dernier. À la piscine, avec les autres maîtres-nageurs. Les observant en train de prendre des taffes de leurs vaporettes, des mélanges saugrenus – nicotine et arômes de fruits – Bon Dieu ! Aspirant de la brume à la fraise, pas de la fumée, puis expirant – ça s'évaporait.

C'est tellement cool, un genre de magie, la manière dont la fumée s'évapore devant vos yeux.

Et Ben Marder qui dit, Jacey, tu veux essayer ? – Et j'ai plus ou moins ricané, *Nan. Pourquoi je voudrais toucher à cette saloperie.*

Tu avais essayé les cigarettes, les mégots que ton père laissait dans les cendriers. N'avais jamais ressenti l'*euphorie de la nicotine* mais t'étouffais en toussant, au bord du vomissement. Cette saloperie de tabac a un sale goût.

Mais plus tard, Carlie m'a proposé de vapoter, en expliquant que c'était super cool, alors j'ai répondu OK, à ce moment-là j'avais souvent senti ce nuage chimique et j'étais plutôt envieux, je crois. Me disant, juste une fois.

Carlie me montre comment fonctionne la clope électronique. On ne l'« allume » pas – ça marche avec des batteries. Genre, de la technologie de pointe. Pas un truc rudimentaire comme le tabac.

Très simple, en réalité. Un, deux, *trois.*

Purée ! Le cerveau s'envoie sacrément en l'air…

Les copains qui se moquent de moi. J'ai dû faire une tête bizarre. *Pu-rée !*

Comme ça que j'ai découvert qu'il n'y a rien de mieux que le vapotage. Rien d'aussi cool, et de loin.

Mieux que le sexe. (Tout le monde le dit. Pas comme si je pouvais le savoir.) Bien plus facile que le sexe. Et bien plus cool que le sexe : on n'a pas besoin de quelqu'un d'autre.

Dès qu'on peut éliminer l'*autre*, tous ceux dont on peut dépendre, tous ceux dont on a besoin, c'est un bonus.

Pour ça que le vapotage est si cool : il vous rend aussi fort que Spider-Man.

Pour ça que le vapotage est si cool : indétectable.

Pas comme ces cigarettes à la noix. Les adultes peuvent sentir la fumée sur vous à travers la pièce – haleine, cheveux, vêtements. Avec les cigarettes, on ne peut pas garder le secret comme avec le vapotage.

Et les Juul, c'est le top. Super cool.

Combien ? – tu ne penses même pas à le demander.

Parce que, quel que soit le prix, ça vaut le coup.

Parce que, quel que soit le prix, que tu puisses te l'offrir ou non, il y a des moyens de s'arranger pour pouvoir se l'offrir, comme (par exemple) la carte de crédit de ta mère dont elle ne va pas (beaucoup) se servir de toute façon, malade comme elle est, à l'hôpital, maintenant. Au septième étage.

***

Averti sur mon téléphone portable, votre mère est admise à l'hôpital. Emmenée sur un brancard au septième étage, chambre 7731.

Et à la réception, je demande genre, hé, pourquoi il y a un *sept* en plus ? – et la réceptionniste me regarde comme si j'étais le garçon blanc le plus bizarre qu'elle ait jamais vu.

Tentant d'expliquer, vous voyez, il y a un sept en plus dans le numéro de la chambre, ça ne devrait pas juste être *sept cents*, et pas *sept mille* ? Et finalement, elle a compris la blague, plus ou moins, et elle a ri, comme les femmes rient quand elles voient que vous essayez d'être drôle d'une manière lourdingue. Parce que (peut-être) elles sentent que vous êtes un peu nerveux, inquiet, alors les femmes ou les filles compatissent et jouent le jeu.

Surtout les infirmières, les aides-soignantes. Purée ! – elles doivent *en voir des vertes et des pas mûres.*

Qui est la patiente par rapport à vous, êtes-vous un parent ? – (me dévisageant comme s'il pouvait y avoir quelqu'un d'autre de mon âge et avec ma tête qui rendrait visite à ma mère à part un parent).

Oui. C'est ma mère.

(Étrange, mais tu ne dirais jamais, *Oui. Je suis son fils.*)

(Parce qu'on n'a qu'une mère. Alors qu'une mère pourrait avoir plus d'un fils. C'est ça ?)

Me tendant un badge, en ajoutant, *Passez une bonne journée.* Genre, si je n'étais pas plus averti, je pourrais croire que la réceptionniste se fichait de moi.

Comme ça que j'ai découvert qu'avec un badge visiteur, on peut se balader dans tout l'hôpital. Tant qu'ils voient que vous avez un badge, personne ne le regarde de près ni ne vous pose de questions. Un hôpital est un endroit follement animé, surtout le matin.

Sacrément déprimant dans la chambre de Maman. Même si c'est une chambre individuelle avec vue sur les gratte-ciel de la ville. Et l'horizon – on peut admirer les nuages. La pauvre Maman avec une perfusion dans chaque bras, et une biopsie du rein prévue pour le lendemain matin.

N'ai pas laissé la Juul chez moi aujourd'hui, prévoyant que le stress serait tel, dans cet endroit, que j'aurais besoin d'une petite taffe. Ou deux. Dans la chambre, il y a des toilettes que je peux utiliser, en fermant la porte coulissante. Interdit de fumer dans l'enceinte de l'hôpital, mais… de vapoter ? Me ficheraient-ils dehors s'ils le savaient ?

Heureusement, l'odeur ne dure pas plus de quelques secondes. Pas de cendres !

Une infirmière entre dans la chambre de ma mère en poussant un petit chariot pour vérifier ses constantes (taux d'oxygène dans le sang, tension, pouls), mais je suis dans la salle de bains en train de sourire à mon visage dans le miroir et la fumée s'est évaporée et, quand je ressors, je suis ultra normal, j'en suis sûr.

Je plane tellement que je n'entends même pas ce que dit l'infirmière. Si le taux d'oxygène s'est amélioré ou s'il est pire. Si le pouls est rapide. Tension basse ? Haute ? Les yeux blessés et effrayés de Maman qui me fixent, mais je ne les vois même pas.

Sur l'encadrement de certaines portes, des morceaux de papier blanc, où sont imprimées des feuilles d'automne. Ce qui veut dire ?

Traînant dans le salon des visiteurs, tout au bout du couloir près des ascenseurs. Trois ou quatre personnes dans la pièce et l'une d'entre elles pleure, deux d'entre elles pleurent, quelqu'un qui a une voix grave et rocailleuse et qui essaie de consoler un enfant, rien de tout ça ne m'atteint, genre, ça pourrait être à la télé. Admirant la fantastique vue de la ville, le soleil de la fin d'après-midi pareil à un jaune d'œuf qui a coulé. Ma tête me fait l'effet d'être aussi sèche que de l'amadou, mais j'ai un bon goût dans la bouche.

Regardant par la fenêtre en direction de l'autoroute. Circulation L-E-N-T-E de l'heure de pointe où les véhicules sortent de la ville comme des zombies. La terre des morts.

Purée ! – c'est bon de ne pas être un de ces zombies, mais Spider-Man, qui vole haut, tout là-haut.

Qui vole haut. Tout là-haut.

***

Rêves de vapotage.

Le plan à long terme, c'est : acheter un fusil d'assaut, sur Internet. Avec la Visa Explorer de Maman.

Repérer où habite Papa. Sur Google Maps : 54 Roslyn Circle, Bay Ridge, New Jersey. Suivre Papa jusque, disons, le centre commercial Bay Ridge. Ce connard doit bien y aller en voiture de temps en temps.

Bon – s'il me voyait dans la Lexus. Ce serait la fin des haricots.

(S'il voyait, genre, la plaque d'immatriculation, qu'il reconnaîtrait. Je porterais un sweat à capuche, des lunettes à verres fumés.)

Si le gosse est avec lui, le gosse de la nouvelle femme qui porte ce nom à la con de Tyler, d'après ce que dit Maman, tant pis pour lui, merde – *dommage collatéral.*

Il a dit à Maman, qui me l'a répété, ton père a le sentiment de ne pas avoir été à la hauteur avec toi, chéri. Il a le sentiment qu'il ne peut pas t'*atteindre*. Mais avec son nouveau fils, il va repartir de zéro.

Il a commis des erreurs quand tu étais jeune parce qu'il était jeune, *lui aussi*, un jeune père, qui n'avait pas le même recul qu'à présent.

Qu'il aille se faire foutre ! La tronche de Maman. Je suis sorti de la pièce en tapant du pied.

(Ouais, ma mère a aimé entendre ça. J'en suis sûr.)

(Si quelqu'un dit du mal de mon père en sa présence, que ce soient ses parents, des amis, ou moi – Maman n'a pas l'air d'accord, mais une chose est sûre, ça ne la dérange pas.)

Le plan, c'est : pas de foutu matériel de camouflage. Sweat à capuche, sac à dos. Pas d'imper noir, etc. ; comme ces connards de Columbine. Une casquette de base-ball tirée bien bas sur tes yeux. Casquette rouge avec une blague – MAKE AMERICA FAKE AGAIN.

Le plan, c'est : de planer. Planer super haut. Profonde inspiration, lente expiration. Cerveau qui bourdonne. Sentir la force t'envahir comme si chaque pore de ta peau était en feu.

Te mettre en position. Repérer ta cible. Vite, avant que ton père *te* voie.

Un-deux-*trois*, arroser la foule de balles. Qu'est-ce que tu as dans les mains : un AK-47. Une Kalachnikov – cool ! Personne ne comprendra que quelqu'un dans la foule était la cible désignée. Si tu peux faucher, genre, trente personnes – *Benjamin Fowler, quarante-sept ans, Roslyn Park, comptable agréé certifié*, ne sera qu'une victime parmi d'autres.

À supposer que tu ne te fasses pas prendre, identifier. Aucun lien entre le *responsable de cette fusillade* et les *victimes*. Arroser la scène d'une rapide « salve de balles », battre vite en retraite, suivre l'itinéraire prévu pour ton évasion, te débarrasser de toutes les preuves incriminantes, disparaître.

***

Le kif absolu : *disparaître*.

Plus de *toi*. Juste – une odeur fruitée chimique, un nuage humide

qui s'é-va-po-re

sous tes yeux.

***

Où est-ce que je peux acheter une arme (légalement) ?

Armes à feu à vendre sur Internet. *ArmsList, Craigs List, GunsAmerica, Cheaper Than Dirt.* Faut prendre en compte que des flics rôdent sur ces sites sous des pseudos comme quand ils cherchent des pédophiles. Peut-être pas une super idée, du coup.

Demandant aux copains s'ils savaient où je pourrais me procurer une arme ? – *Enfin, genre, légalement.*

Et les copains qui secouent plus ou moins la tête sans me regarder. Genre, ils sont au courant que mon père nous a quittés, ma mère et moi, et ils m'ont (peut-être) entendu parler des trucs que j'aimerais faire à ce connard. Alors ils racontent plus ou moins qu'ils ne savent pas – *À part en ligne ? Sur eBay ?*

Tu parles. Super plan pour se faire prendre. L'État exige que tu aies dix-huit ans ou plus. Si tu n'as pas de casier. Tape AK-47, et tu es foutu. C'est comme taper *pornographie enfantine*. Raison pour laquelle j'ai arrêté de demander. Quand je plane, j'ai envie de leur arracher les dents, putain, de leur rire au nez, mais sinon, quand je suis en pleine descente, que je me sens si salement déprimé et tendu, j'aimerais que quelqu'un m'arrache la gorge avec ses dents et abrège mes souffrances.

***

Tu vivrais avec ton père, alors ? – demandent les copains. Voulant dire, s'il arrive quelque chose à ta mère.

Ouais. Je crois.

Où est-ce qu'il habite maintenant ?

Tu hausses les épaules, tu n'as pas la moindre envie d'en parler, putain !

Pourquoi c'est cool de vapoter. Des connards te posent des questions, tu t'en tapes, tu les laisses juste dire, genre, *Bien sûr, OK, tout ce que vous voudrez. Bien sûr.*

Le problème, c'est que tu ne planes plus aussi longtemps qu'avant. Qu'il y a quelques semaines à peine. Lentement, comme un ballon qui se dégonfle, tu entends presque ce putain de *sifflement*.

Ouais, c'est plutôt cher. Les clopes électroniques et tout le matos, pas donné.

Un flacon équivaut à un paquet de cigarettes. Ou alors cent cigarettes. Mais combien de temps ça te prendrait de fumer cent cigarettes ? Genre, les clopes électroniques, ça part beaucoup plus vite.

La nicotine est très concentrée. Fantastique !

L'un des copains, son père a aussi déménagé de chez eux, alors tu peux lui parler, plus ou moins. Disant, *Mon père se fiche complètement de moi. Faut le reconnaître. Il s'est remarié, il a un gosse, mon demi-frère, sa femme en a deux autres à elle. Je* compte plus.

Il répond, *Ouais. Sans doute.*

Ce que j'aimerais, c'est le tuer. Juste... le faire disparaître.

Ouais. Moi aussi.

Mais il n'a pas l'air intéressé. Genre, il aimerait *faire disparaître* son vieux si ça ne lui demandait pas trop d'efforts, putain.

La seule fois où je leur ai rendu visite à Bay Bridge, la nouvelle femme sexy s'est plainte que je « sentais mauvais » – mes dessous de bras, mon entrejambe. N'aimait pas ma manière de m'habiller, y compris mes chaussures de course dont elle a dit qu'elles étaient « moisies ».

Et aussi que je la trollais sur Internet. (Disant ça genre, en blaguant !)

Que comme je rinçais mal le shampoing de mes cheveux sous la douche (je crois), j'avais l'air d'une *banshee*.

(Tu parles que cette salope sait à quoi ressemble une *banshee.*)

(Peut-être que je vais tous les tuer, y compris ce pisseux de Tyler. *Dommage collatéral.*)

Me suis caché dans la putain de salle de bains pour m'envoyer en l'air avec du liquide à la menthe pour vaporette. Genre, quand j'ai eu fini, je louchais, et je n'avais pas envie de manger avec eux, putain, pas d'appétit pour quoi que ce soit à partager avec eux et, en plus, j'étais trop surexcité pour rester assis.

Bon – peut-être qu'il y a eu un peu de casse. Peut-être que ce précieux petit connard de Tyler a eu peur et s'est mis à pleurer. Quand je suis rentré (grâce au compte Uber de Papa), j'avais la bouche si sèche que je n'arrivais pas à avaler. Une sensation bizarre dans la poitrine, comme s'il y avait quelque chose à l'intérieur qui essayait de sortir à coups de griffe.

La prochaine fois, tu sauras quoi faire. Emporte ton AK-47, abruti.

***

Un matin, retournant dans la chambre de Maman pour découvrir des feuilles d'automne, affichées dehors, sur la porte.

Tu demandes à l'infirmière ce que ça veut dire et elle te répond, *Le patient risque de tomber.*

Ce qui signifie, on ne peut pas laisser le patient sortir du lit sans aide extérieure. Le patient *ne doit pas tenter* de sortir du lit sans aide extérieure.

Alors, Maman s'affaiblit ! Qu'ils aillent se faire foutre.

***

Si je peux faire quoi que ce soit pour toi, Jacey. Préviens-moi. S'il te plaît ! Ta mère est quelqu'un de si adorable.

Leurs bouches sont tristes. Leurs yeux pleins de pitié.

Au début, tu te contentes de les remercier, *Ouais. OK.* Comme si tu étais gêné qu'ils soient au courant pour ta mère et qu'ils se soucient d'elle, et de toi (tu crois).

Si je peux faire quoi que ce soit pour Lilian, Jacey. Préviens-moi.

Et puis, un jour, après les cours, où elle est venue chercher Billy à la fin de l'entraînement, tu demandes à la mère de Billy si elle pourrait te conduire à l'hôpital le lendemain matin – et elle hésite et dit qu'elle va te commander un Uber, parce qu'elle a un rendez-vous ce matin-là, à l'autre bout de la ville.

Dis-moi ce que je peux faire, Jacey – annonce la mère de Len, alors tu lui expliques que ta mère apprécierait une visite de sa part un de ces jours, et la mère de Len répond très vite que oui, elle aimerait beaucoup rendre visite à Lilian, qu'elle essaiera de faire un saut à l'hôpital le lendemain ou le surlendemain, mais qu'il se passe tellement de choses dans sa vie en ce moment… *C'est de la folie. Franchement.*

En tout cas, ta mère reçoit des cartes, des fleurs. Un pot de bégonias cireux de l'ex-mari.

Sur la carte : *J'espère que tu vas très vite te remettre sur pied. Bien à toi, Ben.*

Très vite te remettre sur pied ! – genre, c'est une blague ?

Bien à toi. Ça, c'est une blague.

Tellement furieux que des pulsations me résonnent dans la tête. Mourant d'envie de prendre une taffe !

Mais, merde, je suis à court d'argent liquide. Comme si quelqu'un m'avait mis la tête en bas en me tenant par les chevilles pour secouer l'argent que j'ai dans mes putains de poches.

Mauvais rêve : une chauve-souris vampire me suce la gorge. L'artère carotide.

Sauf que, en suç-suç-suçant mon sang, la chauve-souris régurgite aussi dans mon sang un goût sucré fruité-chimique et qu'elle diffuse un nuage froid pour nous dissimuler.

Sensation bizarre dans ma poitrine. Mes poumons ? (Une bulle dans les poumons ? On dirait bien une tactique d'intimidation/infox répandue par l'industrie du tabac.)

(Ce que je dépense en vapotage ne représente pas autant que ce qu'on dépenserait en cigarettes. Et il n'y a pas de tabac. Pas de *cancer*.)

Papa serait furieux contre moi s'il savait que je vapotais. S'il savait que mes performances à la course ne sont pas terribles. Qu'il aille se faire foutre, Papa, qu'est-ce qu'il y connaît ?

Me demandant au téléphone, *Comment ça va, Jacey ?* – de ce ton coupable, et je réponds, en marmonnant plus ou moins, *Ça va.* (Sans l'appeler Papa. Sans l'appeler du tout.) Et il y a un silence, alors il demande de sa voix de faux-papa, *Tu vas bien, Jacey ?* et je réponds, *Ouais, bien sûr.* Et il demande, *Comment va ta mère, Jacey ?* – question difficile, alors tout ce que je dis, c'est, *Maman, ça va.* Genre, en roulant des yeux. Ce connard n'a pas idée de l'impression qu'il donne, mais cette fois-ci, je plane encore, je me sens encore bien, et pas super mal, Papa vous fait cet effet-là, sauf que pas maintenant, maintenant, je suis dans mon costume de Spider-Man, et je lui ris au nez, *Qu'est-ce que ça peut te foutre ?* Et Papa est tellement choqué qu'au début il ne peut même pas répondre, puis finit par balbutier, *Ne me parle pas sur ce ton, bon sang. Pour qui tu te prends ! Je suis sérieux. Ta mère compte pour moi, et toi aussi.*

Me moquant de lui, ajoutant, *Nous, on se fout pas mal de toi. Et Maman aussi, elle te dit… d'aller te faire foutre.*

Donc, Papa est sous le choc. Comme s'il était incapable de croire que sa femme/ma mère puisse dire tout haut des choses aussi ridicules, mais il va finir par s'en persuader, et la nouvelle femme le croira. Bien sûr.

Renversant complètement la situation pour justifier son comportement.

Bien sûr. Je le sais.

Ben, tu vas mourir, connard. Spider-Man se rapproche de toi !

***

Rôdant dans l'hôpital. Glissant comme Spider-Man sur des fils invisibles. Personne ne fait rien d'autre que jeter un coup d'œil au badge sur ta chemise. Pas un regard pour tes yeux injectés de sang, ton sourire de zombie pareil à une fissure dans du béton.

Bientôt à court d'argent liquide. Une sensation d'agitation, comme quand on a super faim – mais rien à manger.

Pour aller à l'étage du dessous, tu prends les escaliers. Faciles d'accès. Chargé d'un plateau, comme s'il venait de la cafétéria, en bas. Couloirs qui fourmillent d'activité, changement d'équipes, 19 heures. Mêle-toi aux visiteurs, entre dans une chambre, et s'il y a des gens à l'intérieur, fais machine arrière, honnêtement, tu t'es trompé ; c'est facile, à l'hôpital. (« Hé, désolé… Je crois que je suis au mauvais étage ! »), mais s'il n'y a personne dans la pièce à part un patient endormi/dans le coma, va jusqu'à la table de chevet, vois s'il y a un portefeuille dans un tiroir, des lunettes, un appareil auditif, sors en vitesse le portefeuille, sors en vitesse l'argent liquide, remets le portefeuille, ni vu ni connu.

Le cœur battant la chamade comme si tu venais de te prendre une dose de vaporette dans la poitrine : cool.

Récolté 73 dollars, la première fois.

Vapoter me donne du courage. Un coup de fouet au cerveau. Montant l'escalier en courant, deux, trois marches d'un coup – puis volant. *Spider-Man!*

Pour pouvoir *vapoter*, il faut que tu rôdes et que tu fouilles. Mais pour pouvoir rôder et fouiller, il faut que tu *vapotes*.

La deuxième fois, 110 dollars. Plus la montre classe d'un vieux mec dans la table de nuit avec son dentier, son appareil auditif.

(Le patient est vautré dans son lit, bouche ouverte, la peau comme du cuir jauni, divers liquides coulant dans ses bras meurtris via des perfusions.)

(T'appliquant à ne pas le regarder. Détournant les yeux, vite.)

Une autre fois, au quatrième, pas d'argent dans le tiroir. (Pas de portefeuille.) Mais un rosaire que tu attrapes pour le fourrer dans ton sac à dos.

(Regarde la forme sur le lit. Purée! – des traits pixellisés dont tu es incapable de dire s'ils sont mâles ou femelles).

Sans peur. Cool. Évasion rapide à la Spider-Man.

Le truc, c'est d'avoir l'air de savoir parfaitement où vous allez. Tout le monde se fiche des visiteurs.

Sauf que: *Excusez-moi. Qui êtes-vous, et où allez-vous?*

Une femelle en uniforme foncé, peut-être une infirmière. D'âge mûr, traits taillés à la serpe, pas de sourire, on ne la lui fait pas à elle. Te fixant d'un air soupçonneux avec des yeux comme des rayons X qui pénétreraient ton sac à dos et verraient exactement ce que tu as récolté ce soir.

Tâchant de ne pas bégayer. Disant que tu rends visite à ta mère, chambre 7771.

Eh bien, c'est au septième étage. On est au huitième.

Manifeste ta surprise : huitième étage ! Tu croyais être au septième…

Tu t'es trompé d'étage, sans doute.

Souriant, sans transpirer. Aussi cool que le liquide de vapotage : goût citron.

Mais tu n'as pas convaincu l'infirmière. Bras massifs, plus grande que toi. Visiblement quelqu'un qui pourrait te hisser sur une de ses épaules. Une femelle (à la peau sombre, couleur amande) du genre à qui on ne la fait pas, qui étudie ton badge en plissant les paupières. Prétendant mémoriser ton nom, ta tête. Tu es sûr que c'est du bluff. Si elle ne bluffait pas, elle te demanderait ce qu'il y a dans le sac à dos, ce qu'il y a dans tes poches. Elle pourrait appeler les agents de sécurité. Mais sans doute que comme il est tard, après 23 heures, elle ne veut pas s'en mêler. Devrait peut-être te signaler à la police, déposer une plainte en bonne et due forme, se rendre à une audience du tribunal. Ça ne vaut peut-être pas le coup pour elle. Si tu as volé de l'argent liquide, il est impossible à tracer. La montre-bracelet, elle pourrait être à toi. Il faudrait fouiller l'hôpital de fond en comble pour déterminer si la montre avait disparu de telle ou telle chambre, en plus de billets par-ci par-là. Merde, pense-t-elle, merde alors, ça ne vaut pas le coup de griller ce gosse blanc privilégié.

Et donc l'infirmière te foudroie du regard, dégoûtée, annonçant d'une voix hautaine qu'elle va devoir t'escorter jusqu'à la chambre de ta mère.

Et tu réponds d'accord, d'un ton aimable et innocent. Et vous prenez tous les deux l'ascenseur pour descendre d'un étage, et elle t'escorte jusqu'à la chambre de ta mère (avec ses fichues feuilles d'automne affichées sur la porte), à cette heure-ci aussi faiblement éclairée que pour une veillée funéraire. Et ta mère est là, dans son lit, divers liquides qui coulent via des perfusions dans ses bras meurtris. Un soignant vérifie ses fonctions vitales, cœur, tension, apport en oxygène, ce qui fait qu'elle est réveillée, quoique légèrement hébétée, mais un sourire illumine son visage quand elle te voit – *Jacey! Tu n'es pas rentré à la maison, tu es là…*

La première fois depuis la salle de perfusion que ta mère te sourit.

C'est ainsi que tu réussis à ne pas être démasqué. L'infirmière fond à la vue de la façon dont Maman tend les bras vers toi comme une somnambule. De la façon dont tu lui prends la main, sans avoir de mouvement de recul comme pourrait en avoir un autre ado, gêné et effrayé.

Ouais, OK. Même si tu étais prêt à l'étrangler, l'infirmière, pas ta mère. À fourrer son corps boursouflé dans le placard à balais avec une pancarte LINGE SALE.

***

Seul dans la pièce. Avec ta mère. Fenêtres vides et noires qui ne reflètent que la pièce comme dans une lentille concave, subtilement déformée. Mais en sécurité!

Agrippant la main (glacée, molle, maigre) de ta mère même si elle (souriant toujours faiblement) semble s'être rendormie. Purée! – il te vient à l'idée un plan fou, tu vas allumer la Juul dans ta poche, approcher la clope électronique de la bouche de ta mère, donner à la patiente un coup de fouet au cerveau, comparable à une décharge électrique.

Réveille-toi, Maman! Tu es trop jeune pour mourir, et c'est moi qui vais te sauver.

***

Voilà le marché: si Maman reste en vie, Papa reste en vie.

Si Maman meurt, Papa meurt.

Vous pensez que je n'en suis pas capable ? Regardez-moi.

Purée ! – le fiston a élaboré un crime parfait.

Faut bien le reconnaître, je n'aurais jamais cru que ce gamin était suffisamment intelligent. Ou suffisamment culotté.

Ou… ou…i – je suis impressionné. Faut croire que je ne l'ai jamais pris au sérieux…

Non, je ne sais pas comment *il a fait. Devait planer, je suppose.*

Saloperie de vapotage ! Ces gosses d'aujourd'hui.

Tout ce que je comprends, c'est : qu'il a dû acheter un fusil d'assaut en ligne en se servant d'une fausse carte d'identité ou… je ne sais trop quoi…

Non, je ne serais pas surpris qu'il se soit servi de la carte de crédit de sa mère. (Ce ne serait pas la première fois. Vous croyez qu'elle l'aurait puni ? N… non.)

Ensuite, il a dû me suivre en voiture, samedi matin. J'allais chez Otto's Discount Electronics au centre commercial, et au premier escalator qui monte, bourré de monde, il y a un bruit d'explosion – une « salve de balles » – une « scène de terreur » – des gens qui hurlent, qui essaient de quitter l'escalator, quelqu'un est tombé, puis quelqu'un d'autre, des giclées de sang, des geysers de sang, des gens fous de terreur blessés qui rampent les uns sur les autres, je suis au pied de l'escalator, à genoux, me protégeant la tête, tentant de ramper pour me mettre en sécurité derrière un mur, mais il y a d'autres gens qui me coupent la route, j'ai du mal à croire que ça m'arrive à moi, être victime d'une « fusillade », tandis que les balles pénètrent dans mon corps comme un coup de fouet, me brisant la colonne vertébrale en quelques secondes, me faisant danser comme une marionnette dont on tire cruellement les fils, et puis l'arrière de ma tête explose…

OK, quelque chose comme ça.

Et ensuite, le fiston s'échappe.

Il plane tellement que peut-être qu'il s'enfuit juste en volant. Papa au-dessous de lui, se noyant dans son propre sang et le crâne éclaté comme une citrouille d'où s'échappe sa cervelle, comment Papa pourrait-il avoir la moindre idée de ce que le fiston va faire ensuite ?

Nuit, néon

1.

Crépuscule, l'heure crève-cœur. Une lumière qui décline lentement tombe sur le fleuve comme de la neige en train de fondre.

L'heure où le *néon* commence. Soudain, subtil. Ils sont peu à le remarquer à part ceux qui ont attendu durant la longue journée éclatante de lumière.

Et du *néon*, c'est le *néon bleu* le plus excitant.

Passant en voiture devant le Blue Moon Café. Aucune raison de passer en voiture devant le Blue Moon Café, parce qu'elle est attendue à la maison dans l'heure qui suit…

Sauf que : le *néon bleu* a pénétré son système sanguin tel un puissant stimulant. Ses sens sont désormais en alerte, vivants au point d'en être douloureux. Elle sent son pouls qui s'accélère, le plaisir de l'anticipation.

Un afflux de sensations, une soif intense. Et l'anticipation de pouvoir assouvir cette soif.

« Juste un. Pour fêter ça. »

Même si c'était (sûrement) mieux de fêter ça avec Patrick, son complice dans cette aventure.

Même si c'était (certainement) plus sage de ne pas fêter ça seule.

« Juste une fois. »

Blue Moon, néon bleu. À sa simple vue, une décharge d'adrénaline dans le cœur.

Elle ne restera pas longtemps. Elle ne compliquera pas les choses. Ne lèvera pas les yeux. N'accrochera le regard de personne.

Si on lui demande, *Vous êtes seule ?* – la réponse est, *Oui. Jusqu'à ce que mon mari me rejoigne.*

C'est bien d'être une inconnue au Blue Moon Café. Toujours plus facile d'évoluer dans le néon quand on n'est pas connue.

Toujours plus facile si on ne regarde personne dans les yeux. Même dans le miroir derrière le bar, où (aurait-on tendance à penser), regarder quelqu'un dans les yeux ne compte pas, pas exactement.

Dans le drôle de sac à sequins glamour-funky qu'elle emporte à l'intérieur du café – un sac à main surdimensionné synonyme de *fille qui a le sens du jeu, qui ne se prend pas trop au sérieux* – elle a dissimulé un instrument d'autodéfense.

Pas d'*offensive.* Elle ne porterait jamais le premier coup. Aurait plutôt recours à l'*autodéfense*, qui serait néanmoins aussi rapide, infaillible et mortelle que s'il s'agissait d'une *offensive* calculée.

Dans ce sac à sequins, où ont été entassés son portefeuille, ses clés de voiture, son téléphone portable, son iPad et ses écouteurs sans fil, des rouges à lèvres, une brosse à cheveux, des mouchoirs en papier, et bien d'autres objets hétéroclites, il y a aussi, tout au fond, enveloppé dans un tissu ultra fin, un pic à glace long de quinze centimètres, à la pointe très aiguisée, éclatant de propreté, car bien que Juliana le transporte avec elle en secret depuis des mois, peut-être des années, il n'a pas encore été utilisé.

Et l'autre secret de Juliana : elle est enfin enceinte.

Un secret qui a moins d'une heure. Un secret qui réclame à grands cris d'être partagé.

Enfin – c'est un triomphe, un dénouement de conte de fées. Juliana, qui a exprimé de la réticence à épouser Patrick, lequel a été heurté, blessé, déconcerté de la réticence que Juliana a manifestée à l'épouser alors même qu'elle insistait que oui, elle l'aimait, prenant bien soin de faire la distinction (secrète) entre *aimer un homme* et *être amoureuse d'un homme* – eh bien, à présent, Juliana va se précipiter vers Patrick pour lui annoncer la bonne nouvelle, elle va l'étreindre, grisée et étourdie de joie, pas une joie ivre, mais (peut-être) une joie qui paraît ivre, Juliana, cette femme drôle-funky longiligne, que Patrick adore pour son honnêteté, sa franchise, sa bonne humeur solaire qui lui remonte le moral quand il a, comme parfois, les mois d'hiver en particulier, une tendance à la dépression.

Mais non : pas à la *dépression.*

Juliana insiste : à la *mélancolie.*

Parce que Patrick est, ils s'accordent là-dessus, le plus compliqué, le plus *tortueux* des deux.

Embrassant violemment son amoureux sur la bouche, elle se moquera de son air de stupéfaction absolue – *Devine quoi ! Super nouvelle !* – et Patrick la regardera en plissant les yeux sans comprendre – *Quoi ? Qu'est-ce que tu racontes, Juliana ?*

Lui murmurera peut-être alors à l'oreille. Des mots taquins – *Le terme, devine quand c'est ?*

Juliana adopte déjà une posture empreinte de dignité, de rigueur. Elle sait qu'il y a des individus dans sa famille, et parmi ses parents éloignés, qui ne lui ont jamais prédit le bonheur ; et maintenant, elle va leur donner tort. Son corps va leur donner tort.

Lumineuse, illuminée de l'intérieur, comme une de ces bougies charnues couleur abricot dont les mèches, lorsqu'elles brûlent, creusent à l'intérieur de la cire, exsudant une lumière chaude et magnifique, mystérieuse. Conduisant prudemment sur le retour de la clinique, freinant aux feux orange qu'elle aurait joyeusement ignorés la veille encore. Marquant l'arrêt aux panneaux stop des rues résidentielles peu fréquentées, qu'elle aurait à coup sûr ignorés auparavant.

Jamais été ce qu'on appelle une fille bien en chair, plutôt longiligne, garçon manqué, mais elle imagine désormais qu'elle sent son corps devenir *féminin*. Petits seins de plus en plus lourds, gonflés et tendres, aux tétons d'une sensibilité exquise, elle s'entend en rire à gorge déployée, gênée.

Oh – C'est moi, Juliana ? Pas du tout mon style !

Elle va accabler son amoureux d'amour. Un amour sans névrose et franc de mammifère, que Patrick a mélancoliquement espéré de la part de Juliana, et que Juliana n'a pas encore été tout à fait capable de lui donner.

Les femmes enceintes sont les plus belles des femmes.

Je suis le plus heureux des hommes.

Juliana l'entend presque : c'est exactement la façon de parler de Patrick.

Dans sa bouche, les paroles les plus familières et banales prennent une signification nouvelle, car Patrick ne dit que ce dont il est convaincu.

À la différence (de la plupart) des autres hommes.

(Presque tous) les autres hommes que Juliana a connus.

Oh, elle est excitée ! Une excitation qui se transforme en anxiété, tant elle est vive.

La manière dont, dans Front Street, une rue ordinaire sans signe particulier, les devantures sombres des boutiques reflètent le soleil, sur le point de disparaître à l'horizon dans un lavis à l'aquarelle d'un exquis rouge orangé, comme dans un tableau de Winslow Homer.

Et les premiers phares ! Et les lumières qui s'allument à l'intérieur des bâtiments, des maisons. Et le ciel qui brille encore de mille feux, là-haut. *L'heure bleue**.

Néon bleu à l'extrémité obscure d'un pâté de maisons – le *Blue Moon Café*.

De jour, le néon, c'est bas de gamme, minable. On n'accorde pas un second regard au néon, de jour.

Mais maintenant, c'est le crépuscule. Un néon bleu déglingué dans la vitrine d'un café, en concurrence avec des enseignes au néon plus rudimentaires vantant des marques de bière, ça vous transperce le cœur.

« Oh, mon Dieu ! »

Sa bouche devient sèche tant son désir est puissant. Elle s'aperçoit que dernièrement, elle s'est sentie tellement seule.

En vivant avec Patrick, qui est si gentil avec Juliana, et qui n'a aucune idée de qui elle est, tellement seule.

Qu'a-t-elle fait ? Elle a contourné le pâté de maisons en voiture.

Elle n'est pas *simplement passée devant* le Blue Moon Café, elle a *contourné le pâté de maisons* pour approcher une deuxième fois le Blue Moon Café.

Mais non, vaut mieux pas, préférable d'attendre pour fêter ça avec le père du bébé. C'est la chose raisonnable à faire, et Juliana est une jeune femme raisonnable.

Front Street est située dans une partie de la ville qu'elle ne connaît pas encore bien. Il y a juste un mois qu'avec Patrick, ils ont emménagé dans la vieille demeure mitoyenne en brique rouge de Mill Street, dans une rue qui commence à s'embourgeoiser.

Un secteur délabré au bord du Delaware. Entrepôts, petites usines ou fabriques condamnées. Wagons de marchandises abandonnés couverts de graffiti, comme en filigrane. Cependant, South Main et Front Street sont bordées de rangées de maisons mitoyennes réhabilitées : des maisons ouvrières datant du début du XXe siècle. On y trouve des boutiques d'antiquités, des magasins de meubles d'occasion, des dépôts-vente de vêtements, une antenne du Goodwill, un encadreur, des galeries d'art.

Juliana est plus téméraire que Patrick. Écumant les magasins de meubles d'occasion, de tissus. Même avec les articles usagés de chez Goodwill, elle a un goût exquis, Patrick s'émerveille des aubaines qu'elle a dénichées et rapportées en triomphe chez eux pour les poncer et les repeindre.

Une petite pièce à l'étage, adjacente à leur chambre. Ils la peindront en rose pâle (si c'est une fille) et bleu turquoise (si c'est un garçon).

Juliana peindra des étoiles au plafond. Elles seront peut-être incrustées de quelques sequins étincelants pareils à ceux de son fourre-tout.

Juliana est si douée pour ces petites tâches tendres et minutieuses : elle en fait le vœu.

Bien sûr, elle soupçonnait qu'elle était enceinte. Savait que les deux tests achetés en pharmacie étaient *positifs*. Mais avait besoin d'une confirmation, d'un examen médical en bonne et due forme, et d'une date de terme : *le 11 juillet*.

Jusqu'à ce qu'elle le dise à Patrick, ce ne sera pas tout à fait réel pour elle. *Devine quand c'est… la date de notre terme ?*

Une information avec laquelle surprendre les autres.

Juliana a la bouche sèche, elle se sent nerveuse. Est-il possible – que ses vêtements lui paraissent déjà trop serrés ? À côté d'elle, sur le siège passager, il y a une bouteille d'Évian, mais ce n'est pas d'eau qu'elle a envie. Nooon.

Yeux effrayés dans le rétroviseur. Juliana se surprend à présent, tout comme (songe-t-elle avec satisfaction) elle va surprendre sa mère et ses sœurs, qui lui avaient prédit qu'elle serait malheureuse, incapable de rester fidèle à un homme, incapable de ne pas retomber dans ses mauvaises habitudes…

Stupéfiant pour elle que la date du terme ait été établie. Une véritable date notée par l'infirmière praticienne de la clinique. L'enfant-à-venir, de la taille d'une virgule…

Il a largement été sous-entendu entre Juliana et Patrick qu'ils se marieraient si/quand elle est/sera enceinte. Ils sont très amoureux (ou du moins Patrick le croit-il) et Patrick veut des enfants, a-t-il dit. Et Juliana aussi, bien sûr que Juliana veut des enfants. S'est-elle entendue dire.

Se marier est juste logique, pratique. Ils ne sont pas si jeunes ni l'un ni l'autre – Juliana a vingt-neuf ans, Patrick, trente et un. Juliana pense à ses trente ans comme à une chute d'eau : une fois qu'on plonge dans ces chutes, on est finie. En passe d'être *finie*. Elle aspire ardemment à la solidité, la sécurité du mariage. À la certitude que, lorsqu'on descend une volée de marches, chaque marche est solide, qu'elle soutiendra votre poids et ne s'effondrera pas dessous.

La prochaine étape de leurs vies, en effet. De même qu'emménager dans une maison de ville en ruine a un jour été la prochaine étape. Les débris qu'ils avaient balayés des pièces à l'étage, le long de l'escalier raide, en un tourbillon de poussière qui les avait fait éternuer, rire. Papier peint taché et tumoreux qu'ils avaient décollé, jeté en piles pointues comme des tentes. Arrachant le linoléum décoloré et dégoûtant de la cuisine. Câbles électriques pendants, interrupteurs muraux cassés, planchers donnant l'impression que quelqu'un avait traîné du fil de fer barbelé dessus. Une sorte de folie les avait saisis, une volonté fiévreuse de débarrasser la maison de ses anciens locataires, qui avaient laissé ce bien tomber dans une telle décrépitude qu'un jeune couple presque sans le sou pourrait l'acheter grâce à un prêt de parents éloignés et à un emprunt bancaire.

Regardez-nous ! Nous possédons cet endroit.

L'hiver précédent, elle avait cessé sa contraception. Alors, c'est donc qu'elle veut un enfant, se dit-elle. Depuis qu'elle a arrêté de boire, elle s'est sentie si seule, c'est une solitude qui commence dans la bouche, une terrible soif doublée de faim, dont il est impossible de parler à tous ceux qui ne comprennent pas.

Ce n'est pas que vous désirez désespérément un *enfant*, ni même être *enceinte*, mais plutôt que vous désirez accomplir un exploit suffisamment modeste pour avoir été accompli par tant d'autres sans le moindre effort à travers les millénaires – en résumé, l'histoire du monde : *croissez et multipliez.*

Il n'est pas tout à fait 18 heures. Elle n'est pas en retard pour rentrer à la maison, ne sera pas *en retard* pendant encore au moins une heure. Et si Patrick n'est pas de retour, elle ne sera pas en retard jusqu'à ce qu'il soit là, dans la cuisine, à préparer le repas du soir, toujours un peu une improvisation, un projet commun, devenu un rituel nocturne : riches sauces italiennes, huile d'olive spéciale, câpres, oignons finement émincés, tomates fraîches, pâtes maison achetées à la boutique italienne.

Le *Blue Moon Café*. La nuit, tous les néons sont excitants pour Juliana, mais surtout le néon bleu.

Le premier néon dans la vie de Juliana. Quand elle était une toute jeune fille.

Ce café-là, aussi : le *Blue Moon*.

Ridicule, bien sûr. Juliana n'est pas quelqu'un de sentimental. Juliana a plus de jugeote que ça.

Vraiment, elle n'a pas le temps de s'arrêter prendre un verre. Elle a le pic à glace (secret) avec elle, bien sûr, mais elle n'a plus envie de s'en servir.

Son ancienne vie, sa vie d'*alors* – elle en a fini avec cette vie-là.

Elle est avec Patrick, maintenant. Elle est enceinte, maintenant.

Toutefois, depuis qu'ils ont emménagé dans leur nouveau logis à quelques pâtés de maisons, Juliana s'est sentie curieuse à propos du Blue Moon Café. On se demande si un endroit pareil est un véritable bar, une ancienne taverne de quartier réhabilitée, ou si c'est un lieu superficiel et improvisé vendant des salades d'endives, du tofu sauté, des smoothies au chou kale, de l'eau pétillante, quelques vins et quelques bières fantaisie, et pas d'alcools forts.

Si à l'intérieur, l'ambiance est plutôt plancher en bois bien ciré, ou vieilles plaques de linoléum usé. S'il y a un éclairage tamisé, mais pas de bougies. Si c'est lumineux ou sombre, avec juste ce qu'il faut de néon, mais pas trop lumineux quand même.

Un bar digne de ce nom doit trouver un équilibre entre *lumineux* et *trop lumineux*.

Il y a un autre bar, ou une taverne, sur le Delaware, à un kilomètre et demi environ, qui intrigue Juliana depuis un moment, mais (bien sûr) elle n'est jamais allée investiguer. Cela l'obligerait à faire un détour de plusieurs kilomètres.

Le Blue Moon Café n'implique aucun *détour*. En rentrant à la maison par Front Street. Juliana se souvient d'avoir entendu dire qu'il était arrivé quelque chose à une femme dans cette autre taverne récemment. Dix-neuf ans, disparue.

Pas au Blue Moon Café, en revanche.

Dans la rue, Juliana s'est arrêtée, le moteur de sa voiture tourne au ralenti. L'intérieur du café paraît sombre, enfumé. Oui, il y a un bar, à peine visible. Un endroit pour ouvriers, une taverne de quartier, à la différence du Blue Moon Café de sa ville natale, situé dans une galerie marchande, le long d'une autoroute, en périphérie. Et plus petit que ce café et pas bondé, même si (pense-t-elle) on est un jour de semaine, et qu'il est encore tôt. À 23 heures, l'atmosphère du Blue Moon sera dense, excitante.

À 23 heures, elle dormira. Ses journées commencent tôt, avant l'aube en cette saison. Son agenda est erratique, à la différence de celui de Patrick ; il est avocat à plein temps pour un cabinet de banlieue de l'autre côté du fleuve, alors que Juliana travaille à temps partiel au bureau de l'aide juridictionnelle de l'État du New Jersey.

Patrick et Juliana sont tous deux diplômés de la même faculté de droit : Rutgers-Newark.

C'est *lui* qui a un poste à plein temps, de sérieuses perspectives d'emploi permanent. Juliana a quelque chose de moindre, mais ne s'en plaint pas.

De toute façon, il serait difficile de se garer sur Front Street, il y a des véhicules des deux côtés de cette rue étroite, pas de parking (d'après ce qu'elle voit) adjacent ou derrière le Blue Moon Café.

Continuant tout droit. Elle n'est pas tentée. Portée par son bonheur, à l'image de quelqu'un qui est entraîné par un vif courant, incapable de savoir où elle est ou qui elle est ni pourquoi – comme lorsqu'elle se réveille de rêves troublés pour trouver du réconfort dans la certitude qu'elle est enfin avec un homme, un compagnon, qui l'adore sans avoir besoin de la connaître.

Songeant – *C'est tout ce que je veux. Rien de plus.*

Elle se sent fière d'elle maintenant. De ne pas céder, de ne pas boire. Pas un seul verre depuis – combien de temps ? – presque dix-huit mois. Et maintenant qu'il y a une *date de terme* officielle, certainement pas.

2.

Le *Blue Moon* dans un autre État : la Pennsylvanie. Dans une autre vie. Elle était lycéenne alors, elle avait seize ans. Pas la peine d'essayer de dire quoi que ce soit à Juliana Regan, elle n'écoutait pas. Le lundi matin, on entendait des histoires folles du Blue Moon, qui n'était pas du tout un café, juste une taverne au bord de la Route 33. Enviant rêveusement les filles de son âge en apprenant qu'elles sortaient avec des gars d'une vingtaine d'années au Blue Moon et dans d'autres rades près des lacs.

Et puis, un soir d'été, un samedi, Juliana avait été l'une d'entre elles.

Même si rien n'avait été planifié, loin de là. C'était plutôt une sorte d'accident, comme quand une chose arrive, puis une autre, et encore une autre. Mais qu'on ne pouvait pas deviner comment la première chose qui arrivait pouvait conduire à la dernière, après une succession d'autres choses. Quoi qu'il en soit, Juliana n'était pas du genre à planifier, elle ne possédait pas de voiture et ne disposait pas d'un autre moyen de transport. Elle avait des ami(e)s qui avaient des voitures, ou plutôt accès à des voitures, mais il arrivait parfois que ses amies s'éloignent et que Julie (comme elles l'appelaient) reste sur le carreau. Ou que dans son insouciance, Julie s'éloigne et reste sur le carreau. La Blue Moon Tavern était flanquée d'un parking en graviers grossiers, elle se souvenait d'avoir eu des cailloux dans ses sandales, entre les orteils, qui lui faisaient un mal de chien. Des portes de véhicules qui claquaient, des autoradios brusquement éteints. On était en août, elle était allée à l'un des lacs avec ses amies. En débardeur, short très court, nombril à l'air, et sandales. Une queue-de-cheval châtain qui lui descendait dans le dos. Il y avait des mecs plus vieux, qui avaient terminé le lycée quelques années plus tôt, elle connaissait leurs noms et leurs visages, mais ils ne la connaissaient pas.

Un garçon nommé Carson, étudiant à Colgate. D'une élégance rare, les cheveux peignés en arrière dégageant un front haut et bombé, des incisives à l'éclat humide, il appartenait à la fraternité Deke[10] de Colgate. Julie était trop jeune pour boire ne serait-ce que de la bière, mais dans la confusion générale, personne ne sembla le remarquer ni s'en soucier.

Bien que trop jeune pour la clientèle du Blue Moon, Julie savait qu'elle devait être impressionnée par *Deke*.

On racontait que des mecs de Colgate invitaient des filles du lycée à des week-ends de la fraternité. Des histoires qui en mettaient plein la vue, qui faisaient rêver, Julie en était

10. Delta Kappa Epsilon : une des plus anciennes *fraternities* étudiantes américaines, association étudiante qui possède cinquante-six branches à travers le pays.

malade d'envie, se badigeonnant la bouche de rouge à lèvres, s'observant d'un œil critique dans un miroir de toilettes.

Ils fumaient aussi de l'herbe. Dans le parking, mais (pendant un temps) dans la taverne, aussi. Elle n'était pas habituée à fumer quoi que ce soit de plus fort que des cigarettes. Elle était étourdie, excitée. C'était ce qu'on entendait par *planer*? Une sensation de rêverie/somnolence. Une envie de se blottir contre quelqu'un, d'embrasser. De sentir les bras d'un mec autour d'elle. Forts, protecteurs. Elle était rouge, pleine de coups de soleil. Cette fichue crème solaire était partie quand elle s'était baignée. Deux bières, tièdes. Essayant de ne pas roter, gloussant. Ça chatouille ! – à l'endroit où Carson l'avait saisie, tentant de la porter, de la « faire marcher », en l'agrippant sous les aisselles. Il l'avait emmenée quelque part, elle l'avait vaguement laissé l'embrasser. Ils avaient besoin d'un peu d'intimité, disait-il. Les autres filles étaient plus âgées, indifférentes au sort de Julie. Pas ses amies. Elles lui en voulaient. Où étaient les amies de Julie – qui l'avaient emmenée au Blue Moon, puis abandonnée ? Pas plus d'idée qu'un bébé de comment embrasser, laissant juste le gars, le Deke, ou en tout cas il avait dit qu'il était un Deke, l'embrasser et lui sucer les lèvres, tenter de lui fourrer sa langue au goût de bière dans la bouche, mais elle avait reculé en gloussant avec un haut-le-cœur. Dehors, dans la voiture de quelqu'un, elle avait senti ses mains sur elle, brutales. Disant, *Calme-toi, d'accord. Pas de quoi paniquer, calme-toi, Junie.* Dans sa bouche, son nom n'était pas le bon, même s'il prononçait *Junie* comme s'il n'avait pas une très haute opinion de ce nom ni d'elle.

Ensuite, il avait voulu la chevaucher sur le siège arrière, tirant violemment sur son short, lui soufflant à la figure son haleine à la bière. C'était si rapide. Julie avait paniqué, repoussé ses mains en pleurant. Avait réussi à ouvrir la portière, était à moitié tombée de la voiture et s'était mise à courir, courir comme une enfant, le visage baigné de larmes, le nez qui coulait, il lui avait couru après, furieux et dégoûté, jurant, la poursuivant à travers le parking, elle avait perdu une de ses sandales. Oh, son pied blessé ! Haletante, accroupie à côté d'une benne à ordures puante. Une ruelle derrière la Blue Moon Tavern, elle avait couru se cacher comme un animal terrifié derrière un garage, frissonnant et tâchant de ne pas sangloter.

Derrière elle, le garçon appelait d'une voix basse et ivre, exaspérée, *June ! Ju-nie ! Hé, allez, personne va te faire de mal, Ju-nie.*

Les amis du type l'avaient suivi en lui disant d'y aller mollo. Il y avait eu un échange de hurlements, de grossièretés. Tel un lapin, elle avait attendu, totalement immobile, tandis que le prédateur humait l'air. Sauf qu'elle était en amont. Il ne pouvait pas la sentir. Ne pouvait pas sentir sa sueur paniquée, la puanteur de ses aisselles. Son cœur battait d'une exaltation sauvage. Pensant – *Si je réussis à rentrer chez moi. Cette fois-ci. Si Vous me le permettez, mon Dieu.*

Plus tard, elle se dirait – *Je n'avais pas d'arme. Rien du tout…*

Bien après que les mecs avaient repris la route en poussant des hurlements moqueurs, elle était restée cachée derrière la benne. Accroupie pendant tout ce temps. Son corps était couvert d'une sueur honteuse, froide, dégoulinante et huileuse, ses jambes lui faisaient mal. Et finalement, elle était rentrée chez elle en boitant. Trois kilomètres. Un pied chaussé, l'autre pas. L'adrénaline affluait dans ses veines, elle allait y arriver, Bon Dieu. Elle allait rentrer chez elle, elle allait se sauver, et personne n'en saurait rien, ou presque personne. S'était débrouillée pour se glisser dans la maison par la porte de derrière. Ils regardaient la télé en bas, au sous-sol. À l'étage, dans sa chambre, haletant et titubant de fatigue, de honte.

Prenant un bain chaud. Chose que Julie ne faisait jamais – se couler un bain. Des douches, peut-être trois fois par semaine. Il faut économiser l'eau, le shampoing, tu crois qu'on est riches ? Une fois sortie de la baignoire, prenant soin de la nettoyer pour que personne ne sache. Que personne ne devine. Les mains du garçon sur ses seins lui avaient fait mal, des bleus se formaient sur sa peau pâle. Se contemplant dans le miroir avec une sorte de nostalgie, tentant de se souvenir à quoi elle ressemblait plus tôt dans la journée, ce sourire prompt et éclatant, toujours si plein d'espoir, si naïf. Se souvenant de cet après-midi où ses amies étaient venues la chercher, la voiture le long du trottoir, le coup de klaxon. Ou peut-être que ce n'étaient pas ses amies. Si elle pouvait redevenir cette fille-là. Mais non, impossible. Sauf que le mec, le Deke de Colgate – ne l'avait pas violée. Même s'il allait se vanter – de quelque chose. Avait fourré sa main entre ses jambes, elle avait riposté par des coups de pied féroces et désespérés. Il avait été obligé de reculer en jurant. Un peu plus tôt, entassé dans le box à la taverne avec les autres, il avait ri des bêtises qu'elle disait, ivre d'herbe et de bière, de sa voix haut perchée de petite fille pour laquelle son papa l'aimait, mais quand les mecs rient, vous savez qu'ils vont vous faire du mal. Le rire des mecs rappelait des aboiements. Pénible à entendre, une sorte d'avertissement. Elle avait été rusée de prendre les ruelles pour rentrer chez elle. Souhaitant désespérément éviter d'être vue. Renonçant à faire du stop. Un samedi soir, débraillée et abasourdie et levant le pouce, les flics l'auraient peut-être ramassée aussi. *Dieu, si Vous m'épargnez, je promets…*

Un fantasme sauvage d'avoir eu quelque chose avec elle. Pour se protéger. Un couteau, un pic à glace. Même un tire-bouchon, à bout pointu.

Quelque chose de la maison. La cuisine, la cabane à outils.

De l'électricité statique dans la tête, comme dans la maison. Pareil à un silence qu'on a brutalement secoué. Sa mère et son père qui ne se parlaient pas à l'époque, et le silence entre eux, plus retentissant que les voix des amis de ses parents. Le fait que son père boive, c'était le sujet de la dispute. Ou peut-être pas qu'il boive, mais ce que ça impliquait, ce que sa mère était forcée d'accepter. Alors (peut-être) que Papa n'était pas à la maison. Juste sa mère et son petit frère, et (peut-être que) son frère n'était pas là non plus, probablement sorti jouer à des jeux vidéo avec des copains.

Alors, il y avait sa mère et sa sœur qui regardaient la télé en bas. Sa mère ne l'avait pas entendue rentrer, mais pour finir, elle était montée, surprise de trouver sa fille fraîchement lavée, les cheveux luisants et mouillés, et non pleine de coups de soleil, débraillée et empestant la transpiration comme elle s'y attendait. Et Juliana avait dit à sa mère qu'elle était rentrée tôt, expliquant qu'elle s'était sentie mal au lac, qu'elle avait pensé que c'était peut-être un début de douleurs menstruelles (ce qui est tellement, tellement gênant), heureusement que son amie Irène n'avait pas envie de rester non plus, les filles avaient trouvé quelqu'un pour les ramener, le mensonge vient à Juliana avec aisance, c'est pour ça qu'elle est rentrée si tôt, elle a avalé de l'ibuprofène (médicament que sa mère lui donne toujours dans ces cas-là), s'est plus ou moins effondrée sur son lit, a dormi et vient de se réveiller. Elle a pris un bain, elle se sentait si sale à cause du lac et du sable, d'avoir transpiré au soleil. La mère voit ses pupilles dilatées (peut-être) mais ne peut pas sentir la sueur du Deke, éliminée par le bain. Si le Deke a (comment appelle-t-on ça – un mot affreux) éjaculé sur sa fille, elle ne peut pas sentir ça non plus. Ne peut pas voir les bleus qui commencent à apparaître sur les épaules de la fille, ses bras, ses cuisses. La fille, en pyjama, un pyjama en coton imprimé de chatons, frais contre sa peau brûlée par le soleil. La mère voit la détresse perplexe sur le visage de la fille, mais décide de la croire quand elle prétend être rentrée depuis des heures en ce samedi soir d'été.

Le père ne l'aurait pas crue une minute. Le père n'aurait pas eu besoin de l'odeur de la sueur du Deke ni d'aucune autre odeur de jeune corps mâle. Le père n'aurait pas eu besoin de voir les bleus qui apparaissaient, il aurait compris la façon dont les garçons touchent les filles comme la sienne quand ils peuvent. Mais le père n'était pas là. Pas ce soir-là ni les autres soirs. Le père avait commencé à prendre ses distances avec les enfants, sans qu'on comprenne pourquoi. *Pourquoi* ne voulait-il pas qu'ils soient plus proches de lui ? *Pourquoi* n'aimait-il plus autant Juliana ? Parce qu'elle avait seize ans ? Parce que ce n'était plus une petite fille ? La mère buvait, elle aussi. De la bière fraîche, prise dans le réfrigérateur. Disant – *C'est une vie un peu solitaire une fois qu'on est mariée. Tu n'as plus vraiment tes amies – elles sont toutes mariées. Elles ont des maris, des enfants. De la belle-famille. Elles ne peuvent pas te voir quand tu as besoin d'elles, ni même te parler. Si tu étais proche d'une sœur ou d'une cousine, en gros, c'est fini. Tu ne peux pas sortir le soir comme les mecs après le travail, traîner dans une taverne à te saouler. Si tu fais ça, ton mariage est terminé. Ils te baisent, et ils te rebaisent.* La mère hoquetait, comme si ses propres mots l'avaient surprise, choquée. Juliana feignait d'être en train de s'endormir, évitant ainsi d'indiquer qu'elle entendait. Dans la chambre obscure, la mère était restée assise au bord du lit, les ressorts du sommier grinçant sous son poids, jusqu'à ce que Juliana s'endorme pour de bon.

Toute la nuit, derrière ses paupières douloureuses, un néon bleu tremblotant…

Blue Moon   Blue Moon   Blue Moon

***

Peu après, il arriva ce truc affreux à une fille, mais pas à Juliana.

Une fille de dix-sept ans sauvagement battue, violée, abandonnée inconsciente au bord du parking de la Blue Moon Tavern, les médias locaux ne nommaient jamais les filles, les filles mineures, mais on savait que cette fille venait de la ville d'à côté, pas du lycée de Juliana, personne que Juliana ou ses amies connaissent. Son nom, elles l'apprendraient, parce que c'était un nom qui circulait, souillé et méprisé, dédaigné, moqué même, vêtements arrachés, découverte inconsciente, nue, sans aucun souvenir de ce qu'on lui avait fait, il n'y avait jamais eu aucune arrestation.

La Blue Moon Tavern avait été fermée en attendant une enquête sur des allégations de vente d'alcool à des mineurs, puis avait fini par rouvrir avec une nouvelle direction et sous un nouveau nom, mais Juliana n'y était jamais retournée.

3.

Néon rouge qui palpite – THE SAND BAR.

Se baladant sur l'artère commerçante. Ocean Avenue, sur la côte du New Jersey. L'été d'avant sa deuxième année à l'université. À la nuit tombée, une succession scintillante de bars, de bars lounges, de cafés, de motels. Néons qui clignotent : rouges, bleus, violets, verts, ondulant sur vingt et un kilomètres au sud jusqu'à Atlantic City. Juste pour voir la promenade de Harbor Island, le soir, vers minuit, avec son flot incessant des phares pareil à une chute d'eau, les radios braillardes des voitures, les vagues qui clapotaient sur la plage, et le ciel au-dessus de l'Atlantique, strié et ridé de nuages translucides à travers lesquels naviguait une lune ivre…

Une fois que les enfants de ses employeurs étaient au lit et qu'elle avait achevé toutes les tâches domestiques de son interminable journée, elle se précipitait dehors, impatiente de passer du temps avec ses nouveaux amis au Sand Bar.

Surtout des filles comme elle. Quelquefois des mecs. Quelquefois des hommes plus âgés.

Petit à petit, elle s'était habituée à vivre loin de la maison et du regard scrutateur de sa mère. (Son université était Rutgers-Newark, et elle faisait tous les jours l'aller et retour avec d'autres en covoiturage.) Elle en avait assez d'être *maternée* – ne pouvait pas respirer. Papa avait quitté la maison. Personne ne manquait à Juliana là-bas, elle avait fini par négliger d'appeler sa mère. Rien de plus ennuyeux que de *manquer* à quelqu'un. Que pouvait-on dire si l'autre personne ne vous manquait pas en retour ?

La nouvelle présence maternelle dans la vie de Juliana était Mrs Hermann, qui l'avait engagée comme nounou à demeure pour s'occuper de trois jeunes enfants, mais qui attendait aussi d'elle d'autres travaux : préparation des repas, nettoyage de la cuisine, remorquage des ordures jusqu'à la benne à dix mètres de là. Il y avait quelque chose chez Mrs Hermann qui horripilait Juliana, le calme même de la voix de cette femme, basse, assurée, une voix incarnant la complaisance féminine, l'autosatisfaction. Mrs Herman était accoutumée à donner des ordres, on n'avait pas envie de la décevoir, par exemple en mettant un temps ridicule à laver, délicatement, « à la main », jusqu'à ce qu'ils étincellent, les coûteux verres à vin et à eau qu'elle refusait qu'on mette au lave-vaisselle.

« Chez vous, vous lavez les verres fragiles à la main, Juliana, n'est-ce pas ? » commentait Mrs Hermann, comme s'il y avait une chance que sa nounou à demeure vive dans un foyer équipé de tels articles délicats et coûteux, adressant un sourire sévère à Juliana, dénué d'ironie, et assurément de moquerie, tenant pour acquis quelque chose d'absurde, et forçant ainsi Juliana à sourire et à acquiescer bêtement oui, *oui, bien sûr, Mrs Hermann.*

La chambre de Juliana était une chambre de service au rez-de-chaussée de la maison à trois niveaux des Hermann, située sur l'un des plus beaux canaux de Harbor Island, si proche de l'océan qu'on pouvait, la nuit, en restant allongée, immobile, et en tendant l'oreille, entendre le clapotis des vagues. La pièce avait deux portes, l'une donnant directement dehors, sur le canal, pas besoin de traverser la maison, si bien que, plus tard dans la soirée, après 21 heures, ivre de liberté, Juliana, essoufflée et excitée, se dépêchait d'aller sur Ocean Avenue rejoindre ses nouvelles amies, engagées comme elle par des gens aisés propriétaires d'une résidence sur l'île. C'était le bonheur ! C'était la promesse d'une *possibilité.*

Se changeant en vitesse, débardeur, short ou jean, se maquillant, s'examinant dans le miroir, et appréciant ce qu'elle voyait, ou presque.

S'occuper de jeunes enfants, c'est épuisant. Le visage de Juliana lui faisait mal à force de sourire, ne s'énervant jamais, s'abstenant d'émettre des commentaires sarcastiques comme chez elle ; elle était sur le territoire d'une autre mère, *elle* était un membre temporaire de cette famille qui pouvait être renvoyé n'importe quand ou sous n'importe quel prétexte. Et donc, elle faisait des efforts, de gros efforts ; elle aimait vraiment bien la petite fille, mais elle avait aussi vraiment fini par détester l'aîné, un garçon gâté qui tentait parfois de lui donner de petits coups de poing, osant la frapper pour de bon, et qui lui avait même un jour craché dessus comme ce sale gosse à la télé, comment s'appelait-il ? – Brad Simpson ? – alors que Mrs Hermann lui en voulait *à elle* pour les disputes de ses enfants et que Mr Hermann, lointain et indifférent, pressant ses mains sur ses oreilles, leur en voulait à eux tous.

Pourtant, en se hâtant vers Ocean Avenue, Juliana est envahie de bonheur, d'espoir. Fontaine scintillante de phares sur l'avenue, enseignes au néon séduisantes identifiant des bars, des tavernes, des bars lounges, son endroit préféré parmi eux étant le Sand Bar, où, après avoir navigué ou pêché sur leurs yachts, des hommes très bronzés restaient jusqu'à la fermeture, à 2 heures du matin. Souvent, comme par magie, des verres apparaissaient à la table des filles – « déjà réglés » – avec les compliments de ces hommes.

Mr Hermann était un entrepreneur de Philadelphie, Juliana ne savait pas grand-chose sur lui et sur sa femme à part qu'ils avaient de l'argent, qu'ils possédaient des *choses*. On pouvait mépriser les *choses* que possédaient les Hermann, mais uniquement si on n'était pas assez proche pour les voir et apprécier leur qualité : élégante Mercedes couleur métal, yacht d'un blanc éclatant, la « maison d'été » qui, d'après les calculs de Juliana, avait dû coûter deux millions de dollars. Devenir la nounou d'une famille de ce genre était un coup de chance – Juliana avait été recommandée par une amie d'amie, et cette recommandation avait dû être bonne, parce que ce travail payait deux fois plus que n'importe quel job d'été qu'elle avait pu trouver à Ashbury Park. Sans compter qu'il avait pour cadre la côte du New Jersey, la riche Harbor Island.

Les Hermann étaient des gens séduisants, bien que brusques, autoritaires. Ils étaient tous deux petits, râblés. Mr Hermann ne mesurait pas plus d'un mètre soixante-dix, la taille de

Juliana. Quand elle pensait à eux, elle voyait des scarabées à carapace dure, brillants à l'extérieur, alertes, méfiants, peu sûrs de leur fortune ; il y avait chez eux quelque chose de vulnérable, et en même temps dangereux, tout comme un scarabée renversé, ventre à l'air, pourrait être vulnérable, et en même temps dangereux, venimeux. Mrs Hermann dépensait beaucoup d'argent en brushings, en « mèches ». Ses ongles étaient parfaitement manucurés, son maquillage impeccable, Juliana en était venue à redouter que les yeux de scarabée de cette femme s'attardent sur elle, que ce front lisse se contracte tandis qu'elle lui donnait des ordres – *Alors, ce que j'aimerais que vous fassiez ce matin, Juliana, c'est…*

Dans sa bouche, le nom de Juliana sonnait comme une provocation, une moquerie – *Ju-l-i-a-na.* Cette large bouche avide dessinait une fente écarlate dans son visage lourdement maquillé. Mais Juliana souriait toujours. Juliana était désormais entraînée à sourire pour signifier aux femmes plus âgées qu'elle était une gentille fille, pas une fille sarcastique ou cynique, une fille de confiance.

Une fille à qui on pouvait confier des enfants. Une fille à qui on pouvait confier un mari.

Sauf que Juliana n'avait aucun pouvoir, juste des responsabilités. Les enfants le savaient, même la petite fille le savait. Juliana avait développé une manière de rire qui remplaçait les jurons, car jamais personne de la maisonnée ne l'entendait jurer – ni même soupirer bruyamment, retenir son souffle d'un air dégoûté. Quoique mal à l'aise en présence de Mrs Hermann, elle semblait fondre quand celle-ci la complimentait devant ses amis, ce que Mrs Hermann avait le chic de faire, sans lésiner, comme quelqu'un qui agite un drapeau ou qui jette des billets sur une table pour un serveur obséquieux. Mrs Hermann s'était peut-être même vantée des qualités de Juliana auprès des autres femmes séduisantes et soignées d'une quarantaine d'années comme elle, qui se prélassaient au bord de la piscine turquoise du Harbor Island Yacht Club, ou quand elle tournait la fente écarlate de sa bouche vers Juliana, tout près, la gratifiant d'un sourire inattendu telle une généreuse animatrice télé.

« Eh bien, Jul-i-a-na ! Sacrée journée, n'est-ce pas ? Vous devez être lessivée. Vous avez l'air un peu pâlotte. Vous pouvez arrêter pour aujourd'hui, on a un programme chargé demain… »

Par bonheur, Juliana avait beaucoup moins d'interactions avec Mr Hermann. Un homme si occupé, si important : à entendre les plaintes fanfaronnes de Mrs Hermann, son mari ne semblait faire confiance à aucun de ses subordonnés pour superviser son entreprise, raison pour laquelle il passait quatre nuits par semaine à Philadelphie une grande partie de ce fichu été, rejoignant Harbor Island en voiture tard le vendredi et rentrant à Philadelphie très tôt le lundi matin.

Mr Hermann s'appelait Irving : Juliana n'avait encore jamais rencontré d'*Irving*. Il n'y avait pas d'Irving à son lycée ni dans sa ville natale. Elle en était sûre.

Irving Hermann avait la peau basanée, un bronzage très foncé. Ses cheveux sombres et ondulés étaient épais, mais coupés avec soin. Ses yeux brillaient d'une intensité indéfinissable. Il avait l'autoritarisme bouillonnant d'un homme petit en pleine forme physique qui en veut aux autres d'être obligé de lever la tête pour croiser leur regard. On aurait dit que sa chemise blanche (souvent, les chemises de Mr Hermann étaient blanches) irradiait. Bizarrement aussi, même par temps chaud, Mr Hermann portait des chemises à manches longues aux revers agrémentés de boutons de manchettes en or, une chevalière en forme de pyramide, et il avait des phalanges poilues. Il s'habillait avec un soin maniaque, emprunté, vaniteux. Ses pantalons étaient en seersucker, il lui arrivait aussi de mettre une veste en seersucker au club nautique. Blanche à fines rayures bleu foncé. Pas de cravate, sa chemise blanche ouverte sur une touffe de poils noirs. Il avait une façon spéciale, pointilleuse, de rouler ses manches jusqu'au coude, exposant des avant-bras musclés couverts d'une toison sombre, détail qui attirait l'attention de Juliana avec une sorte de pincement au cœur nostalgique (même si elle ne se rappelait pas que rouler ses manches ait été une des habitudes de son père ou de n'importe quel homme qu'elle ait jamais connu). On aurait dit que Juliana tombait de plus en plus fréquemment par hasard sur Mr Hermann, ou un homme qui lui ressemblait beaucoup, au Sand Bar, en fin de soirée : pas dans la zone du bar, en général bruyante et pleine de chahut, fréquentée par des clients plus jeunes, mais dans la partie lounge, à l'intérieur de l'un des box éclairés à la bougie, où Juliana apercevait à l'occasion son employeur, en compagnie d'une femme, assez souvent une jeune femme, personne qu'elle connaissait.

(Mais était-ce la même femme, ou plusieurs ? Juliana était assez maligne pour ne pas les fixer.)

Comment se faisait-il que Mrs Hermann reste à la maison sur le canal ces soirs-là, adossée à un oreiller dans le lit king size, sirotant du vin en regardant la télé sur un énorme écran plat, en chemise de nuit soyeuse d'où ses seins gros comme des melons débordaient largement – c'était un mystère. La plupart des soirs où Mr Hermann se trouvait sur Harbor Island, il les passait sur le yacht, ou sur les yachts de ses amis, ou au yacht club, et Mrs Hermann s'habillait pour ces occasions, se maquillait avec extravagance, et paraissait s'amuser ; mais certains autres soirs, inexplicablement, Mrs Hermann restait à la maison pendant que Mr Hermann apparaissait au Sand Bar un peu avant minuit en compagnie de – quelqu'un…

Comme si on lui avait confié un précieux secret, Juliana n'en parlait pas aux amies avec lesquelles elle prenait un verre. Lorsque leurs conversations tournaient autour de leurs employeurs, Juliana ne précisait pas que le sien, Mr Hermann, ou quelqu'un qui lui ressemblait beaucoup, était au Sand Bar en ce moment même.

Les soirées au Sand Bar – de bons souvenirs pour Juliana. Afin d'apprendre à apprécier la bière de qualité, les vins panachés, afin d'acquérir certains goûts en matière de vins, ou même de « cocktails », il faut de la pratique, un certain degré de prestance.

Buvant avec ses nouvelles amies, toutes très drôles. Et Juliana aussi était hilarante. Des filles d'à peu près son âge et de milieux pas si différents du sien, des filles de la classe ouvrière, des filles aux parents divorcés, ayant comme elle besoin d'argent pour l'université, qui n'étaient pas au-dessus de tâches certes subalternes (lessive, nettoyage des toilettes), mais dont quelqu'un devait bien se charger, après tout. Elles racontaient des histoires, elles riaient comme des folles. Déterminées à s'amuser à Harbor Island après leurs heures de travail. L'atmosphère était aussi festive que le pont d'un bateau qui tangue. Juliana n'avait pas l'âge requis par la loi pour boire dans le New Jersey, mais avec son permis de conduire d'emprunt, on l'embêtait rarement, la plupart des barmans étaient ses amis, et de surcroît, c'était un fait qu'à Harbor Island tout le monde faisait plus jeune que son âge véritable, et que les femmes d'âge mûr comme Mrs. Hermann paraissaient au bas mot dix ans de moins. Surtout dans les lieux éclairés par une lumière irréelle-tamisée au néon tels que le Sand Bar.

Des types se joignaient souvent à elles, s'installant convivialement sur les tabourets, l'air de rien. Des types de leur âge, ou plus vieux, qui travaillaient pour l'été à Harbor Island ; maîtres-nageurs, employés de la marina, préposés de station-service. Certains donnaient un coup de main sur les yachts, les bateaux à voile. Certains étaient chauffeurs particuliers. Les places les plus convoitées étaient celles de précepteurs pour la révision du SAT, le test d'entrée à l'université, grassement payés pour l'été. Telles des méduses dérivant dans les courants estivaux à côté de l'océan Atlantique, ces jeunes gens semblaient fuyants et indéfinissables. Cela aurait été une erreur de fonder un quelconque espoir sur leur intérêt, excité, mais éphémère, on ne pouvait pas les prendre au sérieux – leurs noms, comme leurs visages et leurs villes natales, étaient interchangeables.

Et puis il y avait les hommes plus âgés, les hommes mariés. En très grand nombre.

Leurs alliances les trahissaient – bien sûr. Un éclair doré, pareil à l'éclair de boutons de manchette dorés. Un frisson d'excitation sexuelle, pareil au néon.

Billets négligemment posés sur le comptoir du Sand Bar, un billet de vingt dollars, ou même de cinquante, entrevu, payant aux filles non de la bière ou des panachés, mais des concoctions fruitées tape-à-l'œil aux appellations exotiques – Balinese Sunrise, Strawberry Martini, Kiss Goodbye, Eldorado Vodka Fizz, Atlantic City Blast. Parfois, il y avait des assiettes terre-mer. Des rondelles d'oignons panées, des olives de cocktail. Un soir d'août, en chemin pour les toilettes des femmes du Sand Bar, un peu instable sur ses jambes, Juliana se retrouva en train de fixer un homme de profil, qui avait l'air familier, assis dans l'un des box à la lumière tamisée en compagnie d'une élégante femelle blonde habillée comme une danseuse de revue : haut près du corps en Spandex noir, paupières parsemées de paillettes, un visage qu'on aurait pu voir, agrandi, sur un panneau d'affichage d'Atlantic City vantant les mérites des jeux d'argent au casino. L'homme se retourna, jeta un coup d'œil en direction de Juliana ; sans nul doute, c'était Irving Hermann, qui l'observait en fronçant les sourcils, grimaçant un sourire, un avertissement – *Hé. Tu ne m'as pas vu et je ne t'ai pas vue, mon chou.*

La blonde glamour buvait quelque chose comme un daïquiri. Couleur fruit, à la pêche ? Mr Hermann buvait un Martini. Dans les toilettes, Juliana attendit plusieurs minutes avant de sortir rejoindre ses amis au bar comme quelqu'un qui marche sur une corde raide, tout droit, sans dévier, ne regardant ni à gauche ni à droite.

Elle n'était pas ivre, ni en compagnie de gens ivres. N'avait plus qu'à espérer qu'Irving Hermann avait remarqué sa sobriété de fille bien.

Peu après, quittant le Sand Bar. Ne voyant pas encore Mr Hermann et son amie partir, ce qui était bon signe – possible qu'ils ne se soient vraiment pas vus ni l'un ni l'autre.

Vers 2 heures du matin, cette nuit-là, alors qu'elle dormait d'un profond sommeil dans son lit de la chambre de service, un coup frappé à la porte extérieure retentit. Juliana se réveilla, alarmée, sachant tout de suite qui c'était, forcément, sortant du lit, hébétée et pleine d'appréhension pour s'accroupir devant la porte, le cœur battant, demandant d'un ton suppliant, *Qui est-ce ?* – expliquant qu'elle ne pouvait pas ouvrir la porte (verrouillée) parce qu'elle était au lit, qu'elle n'était pas habillée – *Allez-vous-en, s'il vous plaît !* – mais Mr Hermann avait une clé (bien sûr : l'une des myriades de clés sur sa chaîne) et déverrouilla simplement la porte en dépit des supplications de Juliana. Grossièrement, il alluma le plafonnier aveuglant, fixant Juliana sans sourire, mais se mettant ensuite à rire, peut-être de son air effrayé, avant de déclarer d'une voix mal assurée, mais affable, *Chérie, tu sais que ce n'était pas moi ce soir, tu ne m'as pas vu, pas vrai ? Et je ne t'ai pas vue, Juli-a-nya.*

Juliana écarta ses cheveux de ses yeux. Percevant le risque, la coercition dans la voix graveleuse de l'homme, une sorte de menace joueuse, mais qui n'était pas une véritable menace, la carapace de scarabée-brillant aussi dure que de l'acier, et cependant Juliana parvint à répondre sur le mode du flirt, avec défiance, *Oh, ce n'était pas vous ? Pas vous, Mr Hermann ?... Noon ?*

Son employeur avait beau ne pas être plus grand que Juliana, il se tenait devant elle, menaçant, tandis qu'elle restait debout, pieds nus, à un ou deux mètres. La détaillant sans vergogne, comme s'il n'avait encore jamais vraiment regardé la nounou auparavant, et qu'il la voyait enfin, exposée dans la lumière trop vive, avec la culotte et le T-shirt légers qu'elle portait pour dormir, pas de pyjama en coton imprimé de chatons, mais un tissu si fin que ses mamelons tendus étaient visibles, la pâle bande de sa toison pubienne aussi, et ses pieds nus, ses orteils recroquevillés, l'homme qui la fixait fut obligé de rire du mouvement de recul de la fille, avec une sorte d'affection grondeuse, une sorte d'affection de papa, il tendit la main pour toucher sa nuque humide, serra fort – *Non, chérie. Tu as raison. Ce n'était pas moi.*

Soudain, il ne plaisantait plus. Soudain, Mr Hermann lui faisait mal.

Instinctivement, Juliana se défendit, se contorsionna pour échapper à l'étreinte de l'homme. Le repoussant, osant le toucher, son employeur, *Mr Hermann*, à qui elle ne s'était encore jamais opposée d'aucune manière, qu'elle n'aurait jamais rêvé de toucher, soudain, tout avait changé,

Mr Hermann repoussait Juliana vers l'arrière avec un regard furieux, et sa respiration s'accélérait.

Déséquilibrant Juliana, qui tomba sur le lit. Étalée sur le dos, sans défense et stupéfaite, sur le lit.

Sa main à lui, brutale, sur sa bouche à elle. Le plat granuleux de sa main.

Arrête ! Tais-toi ! J'ai dit... tais-toi.

Juliana ne s'était pas rendu compte qu'elle hurlait, ou qu'elle essayait de hurler. Tout se passait si vite. Se débattant désespérément pour écarter l'homme, sentant l'alcool dans son haleine, encore stupéfaite, abasourdie de la vitesse avec laquelle le ton joueur de Mr Hermann avait disparu, son visage était encore déformé par un sourire, elle entendit une sorte de rire-grognement alors qu'il la chevauchait, relevait son T-shirt, lui arrachait sa culotte. *S'agissait-il* d'un jeu ? (Irving Hermann chatouillait quelquefois ses enfants ainsi, ou presque – jouant un peu rudement pour les faire hurler de rire, donner des coups de pied en tous sens.) Juliana sentit un goût d'acide dans son arrière-gorge, faillit vomir de panique alors qu'elle tâchait de remonter ses genoux (nus) pour se protéger de Mr Hermann, le propulser loin d'elle, mais l'homme était trop lourd, trop déterminé.

Grognant au-dessus d'elle – *Oh ! Euh – euh...*

L'espace d'un instant paniqué, Juliana fut incapable de respirer. Écrasée par le poids de cet homme, qui était dense, compact, semblable à de la terre crayeuse. Et puis, tel un animal aux abois, elle réussit à se tortiller pour se dégager, rabattant brutalement son T-shirt, tentant de se protéger de ses doigts écartés à l'endroit où il avait déchiré sa culotte, mais à ce moment-là, Mr Hermann aussi s'était remis sur pied, chagriné, et il recula, hébété, marmonnant pour lui-même des mots que Juliana ne parvenait pas à déchiffrer, mais comprenait malgré tout qu'ils n'étaient pas dirigés contre elle. Des deux mains, il repoussa de son front ses cheveux en bataille, aussi haletant que s'il avait couru, visiblement en colère, incapable de reprendre son souffle.

Juliana lui demanda en bégayant de la laisser tranquille, le pria de partir et de la laisser tranquille, elle n'en parlerait à personne, elle promettait, suppliait, entendant par *personne* juste *Mrs Hermann*, bien sûr, et à ces mots, Mr Hermann eut un rire dur, comme si Juliana avait dit quelque chose qui était censé être drôle, ou si stupide que c'en était drôle.

Hésitant, puis décidant. Décidant que *non*, le jeu n'en valait pas la chandelle.

Rajusta ses vêtements, rejeta de nouveau brusquement ses cheveux en arrière, gagna la porte en titubant, et soudain, il ne fut plus là.

Peu après, Juliana entendit un bruit de pas directement au-dessus de sa tête, des talons qui frappaient fort le plafond bas.

Plus là ! Terminé aussi vite que cela avait commencé.

Elle était toute faible de soulagement. Elle souriait d'une sorte de sourire malade, de soulagement. Cherchant alors un moyen de bloquer la serrure de la porte, mais il semblait n'y en avoir aucun, pas plus que la porte qui donnait sur l'intérieur n'avait de double serrure, si bien que Juliana tira une chaise devant, dans l'espoir de la bloquer, comme dans un film. Bloquer ainsi une porte avec une chaise avait quelque chose de comique.

Essayant de comprendre ce qui s'était passé exactement, et ce que signifiait ce qui s'était passé.

Juliana resterait surtout frappée par la vitesse à laquelle l'agression s'était déroulée, la rapidité avec laquelle le jeu s'était transformé en une réelle volonté de faire mal, puis en la menace de faire encore plus mal, se souvenant de l'épreuve dans la voiture de l'étudiant derrière la Blue Moon Tavern des années auparavant, et aussi de l'odeur de l'haleine de l'autre, une haleine chaude, sifflante, d'ivrogne.

Aucun moyen de se protéger. Si elle avait crié…

Quelque chose avec quoi le frapper. *Lui* faire du mal.

Quelque chose de pointu, un couteau. Un outil quelconque, comme un tournevis.

Mais raisonnant ensuite: comment le pourrait-elle? Comment, en lui faisant du mal à *lui*, ne se ferait-elle pas aussi du mal à elle-même?

Le bruit des pas lourds au-dessus de sa tête s'estompa. Mr Hermann montait au dernier étage de la maison, où (probablement) Mrs Hermann s'était endormie devant la télé, une bouteille de vin et un verre sur sa table de nuit.

Il était ivre, il n'avait pas l'intention de faire ça – il m'aime bien…

Juliana resta allongée sans dormir durant le restant de la nuit. Se persuadant que jusque-là Irving Hermann l'aimait bien, du moins quand il était sobre, qu'Irving Hermann l'aimait bien, qu'il lui avait toujours souri avec une certaine affabilité, qu'elle n'avait jamais noté que son employeur *la* voyait vraiment, pas d'une quelconque manière ouvertement sexuelle, jusqu'à ce soir.

Éveillée, elle resta allongée, bouillante, sous le drap, qui au contact de sa peau sensible lui paraissait rugueux, ressentant une excitation dont elle ne comprenait pas qu'elle était sexuelle, ou plutôt sachant qu'elle était sexuelle, sans être pour autant à même de comprendre une telle excitation, un tel désir, un souhait de supplier l'homme de lui pardonner, non, un souhait qu'il s'excuse auprès d'elle, qu'il la supplie de lui pardonner pour la façon dont il l'avait touchée, dont il lui avait fait du mal, ne comprenait-il pas à quel point il lui avait *fait du mal* ?

Le lendemain matin, son employeur s'excuserait, pensa Juliana. Cette perspective la stimula, car dans sa vie, il était rare qu'un adulte s'excuse auprès d'elle ou semble même avoir remarqué qu'elle avait été insultée.

Hé. Désolé.

C'est bon.

Est-ce que – c'est bon ?

Oui.

Mais le lendemain matin, Irving Hermann ne descendit pas pour le petit déjeuner quand Juliana s'occupait des enfants. Mrs Hermann, elle aussi, descendit tard.

Juliana aperçut à peine Mr Hermann ce jour-là, entendant des pas dans le couloir, des voix étouffées au loin.

Il y avait simplement quelques bleus sur le visage, les avant-bras et les poignets de Juliana, faciles à cacher. Maquillage, manches longues. Cheveux peignés en biais sur son front. L'œil acéré de Mrs Hermann ne détecta rien, Mrs Hermann ne se doutait de rien. Dans la chambre de service, où elle retourna à midi après avoir emmené les enfants à la plage, Juliana fut surprise, quoique pas si terriblement surprise, de voir plusieurs billets à moitié glissés sous son oreiller.

Des billets de cinquante dollars, une première pour elle. Combien ?

Cinq, non, six. Six !

Il ne l'approcherait plus jamais, songea Juliana. Jamais plus il ne pénétrerait dans la chambre de service.

Néanmoins, elle trouva un tournevis dans l'un des tiroirs de la cuisine et le cacha dans sa commode. Une arme pataude, pas vraiment pointue, mais si jamais elle en avait besoin, elle lui sauverait peut-être la vie…

Mais ensuite, très vite, comme si la rencontre dans la chambre de service avait constitué un tournant et non – comme aurait dû présumer Juliana – un épisode sans rapport avec le mariage de ses employeurs, le couple se mit à se quereller ouvertement.

Pas seulement des voix étouffées derrière des portes closes. Désormais des échanges malveillants dignes de dialogues télévisés. Des jurons de plus en plus grossiers, choquants aux oreilles de Juliana, car ils sortaient de la bouche des adultes aisés qui se trouvaient être ses employeurs.

Subitement, Irving Hermann apparaissait dans la maison sur le canal à des heures imprévisibles pour Juliana. Il ne descendait plus de Philadelphie en voiture le week-end ; maintenant, il pouvait se montrer en milieu de semaine, pas pour séjourner à la maison, mais (évidemment) dans un motel non loin de là afin de voir les enfants, qu'il emmenait au restaurant, ou sur le yacht, ou nager au club. Il y avait des coups de téléphone, des suppliques étouffées de Mrs Hermann.

Elle s'appelait Renée : Renée Hermann. Juliana trouvait que c'était un prénom triste, pas un prénom qu'elle aurait voulu pour elle-même. Et jamais *Mrs* – Juliana ne voulait pas de *Mrs*.

Mrs Hermann commença à avoir des difficultés à se réveiller le matin. S'habillant à moitié, se traînant hors du lit, le visage pas encore maquillé, pâle, flasque, accusateur. Lorsque Mrs Hermann finissait par entrer dans la cuisine (bien après que Juliana avait donné à manger aux enfants), il y avait un risque que des objets tombent à grand bruit, des couverts, des verres. Les assiettes glissaient des doigts de Renée Hermann pour se fracasser sur le sol. Mrs Hermann jurait, aussi grossièrement et promptement que n'importe quel homme, que n'importe quel type avec lesquels Juliana buvait en fin de soirée, aussi furieuse et désespérée qu'Irving Hermann lui-même.

La petite fille avait de violentes crises de larmes, le petit garçon était incontrôlable, éperdu. Leur mère leur hurlait dessus, sans pour autant tenter de les punir ; cette tâche incombait à Juliana, la sœur aînée, la demi-sœur, à qui personne ne devait ni respect ni obéissance. Juliana prenait ses précautions quand il s'agissait de poursuivre le garçon, craignant qu'il se retourne et la bourre de coups avec ses petits poings durs, qu'il lui montre ses incisives étincelantes, ses yeux aux iris surmontés d'un liseré blanc lançant des éclairs, semblables à ceux de Mr Hermann quand il l'avait triomphalement chevauchée, allongée sur le dos dans son lit.

De plus en plus souvent à présent, Mrs Hermann buvait pendant la journée, pas juste au yacht club (où toutes les épouses et les mères buvaient, aucun mal à cela), mais seule, à la maison. Dans la cuisine. Dans la chambre. Mrs Hermann avalait distraitement des pilules et envoyait Juliana en chercher d'autres à la pharmacie. Tous ces événements semblaient survenir avec une hâte malséante, le mariage des Hermann se désintégrait comme de la glace qui fond, se brisant en gros morceaux, qui fondaient ensuite. Bien sûr, les fissures étaient déjà là avant, mais pas visibles (pour Juliana) ; même Mrs Hermann n'avait pas paru savoir, avait paru réellement surprise, outragée. Juliana s'efforçait de ressentir de la compassion pour cette femme, quoique teintée d'impatience – *Que pensiez-vous qu'il se passait ? Vous ne pouviez pas deviner ?*

Elle ne parvenait pas à comprendre la nature sexuelle d'un mariage. Elle n'en avait aucune idée, elle était complètement mystifiée. Mrs Hermann n'aurait-elle pas dû sentir – *quelque chose ?*

Peut-être les Hermann n'avaient-ils pas fait l'amour depuis des années. Peut-être depuis la naissance de la petite fille. Peut-être que c'était ça. Si elle avait eu un bébé, pensa Juliana avec un frisson de dégoût, elle ne voudrait pas *faire l'amour* de nouveau pendant très, très longtemps.

La manière de faire l'amour que Juliana avait endurée, un peu rude, hésitante mais rude, inexperte, des coups de boutoir, un genre de pilonnage, avait laissé ses parties intimes irritées et à vif ; imaginer l'état ensanglanté de son canal utérin, de son vagin après un accouchement lui donnait le tournis. Juste – *non*.

Guère la faute de la nounou si le mariage de ses employeurs fondait comme neige au soleil, et pourtant, Juliana se sentait obscurément fautive. Elle n'était pas la danseuse de revue blonde aux paupières scintillantes du Sand Bar, mais imaginait – presque – qu'elle était cette fille, ou une version de cette fille. Et peut-être qu'Irving Hermann – « Irv » – avait été l'un de ces hommes mariés qui avaient payé des verres à Juliana à son insu ; parfois, dans la nuit fébrile, elle sentait les doigts de l'homme sur sa nuque, caressant et malaxant. Il commençait doucement, comme pour la taquiner, avant de devenir brusque, blessant. Elle entendait sa voix basse, amusée. *Chérie !* Elle entendait les gémissements gutturaux, les grognements. Elle sentit une onde lui parcourir le corps dans la région de l'entrejambe, un picotement dans les seins, une sorte de souffrance, un tourment qui la laissa toute faible, étourdie.

Elle avait caché les (six) billets de cinquante dollars. Elle ne le dirait à personne, car à qui pouvait-elle le dire ? À personne.

Fréquemment, de jour, Juliana rencontrait des hommes – pour elle des hommes « plus âgés » – qui ressemblaient à Irving Hermann : pas grands, compacts, le bronzage foncé, portant des polos blancs, des pantalons en velours côtelé blancs, des shorts et des lunettes correctrices, si bien que leurs yeux étaient cachés. Une fois, sur un tronçon venteux de plage le long de l'océan où elle marchait seule pendant que les enfants (en théorie au moins) faisaient leur sieste de fin d'après-midi et que Mrs Hermann buvait dans sa chambre en regardant la télévision, Juliana balbutia – *B… Bonjour? Mr Hermann?* – mais l'homme en T-shirt et en short la dépassa, arrogant et indifférent à sa présence, sans l'entendre.

Après une longue journée occupée à donner des coups de téléphone, Mrs Hermann prit Juliana à part pour lui demander sans ambages – *Mon mari vous a-t-il jamais touchée, Juliana? Est-il jamais entré dans votre chambre? Vous a-t-il dit… des choses… certaines choses? Vous pouvez me le raconter maintenant*, mais Juliana secoua la tête pour dire *non*, pas du tout, *non*. Bien qu'une rougeur coupable ait envahi son visage, Mrs Hermann ne parut s'apercevoir de rien.

Ces temps-ci, la maisonnée était si perturbée qu'il aurait été naturel de demander à Mrs Hermann où était son mari. Malgré tout, Juliana était incapable de poser la question.

Au Sand Bar, elle voyait des hommes de ce genre, des hommes d'un certain âge, mariés, peut-être divorcés, la quarantaine, la cinquantaine, voire plus – des hommes plus vieux que le père de Juliana, plus vieux qu'Irving Hermann. Peut-être était-elle attirée par eux, mais seulement « attirée » – elle savait qu'il fallait les éviter, refusait les verres qu'ils lui offraient, secouant la tête en riant – *Noon. Je crois pas.*

Tels des requins, ils attendaient. Là-bas, dans les vagues, leurs nageoires sombres dissimulées par l'écume.

Les rumeurs qu'on entendait…

Mais non : pas à Harbor Island, ville aisée et haut de gamme de la côte du New Jersey.

Ailleurs, plus au sud, à Atlantic City, c'était là qu'on commença à retrouver les femmes assassinées cet été-là, aux corps nus abandonnés, à moitié décomposés, qui firent les gros titres des journaux locaux – des *prostituées*.

En tout, huit *prostituées* découvertes dans un marécage derrière un motel bien connu dans un quartier délabré d'Atlantic City.

Vous en êtes certaine, Juliana ? Mon mari – Irving – n'a pas ? Jamais ?

Suppliant Juliana – *Dites oui ! Racontez-moi.*

Suppliant Juliana – *Dites non ! Épargnez-moi.*

Juliana répéta les mots qu'elle avait préparés. Bégayant avec ce qui pouvait être interprété comme de la gêne, évitant le regard de son employeuse, en colère et injecté de sang. *Non, Mrs Hermann.*

Mais Mrs Hermann insista – *L'avez-vous vu avec d'autres femmes ? Ne mentez pas, ne vous avisez pas de me mentir à* moi.

Finissant par être déplaisante – *Il vous a payée ? Vous avez accepté de l'argent de sa part ? Vous me prenez pour une imbécile ? Vous – et lui…*

Peu après, l'été se termina pour Juliana. Trois semaines avant le Labor Day.

Mrs Hermann lui *donna son préavis* : son contrat prenait fin, elle allait recevoir une semaine supplémentaire de salaire, et ce serait tout. On lui fournirait un moyen de transport pour rentrer chez elle.

Non, dit Mrs Hermann en agitant ses mains baguées, *non, non.* Il n'y avait rien à discuter.

Juliana était déçue, blessée. Son super boulot à Harbor Island !

C'est vrai, elle n'avait pas aimé ce boulot. Elle n'avait pas aimé les gens. (À part la petite fille, mais il y avait aussi des moments où elle n'aimait pas la petite fille non plus.) En revanche, elle avait adoré Harbor Island.

Le *Sand Bar*. Bien sûr, le néon rouge qui clignotait dans les vitrines du Sand Bar.

Même si elle y perdait la moitié de son salaire, elle avait gagné une somme (secrète) de la part d'Irving Hermann, dont Mrs Hermann ne pouvait rien savoir.

Tout se terminait si vite ! – que dire à ses amis ? À sa mère ?

On ferma la magnifique maison d'été. Des semaines avant la date prévue. Les enfants étaient désemparés, malheureux. Mrs Hermann parlait sombrement au téléphone de *mettre la maison sur le marché*, non pour la louer, mais pour la vendre. Elle voulait ne jamais revenir à Harbor Island. Elle et ses enfants rentreraient sur-le-champ à Philadelphie, elle avait engagé un jeune homme pour les y conduire.

Voyant Juliana debout, hésitante, Mrs Hermann disait quelquefois – *Oh, vous ! Vous êtes encore là ?*

***

Faisant ses bagages dans la petite chambre de service encombrée qui donnait sur le canal. S'évertuant à ne pas pleurer, en se massant le cou. Désormais, ses bleus avaient disparu.

De près, le canal était moins beau qu'elle n'aimait à se le rappeler, des traînées d'huile entachaient sa surface ondulée, la promenade en planches était constellée de fientes de mouettes, mais Juliana se souviendrait longtemps des vagues claquant sur la vaste plage de Harbor Island, de l'horizon qui, à l'aube, s'illuminait à l'est, de ce stupide tremblement d'espoir dans le cœur à la vue de cette enseigne au néon rouge – THE SAND BAR.

Son séjour à Harbor Island avait pris fin, et qu'avait-il *signifié* ?

4.

MONEY BAR en lettres au néon rouge clignotant. En fait, il s'appelait le Monkey Bar, mais le *k* avait grillé.

Ici aussi, il y avait des boissons tropicales, des cocktails aux couleurs gaies agrémentés de petites ombrelles flûtées, de bâtons de cannelle, de lamelles de citron vert, de pamplemousse. Du gin, de la vodka. De la tequila, alcool qu'elle n'avait encore jamais goûté. Se léchant les lèvres, attendant le coup de fouet qu'elle savait imminent.

Chaque fois, le coup de fouet est un peu moins fort. Comme avec la caféine le matin. La nicotine. Néanmoins, la promesse du néon clignotant envoyait immanquablement un signal dans ses veines.

Au Mon ey Bar, où les murs étaient recouverts d'affiches brillantes représentant des scènes tropicales/de jungle. Singes aux queues tire-bouchonnées qui cabriolaient. Singes en livrée rouge de garçons de salle. Singes debout, trinquant les uns avec les autres, aux pattes gantées de blanc si semblables à des mains. Un miroir courant tout le long du bar, presque caché par les bouteilles scintillantes, de sorte que c'était un exploit d'y repérer le reflet de son propre visage, telle une pièce d'un puzzle, petite mais essentielle.

Juliana aimait le Mon ey Bar, cet établissement un peu malfamé, parce qu'il était en plein centre-ville, à des kilomètres du campus. Un lieu où vous compreniez que vous vous sentiriez seule, parce que vous étiez seule. Dans les autres bars, les tavernes et les endroits plus proches du campus, vous seriez serrée contre le comptoir avec un tas d'autres gens qui hurlaient de rire, et votre solitude paraîtrait encore plus contre nature. Plus intense. Coincée à écouter un mec qui vous parlait très fort de tout près, qui vous renversait de la bière dessus en jetant des coups d'œil et des sourires à ses copains. Maisons délabrées le long de Fraternity Row, musique rock assourdissante et mecs saouls, filles zigzaguant sur leurs talons hauts, qui ne se demanderaient pas comment elles allaient rentrer dans leurs résidences étudiantes avant des heures. Odeur écœurante de vomi découverte sur le devant de vos vêtements… Dès la fin de sa première année, Juliana en avait eu assez de *tout ça.*

Il y avait plusieurs manières de boire : les bitures de gamins, les beuveries express, et la consommation adulte sérieuse. Les trucs de gamins, *elle*, ça ne l'intéressait pas.

C'était étrange que toute sa vie, après l'épisode de la Blue Moon Tavern, elle n'avait plus jamais été une gamine. Si une gamine, c'est confiant, si une gamine, c'est naïf et stupide, Juliana ne rentrait pas dans cette catégorie.

Au Mon ey Bar, les clients étaient plus vieux. Jamais des types de l'âge de Juliana – un soulagement. Elle aimait être la personne la plus jeune de l'établissement. C'était une distinction qu'elle trouvait flatteuse. Les hommes se montraient protecteurs avec elle, si toutefois ils la remarquaient. Le Mon ey Bar jouxtait un vieil hôtel tranquille appelé le Commodore, ce qui lui conférait une certaine classe. Le barman taciturne en était venu à connaître Juliana par son prénom, mais ne la saluait que d'un bref signe de tête quand elle entrait. Il avait l'âge de son père, des cheveux épais, sombres et huilés comme un acteur d'un film des années cinquante.

Dans le pire des cas, il la protégerait. Elle le savait.

Au Mon ey Bar, pendant sa dernière année d'université, elle avait passé de bons moments. Le postulat de base dans un bar comme celui-là, c'est que personne ne vous connaît, ne vous juge. Et que d'habitude, vous ne payez aucun verre à part le premier, parfois même pas celui-là. Juliana, qui était si jeune et présentait plutôt bien, n'avait jamais à s'inquiéter, elle pouvait venir avec à peine quelques dollars en poche sans jamais devoir attraper son portefeuille. Les hommes plus âgés se sentaient honorés de lui payer un verre – « sans conditions » – ce qui n'aurait pas été le cas avec ces connards des fraternités étudiantes.

Sans condition. Cette formule faisait sourire Juliana. Que signifiait-elle ? Elle n'aimait pas qu'il y ait des *conditions* à quoi que ce soit.

Au Mon ey Bar, elle rencontrait des gens intéressants : des « personnages ». Pas exclusivement des hommes, il y avait une ou deux femmes fascinantes, mais en général des hommes, bien sûr. Un jour, un monsieur plus âgé aux cheveux blancs et aux yeux doux et cernés, sirotant un verre seul au bar quand Juliana était entrée ; son regard s'était tout de suite posé sur elle, sans sourire, mais en la fixant, comme s'il pouvait la fixer impunément sans qu'elle le voie ; lorsque Juliana lui avait jeté un coup d'œil, il était resté tout raide et avait persisté à ne pas sourire, l'observant avec intensité. Juliana ne s'était pas sentie effrayée par cet homme, mais plus ou moins privilégiée, honorée. *On dirait qu'il me connaît. Même si ce n'est pas le cas.*

Elle buvait du gin tonic. Frais, transparent. Qui lui permettait de garder les idées claires. Elle était arrivée au Mon ey Bar vers 22 heures, un soir de semaine. Elle repartirait à 23 h 30. Elle comptait ses verres, prenait soin de ne pas trop boire. Certaines filles de l'université qu'elle connaissait revenaient de leurs rendez-vous galants ivres, bredouillantes, trébuchantes, les vêtements en désordre et le visage gonflé, Dieu sait ce qui leur était arrivé, ce qu'on leur avait fait. Juliana ressentait de la pitié pour les filles qui ne tenaient pas l'alcool, du mépris. Si elles avaient été forcées à avoir des rapports sexuels en état d'ivresse, c'était (techniquement) un viol, mais elles n'admettraient jamais ces incidents, prétendraient ne pas se les rappeler. Ou alors, elles ne s'en souviendraient vraiment pas. Juliana ne se retrouverait jamais dans une telle situation : elle savait boire.

Revenant des toilettes pour découvrir que le monsieur aux cheveux blancs avait quitté le Mon ey Bar. Le restaurant de l'hôtel était contigu au bar : un steak house à l'éclairage tamisé, avec des box aux banquettes en cuir et de luxueux murs cramoisis, et par curiosité, Juliana alla jusqu'à la porte pour chercher l'homme aux cheveux blancs, mais ne le vit pas. Le steak house du Commodore était cher, prétentieux, le seul bon restaurant de la ville, l'endroit où les parents en visite emmenaient dîner leurs rejetons étudiants quand ils descendaient dans cet hôtel.

Bizarrement, elle avait ressenti la perte du vieil homme aux cheveux blancs. Elle était certaine qu'il lui aurait souri si elle s'était montrée plus amicale avec lui. Si elle s'était approchée de lui, si elle ne s'était pas laissé décourager par son expression impassible, l'insistance grossière de son regard. *Salut. Vous avez l'impression de m'avoir déjà vue ?*

Elle aurait pu faire ça. Juliana se surprenait parfois en adressant hardiment la parole à des inconnus.

Le lendemain matin, elle reçut un appel de sa mère, l'informant que son père, dont celle-ci était séparée depuis des années, était mort « subitement » d'une crise cardiaque « majeure » la veille au soir…

Juliana écouta, abasourdie. Elle avait l'impression qu'un étau se resserrait sur ses tempes.

Ses parents étaient séparés depuis des années, sans avoir divorcé. La mère, le père. Ne parvenaient pas à renoncer l'un à l'autre parce que ce serait (devinait Juliana) renoncer à leur passé commun. Mais la plupart du temps, Juliana n'avait pas su où vivait son père. Il appelait peu, il se sentait vite insulté, il était de plus en plus sur la défensive, querelleur. À l'occasion, il lui envoyait un chèque et s'énervait si Juliana ne se décidait pas à l'encaisser.

La nouvelle de la mort de son père l'avait totalement prise de court. Déboussolée. « Qu'est-ce que je vais faire du reste de ma journée ? » avait-elle demandé à sa compagne de chambre, qui avait ri en faisant la grimace.

Pas d'obsèques, avait dit la mère de Juliana. C'est lui tout craché ! Son père avait légué son corps à une école de médecine pour qu'il y soit disséqué. Et donc, pas d'obsèques, pas même de crémation. Pas de commémoration. Laisser sa « dépouille terrestre » à une école de médecine avait été le projet du père de Juliana depuis des années ; même si cette information n'avait rien pour surprendre, Juliana en était stupéfaite. Rappela sa mère pour dire en sanglotant – *Mais on ne pensait pas qu'il était sérieux, si ?*

Après que Juliana avait rappelé plusieurs fois pour lui reposer la question, sa mère avait répondu avec irritation – *Moi, si.*

C'était au Mon ey Bar que Juliana avait rencontré Nathan Gertler, professeur de UC-Berkeley en visite, décharné, barbu, polysyllabique, un spécialiste du cinéma qui publiait des critiques dans *The New Republic*. Il avait été attiré par le tempérament solaire et la simplicité de Juliana, sa bonne humeur résolue, son sourire, doux mais entendu ; il l'avait initiée à une nouvelle boisson qui était vite devenue sa préférée : de la vodka avec de l'eau pétillante et du citron.

Juliana amusait Gertler. Elle le distrayait. La gaieté de Doris Day, les yeux d'Ava Gardner. Lorsqu'elle lui avait expliqué qu'elle regardait peu de films, il avait été authentiquement choqué. « Grands Dieux, ma fille, mais qu'est-ce que tu *fais*, alors ? »

Juliana avait eu envie de lever son verre pour lui donner un indice. Mais Doris Day ne s'exposerait jamais ainsi. Ni Ava Gardner.

Gertler se plaignait à Juliana que ses étudiants en troisième cycle d'études cinématographiques manquaient d'approche « visuelle ». Ils réduisaient l'art à des clichés, ils fixaient sans rien voir. Ils pouvaient rester assis tout un film sans « entendre » une seule fois la bande son, et encore moins être capables de la décrire. Gertler parla à Juliana des films de Jim Jarmusch, sur lesquels il écrivait un livre pour les Presses de l'université de Yale ; puis, très vite, il la ramena dans son appartement à l'ameublement spartiate, un logement fourni par l'université, à une adresse dont Juliana ne se souviendrait pas après coup, où ils regardèrent *Down by Law*, *Night on Earth*, *Mystery Train*, *Broken Flowers*, et *Only Lovers Left Alive* sur l'ordinateur console de Gertler, au cours d'un marathon flou de jours qui se transformaient en nuits et de nuits qui se transformaient en jours, ponctué de vin rouge, de bourbon, d'herbe, de sommeil sur un lit aux draps froissés, mais sans faire l'amour – pas exactement.

Se réveillant pour découvrir ses poignets, ses chevilles attachées avec de la ficelle. Riant, même si elle était effrayée, disant à Gertler que ce n'était pas drôle, qu'elle voulait qu'il la détache, qu'elle devait partir, mais Gertler secoua la tête – *Bien sûr. Mais pas si vite.*

Elle avait mal compris, peut-être. Trop d'herbe. (Juliana avait appris dans l'un de ses cours comment fumer de l'herbe affectait le lobe temporal, à moins que ce ne soit le crack, si puissant qu'il valait mieux ne pas en ingérer du tout.)

Gertler nourrit Juliana de ses propres mains, à la fourchette, à la cuiller, une serviette en papier minutieusement nouée autour de son cou, levant un verre rempli de vin sombre et âcre jusqu'à ses lèvres pour qu'elle avale, elle n'osait pas *ne pas* avaler, le devant de sa chemise aurait été mouillé. Juliana ne supplia pas, ne pleura pas, ne manifesta pas de peur, ne manifesta pas d'indignation, laissa Gertler lui porter des cigarettes de marijuana à la bouche, fit semblant d'inhaler, pensant – *Papa, aide-moi. Papa, je suis tellement désolée.* Toujours attachée, Juliana regarda avec Gertler des films dont il prédisait qu'elle les adorerait – des « comédies loufoques » – de Preston Sturges. Bien que paralysée par la peur, elle parvint à rire de la prestation de la jeune comédienne mince nommée Barbara Stanwyck dans *Un cœur pris au piège* – un petit spasme de rire qui parut convaincre Gertler que Juliana n'était pas fâchée contre lui, que ce ne serait pas une erreur de la laisser partir.

Dix-huit heures de captivité dans cet appartement à l'ameublement spartiate d'une résidence universitaire miteuse. Dix-huit heures, et un seul verre de vin rouge acide pendant tout ce temps. Pourquoi il avait décidé de la libérer, Juliana ne l'avait jamais su, à moins que ce n'ait été le plan de Gertler depuis le début, plan qu'il avait déjà mis à exécution avec d'autres jeunes étudiantes. Il avait juste voulu plaisanter, expliqua-t-il – « blaguer un peu ». Riant de bon cœur, comme dans une comédie loufoque, et Juliana réussit à rire aussi, oui, c'était probablement juste drôle, la plupart des choses étaient drôles quand on les examinait de près. Et cet épisode, une vraie scène de film. (Gertler ne travaillait-il pas sur son propre script ? Bien sûr.) Juliana repartit de son côté, reconnaissante d'être seule, se disant qu'elle aimait plutôt bien Gertler, qu'elle ne le dénoncerait pas à l'administration de l'université, qu'elle n'était pas une *balance*. Il ne lui avait pas vraiment fait de mal, après tout.

Désormais, Juliana pouvait parler en connaissance de cause des films de Jim Jarmusch, les souvenirs qu'elle en avait étaient irréels, séduisants, puis surprenants, imprévisibles. Son préféré ? – *Only Lovers Left Alive.*

5.

Et encore une fois au Mon ey Bar, la dernière soirée de Juliana là-bas.

Étrange et inattendu : durant le printemps flou de sa dernière année d'université, elle s'était fiancée. On aurait dit un rêve. Mais pas un *rêve au néon*, seulement un rêve ordinaire.

Le fiancé avait plusieurs années de plus que Juliana, et il terminait un master en finance d'entreprise à l'école de commerce de son université. Juliana n'avait aucune idée de ce que recouvrait ce master, et ne s'y intéressait guère. L'argent en lui-même ne l'intéressait pas, en dehors du fait que le Mon ey Bar l'intriguait avec ses lettres clignotantes en néon rouge.

Mon ey Bar. Juliana ne doutait pas que ces mots se soient infiltrés dans son sommeil.

Gordon Kechel paraissait sorti de nulle part. Quelqu'un avait dit à Juliana qu'il était le fils de parents riches. Pourquoi lui plaisait-elle, Juliana l'ignorait. Son sourire radieux à la Doris Day ? Ses yeux de biche sexy, pareils à ceux d'Ava Gardner ? En sa présence, Juliana souriait souvent, aucune raison de ne pas sourire, elle entendait à peine les paroles de Gordon, mais trouvait attirants ses cheveux couleur sable, ondulés, toujours bien peignés, ses sourcils sérieux, son regard fauve de garçon intelligent.

Juliana savait qu'elle pouvait avoir confiance en Gordon. Qu'elle pouvait avoir confiance en Gordon pour ne pas la connaître.

Bien que Gordon ait six ou sept ans de plus qu'elle, c'était un amant angoissé, inexpérimenté, reconnaissant (semblait-il) qu'elle ne suggère pas qu'il était encore plus inexpérimenté qu'elle, qu'elle n'attende rien d'autre de lui que ce qu'il faisait, ou essayait de faire ; qu'elle n'anticipe rien au-delà de ce qui *existait.*

Fondamentalement, elle restait intouchée, extérieure. Allongée avec cet homme haletant dans ses bras, si reconnaissant de l'avoir, elle, le plus léger des baisers, le plus doux des murmures, du genre de ceux qu'on adresse à un enfant pour le calmer – *Oui. Je t'aime aussi.*

Alors que Gordon et Juliana ne se connaissaient que depuis quelques mois, Gordon se mit très vite à pousser pour qu'ils se fiancent. Il avait besoin de la *stabilisation* d'une relation permanente, disait-il. Juliana était touchée, et un peu embarrassée qu'un homme lui parle aussi franchement, admettant sa faiblesse.

Gordon était distrait, assailli d'inquiétudes relatives à ses travaux universitaires et à ses relations avec son père, comme s'il s'agissait de moucherons volant autour de sa tête. Juliana n'avait jamais rencontré personne qui soit aussi obsédé par sa famille et l'histoire de sa famille. Par sa litanie d'inquiétudes, de rancœurs. Ses espoirs, ses projets. Sa jalousie envers son frère aîné. Sa préoccupation pour les notes. (À la différence de Juliana, Gordon ne supportait pas d'être noté en dessous de A –. Et même un A –, avouait-il, lui donnait l'impression de glisser sur une paroi rocheuse en s'y accrochant désespérément du bout des doigts à s'en casser les ongles.) Son anxiété quant à l'avenir était en grande partie liée au fait que, une fois diplômé, il travaillerait pour son père dans l'entreprise familiale des Kechel, sous les ordres de son frère.

« Mais pourquoi ? avait demandé Juliana.

– Pourquoi… quoi ?

– Pourquoi devrais-tu travailler avec ton père ? Et pourquoi devrais-tu être "sous les ordres" de ton frère ? Tu ne t'entends pas avec lui.

– Parce que… c'est comme ça.

– Qu'est-ce qui est comme ça ?

– Ma vie – l'entreprise – C'est comme *ça*. »

Juliana était touchée, quoique éberluée, par ce fils d'homme riche, si dépendant de l'opinion que son père avait de lui. Souvent, des soirées entières de leurs vies étaient consacrées au récit compulsif que Gordon faisait des remarques de son père, et aux réponses de Gordon, par téléphone ou par e-mail ; Gordon était toujours anxieux de savoir comment Juliana interprétait certaines d'entre elles, indéchiffrables pour lui.

Juliana avait vite perçu que le père de Gordon était un homme cruel, qui manipulait ses deux fils afin d'entretenir des rivalités flattant son ego, mais elle était trop maligne pour dire à Gordon quoi que ce soit de ce genre. À la place, elle déclara : « Il est très clair que ton père est impressionné par toi. Qu'il a confiance en toi. C'est pourquoi il a parfois l'air si critique : il veut te motiver.

– Ah, c'est ça ! Je vois. »

Et Gordon voyait bel et bien, une fois que Juliana lui avait signalé une possibilité qui n'était pas exactement une probabilité, mais qui renforçait sa dépendance vis-à-vis d'elle tout comme vis-à-vis de son père.

Paresseusement, Juliana songea – *Si j'essaie, je pourrai devenir la femme d'un homme riche.*

Souriant pour elle-même – *Mais est-ce que j'en ai suffisamment envie ? Est-ce que ça vaut le coup ?*

Pour Juliana, le fait que Gordon soit aussi obsédé par l'idée d'être dans les petits papiers de son père restait un mystère. L'argent ne l'intéressait pas tant que ça, il n'avait pas de raison de se soucier d'être embauché ou non par ce dernier dans l'entreprise familiale. Gordon était un jeune homme impressionnant ; en réalité, toutes ses notes étaient élevées, il aurait pu trouver du travail ailleurs, là où il serait peut-être mieux apprécié. Il ne se souciait pas non plus du statut social, quoi que ça puisse être.

Les vêtements, les biens matériels – tout ça ne l'intéressait pas beaucoup. Il achetait la plupart de ses tenues chez Brooks Brothers, non parce qu'elles étaient à la mode et séduisantes dans le genre BCBG, mais par manque d'imagination. Il ne possédait pas de voiture, prenait des taxis si besoin. Pourquoi était-il tombé amoureux d'*elle* – Juliana n'arrivait pas à le comprendre.

Cela dit, pour un œil superficiel/mâle, Juliana était très séduisante : cheveux châtains, yeux largement espacés, pommettes prononcées, dents blanches et bien rangées. Son rire avait un son surpris, enfantin. Rien ne l'amusait particulièrement, et donc tout était drôle. Bien qu'elle ne soit pas alcoolique (elle en était certaine), elle avait acquis l'affabilité floue d'une alcoolique, pour qui pas grand-chose n'a d'importance à part l'alcool, un air à la fois autonome et séduisant. Juliana ne pouvait pas s'impliquer émotionnellement avec qui que ce soit ; de sorte que les autres avaient l'impression qu'elle ne représentait pas de risque, puisqu'elle ne manifestait aucun besoin, aucun désir. Elle ne fondait pas en larmes au moindre malentendu, elle n'exigeait pas plus que son partenaire puisse lui donner, elle ne succombait pas à des *humeurs*. D'autres jeunes femmes, qui avaient identifié la valeur (littérale) de Gordon Kechel, l'avaient poursuivi de leurs attentions ; pas Juliana.

Même si elle n'aimait pas son fiancé, et qu'elle était encore moins *amoureuse* de lui, Juliana en était venue à dépendre de Gordon Kechel. Il faisait partie de ceux qui ne découvriraient jamais sa vie secrète, essentielle : il n'était pas assez perspicace ni assez curieux ; encore moins possessif. Et Juliana était flattée de l'intérêt qu'il lui portait, de sa dévotion apparente. Ce fils d'homme riche, qui s'intéressait à *elle*.

Elle ne voulait pas d'une relation épuisante affectivement, avec quelqu'un de plus vif, plus inquisiteur. Elle ne voulait pas d'une expérience sexuelle intense. En quoi *avoir envie de quelque chose* était-il un état désirable ? – Juliana était incapable de le comprendre. Mais elle était heureuse en présence de Gordon, comme en présence d'un grand frère protecteur. Elle se sentait essentielle, moins hypocrite. Il ne remarquait même jamais son haleine alcoolisée, pour peu qu'elle ait le temps de la camoufler. *Il me prend pour ce qu'il croit que je suis. Il ne va pas chercher plus loin.*

Elle ne disait à son fiancé ni la vérité, ni des mensonges, mais ce qu'il voulait entendre, et ce qu'il lui disait, elle l'entendait à peine, se contentant de murmurer – *Oui ! Je vois.*

***

« Mon père veut te rencontrer, Juliana ! Il fait le voyage exprès. »

Juliana sourit comme si elle était contente. Se disant que c'était tout naturel, qu'il n'y avait pas de quoi s'inquiéter.

Et que c'était inévitable. Inéluctable.

Mr Kechel était descendu au respectable hôtel Commodore, dans le centre-ville. Il voulait inviter Gordon et Juliana à dîner à l'hôtel, et les retrouver au bar pour prendre un verre au préalable.

Ce qui signifiait le Mon ey Bar. Juliana eut un moment de panique.

Gordon n'était jamais allé au Mon ey Bar. Gordon n'avait jamais entendu parler du Mon ey Bar. Gordon buvait rarement, ne s'intéressait guère aux bars, aux pubs étudiants. Pour sa licence, effectuée dans une petite faculté de lettres, il n'avait pas appartenu à une fraternité. Juliana n'aurait pas songé à lui parler du Mon ey Bar, mais le père de Gordon avait déjà séjourné au Commodore dans le passé, et il avait insisté pour qu'ils y prennent l'apéritif.

Se préparant au pire avant d'entrer au Mon ey Bar avec son fiancé et son père à l'idée d'être saluée d'une manière embarrassante par le barman, mais – bien sûr – le barman ami de Juliana sut ne pas trahir qu'il la connaissait ni manifester de surprise en la voyant avec eux, comme si Juliana était une parfaite inconnue.

Pensant, avec soulagement – *Invisible au Mon ey Bar !*

Car n'était-ce pas la promesse de tous ces endroits éclairés au néon ? *L'invisibilité, l'anonymat.*

Ayant déjà séjourné au Commodore, Mr Kechel connaissait déjà les grossiers singes de bande dessinée sur les murs du Mon ey Bar, qu'il identifiait comme des représentations à peine déguisées d'Afro-Américains, et qu'il trouvait amusants ; Juliana fut choquée par cette réflexion terre à terre, tout comme par son amusement, et, en examinant les singes qui cabriolaient, leurs lèvres épaisses, leurs cheveux crépus et leurs yeux exorbités, elle vit que Mr Kechel avait sûrement raison. Sauf qu'il s'agissait d'affreuses caricatures racistes, pas amusantes. (L'un des bébés singes mangeait même une grosse tranche de pastèque…) Juliana ressentit une honte rétroactive d'avoir si longtemps fréquenté le Mon ey Bar sans remarquer ces dessins dégradants.

« Vous avez l'air de désapprouver, Julie… enfin, Juliana. Vous êtes une militante des droits civiques ? » demanda Mr Kechel avec une politesse exagérée.

Si Mr Kechel faisait de l'ironie, Juliana choisit de ne pas réagir.

« Oui, je crois. Apparemment, c'est une simple question de bon sens.

– De *bon sens* ? Comment ça ?

– Les droits civiques, ça signifie, "droits pour tous". Ils nous protègent, nous aussi.

– Nous ? Qui ça, "nous" ? »

Juliana marqua une pause. Un démon lui soufflait de dire *les Blancs*. À la place, elle répondit avcc un sérieux d'écolière, « Tous les Américains. Nous tous. »

Le sérieux de Juliana, qui équivalait à une réprimande à l'espièglerie de Mr Kechel, jeta momentanément un froid.

C'était une surprise, et une surprise pas désagréable, de voir que Mr Kechel ne ressemblait en rien à son fils. Dès le premier instant, on détectait quelque chose de joueur, de jovial, d'inflexible dans son attitude, dans la facilité même avec laquelle il souriait. C'était un homme qui avait réussi. C'était un homme qui avait une haute opinion de lui-même, qui dégageait un air d'équanimité, conforté par la certitude que personne ne le contredirait ni ne s'opposerait à lui.

Il portait des vêtements coûteux et bien coupés choisis pour flatter son corps épaissi – ayant tout l'air de venir de chez Brooks Brothers. Il était très soigné, les cheveux à la coupe impeccable, sa lourde mâchoire rasée de près. Chemise blanche, manches aux poignets blancs. Boutons de manchettes. Pas un adonis : une face aplatie, un gros nez, des yeux rapprochés, et pourtant, en sa présence, on ne voyait personne d'autre ; on n'avait qu'une envie : impressionner un tel homme, le faire sourire, rire, qu'il vous juge comme un homme peut évaluer une femme – franchement, élogieusement. « Tu ne me l'avais pas dit, Gordon – elle est superbe. Et son nom c'est – Juli-ana ? »

Comme si Juliana n'était pas là, à entendre ces compliments extravagants. Mr Kechel prit sa main dans la sienne, la serrant au point de la faire grimacer. Son regard planté dans le sien. Juliana eut un frisson de faiblesse, de passivité. Cet éclair de boutons de manchettes ! – une charge sexuelle sourde. Qui lui rappelait Irving Hermann, à qui elle n'avait pas pensé depuis des années.

Juliana se demanda pourquoi Mrs Kechel n'accompagnait pas son mari, car Mrs Kechel n'aurait-elle pas envie de rencontrer la fiancée de son fils, elle aussi ? – mais Juliana n'aurait jamais posé la question.

Gordon était à la fois gêné et flatté par l'attitude de son père. Il riait comme pourrait rire un enfant qu'on a taquiné, ridiculisé même, tout en étant reconnaissant de l'attention d'un aîné. Le verre qu'il avait commandé au Mon ey Bar était une simple bière, qu'il avait à peine touchée. Son père avait commandé du Johnnie Walker Black, sec. « Et qu'est-ce qui vous ferait plaisir, mon petit ? Un daïquiri au citron vert ? À la fraise ? »

Juliana avait l'intention de refuser en souriant toute boisson alcoolisée – *Non, merci*. Cependant, elle s'entendit dire d'un ton hésitant, « Eh bien, je pourrais essayer ça. Le daïquiri à la fraise ? »

Elle aurait préféré un gin tonic. Mais *daïquiri à la fraise*, ça sonnait (et paraissait) plus féminin.

Tandis qu'ils buvaient, Mr Kechel posa à Gordon des questions superficielles sur ses cours et prétendit écouter les réponses de son fils, en sirotant son verre et en dévorant des cacahuètes. Cela l'intéressait beaucoup plus de questionner Juliana, d'une façon aussi intrusive qu'espiègle : quelle était la matière principale qu'étudiait Juliana à l'université, que Juliana prévoyait-elle après son diplôme, où Juliana était-elle née et où Juliana vivait-elle, qui étaient ses parents ?

Pas vos fichues affaires, m'sieur – aurait-elle aimé rétorquer.

À la place, Juliana balbutia des réponses plausibles, du genre de celles qu'une fille naturellement timide pourrait balbutier. En réalité, elle espérait intéresser, intriguer cet homme. Elle espérait prévenir le voile d'ennui qui envahissait ses traits quand il écoutait Gordon.

Et les yeux de Kechel, qui se posaient comme par accident sur ses bras nus, ses seins, petits, mais bien dessinés, sa taille fine. Telle une enfant qu'on chatouille rudement, Juliana rougit de plaisir. Pendant les mois où elle avait partagé l'intimité de Gordon, celui-ci l'avait à peine interrogée sur quoi que ce soit. Il ne l'avait jamais regardée comme Mr Kechel la regardait ouvertement. Tout ce que disait Juliana à Mr Kechel, même ses paroles les plus ordinaires, les plus banales, semblait le fasciner.

Il alla jusqu'à lui demander quels étaient ses films préférés. Imaginez Gordon posant une question pareille à Juliana !

« Oh, je suppose – surtout des films de Jim Jarmusch…

– Qui ça ?

– Jim Jarmusch.

– Jar… munsch ?

– *Jarmusch.* »

Juliana rit comme si on la chatouillait.

« Quelle est sa nationalité, à ce Jar-musch ?

– Il est américain.

– Oui, mais quel genre d'Américain ? Un Sémite ? »

Durant cet échange, Gordon resta coi. Exclu de la conversation, vérifiant périodiquement son téléphone portable.

Pas pour consulter ses e-mails, Juliana le savait. Regardant l'heure, la météo, les constellations. Les actualités.

Oh, pourquoi Gordon n'était-il pas plus *assertif*? Juliana se sentait contrariée par son fiancé. Il avait si vite cédé à ce père dominateur, comme par dépit.

« Mon petit, je vois que vous ne portez pas – encore – de bague de fiançailles. Est-ce délibéré ?

– Délibéré ? Je pense… je ne pense pas… nous y avons pensé… »

Juliana se tourna vers Gordon, qui contemplait son téléphone portable.

« … nous ne sommes pas conventionnels, je crois. Nous n'en avons pas parlé.

– Foutaises, mon petit, lança Mr Kechel d'un ton affable. Vous n'y croyez pas vous-même.

– Croire quoi ? Que nous ne sommes pas conventionnels ?

– Pour vous marier, il vous faut vous fiancer. Selon les *conventions.* »

Puis, avec un large sourire : « Pourquoi n'irions-nous pas en chercher une demain ? Je vais passer la nuit ici, vous savez. Il doit bien y avoir une bijouterie décente dans cette ville de bouseux. »

Juliana se remit à rire, pas certaine de ce qu'elle devait penser. Mr Kechel *était*-il sérieux ? Gordon paraissait à peine écouter.

« Vous aimez les diamants, mon petit ? Les émeraudes ? Les saphirs ? » – elle ne savait pas si Norman Kechel la taquinait ou non.

Juliana n'avait aucune idée de la réponse à fournir. Elle trouvait l'assurance de cet homme riche intimidante, déstabilisante.

Bien que leur table au steak house de l'hôtel soit réservée pour 20 heures, Mr Kechel n'était pas pressé de quitter l'atmosphère légère du Mon ey Bar, où de plus en plus de clients, des hommes surtout, entraient, puis s'asseyaient au comptoir, face au mur scintillant de bouteilles.

Un tel mur de bouteilles ressemblait tant à un autel. Juliana ne l'avait pas remarqué aussi clairement dans le passé.

Regrettant de ne pas être seule, au Mon ey bar. Seule, la vie est beaucoup plus facile.

La plupart des clients du Mon ey Bar étaient des hommes de l'âge de Mr Kechel, issus de la même classe sociale. Peut-être des hommes d'affaires. Des voyageurs. Mr Kechel expliqua à Juliana quc c'était son genre de bar – « à mi-chemin entre chic et louche ». Prix délibérément trop élevés, pour éloigner les racailles et les types des fraternités. Whisky de grande qualité, scotch, bourbon. Impressionnant. Tout comme l'austère hôtel Commodore, avec ses plafonds de quatre mètres cinquante de haut et ses salles de bains exiguës, ses baignoires à l'ancienne aux douches qui gouttaient. Ses sols en marbre, ses lustres anciens. Cet hôtel, c'était de l'authentique, même si l'authentique, plus personne n'en voulait désormais.

« Ma chambre sent comme si quelqu'un s'y était fait sauter la cervelle. Pas récemment… en 1929. »

Juliana s'esclaffa, même si elle ne comprenait pas ce que ce commentaire avait de drôle. L'effondrement des marchés financiers, c'était bien en 1929 ? Le début de la Grande Dépression. Quel âge avait Norman Kechel ? Elle aimait l'humour discret et pince-sans-rire de cet homme. Il pourrait passer dans les émissions de télévision de fin de soirée, marmonnant des sous-entendus sans desserrer les dents. À la différence de son fils, si sérieux, il aimait boire et ne s'en cachait pas. En effet, Mr Kechel était un *buveur*. Avait dû gagner son argent plus jeune, quand il prenait ce genre de chose au sérieux, et maintenant, il était plus heureux dans un endroit à l'éclairage tamisé au néon comme le Mon ey Bar à siroter un whisky et à mâchonner des cacahuètes rances qui laissaient une pellicule de sel sur ses doigts. Dans le long miroir horizontal derrière le bar, sa face aplatie se balançait, aussi rouge et amorphe qu'une forme de vie sous-marine.

Que cet homme soit un buveur, Juliana le comprenait. Elle connaissait Norman Kechel intuitivement, de l'intérieur. Néanmoins, il était crucial que Norman Kechel ne devine pas tout à fait à quel point ils étaient similaires, elle et lui.

Comptant chaque gorgée de son daïquiri à la fraise. Calculant quand il serait raisonnable d'en commander un autre.

Mais non, peut-être pas. Peut-être mieux d'attendre le dîner au restaurant, pour prendre un verre de vin, ou deux. Kechel insisterait pour commander de l'excellent vin, afin de la gâter.

Lorsque Gordon s'excusa pour aller aux toilettes, Kechel choqua Juliana en posant sa main sur la sienne et en la pressant très fort sur la table. « Comment diable avez-vous rencontré mon fils, mon petit ? Vous êtes bien trop belle pour lui. »

Juliana éclata de rire en s'empourprant.

« Vous êtes bien trop *sexuelle* pour lui. »

Voulant retirer sa main de sous la sienne, mais sans l'offenser ni attirer l'attention. Le barman taciturne, qui surveillait leur groupe du coin de l'œil, s'en apercevrait.

« C'est un jeune homme qui a beaucoup de chance. Et qui en est bigrement inconscient. »

Juliana n'avait aucune idée de ce qu'elle devait répondre, même si une absence de réponse paraîtrait signifier son assentiment.

« Vous l'aimez, hein ? Vous couchez avec lui ? Depuis quand ? »

Juliana secoua la tête. Cela allait trop loin. Cette fois-ci, elle extirpa sa main de sous la sienne tandis qu'il murmurait des excuses (insincères ?) – « Hé, désolé. Je ne voulais pas vous offenser. »

Juliana, les joues en feu, ne répondit pas.

« Je vous ai *vraiment* offensée ? Ce n'était pas mon intention. »

Lorsque Gordon revint, il était presque 20 h 30. Le jeune couple dut convaincre Mr Kechel qu'ils devaient gagner la salle à manger, avant que la cuisine du restaurant ne ferme.

Mr Kechel accepta à contrecœur. Un serveur emporta leurs verres à une table de la pièce voisine, aussi imposante et austère que le Mon ey Bar avait été canaille et bruyant.

« OK, les jeunes, commandez tout ce qui vous plaît au menu, dans la limite du raisonnable. C'est le vieux qui régale, pas vrai ? »

Juliana opta pour un filet de sole, le plus délicat des poissons blancs. Mr Kechel, pour une côte de bœuf, et Gordon, pour une assiette de dinde avec de la farce et de la purée de pommes de terre.

« Vous voulez boire autre chose, les jeunes ? Non ? Juste moi ? Tiens. »

Au cours du dîner, il fut décidé par Norman Kechel qu'ils iraient tous les trois choisir une bague de fiançailles « appropriée » le lendemain. Naturellement, ce serait Norman qui paierait cette bague.

« C'est le moins que je puisse faire, pour accueillir une jeune fille à la mine aussi fraîche dans notre famille. »

La *mine* aussi *fraîche*. Ces mots semblaient vaguement ironiques, bêtes. Tous les vivants n'avaient-ils pas la *mine fraîche*?

Leurs plans étaient imprécis et improbables, et Juliana ne fut guère surprise lorsque, le lendemain matin, elle reçut un texto de Gordon; il n'aurait pas le temps d'aller chercher une bague cet après-midi-là, ils allaient devoir décaler. Bien sûr, c'était un jour de cours: Gordon avait un séminaire de master de trois heures en finance internationale le même après-midi. Juliana avait deux cours, qu'elle n'aurait pas vu d'inconvénient à sécher: histoire de l'art et psychologie, deux conférences en amphi. À peine avait-elle accepté de remettre leur expédition à plus tard qu'elle reçut un appel de Norman Kechel, l'informant que leurs plans n'avaient pas été décalés – « Pas les vôtres ni les miens. »

Ce serait une surprise pour Gordon, lui expliqua Norman Kechel. Qu'ils choisissent une bague splendide tous les deux. Bien sûr, ce serait Juliana qui la sélectionnerait. Lui, le père du marié, ne ferait que l'acheter.

Juliana hésitait sur sa réponse. Elle n'avait pas beaucoup pensé à une bague de fiançailles jusqu'à ce que Mr Kechel aborde le sujet, et maintenant, elle commençait à avoir hâte d'en posséder une… L'air enjoué et exubérant de Mr Kechel à 11 heures du matin conduisit Juliana à se demander si cet homme d'un certain âge n'avait pas déjà bu son premier verre de la journée. La voix de Mr Kechel était aussi douce que le plus doux des whiskies servi avec de la glace, et ne donnait pas le moindre indice de l'absurdité de ce qu'il suggérait.

Quand Juliana avança la faible excuse de ne pas disposer d'un moyen de transport vers le centre-ville à part le bus municipal, Mr Kechel commanda un taxi pour qu'il passe la prendre à sa résidence et l'amène au Commodore, où elle devait le retrouver, pas dans le hall, mais dans sa chambre au troisième étage. « Dans votre chambre ? Vraiment ? » – Juliana rit de l'effronterie de cet homme. « Je laisserai la porte entrouverte, rétorqua Kechel. Juste au cas où. » *Juste au cas où, quoi ?* Juliana n'avait pas l'intention d'aller dans la chambre de Kechel, elle l'appellerait du hall. Elle s'habilla avec soin, choisissant une veste en lin blanc, un foulard à rayures rouges, un pantalon sombre bien repassé et de jolies sandales. Elle n'avait pas l'allure d'une étudiante, plutôt d'une jeune professionnelle ou d'un mannequin. Elle brossa sa chevelure châtain jusqu'à ce qu'elle brille et crépite d'électricité statique sur sa tête.

Juliana était curieuse de ce qui allait se passer entre elle et Mr Kechel. Elle ne croyait pas vraiment qu'il allait se passer quoi que ce soit. Au cours de leur dîner à l'atmosphère tendue, Kechel lui avait jeté des œillades amusées, et elle s'était efforcée d'ignorer l'intensité et l'intimité avide de son regard. Il avait censuré son choix de filet de sole, insistant pour qu'elle commande un filet mignon – « Une viande de femme. »

C'est tout juste s'il ne lui avait pas coupé sa viande dans son assiette. Plusieurs fois, il l'avait appelée « Princesse ». Il lui avait commandé un second verre de vin, malgré ses protestations. (Juliana n'avait pas bu ce second verre. Ostensiblement.) Attablé avec eux, Gordon était silencieux, maussade, mangeant sa dinde fade en affectant l'indifférence, le désintérêt ; il avait posé à côté de lui, sur la table, son téléphone, sur lequel s'affichaient des notifications, qu'il avait à peine consultées.

Après coup, Juliana avait demandé à Gordon pourquoi il l'avait ignorée au dîner, et Gordon avait dit qu'elle semblait plutôt s'amuser. En quoi avait-elle besoin de *lui* ?

« Ton père m'a surtout parlé à moi. Je n'avais pas le choix. Mais tu ne nous as adressé la parole ni à l'un ni à l'autre. Pourquoi donc ? »

Néanmoins, tout ce que Gordon fut capable de faire, ce fut de répéter que Juliana avait semblé bien s'amuser. Qu'il n'avait pas voulu les interrompre.

Ce nouvel aspect cinglant de son fiancé. Juliana eut un élan de consternation, de dégoût.

Le lendemain, Juliana arriva à l'hôtel Commodore en début d'après-midi et, comme l'avait suggéré Mr Kechel, appela sa chambre d'un téléphone dans le hall. Au bout de trois sonneries, Mr Kechel répondit et annonça à Juliana de sa voix aimable et enjouée – « Montez tout de suite, mon petit ! Je vous attendais. »

Juliana objecta. Pourquoi ne descendait-il pas plutôt la retrouver, *elle* ?

« Un verre est de rigueur, mon petit. Nous serons tranquilles, ici.

– Si vous voulez boire un verre, Mr Kechel, nous pourrions en prendre un au Monkey Bar »

Juliana avait eu l'intention de prendre un ton espiègle. Se rendant compte un peu tard que Mr Kechel ignorait sans doute que le bar de l'hôtel s'appelait le Monkey Bar.

Kechel rétorqua sèchement qu'il préférait le prendre dans sa chambre – « Vous me faites attendre, mon petit. »

Juliana rit, agacée. *Pourquoi* devrait-elle monter ?

Il y eut une pause. Kechel avait-il raccroché ? Mais oui !

Juliana sentit ses joues se mettre à brûler. Elle allait prendre l'ascenseur jusqu'au troisième, mais peut-être, juste peut-être qu'en définitive elle n'irait pas chercher une bague de fiançailles avec le vieil homme.

À l'étage, Juliana vit que la porte de la chambre de Kechel était entrebâillée. Sur la poignée, une pancarte – NE PAS DÉRANGER.

« Hou hou ? » Juliana poussa la porte. Elle était préparée à être amusée, à rire.

Bien entendu, la pièce était spacieuse, avec un petit salon adjacent, un plafond lambrissé. Les stores n'avaient pas été ouverts. L'ameublement était opulent, imposant ; la chambre paraissait en désordre. Le lit king size était énorme ; un lourd édredon en satin avait été tiré avec négligence sur les draps froissés. Les restes du petit déjeuner sur un plateau, et sur une desserte, une bouteille de whisky entamée. Provenant du minibar, supposa Juliana.

Aussitôt qu'elle entra dans la pièce, Norman Kechel l'approcha par la gauche, très vite, en silence. Sans un mot pour la saluer, il lui agrippa l'épaule, la tira à l'intérieur, referma la porte. Sa bouche plongea vers la sienne, brutalement, la suçant à la manière d'un brochet.

Kechel n'était pas rasé. Sans chaussures, pieds nus – plus petit que dans les souvenirs de Juliana. Son haleine sentait le whisky, mais elle était aigre, pas sucrée.

« Bonjour, Julie – Juli-*an*-ya ! »

La poussant contre une commode. Le dos de Juliana contre la commode. Elle riait, essayait de rire, c'était tellement absurde, une telle attaque, un homme tellement plus vieux qu'elle, à quoi pensait-il ? Elle ne résista pas activement, même si elle était loin d'être docile. Songeant – *Je ne suis pas vraiment ici. Croit-il que je suis* ici *? Pas moi !*

Elle se sentait à la fois indignée et gaie, étourdie. Peut-être avait-elle bu avec le vieil homme, rien que tous les deux, pendant la matinée. Peut-être s'en était-elle expliquée auprès de Gordon, ou de n'importe quel observateur. L'atmosphère canaille du Mon ey Bar avait débordé dans la lumière du jour et régnait désormais partout : rien n'avait d'importance, ou ne pouvait avoir d'importance. Les singes cabriolaient, les singes étaient risibles. Derrière ses paupières, un séduisant rougeoiement de néon.

Elle s'était réveillée ce matin-là avec une légère migraine sourde. C'était la *gueule de bois* qui suit un moment de plaisir.

Qu'est-ce qu'une *gueule de bois* sinon une sorte de souvenir, enfoui très profond dans le cerveau.

Kechel paraissait évaluer Juliana avec un grondement bas et approbateur. C'était quelqu'un qui aimait lancer aux femmes ces mots-là – *ma belle, beauté.* Juliana comprenait qu'il trouvait excitant, lui, l'homme, l'aîné, de distribuer de tels compliments, d'évaluer. Car c'était lui qui évaluait les autres, lui-même ne serait pas jugé. Il agrippa plus fort les épaules de Juliana, prenant possession d'elle. Il commença à l'embrasser, de plus en plus fort. Cette fois, il l'obligea à ouvrir la bouche, son intention était de dominer, de faire mal. Elle aurait pu le repousser – un coup de coude dans sa poitrine grassouillette – au cœur même de ce qui est le cœur de la bête – mais elle ne l'avait pas fait.

Ils iraient acheter une bague ensemble, et ce serait une très belle bague. Combien de milliers de dollars le père de la mariée dépenserait-il ? Gordon serait impressionné. Gordon serait jaloux. Juliana fut parcourue d'un frisson de mépris pour la faiblesse de ce fils incapable de tenir tête à son père. À cet instant, Gordon Kechel disparut, désintégré.

Si j'épouse le fils, se dit Juliana, *ce sera un arrangement entre nous.*

Une sorte de gaieté sauvage l'envahit. Une gaieté née du désespoir, d'une profonde perte.

Elle se sentait sans défense devant lui. L'autorité de cet homme plus âgé. C'était un privilège qu'il exerçait, cette autorité. Elle, la fiancée du fils, faisait partie de ce privilège.

Les mains de l'homme agrippaient les siennes, elle ne pouvait pas le repousser.

Il l'entraînait quelque part. Comme quand on aide un enfant à marcher. Mais Juliana n'avait pas besoin d'aide. Elle n'était pas *ivre*. Sa respiration s'était accélérée en prévision de ce qui allait suivre. D'appréhension. Elle avait enlevé ses chaussures d'une secousse. Elle était plus petite que l'homme, c'était bien. Il ne se sentirait pas menacé par elle, il ne serait pas tenté de lui faire de mal. Il pourrait se pencher sur elle, la commander. Elle se raisonna – *Je peux lui échapper quand je veux. Ce n'est qu'un jeu. Ce n'est pas sérieux.*

Ils étaient devant l'énorme lit. Juliana était désormais curieuse de ce qui allait se produire. Elle n'était *pas saoule* mais se sentait étourdie-gaie, enivrée. Son cœur enrageait de mépris pour le plus jeune, cet homme faible qui aurait pu observer la scène avec horreur. Trop tard maintenant, trop tard pour rebrousser chemin. Pas d'autre choix que de desserrer ses vêtements avant que l'homme impatient ne les déchire à tâtons.

Kechel avait bu, elle le reconnaissait comme un *buveur*. Il deviendrait son beau-père, ils seraient des buveurs ensemble. Sauf qu'elle l'empêcherait de connaître son secret, si elle le pouvait. Aussi longtemps qu'elle le pourrait.

Dans sa vanité, Kechel se détourna de Juliana, enlevant ses vêtements, ou presque tous ses vêtements, mal à l'aise dans son corps, le corps d'un homme d'âge mûr. Juliana entrevit une poitrine grassouillette musclée, une poitrine large couverte de poils gris, pâle et flasque, les bourrelets de chair qui pendaient à sa taille.

Elle eut un sentiment de supériorité. Elle était *jeune*, et l'homme n'était *pas jeune*. Même si Juliana n'attachait pas d'importance au fait d'être *jeune*, elle comprenait que l'homme plus âgé, lui, le fasse.

Son corps à elle était lisse, mince, aussi souple que celui d'une danseuse. Ses seins, sa taille, la courbe de ses cuisses – gracieux, désirables. Il y avait quelque chose de moqueur dans ce corps femelle juvénile, sa beauté nonchalante. Kechel en était le témoin. Kechel était très attiré par elle, et pourtant, Juliana sentait qu'il lui en voulait. La chair tremblotait sur son abdomen et au-dessus de son bas-ventre. La grosse limace de son bas-ventre était lente à se gonfler de sang. Kechel la poussa vers le lit, puis sur le lit, et Juliana ne résista pas. Une sorte de paralysie l'avait envahie, une sorte d'anesthésie. Son corps était quelque chose qu'elle habitait à peine ; elle ne pouvait pas le défendre contre le danger.

Sans guère de cérémonie, Kechel lui écarta les jambes, ses magnifiques jambes minces, tout juste conscient de Juliana à présent qu'il s'évertuait à invoquer une érection depuis un recoin souterrain de son âme afin de pouvoir s'introduire violemment en elle. Ses grognements se firent plus rapprochés. La transpiration gouttait de son visage crispé par l'effort sur celui de Juliana. Et voilà que la tête de Juliana était poussée contre le dosseret du lit ! – *Oh. Oh…* C'était trop brutal, elle ne pourrait pas supporter une telle brutalité sans un verre. Plusieurs verres.

Une vision lui vint, quelqu'un qui écoutait dans la pièce attenante. Une femme d'âge mûr, une femme amère. Mrs Kechel, la mère de Gordon, forcée d'entendre le rythme mécanique de ces coups de boutoir, le halètement du mâle, impersonnel, décérébré…

Kechel grogna en s'effondrant sur Juliana. Ses muscles tendus se relâchèrent, s'affaissèrent. Au bout d'un moment d'hébétude, il marmonna quelque chose que Juliana fut incapable d'interpréter, et qui ne lui était peut-être pas destiné.

Se hissant, à bout de souffle, hors des draps humides et emmêlés, titubant jusqu'au buffet pour leur verser à boire : du whisky sec, Juliana n'avait aucune intention de boire du whisky sec à cette heure de la journée dans une chambre d'hôtel avec le père (nu) de son fiancé.

D'une manière ou d'une autre, Juliana s'était retrouvée nue. Elle avait laissé l'homme la rabaisser à son niveau – *nue*.

Tous les deux, ils étaient des *buveurs*. Il avait paru le savoir. La veille au soir, il avait su. En revanche, elle était incapable de l'admettre, elle refusait.

La grosse limace dure lui avait fait mal, elle n'avait pas été préparée à sa force. Sous-estimant l'homme sous prétexte qu'il avait des dizaines d'années de plus qu'elle et que sa respiration était pitoyablement sifflante. Mais il était plus vigoureux et brutal qu'elle ne l'avait prévu. À présent, Kechel était assis au bord du lit, respirant toujours fort en lui caressant la cuisse. Son visage paraissait empreint d'une sorte de délire, cramoisi et hagard.

Désirant écarter en douceur la pesante main de l'homme, mais sans vouloir risquer de l'insulter. Juliana savait d'expérience qu'un homme affable est plus susceptible de se sentir insulté que les autres. Non, il ne valait mieux pas éveiller l'hostilité de cet homme affable.

La grosse limace dure de son bas-ventre était redevenue molle et flasque, inoffensive. Une sorte de sécrétion huileuse-laiteuse s'en était échappée. Prenant le verre de whisky des mains de Kechel, Juliana envisagea de frapper cette affreuse limace avec quelque chose. Mais elle était pieds nus, la plante de son pied nu ne blesserait pas sérieusement ce gros machin épais. Mieux valait ne pas essayer de le blesser si on ne pouvait pas la détruire une fois pour toutes. Juliana s'esclaffa à cette idée d'une sagesse séculaire.

Sans avoir eu l'intention ne serait-ce que de goûter le whisky, Juliana se surprit à le siroter. Elle n'était pas experte en alcools forts, mais elle devina qu'il s'agissait d'un bon whisky coûteux. Provenant du minibar, ce qui multiplie le prix habituel par deux.

Kechel disait à Juliana à quel point elle était belle, à quel point son corps, ses yeux, ses cheveux étaient beaux – « Oui, mais vous le savez, mon petit, non ? Bien sûr que vous le savez. »

Le vieux s'était-il entiché d'elle ? Juliana se remit à rire, mal à l'aise. Il fallait qu'elle calcule comment s'échapper. Il fallait qu'elle parte bientôt.

Mais non : ils avaient prévu d'aller acheter une bague de fiançailles. Bien sûr. C'était la raison pour laquelle Juliana se trouvait là, dans ce lit à l'odeur aigre.

Elle allait laisser le vieux dépenser de l'argent pour elle, décida-t-elle, c'était ce qu'elle méritait. Elle l'avait gagné. Elle épouserait Gordon, ou peut-être qu'elle n'épouserait pas Gordon, mais elle garderait la bague de fiançailles, parce qu'elle l'avait gagnée.

« Vous savez bien quel effet vous avez sur les hommes, Juli-a-nya, non ? Bien sûr, vous n'êtes pas une enfant, vous le savez. »

Norman Kechel s'exprimait presque avec mélancolie. Juliana se demanda, dans une sorte d'envolée fantasque, si le père du fiancé pourrait prendre la place du fiancé : divorcer de sa vieille femme usée et épouser la splendide jeune fiancée. Un retournement de situation saugrenu, mais pas impossible.

Ça dépend de toi – se dit Juliana. *Et de personne d'autre!*

L'onctueuse liqueur couleur abricot lui était montée à la tête, très agréablement.

Lui caressant la cuisse, se penchant alors pour embrasser cette cuisse, ses lèvres mouillées contre la chair frissonnante de Juliana, Kechel parlait à celle-ci de son entreprise à Kansas City. Elle avait raté la partie où il avait identifié un produit. Ou peut-être n'y avait-il pas de produit, juste un service quelconque. Il évoqua la famille de sa femme – « Des pionniers de souche. » Quant à *lui*, il était de souche immigrée, de la seconde génération.

De ce ton à la fois mélancolique et vaguement teinté de reproche, Kechel évoqua aussi ses enfants, des fils. Il ne mentionna pas Gordon par son nom. *Mes fils. De bons gamins. Mais qui ont besoin d'être guidés.* Adolescente, Juliana avait décidé de ne pas avoir d'enfants à elle. Jamais. Les enfants sont une déception, ils sont toujours au-dessous de vos attentes. Ils représentent toujours un fil à la patte. Non. Ils étaient déjà trop nombreux à habiter le monde, s'étouffant les uns les autres.

Juliana commençait à se sentir étourdie. Elle n'avait pris que deux ou trois gorgées de l'exquise liqueur couleur abricot. Dut se rallonger sur le lit, tête contre le dosseret, l'un des oreillers inconfortablement replié sous elle. Paupières lourdes. Avait-elle commis une erreur? Avait-elle mal jugé Norman Kechel? Cet homme l'avait-elle droguée? Empoisonnée? Confondant Kechel avec le professeur d'études cinématographiques en visite qui l'avait aussi droguée/empoisonnée.

Le whisky n'était pas sa boisson, le whisky était une boisson d'homme. Du whisky sec. Malgré tout, il avait bon goût. Un goût réconfortant. On ne pouvait pas le nier.

Non, ça suffit! Merci, mais *ça suffit.*

Ses paupières étaient lourdes. Une main enleva le verre à whisky de la sienne, doucement.

Avait dû dormir. Perdu la notion du temps. Était-elle seule ? Ou –

Pas Gordon. Vaguement, elle comprit – *Pas le professeur de cinéma et pas Gordon.*

L'individu qui était derrière elle, un poids lourd et humide. Et maintenant, il était debout au-dessus d'elle. Avec une sorte de triomphe, remis sur pied. Vaguement, elle voyait un visage, pas un visage familier. Pas un visage bienveillant. Pas un visage paternel. Sur ce visage aux mâchoires lourdes, de la désapprobation et de l'antipathie.

Vêtu d'un peignoir de bain en tissu éponge trouvé dans le placard de la chambre d'hôtel, l'homme se tenait au-dessus d'elle en se balançant avec jubilation. Le tissu éponge était d'un blanc trop vif, qui agressait les yeux de Juliana.

Qu'est-ce que cet homme était en train de faire ? Prenait-il des photos d'elle avec son téléphone portable ? Alors qu'elle était allongée, étalée et sans défense ? Chercha à se protéger de ses mains. Bras nus, torse nu. Seins, ventre. Voyant le mépris dans ce visage qui aurait dû être un visage bienveillant, la rage qui fait voir rouge. Ses bajoues tremblotantes. Elle tentait de se cacher comme une enfant pourrait se cacher, recroquevillée, les genoux sur la poitrine. Elle espérait qu'il n'allait pas l'étrangler dans ce lit et tirer l'édredon sur elle. Elle espérait qu'il ne la laisserait pas pour morte. Après l'avoir traînée dans la salle de bains, avoir hissé son corps sans vie dans la baignoire, une vieille baignoire lourde en porcelaine d'une autre ère, aussi vaste qu'un sarcophage égyptien.

Durant toutes ces années, les rumeurs qu'on entendait. Des filles, des femmes, violées, étranglées, battues à mort, laissées pour mortes dans leur propre vomi, leurs excréments.

La version la plus clémente (pourrait-on se dire), c'était *corps jamais retrouvé*. Parce que alors, l'*enquête était toujours en cours*. Il existait une possibilité que la victime soit *toujours en vie*.

« Des preuves. Mon naïf de fils a besoin de savoir quelle sorte de traînée il fréquente. »

La voix était pâteuse, ravie. La voix poursuivit, informant Juliana qu'il avait un avion à prendre, à 18 heures, le soir même. Qu'il n'avait aucune intention d'emmener la « traînée » « dévaliser les bijouteries ». Kechel ajouta qu'il allait prendre une douche, pour effacer son odeur sur son corps, et que quand il ressortirait de la salle de bains, il voulait qu'elle soit partie.

Lui jetant ses vêtements. Le visage boursouflé de jubilation, de fureur.

Juliana tira le drap sur son corps blessé. C'était ce qu'on faisait : recouvrir un corps. Ses réactions étaient lentes, comme si elle était sous l'eau. Elle avait d'abord cru que Kechel plaisantait, car ses manières étaient souvent enjouées, pas sérieuses ; mais il n'avait pas l'air de plaisanter, maintenant.

« Rhabillez-vous. Sortez d'ici. Sortez de la vie de mon fils. Si vous cherchez à le revoir, je lui montrerai les preuves, ce que vous êtes réellement… »

Il se moquait d'elle, sans gaieté. Il triomphait, il exultait. Elle était abasourdie d'avoir si mal jugé la situation. La honte de tout ça…

Il la laissa, elle entendait la douche dans la salle de bains. Néanmoins, Juliana n'était pas certaine de ce qui s'était passé. Norman Kechel était-il en train de *plaisanter* ? Il avait paru si épris.

Consumée de douleur. De honte. Elle murmurait pour elle-même – *Ça va aller. Ça va aller. Il ne t'a pas fait de mal. Tu es vivante.*

Elle se rhabilla à tâtons. Remettant ses vêtements propres, chic et séduisants sur son corps souillé et malodorant.

Personne pour observer comment elle se débrouilla pour boutonner sa veste, enfoncer les boutons en nacre dans les étroites boutonnières brodées.

La pièce tournoyait autour d'elle. Elle lutta pour rester debout. Il avait dû glisser quelque chose dans son verre – un somnifère, peut-être. Elle était si naïve d'avoir accepté ce verre de sa part – elle avait été si vaniteuse de croire que sa volonté était plus forte que celle de l'homme.

Se souvenant désormais, quoique avec difficulté, à quel point il l'avait malmenée en lui faisant l'amour. En lui faisant soi-disant – l'« amour ». Sa brutalité, sa maladresse. Il avait même refermé ses mains autour de sa gorge, pour jouer. Pour la taquiner. Mais il était sérieux. Oh, c'est sûr – il aurait pris du plaisir à l'étrangler. Tous ces jolis mots, *ma belle, beauté* – signifient seulement qu'ils vous en veulent, qu'ils adoreraient vous étrangler.

Et tout en l'étranglant, Kechel aurait enfoncé ce gros machin dur qui rappelait une limace en elle, de plus en plus vite jusqu'à ce qu'il explose.

Elle le détestait. C'est elle qui allait devoir *le* tuer. Ainsi, Gordon ne saurait jamais rien. La honte de tout ça, l'humiliation, seraient effacées.

Mais tuer cet homme, avec sa corpulence physique, sa haute taille, sa *volonté* – comment Juliana le pourrait-elle ? Elle n'était pas préparée. Elle n'était pas suffisamment forte. Même avec un couteau, une arme – pas suffisamment forte.

Le portefeuille de l'homme était posé sur la commode, bien en évidence. Ça aussi, c'était trop facile. *C'est un test idiot. Il sait que je n'oserai pas prendre son argent.*

Elle prit son argent. Juste les plus gros billets, les billets de cinquante dollars, les billets de vingt. Les plus petites coupures, elle les laissa dans le portefeuille, par mépris. Les cartes de crédit, elle les remit ailleurs dans le portefeuille pour que Kechel suppose qu'elles avaient disparu. Quant aux gros billets, elle en fit de petits rouleaux bien serrés qu'elle plaça dans les poches du pantalon de Kechel, drapé avec soin au dos du fauteuil Queen Anne.

Ces billets roulés ensemble, l'homme les découvrirait dans ses poches, quoique pas immédiatement.

D'ici là, Juliana aurait quitté l'hôtel Commodore. Jamais elle ne reverrait Norman Kechel. Jamais elle ne reverrait Gordon Kechel. Jamais elle ne retournerait au Mon ey Bar aux néons rouges, avec ses grossières caricatures racistes qu'elle avait prises à tort, dans son ignorance, pour d'innocentes bandes dessinées.

6.

La Wild Goose Tavern. Dans la vitrine où les néons cascadaient, imitant une chute d'eau, bleu vif, bleu trouble, bleu foncé, et vantant les mérites d'une bière canadienne.

Où, six ans plus tard, Juliana rencontra Ned Spires.

À moins que ce soit Ned Spires qui ait rencontré Juliana.

Travaillant comme assistante juridique, à temps partiel. Se persuadant que c'était un bon travail, un travail nécessaire. Autant d'heures de sa vie (diurne) que possible consacrées à la cause de la justice sociale.

Vingt-six ans. La vie commence à peine !

Vingt-six ans. Seigneur, sa vie a déjà été si longue…

Buvant désormais de la vodka. Savourant les nombreuses facettes de la vodka. Invisible, sans goût, peu calorique.

Juliana était passée par une (perverse) phase whisky – couleur abricot, onctueux-brûlant, puissant. Sur les traces du père de son fiancé, dans une transe de haine de soi.

Suivie d'une phase rhum Coca light.

Mais le meilleur de tout, c'était le mélange vodka, eau pétillante et citron. La cascade de néons irréels en capturait le goût, le ton. Comme quelque chose qu'on aperçoit à travers un tourbillon d'eau mousseuse.

Sur le vieux jukebox grandiloquent qui clignotait de lumières, Johnny Cash. Une voix basse-sexy de baryton d'outre-tombe.

À la Wild Goose Tavern, ces nombreuses soirées où ils avaient discuté avec sérieux de la vie, de la mort, de poésie, de musique. Des films de Jim Jarmusch, que Ned admirait, lui aussi : sans surprise, son préféré était *Paterson*. (Même si son réalisateur préféré restait Andreï Tarkovski.) Y a-t-il un Dieu, y a-t-il une vie après la mort, la vie a-t-elle un *sens* ? Que nous devons-nous les uns aux autres, comment nos vies se croisent-elles ? Peut-on aimer profondément, plus d'une fois ? *Doit*-on aimer profondément, plus d'une fois ?

Inattendu, absurde – Juliana était envoûtée par Ned Spires. Sa peau était couverte d'anciennes cicatrices d'acné, son expression était souvent hagarde. La gaieté recouvrait son visage comme une toile d'araignée, il avait au coin des yeux de profondes rides dues aux froncements de sourcils et aux sourires. Ned était un buveur, lui aussi.

À la Wild Goose Tavern, située près d'une grande université urbaine, Ned Spires régnait sur le bar, récitant de sa voix enrouée-mélodieuse des poèmes de W. B. Yeats, Seamus Heaney, John Berryman. C'était surprenant de voir le nombre de buveurs de la Wild Goose Tavern qui écoutaient de la poésie, hypnotisés par la voix de Ned Spires.

Né dans le comté de Galway, il avait été amené par ses très jeunes parents aux États-Unis, à Boston, alors qu'il avait trois ans. Après quatre décennies dans le pays, son accent avait encore des inflexions irlandaises. Sa boisson préférée était le whisky irlandais sec, mais en général, il buvait de la Guinness pression extrabrune.

Juliana commençait à prendre goût à cette bière foncée et amère. Il fallait se forcer à avaler une fois, deux fois, pour en faire descendre une gorgée. Ce goût à l'arrière de la langue pareil à une tache sombre qui s'étend.

Dans la vie, tant de choses sont négociables, Juliana en était venue à le comprendre. Les choses qu'elle n'aimait pas et qu'elle dédaignait, elle apprendrait peut-être à beaucoup les apprécier. Avec le soutien adéquat.

La première fois qu'elle avait vu Ned Spires, il lui avait paru ingrat. Par la suite, elle s'était aperçue que, quand on l'examinait de près et qu'on l'écoutait attentivement, Ned était vraiment un homme magnifique.

Elle en était venue à aimer le son même de son nom : Ned Spires. Troublée par la cascade de néons de la Wild Goose Tavern, les lumières étincelantes qui se reflétaient sur le visage de l'homme et le sien dans le miroir derrière le bar et les étagères remplies de bouteilles.

Et sur le siège avant de sa voiture, le tout premier soir où ils s'étaient retrouvés seuls. Passant le bout de ses doigts sur la peau chaude et tachée de l'homme telle une femme aveugle qui pourrait passer le bout de ses doigts émerveillés sur des caractères en braille.

La poésie de Ned Spires était une poésie de célébration, mais aussi, à cause de ses origines irlandaises, une poésie de la privation. Du dénuement. De l'amertume, de la perte, de la résignation stoïque. Ned lui avait confié qu'il n'avait jamais cru mériter d'être heureux.

Elle le ravissait. Disait-il. Posant sur elle un regard adorateur. Mais elle était trop jeune, ou alors il était trop vieux ? (Juste quarante-trois ans. Pas vieux. Sans ses cheveux cuivrés qui s'affinaient et ses cernes sous les yeux, il aurait paru des années plus jeune.)

À cette époque, Juliana avait commencé à prendre des cours du soir dans une section du John Jay College of Criminal Justice. De jour, elle travaillait comme assistante juridique. Elle était souvent au téléphone, elle passait souvent des dossiers au crible. Elle effectuait des recherches, elle accumulait des données. Elle avait acquis des compétences informatiques qui dépassaient celles de ses supérieurs (mâles), à qui elle devait donner des conseils alors même qu'ils dédaignaient ce genre de compétences. Elle comprenait que, tant qu'elle n'aurait pas obtenu son diplôme en droit et passé avec succès l'examen du barreau de l'État, aucun de ces individus ne la prendrait au sérieux ; elle ne serait éligible à aucun poste qu'elle puisse estimer digne d'intérêt.

En faisant à Ned Spires un récit sélectif de sa vie diurne, elle avait un petit frisson de fierté. Cette vie, une vie qu'elle arborait négligemment, comme on pourrait enfiler une veste élégante, était en réalité une vie de travail, d'effort. Où elle essayait d'obtenir la modification de peines injustes. Où elle enquêtait sur des officiers de police corrompus, des témoignages d'individus qui s'étaient parjurés. Il fallait être animé de l'idéalisme le plus obstiné. Il fallait être constitué d'un matériau comparable au plus résistant des caoutchoucs. Et pourtant, cette vie donnait souvent à Juliana l'impression d'appartenir à une autre personne.

Oh, pourquoi se tourmentait-elle – *à réfléchir.* Alors que dans les bras d'un homme, elle n'avait pas besoin de réfléchir. C'est à cela que servaient les *bras d'un homme.*

C'est à cela que servait la Wild Goose Tavern. Nuit voluptueuse, néon.

On ne peut pas le nier : après avoir bu, il est possible de faire l'amour. Votre cerveau ne mouline pas comme une roue dentée folle. Votre cerveau est anesthésié, sans résistance. Votre cerveau est *enfantin.* Dans ces moments-là, comme votre vie est simple et dénuée de complications !

Ned était gentil avec elle. Avait juré de ne pas *mentir.*

Disant que – Bon : elle était *jeune.*

« Et moi, je suis *usé.* »

Ned Spires était un homme à part. Même avant que Juliana n'apprenne qu'il était poète, un poète reconnu, auteur de plusieurs livres publiés chez un éminent éditeur. Professeur de langues romanes à l'université jésuite.

Juliana lisait la poésie de Ned Spires avec avidité. Cherchant quelques infimes traces d'elle-même dans la vie de l'homme. Quelque prophétie.

Pas tant *elle* qu'une prémonition d'*elle.* Le désir du poète pour ce qu'il ne connaît pas encore, la culpabilité du poète face à la trahison.

Bien sûr, Ned Spires était marié. Marié deux fois. Avait été marié presque vingt ans au total. Des enfants presque adultes du premier mariage, de jeunes enfants du second. *Tes enfants sont-ils la lumière de ta vie ?* – Juliana n'avait pas voulu paraître moqueuse, jalouse.

Quand elle aimait trop un homme, des crapauds lui sortaient de la bouche. C'était la vodka qui les libérait.

En réalité, oui. « Lumière de la vie » – l'enfant qui apporte la vie à la génération suivante. Dans leurs yeux, la lumière originelle, que certains d'entre nous ont perdue.

Le poète s'exprimait avec une étrange facilité. Une luminosité envahissait son visage abîmé. Juliana était obligée de détourner le regard.

Eh bien ! Elle s'était pris une claque. Personne ne lui avait jamais parlé tout à fait ainsi, un coup de poignard dans le cœur.

Elle désespéra à l'idée de ne pas revoir cet homme. Il lui était si supérieur, sûr de son amour pour ses enfants, se délectant de sa poésie. Au-delà de sa propre poésie, il y avait le monde de la poésie lui-même – il avait mémorisé un nombre incalculable de poèmes, avait toujours sur le bout de la langue les vers les plus beaux et les plus profonds.

Son préféré provenait d'un poème d'Elizabeth Bishop (dont Juliana avait entendu parler sans jamais la lire) « Dans l'art de perdre, il n'est pas difficile de passer maître. »

C'était si vrai, songea Juliana. L'art de perdre, *elle* y était passée maître très jeune.

C'est pourquoi la vodka était à présent si apaisante. À l'origine un moyen d'anesthésier la souffrance, et maintenant un plaisir en soi, semblable à une cascade étincelante.

De jour, le travail : ses mains commençaient à lui faire mal, de vifs élans de douleur dans chacune, à force de taper toutes ces heures d'affilée sur un clavier d'ordinateur. Le front aussi plissé que du papier froissé dans un poing. Enfin libérée à 18 h 30.

Courant sous la pluie jusqu'à la Wild Goose Tavern, où il l'attendait peut-être, un verre posé devant lui, sur le bar.

À moins qu'il n'attende Juliana dans un de leurs box préférés. Une vodka déjà prête pour elle, ou un grand verre de *pale ale*.

Si Ned n'était pas là, cela signifiait peut-être que Ned ne viendrait pas ce soir-là. Sans excuse, sans raison. Il souhaitait ne pas être *attendu*.

Juliana le savait. Juliana comprenait. D'ailleurs, Juliana ressentait la même chose. *Je déteste être attendue quelque part.*

Toutefois, si Ned n'était pas à la Wild Goose Tavern, il arrivait que Juliana marche pendant quelques pâtés de maisons ou prenne un taxi jusqu'au Shamrock Inn, où elle était également connue et bien accueillie. Ces bars étaient des bars de quartier proches de l'université, où elle se sentait comme à la maison. Où les barmen la connaissaient et l'appréciaient. La maison, *c'est là où on est obligé de vous accueillir quand vous y allez.*

Et Juliana trouvait belle, mystérieuse – la cascade lumineuse de l'enseigne dans la vitrine lorsqu'elle approchait de la Wild Goosc Tavern. Ou l'enseigne dorée clignotante dans celle du Shamrock Inn. Néon rouge, néon bleu – les différents bleus irréels du néon.

Nuit, néon. Impossibles l'un sans l'autre.

Le Black Rooster : plus loin, sur l'autoroute. Elle serait obligée de prendre un taxi.

Lettres rouges au néon, vantant les mérites d'une bière allemande. Ivre de soulagement, de la plus simple des joies, s'asseyant enfin au bar, ce bar, les coudes sur le bar, le visage et les cheveux scintillants de pluie, se voyant dans les yeux des autres comme dans le miroir derrière le bar, une jeune femme séduisante, encore une jeune femme, qu'on appelait juste par son prénom – *Juliana*.

Sauf qu'au Black Rooster, peu de clients connaissaient Juliana. Les barmen la reconnaissaient, sans se montrer spécialement amicaux. Ned Spires avait peu de chances de venir ici, le Black Rooster n'était pas un de ses lieux favoris.

En un certain sens, Juliana était soulagée de savoir que Ned Spires ne viendrait pas au Black Rooster. Soulagée que personne ne la connaisse ici. Sauf qu'elle avait entendu des histoires à propos d'un homme non identifié dans le secteur, censé avoir été vu au Black Rooster et dans d'autres tavernes, harcelant des femmes, des femmes seules, des femmes aux longs cheveux, comme elle. Et toutes jeunes, avec des airs de petite fille.

Un endroit pas aussi confortable, une ambiance différente ici. Pas de Johnny Cash – pas de jukebox à l'ancienne. La télé pouvait être réglée sur une chaîne sportive ou sur Fox News. Bruyant, tapageur. Une clientèle de mecs plus jeunes, de camionneurs. Et un plancher nu, un plafond vierge qui ne suffisaient pas à étouffer et à brouiller les voix.

Néon rouge dans la vitrine du Black Rooster. Ce petit coup au cœur synonyme d'espoir.

Si, quand elle souhaitait être infidèle à Ned Spires. Infidèle à la Wild Goose Tavern. Passant la soirée à boire au Black Rooster.

Accablé de culpabilité vis-à-vis de ses jeunes enfants, Ned Spires s'abstint de fréquenter la Wild Goose Tavern pendant cinq ou six jours. Juliana avait presque perdu espoir, mais il était alors revenu sans prévenir. Un buveur revient toujours, il suffit d'attendre. Et ce soir-là, dans le studio de Juliana, dans le lit à montants en cuivre d'occasion de Juliana qui grinçait sous leur poids. Les cheveux de Juliana se répandant sur le visage de l'homme, ses épaules. Alors qu'elle se dressait au-dessus de lui, il lui avait agrippé les hanches. De ses mains aux articulations épaisses, étonnamment robustes.

Pouvait-il soulever son dernier-né d'une seule main ? – se demanda Juliana, admirative.

Un jour, son père l'avait soulevée d'une seule main. Elle l'aurait juré. Elle s'en souvenait. Hissée vers le plafond, comme une offrande aux dieux.

Au-dessus de Ned Spires, puis s'abaissant sur lui, doucement. Leurs ébats étaient tendres, contemplatifs, même. Juliana n'avait pas envie de penser que leurs ébats étaient semblables à de la poésie, tristement écrits au passé.

Sa peau était tirée au point d'éclater. Ses globes oculaires roulaient dans leurs orbites, aveugles. Son cerveau était frappé de cécité, c'était insupportable – ces sensations, et la fugacité de ces sensations. Tous ses os se liquéfiaient. Une convulsion dans ses reins qui se prolongeait encore et encore, la laissant toute faible, épuisée.

... je t'aime. Je t'aime je t'aime je t'aime ne me quitte pas...

Le poète avait dit qu'il n'existait pas de mots authentiques. Parce que tous les mots se sont usés, tels des galets polis par la marée.

Aussi usés que des marches en pierre. Foulées par tant de pas.

Elle avait protesté que ces mots-là étaient authentiques. Pour elle. C'était la première fois qu'elle aimait quelqu'un. Qu'elle aimait vraiment un homme.

Suppliant cet homme aux yeux tristes-sceptiques de la croire.

Désirer quelqu'un en retour, c'est prendre un risque. Juliana avait appris à désirer les hommes à distance. À se vivre comme l'objet du désir : une silhouette dans un miroir, inaccessible.

Vous vous voyez, vous vous entendez à travers un voile d'alcool. Autrement, la vie est trop brutale. Le toucher, maladroit et trop brutal.

Elle avait confié à Ned Spires qu'une fois, elle s'était fiancée. Au printemps de sa dernière année d'université. Comme dans un rêve, elle avait été une fiancée et elle avait eu un fiancé. Comme un rêve, cet épisode s'était effacé de sa mémoire dès le réveil.

Et tu l'aimais ? Le fiancé ? – Ned Spires avait pris un ton un peu ironique, à l'instar de quelqu'un qui extrait gentiment les inexactitudes du récit d'un enfant.

Non, je ne savais pas ce que c'était que l'amour.

Et maintenant – tu sais ce que c'est que l'amour ?

Tu te moques de moi ? Ce n'est pas gentil.

Est-ce que je me moque de toi ? Non, chérie. Mais je me demande si toi, tu te moques de moi.

Ned Spires s'absenta, la mère de sa femme était morte. Toute la famille était partie à Milwaukee, Wisconsin, pour huit, dix, douze jours.

À la Wild Goose Tavern, elle avait patiemment attendu à sa place au bar. Un verre devant elle, une vodka on the rocks. Un paquet de cigarettes. (Mais elle fumait rarement, ne s'en autorisant que sept par semaine.) Fermant les yeux, adorant la voix gutturale de Johnny Cash, dont les mots s'adressaient à elle. *Tourne, tourne, tourne.*

Roue de feu.

Ned revint du calvaire de la mort, de l'enterrement. Ils se revirent. Elle lui avait manqué, déclara-t-il. Sa vie était coupée en deux.

Elle était partie, furieuse et blessée par un affront qu'il lui avait fait. Rien de plus qu'une intonation dans la voix de l'homme. Il ne l'avait pas poursuivie dans le parking ni au-delà, si bien qu'en désespoir de cause, tard dans la même soirée, elle avait osé l'appeler chez lui – *Je crois que je t'aime. On est allés trop loin. Tout ça, c'est à cause de toi, Ned.* Ces mots étaient stupéfiants pour Juliana, des mots purement inventés, pareils à de l'écume sur ses lèvres. Aucune idée de ce qu'elle disait. De pourquoi elle appelait même Ned ; elle avait promis de ne jamais le joindre chez lui et uniquement sur son téléphone portable en cas d'urgence.

Combien de fois avait-elle appelé un homme, n'importe quel homme, chez lui ? – pas une seule.

En entendant la voix de Juliana, Ned n'avait pas été aussi accueillant que prévu. Pas aussi consolateur, confiant. La mettant en garde tout bas – *Je ne peux pas parler maintenant, Juliana. Ce n'est pas bien. N'appelle pas ce numéro, s'il te plaît. Je croyais te l'avoir dit.* Juliana avait été si choquée par ces reproches qu'elle avait été incapable de répondre. Dans un silence aux allures de plaie béante, elle avait interrompu la communication.

Avait-elle bu – oui, bien sûr. Mais pas *ivre*.

Ensuite, l'homme s'inquiéterait des heures durant, restant éveillé dans son lit de peur que Juliana ait pu se faire du mal. S'infliger une quelconque violence.

Une quelconque violence qui pourrait l'impliquer, lui.

Au fond de son cœur, elle détestait cet homme. N'avait pas la moindre intention de le revoir, de le rappeler. Pas la moindre intention de respecter ses souhaits, son mariage. Retournant à la Wild Goose Tavern le lendemain soir, se servant d'un téléphone public pour qu'il ne puisse pas bloquer son appel.

Ce n'était pas que Ned Spires comptait pour elle, non. Pas vraiment.

Mais sa fierté, son âme. Comme s'il avait négligemment renversé un verre, et qu'il ait tourné ça à la plaisanterie.

De nouveau, parlant tout bas. Contrit, effrayé quand il avait compris qui c'était.

… t'en supplie, Juliana, ne fais pas ça, s'il te plaît. Je t'aime – je t'aimerai toujours – il faut que tu le saches – c'est une période très difficile dans mon mariage…

Juliana avait ri. Ce n'était pas elle, ce n'était pas Juliana Regan, cette harpie.

... ton mariage ! Comment oses-tu parler de ton mariage *! Et le mariage qui nous unit – toi et moi ? On est mariés aussi...*

Car c'était vrai. Ned Spires savait que c'était vrai. Ne l'avait-il pas dit à de nombreuses reprises ? Sa poésie ne l'avait-elle pas clamé ?

C'était un fait désespérant : Juliana aimait profondément Ned Spires. C'était un fait soudain, une surprise pour elle. Comme quand on vous montre des résultats d'analyses – *Oui, une tumeur maligne.*

Inattendu, et malgré tout, dès que vous le voyez... Bien sûr.

Juliana ne pouvait pas supporter de vivre sans Ned Spires. Son âme même, son cœur, avaient été ravagés par cet homme.

Mais elle ne l'appellerait plus. S'il tentait de l'appeler, elle ne répondrait pas. Comptant calmement deux, trois, quatre nuits, il resterait allongé dans son lit, éveillé, inquiet, après avoir (peut-être) débranché le téléphone. Et laissé son portable se décharger pour qu'elle ne puisse pas l'appeler là-dessus non plus. (Elle avait essayé. Une fois.) Cela dit, Juliana était patiente. Elle était capable d'attendre. Patiente, astucieuse, déterminée à se venger.

Il était important pour elle que son moi diurne, son moi professionnel d'assistante juridique soit quelqu'un d'admirable. Tout le monde était d'accord : Juliana était *formidable.* Juliana était *remplie d'idéalisme.* Les avocats appréciaient tous Juliana, savaient qu'ils pouvaient compter sur Juliana, l'admiraient pour son intelligence, son idéalisme. Ils savaient tous qu'elle prenait des cours du soir à John Jay. Mais à la nuit tombée, une autre Juliana émergeait, une Juliana dont ils ne savaient rien.

Ce n'était pas elle la responsable, pensait-elle. C'était la condition de l'âme humaine. Cette révélation du moi diurne, et du moi nocturne. La lucidité parfaite que la vodka procure le mieux.

Et donc, elle appelle son numéro, juste une dernière fois. Le numéro interdit.

Après s'être versé un verre. Un verre de taille normale, mais rempli à moitié.

Cette fois, c'est l'épouse qui répond, d'un ton hésitant. Apeuré. *Oui ? Qu'est-ce que c'est ? Qui est-ce ?*

Bien que Juliana n'ait encore jamais entendu cette voix, elle la reconnaît sur-le-champ.

Demandant calmement si Ned Spires est là, annonçant qu'elle a besoin de parler à Ned Spires, qu'elle est l'une de celles que sa poésie a touchés.

Une ancienne collègue de l'université, un professeur adjoint.

En fait, sa vie est en danger, il faut qu'elle parle à Ned Spires, c'est une affaire urgente…

(Mais pourquoi Juliana dit-elle ça ? Elle l'ignore, ces paroles inattendues ont bondi hors de sa bouche.)

À l'autre bout de la ligne, le combiné cogne une surface avec fracas : il a glissé des doigts de la femme.

Très vite, Juliana met fin à la communication.

Elle est allée trop loin. Elle a gaffé, elle en a trop dit. Elle verse un ou deux doigts de vodka de plus dans le verre. Son téléphone est déjà en train de sonner.

Elle le voit, bien sûr que c'est Ned qui l'appelle. Elle est *vraiment* allée trop loin, il sera furieux contre elle.

Elle s'est comportée comme une enfant imprudente. Qui craque des allumettes, qui les laisse tomber. Sans avoir l'intention de mettre le feu. Sauf que le feu a pris.

Craintivement, Juliana décroche. Et elle entend la voix de Ned, toute proche de son oreille, basse, prudente.

Juliana ? Tu viens d'appeler… non ?

Ne me fais pas ça, Juliana. Ne nous fais pas ça.

Ma femme ne va pas bien… tu le sais. S'il te plaît.

Je crois… qu'il faut qu'on arrête tout ça. Quoi que ce soit il faut que ça s'arrête.

Ne fiche pas ma vie en l'air, Juliana. S'il te plaît.

Si tu m'aimes… tu l'as dit… et oui, je t'aime… mais… si tu fiches ma vie en l'air… il n'y aura plus d'amour…

Juliana n'avait pas l'intention de parler, juste d'écouter, d'entendre la voix de l'homme qu'elle adore. De l'entendre admettre à quel point il lui a fait du tort, s'excuser. Elle avait l'intention de l'écouter en silence, dignement, peut-être qu'elle lui pardonnerait, mais ces mots ne sont pas les mots qu'elle a envie d'entendre, ce sont des mots qui enflamment, qui provoquent. Elle s'entend crier – *Ta vie ? Et la mienne, espèce de sale type ? Ma vie est en ruine.*

Coupant la communication, furieuse.

***

Après cet épisode, il sembla se passer beaucoup de choses.

Toujours plus vite, comme l'eau qui tourbillonne dans un siphon.

Un autre soir, attendant dans une voiture empruntée à un ami avocat, soi-disant pour aller faire une course liée au travail.

Astucieusement, pas devant la maison des Spires (bien sûr), mais deux maisons plus loin. Phares éteints. Contact encore mis. À minuit, voyant de la lumière chez son amant, à l'étage. Une seule lumière plus faible en bas. Tel un feu de forêt, l'allégresse l'avait envahie. Les flammes léchant ses cheveux, le bout de ses doigts. Elle avait apporté une bouteille de vodka. En un geste de défiance, elle avait levé la bouteille, et bu. Se consolant – *Rien de tout ça n'est réel. C'est un simple test. Je peux arrêter n'importe quand. Je vais arrêter.*

Juliana était dans son droit, dans la mesure où elle était aimée de l'homme qui vivait dans cette maison, de s'approcher de la porte d'entrée et de tirer la sonnette. La poésie de l'amant parlait souvent de risque, de témérité. Pour mériter la vie, il fallait être prêt à la risquer. Peu après, la lumière de l'étage s'éteignit. Celle du rez-de-chaussée subsista.

Juliana pensa – *S'il savait, il viendrait à moi. Il ne me laisserait pas souffrir comme ça.*

Attendant qu'il vienne à elle, mais il ne vint pas, si bien que finalement, accablée de fatigue, elle décida de repartir.

Songeant qu'en un sens, elle avait triomphé de Ned Spires. Il en avait été réduit à la supplier de ne pas saccager sa vie, une vie de lâche. En tant qu'amant de Juliana, il avait été ardent, extatique. Il n'avait pas prêté attention à sa femme malheureuse à l'époque. Alors Juliana se fichait pas mal de lui. Elle avait pitié de cet homme, un homme faible en fin de compte, comme Gordon Kechel, qui avait renoncé à elle sans se battre – qui l'avait tout bonnement répudiée sans jamais la revoir ni lui reparler.

Comment Juliana avait-elle pu aimer Ned Spires ! – ce visage ravagé par l'acné, ces yeux cernés. Le pathos de sa poésie, au sujet de laquelle (même s'il s'efforçait de le cacher) il était si vaniteux.

De simples gribouillis, des publications dans des magazines où un poème était une simple décoration au milieu d'une page de prose entourée de publicités, un prix de poésie ou deux – cet homme se faisait-il assez d'illusions pour croire que ces maigres réalisations le rendraient immortel ?

Il finirait par supplier Juliana de revenir sur sa décision. Il la supplierait de lui pardonner et de se remettre à l'aimer. Elle le savait. *Un buveur revient toujours.*

Néanmoins, lorsque Juliana retourna à la Wild Goose Tavern le lendemain, Ned Spires n'y était pas. Elle attendit au bar à sa place habituelle jusqu'à 23 heures. Il l'avait laissée tomber, elle aurait dû s'en douter. Un faible, un lâche ! Certaines de ses relations de l'université s'arrêtaient ici, les soirs de semaine, Juliana les connaissait de vue, sans savoir leurs noms. Elle n'avait jamais été douée pour les noms. Saluant Ned Spires d'un signe de tête quand elle était avec lui, et la saluant aussi. Mais ne paraissant pas voir Juliana quand elle n'était pas avec Ned.

Les salauds. Elle les détestait tous.

En fin de soirée, une tête familière apparut à la Wild Goose Tavern, un ami de Ned Spires, aux cheveux blancs, plus âgé, peut-être un poète aussi, à qui Juliana parla comme une jeune fille naïve pourrait parler.

Demandant à cette personne si elle connaissait « Ned Spires » – si « Ned Spires » était quelqu'un de confiance ? Un homme bien ?

L'homme aux cheveux blancs dévisagea Juliana d'un air surpris.

Lui demandant pourquoi elle voulait le savoir.

Juliana lui répondit que « Ned Spires » lui avait raconté qu'il était séparé de sa femme et qu'il avait entamé une procédure de divorce, et qu'elle voulait savoir s'il y avait une quelconque vérité là-dedans…

Lisant sur les traits de l'homme aux cheveux blancs, le doute, l'hostilité, Juliana cessa de parler. Parce qu'elle n'était pas habituée à ce que les hommes la considèrent avec une telle condescendance, surtout pas les hommes plus âgés qui étaient (en général) reconnaissants qu'elle leur accorde son attention.

Avec précaution, l'homme aux cheveux blancs informa Juliana qu'il « n'avait pas entendu un seul mot » au sujet d'une séparation, et encore moins d'un divorce.

« Mais Ned Spires est un "homme bien"… quelqu'un "de confiance" ? »

L'homme aux cheveux blancs fronça les sourcils, agacé par le tour que prenaient ces questions. Il jeta un coup d'œil entendu au barman, qui s'approcha de Juliana pour lui dire poliment que Ned Spires était un vieil ami et qu'elle ferait bien de retourner s'asseoir à son ancienne place, ou mieux encore, de penser à partir, car il était plus de minuit.

Juliana avait-elle besoin d'une voiture pour rentrer ? D'une aide quelconque pour arriver jusque chez elle ?

« Non ! Je n'en ai pas besoin ! »

Juliana battit en retraite, s'essuyant les yeux du bout des doigts. Elle n'avait pas eu l'intention d'être aussi dure – cela ne *lui* ressemblait pas.

Ces déclarations ne venaient pas vraiment d'elle. C'était la vodka qui parlait.

Prête à quitter la taverne, déjà en route vers la sortie, mais retournant soudain vers le bar pour s'expliquer auprès des hommes. Dont le regard glissa sur elle, agacé, inquiet.

« Il a menacé ma vie. "Ned Spires". Enfin – c'est ce que j'ai découvert. Mais… je crois… » La voix de Juliana hésita, elle avait l'impression de s'agripper à une corde pour se hisser dans le noir hors d'eaux sombres et tumultueuses où elle risquait de se noyer sous l'œil fixe des hommes. « Je crois que j'ai peut-être mal compris. Vous dites que Ned Spires est quelqu'un de bien. C'est *vrai* qu'il est gentil… J'étais l'une de ses meilleures amies, nous partagions sa poésie. Je ne lui veux pas de mal. Oui, Ned est quelqu'un de bien, quelqu'un de confiance. Je le vois, maintenant. Je suis désolée, j'étais mal informée. J'ai dit des bêtises. Vous n'avez pas besoin de lui en parler. Maintenant, je vois que je me trompais – il n'a jamais annoncé qu'il allait divorcer. Il ne *m*'a jamais dit ça. »

À la suite de cet épisode, Juliana évita la Wild Goose Tavern. Elle n'appela pas Ned Spires au téléphone, ne tenta pas de prendre contact avec lui. Et très vite, elle cessa de boire, ou plutôt entama le processus de *ne-pas-boire*, qu'elle visualisait comme des marches en pierre sur une colline, sévèrement usées par les nombreux pas de ceux qui l'avaient précédée, mais qu'elle gravirait elle aussi, en temps voulu.

7.

Mais maintenant, le Blue Moon Café. Au crépuscule, l'heure crève-cœur.

Blue Moon, néon bleu. Elle ne va pas rester longtemps.

Prenant plaisir à anticiper. *Juste une eau pétillante, merci !*

Prenant plaisir à longer lentement Front Street en voiture. Dépassant les vitrines obscures des boutiques de cette petite ville sur le Delaware qui est devenue si familière et réconfortante pour Juliana, où elle se sent comme chez elle.

Pas chez elle, pas tout à fait encore. Mais bientôt.

Beaucoup de changements sont intervenus dans la vie de Juliana depuis la Wild Goose Tavern. Trois ans depuis Ned Spires. La honte et le désespoir, de mauvais souvenirs imbibés de vodka.

Maintenant, Juliana ne boit plus. Certainement pas de la vodka, qui est mortelle.

Pas même de la bière, avec Patrick.

Innocemment, Patrick, qui n'était pas au courant, l'y a encouragée. *Allez, Julie ! Juste une gorgée, c'est que de la bière.*

Sauf que maintenant, depuis qu'elle est enceinte, Patrick ne l'encourage plus à boire. À la place, il surveille ce que mange Juliana, veille sur elle presque trop attentivement.

Cela ne fait qu'un mois. Juliana sent déjà les changements dans son corps, elle est certaine qu'elle ne les imagine pas... Fascinant, quoique aussi effrayant en un sens, car ne s'agit-il pas de *son corps* ?

Exactement comme elle l'avait imaginé, Patrick est en admiration devant elle et devant sa grossesse.

Les femmes enceintes sont les plus belles des femmes.

Je suis le plus heureux des hommes.

Bientôt, Juliana aura trente ans. D'ici là, elle aura épousé Patrick.

Un homme bien, un homme bienveillant, fiable, intelligent – qui en sait peu sur l'ancienne vie secrète de Juliana avant leur rencontre.

Pourquoi Patrick n'est-il pas plus curieux, Juliana se le demande.

Pour Juliana, *curieux* et *soupçonneux* sont presque synonymes.

De par ce manque de curiosité, cette confiance, Patrick ressemble un peu à Gordon Kechel.

Quand on a été un buveur un jour, on reste toujours un buveur, que l'on boive ou non – Juliana comprend ce principe, mais ne s'est jamais considérée comme une *buveuse* dans un quelconque sens clinique. Pas comme une *alcoolique*.

Ned Spires était un *alcoolique*. Pas Juliana.

Une véritable planche de salut pour Juliana d'avoir réussi à échapper à cet homme. Il l'avait suppliée de rester avec lui, de l'épouser, il allait divorcer de la femme avec qui il était marié depuis vingt-cinq ans pour l'épouser, mais Juliana avait compris que c'était une folie, elle s'était échappée pour se sauver la vie.

De même que Juliana est une bonne conductrice fiable, qui contrôle son véhicule, elle contrôle aussi (se dit-elle) sa consommation d'alcool.

Elle n'est pas encore allée au Blue Moon. Depuis tous ces mois qu'elle vit dans cette ville, elle est consciente de l'existence du Blue Moon, devant lequel elle passe fréquemment, et qui n'exerce pas d'attraction particulière sur elle, sauf la nuit quand l'enseigne au néon bleu luit dans la vitrine et que les battements de son cœur s'accélèrent au point d'en être douloureux.

Parfois si émue qu'elle est obligée de freiner, de se garer le long du trottoir jusqu'à ce que cette puissante émotion disparaisse.

Tout ce que j'ai perdu. Mais – qu'ai-je donc perdu ?

Même si elle buvait encore, se raisonne Juliana, elle aurait arrêté à présent. Depuis qu'elle a appris qu'elle était enceinte. Elle aurait arrêté le jour même où elle l'aurait su.

La grossesse est encore un peu un choc pour elle. Quand elle se réveille le matin et qu'elle se la rappelle d'un coup. Comme si dans ses rêves, il n'y avait pas de grossesse et que son corps restait un corps de fillette, intact.

Au réveil, elle est abasourdie quand elle se souvient de sa situation. Son état. Pas une idée ; un fait matériel. Sur le calendrier est inscrite la (probable) *date du terme* – en juillet de l'année prochaine…

C'est si loin ! Juliana a un léger accès de panique à la pensée qu'elle ne parviendra pas à mener cette grossesse à terme. Elle a déjà vérifié, sans autre raison à part qu'elle souhaitait le savoir, jusqu'à quelle date une femme peut avorter en toute sécurité.

Elle n'a pas encore beaucoup pensé à l'accouchement, à un nourrisson (en chair et en os) qu'elle allaitera. Elle a imaginé la pièce à l'étage de la maison de Mill Street, que Patrick et elle vont convertir en chambre de bébé.

À moins de six semaines, il est trop tôt pour déterminer le sexe de l'enfant. Une échographie a été prévue pour la dix-huitième semaine de grossesse de Juliana. Ils vont attendre un peu pour peindre les murs de la chambre – rose pâle si c'est une petite fille, bleu marine si c'est un petit garçon.

Depuis qu'elle est enceinte, leur vie commune est emplie d'une énergie renouvelée. Un objectif, a dit gaiement Patrick. Toutes les vies ont besoin d'un *objectif.*

Ils se rendent tous les deux au travail en voiture, mais dans des directions opposées. Juliana n'a pas encore beaucoup songé à ce qu'elle fera après la naissance du bébé, aux aspects de sa vie qui changeront.

Elle n'a pas informé ses employeurs, pas encore. Peut-être la semaine prochaine.

Le Delaware marque la frontière entre le New Jersey et la Pennsylvanie. Dans cette ancienne ville ouvrière sur le fleuve, un jeune couple a les moyens d'effectuer un premier versement pour acquérir une maison mitoyenne rénovée (construite en 1922.)

Meubles trouvés dans des boutiques d'occasion, papier peint acheté en solde. Un jardin envahi de mauvaises herbes qu'ils avaient débarrassé de ses détritus – jouets d'enfants cassés, bois de charpente pourri, et même une paire de bottes montante de pêcheurs. Le trajet en voiture de cette maison jusqu'à la Wild Goose Tavern ou le Shamrock Inn prendrait quarante minutes. Le Black Rooster, de l'autre côté du fleuve, dans le comté de Bucks, est un peu plus proche.

Depuis qu'elle a emménagé dans cette ancienne ville ouvrière au bord du Delaware, Juliana n'est pas retournée dans ces tavernes. Depuis qu'elle a rencontré Patrick.

Depuis qu'elle a arrêté de boire, Juliana s'est désintéressée des bars, des tavernes, des cafés. Même si elle doit admettre que la vue du néon exerce sur elle une puissante attraction.

Juliana n'irait jamais seule en voiture au Black Rooster en particulier, sans compagnon.

Les femmes seules sont désormais apparemment plus vulnérables maintenant qu'à l'époque où Juliana avait une vingtaine d'années. Les risques qu'elle avait pris en marchant seule, ces soirs où elle rentrait à minuit du Mon ey Bar, elle ne les prendrait jamais aujourd'hui.

Le monde a-t-il changé, se demande Juliana. Ou est-ce sa perception du monde qui a changé ?

À présent sobre, elle perçoit le monde comme un endroit sobre. Constitué non de collines et de vallées, mais d'un plateau.

Cependant, elle transporte son arme (secrète) avec elle, où qu'elle aille. Même au travail, dans un quartier urbain délabré de Trenton, et même de jour, parce que (bien sûr) elle n'enlève pas le pic à glace du fond de son fourre-tout ; le plus souvent, elle n'est pas consciente de sa présence.

Il n'y a pas si longtemps, il est arrivé quelque chose de terrible à une jeune femme, employée d'un salon de coiffure local, qui était allée boire des verres au Black Rooster avec des collègues : elle a été suivie à sa sortie de la taverne par un client mâle, qui l'a approchée par-derrière dans le parking, lui a assené un coup de poing sur le côté de la tête, et l'a assommée. Il l'a traînée jusqu'à un secteur boisé non loin de là, a découpé ses vêtements avec des cisailles et lui a arraché ses sous-vêtements, lui a tailladé la peau, l'a « torturée » avec les cisailles, avant de la laisser pour morte...

Il s'agissait de la troisième ou de la quatrième agression sexuelle sur une jeune femme dans les environs depuis que Juliana et Patrick avaient emménagé dans cette ville ouvrière, dix-huit mois auparavant.

Juliana a lu les comptes rendus de ces incidents avec un mélange de fascination et de dégoût. Ses victimes ont toutes survécu à ces agressions, mais aucune n'a consenti à être interviewée. Si Juliana était allée à l'école ici, elle disposerait d'un réseau d'amis et de connaissances qui seraient au courant de ces agressions – elle connaîtrait quelqu'un dans les forces de l'ordre, ou à l'hôpital – sauf qu'en tant qu'étrangère, elle n'y a pas accès. Tout ce qu'elle sait, c'est ce que les médias ont communiqué.

***

Juliana se souvient de l'avoir lu – *Il n'y a eu aucune arrestation.*

La cruauté du monde, envers certaines jeunes femmes. *Elle*, la fiancée enceinte et future épouse, est traitée avec tendresse par son amoureux dévoué.

Patrick insiste pour la nourrir. Dans une poêle en fonte, il fait sauter du poulet fermier bio. De la truite, du saumon. Des champignons Portobello, des oignons rouges, des poivrons. Il prépare des soupes nutritives – aux lentilles, aux haricots noirs, au poisson. Juliana meurt de faim quand elle passe à table, et au bout de quelques bouchées, elle en a assez, voire plus qu'assez.

La faire grossir, la gaver. Comme si (en secret) Juliana essayait de perdre du poids et que, quand ils sont ensemble,

Patrick soit aux commandes, chargé de superviser sa façon de s'alimenter, de s'assurer qu'elle prenne le poids qu'une femme enceinte est censée prendre.

Combien de fois Juliana est-elle passée en voiture devant le Blue Moon Café sur Front Street cet automne. Toujours lentement. C'est une sorte de test, elle s'en rend compte. Comme marcher sur une corde raide.

Même s'il est très improbable qu'au bout de tous ces mois, et dans son nouvel état si délicat, elle ait des chances de rechuter.

Voyant à présent à travers la vitre que le Blue Moon commence à se remplir sérieusement. Un jeudi soir, vers 18 heures.

Le vendredi soir serait trop bondé, tapageur. Le samedi serait impossible. Et plus tôt dans la semaine, pas si convivial. Le jeudi est le soir de semaine idéal pour Juliana ; à l'intérieur, il y aura un bruit de voix amical, des rires. Surtout des hommes. S'il y a des femmes au Blue Moon Café, elles seront accompagnées. Rarement seules.

Yeux qui glissent sur Juliana si elle s'assied au bar, curieux. Est-ce qu'on *vous* connaît ?

Il s'est soudain mis à pleuvoir. Le néon sous la pluie, irréel et flou, magnifique.

Patrick ne sera sans doute pas encore à la maison. Juliana peut rentrer un peu en retard. S'il l'appelle, inquiet, elle pourra répondre sur son portable, le rassurer en expliquant que tout va bien.

Pensant – *Juste pour cette fois. Y a pas de mal à ça.*

Condamnée à s'arrêter, dépourvue de volonté propre, repérant un emplacement vide dans Front Street près du Blue Moon. Si elle avait dû se garer dans le parking en gravillons jonché d'ornières derrière le café, elle serait rentrée chez elle sans s'arrêter.

De l'eau pétillante, c'est ce qu'elle va commander. Avec une rondelle de citron. Des glaçons.

Sa bouche est sèche. Sa bouche est desséchée. Ces heures au téléphone, les vives lumières fluorescentes du cabinet d'avocats, c'est épuisant.

Pas de vodka. (Jamais de vodka !) Quoique peut-être, si les circonstances semblent propices, un seul verre de vin blanc…

Juste pour fêter ça. Son bonheur.

Son évasion des griffes du poète. Avoir trouvé Patrick, qui l'adore et lui fait une confiance absolue.

Et ainsi, c'est arrivé, Juliana a garé sa voiture sur Front Street. Tandis qu'elle pénètre dans le Blue Moon Café (pour la première fois), elle sent son pouls s'accélérer – au souvenir d'être entrée dans des cafés similaires par le passé (pour la première fois), elle s'est embarquée dans une aventure, dont elle ne peut pas connaître le dénouement.

C'est en partie *ça* qui met en joie, le fait de ne pas savoir.

Dans la vitrine, du néon bleu, mais à l'intérieur, sur un mur, des lettres au néon rouge – MOLSON's.

Juliana se sent tout de suite chez elle au Blue Moon Café. Il y a même un vieux juke-box, elle est sûre de pouvoir passer du Johnny Cash ici. Il y a des boxes en cuir noir agréablement usé, des tabourets de bar. L'intérieur n'est pas trop bondé. Mais pas trop vide, non plus. Une autre femme, peut-être deux, dans l'un des boxes. Sinon, uniquement des hommes. Au bar, uniquement des hommes. Des yeux se promènent sur elle, éveillés par la curiosité, pas inamicaux. Mais personne que Juliana ne connaîtra, personne qui la connaisse.

Sur l'un des murs, des photos encadrées d'équipes sportives du lycée. Football, base-ball. Des jeunes des environs désormais adultes, et clients du Blue Moon.

Sans nul doute, certains de ces garçons sont au Blue Moon ce soir. Des athlètes vieillissants qui possèdent encore un reste de fierté.

Juliana secoue les gouttes de pluie de ses cheveux. Juliana se sent prête à rire, sans savoir du tout pourquoi. Assise à une extrémité du bar, face au miroir derrière les rangées de bouteilles scintillantes. Son fourre-tout, lui aussi étincelant de faux or, rangé en sécurité, à ses pieds, entre ceux du tabouret, où elle peut garder l'œil dessus en toute discrétion.

Poliment, le barman salue Juliana ; il sourit avec méfiance à la jeune femme seule qui a pénétré au Blue Moon Café, personne qu'il reconnaisse.

C'est un endroit tout à fait nouveau pour Juliana – le Blue Moon Café. Et pourtant, il lui est totalement familier. En allant aux toilettes des femmes, elle reconnaîtra le plafond bas, le lavabo taché, la plomberie apparente et le carrelage inégal sur le sol. Elle reconnaîtra les odeurs, cette puanteur aigre-douce, pas déplaisante, bizarrement réconfortante.

Que va-t-elle prendre ? De l'eau pétillante pour commencer, avec de la glace. Ensuite (pense-t-elle) peut-être un (seul) verre de vin blanc, en fonction de…

Juliana n'est pas pressée. Cet interlude (secret) dans sa vie, elle le mérite.

Pareil à une fissure, un pli saugrenu dans le papier peint. Un cloquage, une incongruité. Caché par les meubles, dont personne ne sait jamais rien. Ce n'est pas un défaut s'il est invisible !

La télévision au-dessus du bar retransmet un événement sportif récent, ou du moins les temps forts de cet événement. Tout paraît urgent, alors que tout est (simplement) retransmis, et que c'est déjà de l'histoire ancienne. Le match très disputé a été gagné et perdu. L'athlète interviewé avant le match a été acclamé ou conspué. Dans la maison de Mill Street, Patrick est peut-être rentré en fin de compte, occupé à regarder les informations télévisées, sans doute sur PBS. Probablement des nouvelles urgentes de cette journée que tous les citoyens américains bien informés doivent connaître. Si Patrick l'appelle sur son portable, il se peut que Juliana ne réponde pas ou, si elle répond, ce sera peut-être à voix basse – *Oh, mon chéri, on est en conférence téléphonique. Je peux pas parler maintenant. À très vite!*

Jetant un coup d'œil autour d'elle pour voir un homme s'approcher. Lui demandant poliment si le tabouret d'à côté est occupé. Voyant que Juliana est seule.

Juliana rit, écarte ses cheveux de son visage. Pourquoi a-t-il besoin de demander la permission pour s'asseoir sur le tabouret de bar à côté d'elle? Inutile de poser la question, le tabouret est inoccupé, non?

Dans le miroir derrière les rangées de bouteilles, les traits de Juliana sont floutés et indistincts, comme s'ils étaient sous la mer. Juliana se reconnaît à peine.

Serré dans sa main chaude, le verre contenant sa boisson a perdu son attrait rafraîchissant. Bientôt un liquide tiède et sans bulles, dépourvu de toute romance. Juliana est intriguée par l'inconnu, qui s'est assis à côté d'elle avec une délibération presque formelle – mains posées sur le bar comme pour se stabiliser au moment où il s'installe sur le tabouret, plus grand que Juliana, l'observant du coin de l'œil. Il a sans doute un peu moins de quarante ans. Une peau claire, des poils teintés de roux sur le haut de ses mains aux grosses articulations, des poignets épais. Une odeur sulfureuse – du tabac? Détail incongru dans ce cadre, il porte une chemise en coton blanc, aux manches longues roulées jusqu'au coude. Ses avant-bras aux muscles tendus sont eux aussi couverts de poils roux et drus. Une montre avec un bracelet en cuir au poignet gauche. Et ses yeux, dont les coins sont plissés comme des yeux bienveillants, ou des yeux qui ont l'habitude de cligner.

Juliana se sent étourdie, toute faible d'impatience. À cet instant, envahie d'une sorte de joie.

L'homme à côté d'elle lui demande ce qu'elle boit ? Si elle est prête pour quelque chose de plus fort ?

Remerciements

Tous mes remerciements et ma gratitude vont aux rédacteurs en chef des magazines, des revues littéraires et des anthologies dans lesquels ces nouvelles ont initialement été publiées :

« Déviation » dans *Harper's*.

« Curieux » dans *Salmagundi*.

« Miss Golden Dreams 1949 » dans *Collectibles*, édité par Lawrence Block.

« Envie » dans *Narrative*.

« Audience de libération conditionnelle, Centre de détention pour femmes, Chino, Californie » dans *Boulevard*. Réimprimé dans *The Best Mystery Stories of the Year, 2021*, édité par Lee Child et Otto Penzler.

« Intimité » dans *Vice*.

« Le flagellant » dans *At Home in the Dark*, édité par Lawrence Block.

« Vapotage : mode d'emploi » dans *Nicotine Chronicles*, édité par Lee Child.

« Nuit, néon » dans *American Short Fiction*.

Table

De la même autrice
(suite)

La Foi d'un écrivain
Délicieuses Pourritures

Aux éditions Stock

La Fille tatouée
Je vous emmène
Hudson River
Infidèle
Johnny Blues
Mon cœur mis à nu
Blonde
Man Crazy
Nous étions les Mulvaney
Zombi
Corky
Confessions d'un gang de filles
Le Goût de l'Amérique
Le Rendez-Vous
Solstice
Cette saveur amère de l'amour
Souvenez-vous de ces années-là
Les Mystères de Winterthurn
L'Homme que les femmes adoraient
Eux
Bellefleur
Une éducation sentimentale
Le Pays des merveilles
Mariages et Infidélités
Le Jardin des délices
Marya
La Légende de Bloodsmoor
Haute Enfance
Aile de corbeau
Amours profanes

Aux éditions du Félin

Un amour noir
Au commencement était la vie

Aux éditions Tristram

De la boxe

Aux éditions Les Allusifs

Le Triomphe du singe-araignée

Mise en pages :
Anne Offredo, Valravillon

Cet ouvrage a été achevé d'imprimer
en janvier 2023 dans les ateliers de
Normandie Roto Impression s.a.s.
61250 Lonrai (Orne)

N° d'imprimeur : 2205715
Dépôt légal : février 2023
ISBN : 978-2-84876-992-9
Imprimé en France